디미트리오스의 가면

디미트리오스의 가면

The Mask of Dimitrios

에릭 앰블러 장편소설　최용준 옮김

THE MASK OF DIMITRIOS
by ERIC AMBLER

이 책은 실로 꿰매어 제본하는 정통적인 사철 방식으로 만들어졌습니다.
사철 방식으로 제본된 책은 오랫동안 보관해도 손상되지 않습니다.

앨런과 펠리스 하비에게

하지만 악덕한 망각은 양귀비*를 마구 뿌려 대며 영원함을 간직해야 할 대상이든 아니든 가리지 않고 사람들의 기억을 지운다……. 영원한 기억으로 선택받는 은혜가 없다면, 최초의 인간이나 최후의 인간 모두 잊히고, 므두셀라의 긴 삶도 한낱 개인의 연대기가 되었으리라.

— 토머스 브라운 경, 『항아리 무덤』

* 양귀비는 아편을 추출할 수 있는 꽃으로 꽃말은 망각이다. 이하 모든 주는 옮긴이의 주이다.

제1장
집착의 시작

뭔가 잘 모르는 샹포르[1]라는 프랑스 사람이, 우연이란 신의 섭리라고 말한 적이 있다.

이는 아주 편의적인 순환 논리 경구로, 우연이 인생의 여러 가지 일에 지배적이라고까진 할 수 없어도 아주 중요한 역할을 하는 경우가 있다는, 유쾌하지 못한 진실을 믿지 못하게 하려는 의도에서 나온 주장이다. 그렇지만 완전히 그릇된 주장이라고 할 수는 없다. 우연이 자의식 강한 신의 의지로 받아들여져도 어쩔 수 없을 만큼, 대충이나마 일관성을 갖춰 작용하는 경우가 가끔 있기 때문이다.

디미트리오스 마크로풀로스의 이야기가 이런 예라 할 수 있다.

래티머 같은 사람이 디미트리오스와 같은 사람의 존재를 알게 되었다는 사실 그 자체만으로도 기괴하기 짝이 없는 일이다. 하물며 래티머가 디미트리오스의 시체를 보게 되고,

1 Nicolas Chamfort(1741~1794). 프랑스의 작가. 구체제 말기 상류 사회의 풍속에 신랄한 비판을 가한 경구나 잠언들로 유명하다.

그러지 말아야 했음에도 불구하고 여러 주 동안 수수께끼에 싸인 그 남자의 일생을 조사한 끝에, 마침내 한 범죄자의 묘한 실내 장식 취미 덕분에 아슬아슬하게 목숨을 건지는 상황이 되었다는 점은 굉장히 괴상하다고밖에 말할 수 없다.

하지만 이런 사실들을 이 일의 다른 사실들과 비교해 보면 미신적인 경이감이 들지 않을 수 없다. 그 사실들이 너무도 기이해 〈우연〉이라든가 〈우연의 일치〉라는 표현을 쓰면 안 될 것만 같기 때문이다. 그러나 회의적인 인간에게도 한 가지 위안이 있다. 비록 인간의 능력을 초월하는 힘이라는 것이 존재한다 할지라도, 그 힘은 평범한 경우보다 더 비능률적으로 행사된다는 점이다. 바보가 아닌 다음에야 그 힘을 실행할 도구로 래티머를 택하지는 않았을 것이기 때문이다.

어른이 되고 15년 뒤, 찰스 래티머는 영국의 작은 대학 정치경제학과 조교수가 되었다. 그리고 강의를 하는 틈틈이 책을 써 서른다섯 살에 벌써 세 번째 책을 출간했다. 첫 번째 책은 프루동[2]이 19세기 이탈리아 정치사상에 미친 영향에 관한 연구였다. 두 번째 책은 『1875년의 고타 강령』이라는 책이었다. 세 번째 책은 로젠베르크[3]의 『20세기의 신화』에 포함된 경제학적 의의에 대한 평가였다.

래티머가 처음으로 추리 소설을 쓴 것은 세 번째 책의 방대한 교정을 마친 바로 뒤로, 국가 사회주의 사상 그리고 그

2 Pierre Josep Proudhon(1809~1865). 프랑스의 사회주의자이자 무정부주의 사상의 선구자.
3 Alfred Rosenberg(1893~1946). 독일의 정치가. 1918년에 나치당에 입당하여 나치스 기관지 주필로 초기 나치스 운동을 지도하였다.

사상의 선지자인 로젠베르크 박사에 일시적으로 몰두하면서 그 여파로 생긴 어두운 우울감을 떨쳐 버리고 싶었기 때문이다.

『피에 젖은 삽』은 출간 즉시 성공을 거두었다. 이어서 『파리는 〈나〉라고 말했다』와 『살인 무기』가 출간되었다. 얼마 지나지 않아 래티머는 여가 시간에 추리 소설을 쓰는 수많은 대학 교수 가운데 이 일로 돈을 벌어 부끄러워하는 몇 안 되는 사람에 속하게 되었다. 머지않아 그가 명실공히 전업 작가가 되리라는 것은 피할 수 없는 운명인 듯했다. 세 가지 사정이 이러한 운명을 재촉했다. 첫째는 래티머의 신념과 대학 당국의 의견이 일치하지 않았다. 둘째는 병이었다. 셋째는 래티머가 독신이라는 점이었다. 『이것이 끝이 아니다』를 출간하고 얼마 안 되어 래티머는 건강을 크게 해칠 정도로 앓았고, 회복하자 별로 망설이지 않고 사표를 제출한 뒤 햇빛 아래에서 다섯 번째 추리 소설을 마치기 위해 해외로 떠났다.

그리고 그다음 책 집필을 마친 그 주에, 래티머는 터키로 떠났다. 아테네와 그 주변에서 1년을 보내고 나니, 다른 풍경이 보고 싶어졌기 때문이다. 건강은 훨씬 좋아졌지만, 영국에서 가을을 지내는 건 내키지 않았다. 그리스인 친구의 권유로, 래티머는 피레에프스에서 증기선을 타고 이스탄불로 향했다.

이스탄불에 도착한 래티머는 하키 대령에게서 처음으로 디미트리오스에 대해 들었다.

*

    소개장이란 거북한 물건이다. 대부분의 경우, 소개장을 가진 이는 소개장을 쓴 이와 단순히 알고 지내는 정도이고, 소개장을 쓴 이는 마지막에 소개장을 건네받을 사람과 그보다 더 서먹한 사이이기 때문이다. 소개장이 결과적으로 세 사람 모두를 만족시킬 가능성은 아주 드물다.

    래티머가 이스탄불로 가지고 간 소개장 가운데는 차베스 부인 앞으로 보내는 것도 있었다. 차베스 부인은 보스포루스 해협이 보이는 저택에 산다고 했다. 이스탄불에 도착하고 사흘째 되는 날 래티머는 차베스 부인에게 편지를 보냈고, 그 답장으로 저택에서 나흘 동안 열리는 파티 초대장을 받았다. 래티머는 살짝 마음이 내키지 않았지만, 그 초대를 받아들이기로 했다.

    차베스 부인으로 말하자면, 황금으로 아낌없이 포장된 길을 걸어 부에노스아이레스에서 돌아온 것이나 마찬가지인 사람이었다. 차베스 부인은 아주 아름다운 터키 여성으로, 아르헨티나의 부유한 육류 중개 상인과 결혼했다가 이혼했으며, 그 거래로 얻은 이득의 일부를 떼어 터키의 서열 낮은 왕족이 한때 살았던 작은 궁전을 사들였다. 궁전은 꽤 외진 곳에 있어 교통이 불편하긴 했지만, 환상적으로 아름다운 만이 내려다보이는 위치에 있었고, 담수 공급량이 턱없이 부족해 아홉 개나 되는 욕실 중 단 하나에도 물이 제대로 공급되지 않는다는 점을 빼고는 모든 설비가 아주 잘 갖추어져 있었다. 만약 다른 손님들, 그리고 마음에 안 드는 일이 있을 경우(자주 있었다) 하인의 얼굴을 심하게 때리는 여주인의 터키식 습관만 없었다면, 그러한 으리으리함과 불편함의 혼재를 처음 경험한 래티머는 그곳에서 즐기며 머물렀을 것이다.

그곳에는 래티머 외에도 마르세유에서 온 아주 시끄러운 부부, 이탈리아인 세 명, 젊은 터키 해군 장교 둘과 그들의 현재 〈약혼자들〉, 부부 동반으로 온 이스탄불의 실업가들이 있었다. 손님들은 무한정 공급되는 것만 같은 그 집의 네덜란드 진을 마시고, 하인 하나가 축음기 앞에 붙어 서서 손님이 춤을 추거나 말거나 상관없이 계속 틀어 놓는 레코드 음악에 맞춰 춤을 추기도 하며 대부분의 시간을 보냈다. 건강이 좋지 않다는 구실로 래티머는 술과 춤을 대부분 사양했다. 전반적으로, 손님들은 래티머를 있는 듯 없는 듯 대했다.

그곳에 머물기로 한 마지막 날 늦은 오후, 래티머가 축음기 소리를 피해 덩굴로 덮인 테라스 끝에 앉아 있을 때, 고용 운전사가 운전하는 4인승 오픈카가 별장으로 통하는 기다란 흙길을 구불거리며 올라오는 것이 보였다. 차가 으르렁거리며 아래쪽 안뜰로 들어서자, 채 멈추기도 전에 뒷자리에 앉은 남자가 문을 활짝 열고 뛰어내렸다.

키가 큰 그 남자의 홀쭉하게 여윈 볼이며 햇볕에 그을린 살빛이 프로이센식으로 짧게 깎은 회색 머리와 대조를 이루었다. 좁은 이마, 새의 부리같이 긴 코, 얄팍한 입술이 어딘지 식육조 같은 느낌을 주었다. 래티머는 그 남자가 쉰 살 이하로는 보이지 않는다고 생각하며, 혹시 코르셋을 입은 건 아닐까 싶어 멋지게 재단된 장교복 허리 부분을 신중히 살폈다.

래티머는 그 키 큰 장교가 소매에서 비단 손수건을 꺼내더니, 얼룩 하나 없는 에나멜가죽의 승마 구두에 묻은 눈에 보이지 않는 먼지를 털어 내고, 모자를 멋지게 비스듬히 고쳐 쓴 다음 성큼성큼 시야에서 사라지는 모습을 바라보았다. 저택 어딘가에서 벨이 울렸다.

그 장교는 하키 대령으로, 파티에 나타나자마자 모두의 관심을 끌었다. 하키 대령이 도착하고 15분쯤 지났을 때, 차베스 부인은 뜻하지 않은 대령의 방문으로 몹시 난처하다는 사실을 손님들에게 분명히 알리려는 듯 수줍음 어린 혼란스러운 표정을 띠고는, 그를 테라스로 안내해 다른 이들에게 소개했다. 대령은 웃음을 머금은 정중한 태도로 뒤꿈치를 딱 붙이고, 손에 키스를 하고, 고개 숙여 인사하고, 해군 장교들의 경례에 답례하고, 실업가 부인들에게 추파를 던졌다. 래티머는 대령의 이러한 연기에 완전히 매료되어 넋을 놓고 있다가 자신이 소개받을 차례가 되어 이름이 불리자 깜짝 놀랐다. 대령은 반가워하며 악수한 손을 몇 번이나 흔들었다.

「이렇게 만나 뵈니 겁나게 반갑군요.」하키 대령이 말했다.

「*Monsieur le Colonel parle bien anglais*(대령님은 영어를 아주 잘하신답니다).」차베스 부인이 설명했다.

「*Quelques mots*(몇 마디 정도입니다).」하키 대령이 말했다.

래티머는 상대의 연한 잿빛 눈을 다정하게 바라보았다. 「안녕하십니까?」

「최고입니다, 또 뵙지요.」 대령은 진지하고 정중하게 대답하더니 다음 사람에게 옮겨 가, 수영복 차림의 뚱뚱한 아가씨 손에 키스를 하며 어떤 여자인지 평가하듯 살펴보았다.

래티머가 하키 대령과 다시 대화를 나눈 것은 그날 밤 상당히 늦어서였다. 대령은 농담을 하고, 큰 소리로 웃고, 부인들에게는 익살스럽고 넉살 좋게 추파를 던지고, 미혼 여성에게는 좀 더 조심스럽게 추파를 던지며 파티에 북적북적 활기를 불어넣었다. 그리고 때때로 래티머와 눈이 마주치면 사과한다는 듯 이를 드러내며 씩 웃었다. 〈저는 이렇게 바보처럼 굴어야 합니다. 모두 제가 그렇게 행동하기를 바라거든요.〉 그 웃음이 말했다. 〈하지만 이러는 걸 제가 좋아한다고 생각하지는 말아 주십시오.〉 저녁 식사가 끝나고 시간이 꽤 흐른 뒤, 손님들이 차츰 춤추는 데 흥미를 잃고 남녀 혼성 스트립 포커에 관심을 쏟기 시작할 무렵, 하키 대령은 래티머의 팔을 잡고 테라스로 나갔다.

「실례를 용서하십시오, 래티머 선생님.」 하키 대령은 프랑스어로 말했다. 「하지만 저는 선생님과 무척이나 이야기를 나누고 싶었습니다. 저 여자들은 정말이지, 휴!」 하키 대령은 래티머의 코앞에 담배 케이스를 내밀었다. 「한 대 피우시겠습니까?」

「고맙습니다.」

하키 대령은 어깨 너머를 힐끗 돌아보았다. 「테라스 저쪽 끝이 더 조용하군요.」 대령은 말한 뒤, 함께 걷기 시작하자 계속 말을 이었다. 「사실 제가 오늘 여기 온 것은 선생님을 꼭 만나고 싶었기 때문입니다. 차베스 부인한테 선생님께서 이곳에 와 계시다는 말을 듣고 제가 그토록 감탄한 책들을 쓴 저자를 꼭 만나고 싶었습니다.」

래티머는 상대방의 찬사에 어물쩍 감사의 말을 했다. 그는 난처했다. 대령이 정치경제학과 추리 소설 가운데 어느 쪽을 말하는지 알 수 없었기 때문이다. 래티머는 한번은 그의 〈지난번 책〉이 좋았다고 말한, 사람 좋은 노 교수에게 살인 도구로 총과 곤봉 중 어느 쪽을 좋아하느냐고 물어 상대방을 놀라게 하고 마음 상하게 한 적이 있었다. 그러나 어느 책을 말하는 것이냐고 물었다간 아무래도 잘난체하는 느낌을 줄 듯싶었다.

하지만 하키 대령은 래티머가 그런 질문을 할 여유를 주지 않았다. 「요즈음 나온 *romans policiers*(추리 소설)를 모두 보내 달라고 파리에 주문해 놓았지요.」 그는 말을 계속했다. 「저는 *romans policiers*(추리 소설)만 읽습니다. 제 장서를 보여 드리고 싶군요. 저는 특히 영국과 미국의 작품을 좋아합니다. 두 나라의 뛰어난 작품은 모두 프랑스어로 번역되어 있지요. 프랑스 작가도 쓰긴 하지만, 저는 좋은 줄 모르겠습니다. 프랑스 문화는 일급 *roman policier*(추리 소설)를 빚어낼 수 있는 문화가 아니지요. 저는 얼마 전 선생님의 『피에 젖은 삽』을 제 장서에 포함시켰습니다. 엄청난 작품이더군요! 하지만 그 책의 제목이 무엇을 의미하는지 잘 모르겠습니다.」

래티머는 영어에서 〈*call a spade a bloody*[4] *shovel*(가래를

삽이라 말하다〉이 〈정직하게 말하다〉라는 뜻이며, 책 제목에 〈피에 젖은 삽〉이라고 써서 살인범에 대한 중요한 단서를 (이해력이 있는 독자들에게) 제공하려 했다는 점을 프랑스어로 설명하려 한동안 애썼다.

하키 대령은 열심히 듣더니 래티머의 설명이 요점에 이르기도 전에 고개를 끄덕이며 말했다. 「아, 그렇군요. 이제 잘 알았습니다.」

래티머가 실망해서 설명을 포기하자 대령이 말했다. 「선생님, 혹시 이번 주 안에 저와 점심 식사 한 번 하실 수 있을까요?」 그러고는 아리송한 말을 덧붙였다. 「어쩌면 제가 선생님에게 도움이 될지도 모릅니다.」

래티머는 하키 대령이 어떤 면에서 도움을 주겠다는 건지 짐작이 가지 않았지만, 기꺼이 점심을 같이하겠다고 대답했다. 두 사람은 사흘 뒤 페라 펠리스 호텔에서 만나기로 했다.

래티머가 그 점심 약속에 대해 골똘히 생각하기 시작한 것은 그 전날 저녁이 되어서였다. 래티머는 자신이 머무는 호텔의 라운지에 앉아 거래 은행의 이스탄불 지점장과 이야기하고 있었다.

콜린슨은 호감 가는 사람이었으나 이야기 상대로는 지루했다. 콜린슨의 이야기는 거의 전부 이스탄불에 사는 영국인과 미국인 사회에 관한 소문이었다. 「피츠윌리엄 부부를 아십니까?」 콜린슨은 이런 식으로 말하곤 했다. 「모르신다고

4 *bloody*는 〈피에 젖은〉이라는 뜻이 있는 동시에 뒤의 단어를 강조하는 용법으로도 쓰인다.

요? 유감이네요. 틀림없이 선생님도 마음에 들어 하셨을 텐데요. 실은, 일전에 말입니다…….」 콜린슨은 케말 아타튀르크[5]의 경제 개혁에 관한 정보원으로서는 전혀 도움이 되지 않았다.

「그런데 말입니다.」 미국인 자동차 판매원의 터키 태생 아내의 행실에 대한 이야기를 한바탕 듣고 난 다음 래티머가 말했다. 「하키 대령이라는 남자를 아십니까?」

「하키 대령요? 왜 갑자기 그 사람을 떠올리셨습니까?」

「내일 그 사람과 점심 식사를 같이하기로 했습니다.」

콜린슨이 눈썹을 치켰다. 「**정말로요?** 세상에나!」 콜린슨은 턱을 긁적였다. 「**소문**은 들었지요.」 그는 망설였다. 「하키는 이 지역에서 이름은 자주 듣지만 절대로 정체를 알 수 없는 사람 가운데 한 명이지요. 배후 실력자예요. 앙카라 정부의 최고위층 인물들 상당수보다도 훨씬 영향력 있는 사람입니다. 1919년 특별 임무를 띠고 아나톨리아에 머물던 대통령의 심복으로, 임시 정부의 대의원이었습니다. 그즈음 그의 행동에 대한 소문을 들었습니다. 모두가 그 사람을 피에 굶주린 악마라고 하더군요. 죄수를 고문하는 방법 때문이었지요. 그러나 그때는 양쪽 모두가 하던 일이고, 굳이 이야기하자면 황제 측이 먼저 시작했습니다. 또 듣기로는, 앉은 자리에서 스카치를 두 병이나 비우고도 멀쩡하다더군요. 하지만 그 말을 믿지는 마십시오. 그 사람과는 어떻게 알게 되었나요?」

래티머는 설명한 뒤 덧붙였다. 「그 사람은 무슨 일을 하나

5 Kemal Atatürk(1881~1938). 터키의 장군이자 초대 대통령.

요? 왜 군복을 입고 있는 건지 모르겠더군요.」

콜린슨은 어깨를 으쓱했다. 「제 확실한 소식통에게서 **들은** 바에 의하면, 비밀경찰 우두머리라더군요. 하지만 그것도 아마 그냥 소문일 겁니다. 이 지역에서 가장 난처한 게 바로 그겁니다. 클럽에서 들은 이야기는 한마디도 믿을 수가 없거든요. 며칠 전만 해도…….」

이튿날, 래티머는 전보다 훨씬 큰 흥미를 안고 점심 약속 장소에 갔다. 하키 대령을 악당이라고 판단했는데, 콜린슨의 모호한 정보가 그 느낌을 더 뒷받침해 주었다.

대령은 20분 늦게 도착해 사과를 한 뒤 서둘러 래티머를 데리고 레스토랑으로 곧장 들어갔다. 「바로 위스키 소다부터 한 병 하십시다.」 대령은 말하더니 큰 소리로 〈조니〉 한 병을 주문했다.

식사하는 동안, 하키 대령은 대부분 자신이 읽은 추리 소설, 작품에서 받은 인상, 등장인물에 관한 의견, 사람을 죽일 때 총으로 죽이는 살인범을 좋아한다는 등의 말을 했다. 마침내 팔꿈치 가까이 있던 술병이 거의 비고 딸기아이스크림이 앞에 놓였을 때, 대령이 테이블 위로 몸을 기울였다.

「래티머 선생님,」 대령이 다시 말했다. 「제가 선생님을 도와드릴 수 있을 듯합니다.」

한순간 래티머는 대령이 자기를 터키의 비밀경찰로 고용하려는 건가 하는 생각이 들었으나, 이윽고 말했다. 「정말 친절한 말씀이십니다.」

「제 꿈은,」 하키 대령이 계속 말했다. 「제가 직접 뛰어난

roman policier(추리 소설)를 쓰는 겁니다. 시간만 있으면 저도 쓸 수 있다고 종종 생각하곤 했지요. 하지만 문제는 그겁니다, 시간. 저는 저에게 시간이 없다는 걸 알게 되었습니다. 하지만……」대령은 극적 효과를 노리듯 말을 멈추었다.

래티머는 기다렸다. 래티머는 어딜 가든 늘 시간만 있으면 추리 소설을 쓸 수 있다는 사람들과 마주쳤다.

「하지만,」대령이 반복해서 말했다.「플롯은 이미 짜놓았습니다. 그리고 그것을 선생님에게 드리고 싶습니다.」

래티머는 정말 친절한 제안이라고 말했다.

대령은 손을 흔들어 래티머의 감사를 물리쳤다.「선생님의 작품들 덕분에 저는 큰 즐거움을 누렸습니다. 그러니 만약 제가 신작의 아이디어를 제공해 드린다면 저로서도 기쁜 일입니다. 저는 그 아이디어를 사용할 만한 시간이 없습니다.」 대령은 관대하게 덧붙였다.「게다가 저보다는 선생님이 더 멋지게 쓰실 것 같고요.」

래티머는 중얼거리는 목소리로 횡설수설하며 대답했다.

「이야기의 무대는,」대령은 연한 잿빛 눈으로 래티머의 두 눈을 뚫어져라 바라보며 말을 계속했다.「잉글랜드의 부유한 로빈슨 경의 시골 저택입니다. 영국식 주말 파티가 열리고 있지요. 파티 도중 로빈슨 경이 서재의 책상 앞에 앉아 있는 것을 누군가 발견합니다. 관자놀이에 총을 맞았지요. 상처에는 탄 자국이 있고요. 책상 위에 피가 괴어 있고, 종이 한 장이 피에 푹 젖어 있습니다. 그 종이는 로빈슨 경이 막 서명하려던 새 유언장입니다. 이전 유언장에 의하면 재산은 그 파티에 참석한 여섯 명의 친척에게 똑같이 나누어 주기로 되어 있었습니다. 하지만 살인범의 총알로 인해 로빈슨 경이 서명하지 못한 새 유언장에는 전 재산을 그 여섯 친척 가운데 한 명에게 주기로 되어 있었습니다. 그러므로…….」 하키 대령은 범인을 지목하듯 아이스크림 스푼을 가리켰다. 「그 사람을 제외한 다섯 명의 친척 가운데 한 사람이 범인입니다. 논리적이지요?」

래티머는 입을 열다 말고 고개를 끄덕였다.

하키 대령은 의기양양하게 웃음을 지었다. 「그게 트릭입니다.」

「트릭이라고요?」

「로빈슨 경은 용의자들 가운데 누군가가 아닌, 집사에게 살해당한 겁니다. 집사의 아내를 로빈슨 경이 유혹한 거지요! 이 점을 어떻게 생각하십니까?」

「아주 독창적이군요.」

하키 대령은 만족스러운 듯 의자에 등을 기대더니 군복 상의를 매만져 구김살을 폈다. 「그냥 트릭에 지나지 않지만 마음에 드신다니 기쁩니다. 물론 전체 플롯은 상세하게 짜놓았습니다. 탐정 역은 런던 경찰청의 고등 판무관입니다. 그 사람은 용의자 가운데 한 명인 아름다운 여자에게 빠져 계속 구애하는데, 그 여자를 위해 사건을 해결하려고 애씁니다. 아주 예술적이지요. 여하튼, 말씀드렸듯이 전체 줄거리는 이미 써놓았습니다.」

「그 노트를 꼭 보고 싶군요.」 래티머가 진심으로 말했다.

「그렇게 말씀해 주시기를 바랐습니다. 지금 바쁘십니까?」

「전혀요.」

「그럼 제 사무실로 같이 가시죠. 제 노트를 보여 드리겠습니다. 프랑스어로 썼습니다.」

래티머는 아주 잠깐 망설였다. 하지만 달리 할 일도 없었고, 하키 대령의 사무실을 보는 것도 흥미롭겠다는 생각이 들었다.

「네, 그러시죠.」 래티머가 말했다.

*

하키 대령의 사무실은 갈라타의, 전에는 싸구려 호텔이었던 듯하지만 안에서 보면 영락없는 관공서 건물 맨 위층에 있었다. 복도 막다른 곳에 있는 큰 방이었다. 두 사람이 들어갔을 때 제복 차림의 서기가 책상 위로 몸을 숙이고 있다가 등을 곧게 펴고 뒤꿈치를 딱 붙이고 서서 터키어로 뭐라고 말했다. 대령은 대답을 하더니 가도 좋다고 고개를 끄덕였다. 래티머는 주위를 둘러보았다. 책상 말고도 작은 의자 몇 개와 미국산 생수기가 보였다. 벽에는 아무런 장식이 없고, 바닥은 코코넛 매트로 덮여 있었다. 창문 밖에는 녹색의 기다란 격자무늬 햇빛 가리개가 달려 있어 햇빛 대부분을 막았다. 열기로 후끈거리는 차를 타고 온 뒤라서 실내가 아주 시원했다.

대령은 래티머에게 앉으라는 뜻으로 의자를 가리켰고, 담배를 한 대 주고 서랍 속을 뒤지기 시작했다. 마침내 대령은 타자한 종이를 두어 장 꺼내 내밀었다.

「이겁니다, 래티머 선생님. 〈피 묻은 유언장의 수수께끼〉라고 제목을 붙였지만, 이 제목이 최선인지는 잘 모르겠습니다. 딱 맞는 제목은 이미 다른 사람들이 다 사용했더군요. 하지만 뭔가 다른 제목을 생각해 볼 작정입니다. 읽어 보신 뒤 사양하지 마시고 솔직하게 의견을 들려주셨으면 합니다. 뭔가 바꾸는 게 좋겠다고 생각하시는 점이 있다면, 바꾸겠습니다.」

래티머가 종이를 받아서 읽는 동안, 하키 대령은 책상 모서리에 걸터앉아 반질거리는 부츠를 신은 긴 다리를 흔들어 댔다.

래티머는 종이를 두 번 읽고 나서 내려놓았다. 몇 번이나 소리 내어 웃고 싶었던 자신이 부끄러웠다. 이곳에 오지 말았어야 했다. 하지만 **이미** 왔으니 최대한 빨리 돌아가는 것이 최선이었다.

「현재로서는 특별히 고칠 만한 부분이 보이지 않습니다.」 래티머가 천천히 말했다. 「물론, 다시 잘 살펴봐야죠. 이런 줄거리는 실수를 저지르기 쉬우니까요. 신중하게 생각해야 할 부분이 많습니다. 예를 들어 영국 법률 집행 과정이라든가요…….」

「그렇죠, 그렇죠, 물론입니다.」 하키 대령이 책상에서 미끄러지듯 내려와 의자에 앉았다. 「하지만 선생님은 이게 쓸 만하다고 생각하시는 거죠, 그렇죠?」

「너그러우신 호의에 정말로 감사드립니다.」래티머가 모호하게 말했다.

「별거 아닙니다. 책이 나오면 한 권 보내 주시면 됩니다.」대령은 의자를 빙그르르 돌려 전화 수화기를 들었다. 「가지고 가시게 복사를 해드리겠습니다.」

래티머는 의자에 등을 기댔다. 이것으로 대충 끝낸 것이다. 복사본을 만드는 데는 그리 오래 걸리지 않을 것이다. 래티머는 대령이 누군가와 전화로 이야기하는 소리를 듣다가 얼굴을 찡그리는 것을 보았다. 대령은 수화기를 놓고 래티머 쪽으로 돌아앉았다.

「실례지만, 간단한 일을 좀 처리해도 될까요?」

「물론입니다.」

하키 대령은 두툼한 파일을 끌어당겨 그 안의 서류를 살피기 시작했다. 그러고는 하나를 골라 훑어보았다. 대령이 서류를 살피는 동안 제복을 입은 아까 그 서기가 문을 두드리더니 겨드랑이에 노란색 얇은 폴더를 끼고 행진하듯 걸어왔다. 대령이 폴더를 받아 자기 앞 책상에 놓은 뒤 『피 묻은 유언장의 수수께끼』를 건네며 지시하자, 서기는 뒤꿈치를 부딪쳐 경례를 하고 방에서 나갔다. 방 안에는 정적이 감돌았다.

래티머는 담배에 정신이 팔린 척하며 책상 너머를 힐끗 바라보았다. 하키 대령은 폴더 안 서류를 천천히 넘기고 있었다. 그 얼굴에는 래티머가 전에 보지 못한 표정이 서려 있었다. 자신이 완벽하게 잘 아는 분야의 일을 처리하는 전문가의 표정이었다. 그 표정에는 여러 해 동안 경험이 쌓인 고양이가 아직 어리고 미숙한 쥐를 살피는 모습을 연상케 하는 침착함이 담겨 있었다. 그 순간, 래티머는 하키 대령에 대한 판단을 바꾸었다. 조금 전까지 래티머는 자기도 모르게 남에게 웃음거리가 될 일을 한 사람에게 갖는 동정심을 대령에게 느끼고 있었다. 하지만 이제 래티머는 대령에게 그러한 동정심이 필요 없다는 사실을 깨달았다. 대령이 노르스름한 손가락으로 폴더의 서류를 넘기는 동안, 래티머는 콜린슨의 말이 떠올랐다. 〈죄수를 고문하는 방법 때문이었지요.〉 돌연 래티머는 자신이 처음으로 하키 대령의 참모습을 보고 있다는 사실을 깨달았다. 이윽고 하키 대령은 고개를 들어, 생각에 잠긴 채 연한 잿빛 눈으로 래티머의 넥타이를 바라보았다.

한순간 래티머는 책상 맞은편의 남자가 자기 넥타이를 바라보는 것처럼 보이지만 실제로는 자기 마음을 들여다보는 것 아닌가 하는 불안한 의심이 들었다. 이윽고 대령의 눈동자가 위쪽으로 이동해 래티머를 보며 이를 드러내고 씨익 웃었다. 그 웃음에 래티머는 왠지 뭔가 훔치려다 들킨 듯한 기분이 들었다.

하키 대령이 말했다. 「혹시 **진짜** 살인에 관심 있으신지 궁금하군요, 래티머 선생님.」

제2장
디미트리오스에 관한 기록

래티머는 얼굴이 붉어지는 것을 느꼈다. 상대를 내려다보던 프로에서 갑자기 어리석은 아마추어로 입장이 바뀌었기 때문이다. 살짝 당황스러웠다.

「음, 네,」 래티머가 천천히 말했다. 「관심 있습니다.」

하키 대령이 입을 꽉 다물었다. 「있잖습니까, 래티머 선생님,」 대령이 말했다. 「저는 진짜 살인자보다 *roman policier*(추리 소설)의 살인자에게 훨씬 더 공감이 갑니다. *Roman policier*(추리 소설) 속에는 시체 한 구, 용의자 몇 명, 탐정 한 명, 교수대 하나가 있지요. 예술적입니다. 하지만 진짜 살인범은 전혀 예술적이지 않습니다. 일종의 경찰관인 제가 단언할 수 있습니다.」 하키 대령은 책상 위의 폴더를 톡톡 두드렸다. 「여기에 진짜 살인범이 있습니다. 우리는 거의 20년 전부터 그 존재를 알고 있었지요. 이건 그자에 관한 기록입니다. 우리는 그자가 저질렀을 것으로 짐작되는 살인을 하나 압니다. 그리고 그자가 저질렀지만 우리가 전혀 모르는 살인들도 분명히 있을 겁니다. 전형적인 악당입니다. 교활하고 속되고 비겁한 인간쓰레기지요. 살인, 스파이질, 마약 밀매 전력이 있습니다. 암살도 두 건이나 있고요.」

「암살! 그건 꽤 용기가 필요하지 않습니까?」

하키 대령은 불쾌한 듯 소리 내어 웃었다. 「선생님, 디미트리오스는 직접 총을 쏘는 일은 전혀 하지 않았을 겁니다. 전혀요! 이런 종류의 인간은 위험한 일은 절대로 하지 않습니다. 암살 계획을 짜죠. 이런 종류의 인간들은 프로이자 〈청부업자〉입니다. 목적을 위해서라면 수단과 방법을 가리지 않는 사업가와 정치가, 신념을 위해선 죽음도 마다하지 않는 광신자, 이상주의자의 연결 역할을 합니다. 암살 또는 암살 미수에 관해 알아야 할 중요한 점은, 누가 총을 쐈는가가 아니라 누가 그 총탄에 돈을 지불했느냐입니다. 그 점을 가장 자세히 설명할 수 있는 게 디미트리오스같이 비열한 놈들입니다. 놈들은 불편한 감옥 생활을 피하기 위해 언제든 말을 할 준비가 되어 있지요. 디미트리오스 역시 다른 놈들과 마찬가지였을 겁니다. 용기라니요!」 하키 대령은 다시 소리 내어 웃었다. 「디미트리오스는 다른 놈들보다 좀 머리가 좋았습니다. 그건 인정합니다. 제가 아는 한 어느 나라 정부에서도 그자를 잡지 못했고, 서류철에는 사진 한 장 없습니다. 하지만 우리는 그자를 알고 있고, 소피아와 베오그라드, 파리, 아테네도 마찬가지입니다. 디미트리오스는 활동 무대가 조금 넓었습니다.」

「그 사람이 마치 죽었다는 것처럼 들리는군요.」

「그렇습니다, 그자는 죽었습니다.」 하키 대령은 경멸하듯이 얇은 입술을 일그러뜨렸다. 「어젯밤 어떤 어부가 보스포루스 해협에서 그자의 시체를 끌어 올렸습니다. 배에서 칼에 찔린 뒤 바다로 던져진 듯합니다. 쓰레기에 걸맞게 바다에 떠 있었지요.」

「어쨌든,」 래티머가 말했다. 「폭력에 의해 죽었군요. 인과 응보인 듯합니다.」

「아하!」 하키 대령은 몸을 앞으로 숙였다. 「작가다운 말씀입니다. 모든 것이 *roman policier*(추리 소설)처럼 예술적으로 깔끔하게 매듭지어져야 한다는 거죠. 좋습니다!」 대령은 서류철을 끌어당겨 펼쳤다. 「잘 들어 보십시오, 래티머 선생님. 그리고 예술적인 면이 있는지 알려 주십시오.」

대령은 서류를 읽기 시작했다.

「디미트리오스 마크로풀로스.」 하키 대령은 말을 멈추고 고개를 들었다. 「우리는 이게 그자를 입양한 가족의 성인지 아니면 가명인지 끝내 알아내지 못했습니다. 우리는 대개 그자를 디미트리오스라고 부릅니다.」 대령은 다시 기록으로 시선을 돌렸다. 「디미트리오스 마크로풀로스. 1889년 그리스 라리사에서 출생. 버려진 채 발견. 부모 미상. 어머니는 루마니아인인 듯. 그리스인으로 등록되어 그리스인 가족에게 입양됨. 그리스 당국에 범죄 기록 있음. 상세한 사항은 입수하지 못함.」 하키 대령은 고개를 들어 래티머를 바라보았다. 「우리가 그자의 존재를 안 것은 이 이후입니다. 우리가 그자의 이름을 처음 들은 건 1922년 이즈미르[6]에서였습니다. 우

6 터키 서부의 항구 도시. 옛 이름은 〈스미르나〉이다.

리 군대가 그곳을 점령하고 며칠 뒤였죠. 숄렘이라는 이름의 된메[7] 한 명이 목이 베인 채 자기 방에서 발견되었습니다. 숄렘은 대부업자로, 돈을 마룻바닥 아래 숨겨 놓았죠. 그런데 누군가가 그 마룻바닥을 뜯고 돈을 훔쳐 갔습니다. 당시 이즈미르에는 폭력이 난무했기에, 군 당국에서도 이 사건을 그다지 주목하지 않았습니다. 우리 병사 중 누군가가 그랬을 거라고 생각했죠. 하지만 숄렘의 친척인 다른 유대인이, 드리스 모하메드라는 흑인이 한 카페에서 돈을 뿌려 대면서 유대인이 무이자로 돈을 빌려줬다고 자랑했다며 군 당국에 신고했습니다. 조사가 이루어졌고, 드리스가 체포되었죠. 군법정에 선 드리스의 대답은 당국을 만족시키지 못해 결국 사형 선고를 받았습니다. 그러자 드리스는 자백했지요. 자신은 원래 무화과를 포장하는 인부였는데, 디미트리오스라는 동료가 숄렘이 돈을 마룻바닥에 숨겨 놓았다는 말을 해줬다는 겁니다. 두 사람은 함께 강도 계획을 세운 뒤, 밤에 숄렘의 방으로 들어갔습니다. 드리스의 말에 따르면, 유대인을 죽인 건 디미트리오스였습니다. 드리스는, 아마도 그리스인으로 등록된 디미트리오스가 도망쳐서 해안의 비밀 장소에 대기하고 있던 피란선에 탔을 거라고 주장했지요.」

대령은 어깨를 으쓱했다. 「군 당국은 그 말을 믿지 않았습니다. 당시 우리는 그리스와 전쟁 중이었고, 죄인이 사형을 면하기 위해 지어냈을 법한 이야기였으니까요. 당국은 디미트리오스라는 무화과 포장 인부가 있었고, 동료들이 그자를

7 무슬림으로 개종한 유대인.

싫어했으며, 그자가 모습을 감췄다는 사실 등을 알아냈습니다.」대령이 이를 드러내며 씨익 웃었다.「그 무렵 모습을 감춘 그리스인 중에는 디미트리오스라는 이름이 많았습니다. 그 사람들의 시체가 거리에 뒹굴거나 항구에 떠 있었죠. 그 흑인은 자기 말을 증명할 수가 없었고, 결국 교수형을 당했습니다.」

대령은 말을 멈췄다. 여기까지 말하는 동안 대령은 기록을 한 번도 보지 않았다.

「기억력이 아주 좋으시군요.」래티머가 말했다.

대령이 다시 이를 드러내며 씨익 웃었다.「저는 그 군사법정의 재판장이었으니까요. 그 일로 인해 저는 나중에 디미트리오스를 주목하게 되었습니다. 1년 뒤 저는 비밀경찰로 부서를 옮겼죠. 1924년에 대통령 암살 음모가 발각되었습니다. 대통령이 칼리프제를 폐지한 해인데, 암살 음모는 표면상 광신자 집단의 짓이라고 알려졌죠. 하지만 사실 그 배후엔 국경을 접한 어떤 우호국 정부의 도움을 받는 이들에게 사주받은 청부업자들이 있었습니다. 사주한 자들에겐 대통령을 없앨 충분한 이유가 있었습니다. 그러나 그 음모가 발각되었지요. 구체적인 내용은 중요하지 않습니다. 그런데 도망친 청부업자 중 한 명이 디미트리오스였지요.」하키 대령은 래티머에게 담배를 내밀었다.「피우시지요.」

래티머는 고개를 저었다.「같은 디미트리오스였나요?」

「그렇습니다. 자, 이제 솔직히 말씀해 주십시오, 래티머 선생님. 지금까지 말씀드린 이야기 속에 뭔가 예술적인 면이 있습니까? 선생님께서는 이 이야기로 훌륭한 *roman policier*(추리 소설)를 쓸 수 있겠습니까? 작가의 흥미를 끌 만한 부분이 조금이라도 있습니까?」

「당연히 저는 경찰 일에 굉장한 흥미를 느낍니다. 하지만 디미트리오스는 어떻게 되었나요? 이야기는 어떻게 결말이 났나요?」

하키 대령은 손가락을 튕겼다. 「아하! 저는 선생님이 그 질문을 해주시길 기다렸습니다. 그러실 줄 알았습니다. 제 답은 이렇습니다. 이 이야기는 끝이 나지 **않았습니다!**」

「그럼 어떻게 되었나요?」

「말씀드리지요. 첫 번째 문제는, 이즈미르의 디미트리오스와 에디르네[8]의 디미트리오스가 같은 인물인지 확인하는 일이었습니다. 그래서 우리는 숄렘 살인 사건을 다시 조사해 살인 용의자로서 그리스인 무화과 포장 인부 디미트리오스 앞으로 체포장을 발부하고, 그것을 바탕으로 각국 경찰에 협력을 의뢰했습니다. 크게 정보를 얻진 못했지만, 그래도 성과가 있었습니다. 디미트리오스는 1923년 마케도니아 장교단의 쿠데타에 앞선 불가리아의 스탐볼리스키[9] 암살 미수 사건과 관계가 있었지요. 소피아 경찰은 그자가 이즈미르에서 온 그리스인으로 알려져 있다는 사실 말고는 거의 아무런 정보도 없었습니다. 소피아 경찰은 소피아에서 그자가 사건 여

---

8 터키 서북쪽 끝에 있는 상업 도시. 〈아드리아노플〉이라고도 한다.
9 Aleksandar Stamboliyski(1879~1923). 불가리아의 정치인. 농민당의 지도자로서 1919년부터 1923년까지 불가리아 총리를 역임했다.

자를 조사했는데, 그 여자는 얼마 전 그자가 보낸 편지를 받았다고 진술했습니다. 주소는 적혀 있지 않았지만, 그 여자는 아주 급한 용무로 그자를 만나고 싶었기 때문에 소인을 살펴보았다더군요. 편지는 에디르네에서 보낸 것이었습니다. 소피아 경찰은 그자의 인상착의를 대충 알아냈죠. 이즈미르의 흑인이 말한 인상과 일치했습니다. 그리스 경찰이 그자의 1922년 이전 범죄 기록이 있다면서 아까 말한 출생에 관한 자료를 제공해 주었습니다. 영장은 아직도 유효하지만, 우리는 결국 디미트리오스를 찾아낼 수 없었습니다.

우리가 그자의 이름을 다시 들은 건 그러고 나서 2년이 지난 뒤였습니다. 유고슬라비아 정부가 우리에게 터키 국적의 디미트리오스 탈라트라는 남자에 대한 조회를 의뢰했습니다. 그쪽 설명에 따르면 강도 혐의였지만, 베오그라드의 우리 측 스파이의 보고에 의하면, 사실은 해군의 어떤 기밀 서류 도난 사건과 관계된 것으로, 유고슬라비아가 그자에게 내리려는 죄명은 〈프랑스를 위한 스파이 행위〉였습니다. 디미트리오스라는 이름과 베오그라드 경찰에서 보내온 인상착의로 보아, 우리는 그 탈라트라는 남자가 아마도 이즈미르의 디미트리오스일 거라고 추측했습니다. 비슷한 시기에 스위스의 우리 영사가 앙카라에서 발행한 것으로 보이는 탈라트라는 사람의 여권을 갱신해 주었습니다. 탈라트는 흔한 터키 이름이지만, 갱신한 내용을 기록하려다 그런 번호의 여권은 발급된 적이 없음을 알게 되었습니다. 위조된 여권이었던 거죠.」 대령이 두 손을 폈다. 「어떻습니까, 래티머 선생님? 이런 이야기입니다. 미완성이고, 예술적이지 않지요. 탐정의 활약도, 용의자도, 숨은 동기도 없는 천박한 이야기일 뿐입니다.」

「하지만 그럼에도 흥미롭군요.」 래티머가 반대 의견을 말했다. 「탈라트 사건은 어떻게 되었습니까?」

「여전히 결말을 원하십니까, 래티머 선생님? 좋습니다. 말씀드리지요. 탈라트에 관해서는 아무 일도 일어나지 않았습니다. 그건 그냥 이름일 뿐입니다. 우리는 그 뒤로 그 이름을 들은 적이 없습니다. 그자가 그 여권을 썼는지도 알지 못합니다. 그리고 그건 문제가 안 됩니다. 우리는 이제 디미트리오스를 붙잡았습니다. 맞습니다, 시체지요. 하지만 우리는 그자를 붙잡았습니다. 누가 그자를 죽였는지는 아마도 영원히 알 수 없겠지요. 그리고 분명, 경찰에서는 조사한 뒤 범인을 찾을 가망이 없다고 우리에게 보고해 올 겁니다. 그러면 이 서류는 보관 창고로 들어가겠지요. 이런 종류의 수많은 사건 가운데 하나에 지나지 않게 되는 거지요.」

「마약에 관해서도 뭔가 말씀하셨죠.」

하키 대령은 지루한 표정을 짓기 시작했다. 「아, 그랬지요. 디미트리오스는 어떤 시기에 큰돈을 손에 넣은 듯합니다. 이것 역시 미완성 이야기지요. 베오그라드 사건이 있고 3년 뒤, 우리는 그자의 이름을 또 들었습니다. 우리와 전혀 관계없는 일이었지만, 사무 처리상 그 정보는 서류철에 더해졌지요.」 하키 대령은 서류철을 들여다보았다. 「1929년, 국제 연맹의 마약 밀매를 다루는 자문 위원회는 프랑스 정부로부터 스위스 국경에서 헤로인을 대량 압수한 사건에 관한 보고를 받았습니다. 그 마약은 소피아에서 온 기차 침대칸 매트리스 속에 숨겨져 있었지요. 기차 승무원 한 명이 그 마약 밀수범이라는 게 밝혀졌는데, 그자는 달리 아는 게 없었는지 아니면 말할 생각이 없었는지, 여하튼 종착지인 파리 역에서 일하는 남자가 그 마약을 받기로 되어 있었다는 말만 했습니다. 그 역무원은 그자의 이름도 모르고 말을 나눈 적도 없지만 인상착의를 설명할 수는 있었습니다. 나중에 파리의 그 남자가 체포되었는데, 조사 과정에서 그자는 마약 밀수는 인정했지만 마약의 최종 목적지는 어디인지 모른다고 주장했습니다. 한 달에 한 번씩 화물을 받아 제3의 인물에게 넘겨준다고 했습니다. 경찰은 함정을 파놓고 그 제3의 인물을 붙잡아 조사해 보았지만, 네 번째 중개인이 있다는 사실을 알아낸 게 전부였습니다. 경찰은 그 사건 관련자 여섯 명을 구속했지만, 제대로 된 단서는 고작 하나뿐이었죠. 그것은 그 불법 마약 조직의 두목이 디미트리오스라고 알려진 사람이라는 사실이었습니다. 그리고 불가리아 정부는 자문 위원회를 통해 라도미르에서 비밀 헤로인 제조 공장을 발견했고, 발송 준비가 끝난 헤로인 230킬로그램을 압수했다고 발표했습니다. 수취인의 이름은 디미트리오스였습니다. 이후 1년 동안 프랑스 정부는 디미트리오스 앞으로 보내는 다량의 마약을 한두 차례 더 발견하는 성과를 거두었습니다. 그러나 디미트리오스에게 더 가까이 접근하는 데는 실패했지요. 여러 가지 어려움이 있었어요. 마약 운송 경로가 단 한 번도 같은 적이 없는 듯했고, 그해, 그러니까 1930년 말까지 경찰은 밀수꾼들과 조무래기 밀매인들만 잔뜩 잡았을 뿐이었죠. 경찰이 압수한 헤로인의 양으로 판단하건대, 디미트리오스는 거액의 이득을 얻은 것이 분명했습니다. 그런데 그로부터 1년쯤 지나, 디미트리오스는 마약 밀수에서 갑작스레 손을 뗐습니다. 프랑스 경찰이 그 사실을 최초로 알게 된 단서는 경찰 앞으로 온 익명의 편지였습니다. 그 편지에는 마약 밀수 조직의 주요 인물의 이름과 이력, 각자에 관한 증거를 입수하는 방법 등이 자세히 적혀 있었습니다. 그즈음 프랑스 경찰은 그 일에 관해 독자적인 견해를 가지고 있었습니다. 디미트리오스 자신이 헤로인 중독자가 되었다는 것이었지요. 그것이 진짜인지 아닌지는 모르겠습니다만, 12월까지 일당이 모두 체포되었습니다. 그중에는 사기 행위로 이미 체포 영장이 발부된 여자도 있었죠. 체포된 사람 가운데 몇 명은 감옥에서 나오면 디미트리오스를 죽이겠다고 벼르기도 했지만, 디미트리오스에 관해 그자들이 경찰에 말할 수 있는 것은 성이 마크로풀로스이고 파리 제17구에 아파트가 있다는 것 정도뿐이었습니다. 경찰은 그 아파트도 디미트리오스도 찾아내지 못했습니다.」

서기가 들어와 책상 옆에 서 있었다.

「아하,」 하키 대령이 말했다. 「이게 선생님께 드리는 복사본입니다.」

래티머는 사본을 받으며 건성으로 고맙다고 말했다.

「그리고 디미트리오스에 관해 들은 것은 그게 마지막이었나요?」 래티머가 물었다.

「아, 아닙니다. 우리가 마지막으로 그자의 이름을 들은 것은 그로부터 약 1년 뒤입니다. 어떤 크로아티아인이 자그레브에서 유고슬라비아의 정치가를 암살하려고 했지요. 경찰의 심문을 받는 과정에서 그 암살 용의자는 자기가 사용한 권총은 친구들이 로마에서 디미트리오스라는 자로부터 구한 것이라고 말했습니다. 만일 그것이 이즈미르의 디미트리오스라면, 그자는 예전 직업으로 돌아간 것이 분명합니다. 비열한 인간이지요. 그자처럼 보스포루스의 바다에 떠올라야 할 인간이 몇 명 더 있습니다.」

「그자의 사진을 한 번도 입수한 적이 없다고 하셨는데, 그자인지 어떻게 알아보셨습니까?」

「시체의 코트 안감에 프랑스에서 발행한 *carte d'identité*(신분증)가 꿰매어져 있었습니다. 약 1년 전 리옹에서 디미트리오스 마크로풀로스에게 발행한 것이었죠. 단기 입국자에게 발행하는 카드로, 무직이라고 기재되어 있었습니다. 그건 아무런 의미도 없지요. 물론 그 카드에는 사진이 있습니다. 우리는 그 카드를 프랑스 당국에 넘겼습니다. 그쪽에서는 틀림없는 진짜라고 하더군요.」하키 대령은 서류철을 옆으로 밀어 놓고 일어섰다. 「내일 검시가 있습니다. 저는 경찰의 시체 보관소에 가서 시체를 봐야 합니다. 작품을 쓸 때는 굳이 이런 일들까지 다룰 필요가 없겠지요, 래티머 선생님. 이런저런 절차 가운데 하나에 불과하니까요. 보스포루스 해협에서 어떤 남자가 시체로 발견되었다면 이는 분명히 경찰 소관입니다. 그러나 그자가 제 서류철에도 들어 있으니 제

조직도 개입할 수밖에 없습니다. 제 차가 기다리고 있습니다. 어디 가실 곳이 있으면 모셔다 드리겠습니다.」

「너무 멀리 돌아가는 것이 아니라면 제 호텔까지 데려다주시겠습니까?」

「물론이지요. 새 작품 줄거리는 잘 가지고 계시지요? 좋습니다, 그럼 가시죠.」

차 안에서, 하키 대령은 『피 묻은 유언장의 수수께끼』의 장점을 공들여 설명했다. 래티머는 대령에게 다시 연락을 취할 것이고 작품 진행 상황도 알려 주겠노라고 약속했다. 차가 래티머의 호텔 앞에서 멈췄다. 작별 인사를 나눈 뒤, 래티머는 차에서 내리려다 잠시 망설이더니 다시 자리에 앉았다.

「있잖습니까, 대령님.」 래티머가 말했다. 「다소 이상하게 보일지 모르지만, 부탁 하나 드리고 싶습니다.」

대령은 관대하게 손짓하며 말했다. 「뭐든지 말씀만 하십시오.」

「저도 그 디미트리오스라는 자의 시체를 보고 싶습니다. 혹시 제가 대령님과 같이 가면 안 될까요?」

대령은 얼굴을 찡그리며 어깨를 으쓱했다. 「원하신다면 그러셔도 됩니다. 하지만 대체 왜…….」

「저는 지금까지,」 래티머는 재빨리 거짓말을 했다. 「시체도, 시체 보관소도 본 적이 없습니다. 추리 소설가라면 그런 것들을 봐둬야 할 것 같아서요.」

대령의 얼굴이 밝아졌다. 「물론 그렇지요. 본 적도 없는 걸 쓸 수는 없는 법이니까요.」 대령은 운전기사에게 출발하라는 신호를 보냈다. 「어쩌면,」 차가 다시 움직이자 대령이 덧붙였다. 「선생님의 새 작품에 시체 보관소 장면을 넣을 수도 있겠군요. 어떻게 넣으면 좋을지 저도 한번 고민해 보겠습니다.」

*

시체 보관소는 누리오스마니에 사원 근처, 경찰서 구내에 위치한 작은 함석지붕 건물이었다. 대령이 부른 담당 경찰관의 안내로, 두 사람은 경찰서 본관과 시체 보관소 사이의 뜰을 가로질렀다. 오후의 열기로 콘크리트 위에 아지랑이가 어른거려, 래티머는 괜히 왔다는 후회가 들기 시작했다. 함석지붕을 얹은 시체 보관소를 방문하기에는 적당하지 않은 날씨였다.

경찰관이 자물쇠를 따고 문을 열었다. 오븐에서 풍겨 나오는 듯한 뜨거운 석탄 냄새 어린 열기가 둘을 반겼다. 래티머는 모자를 벗고 대령을 따라 안으로 들어갔다.

그 건물에는 창문이 없었고, 조명은 에나멜 칠을 한 전등갓이 달린 밝은 전구 하나뿐이었다. 가운데에 통로가 있고 그 양쪽에 높다란 목제 테이블이 네 개씩 놓여 있었다. 세 개를 제외한 나머지 테이블에는 아무것도 없었다. 세 개의 테이블 위에는 뻣뻣하고 두꺼운, 타르 칠을 한 방수포가 덮여 있었는데, 다른 테이블보다 살짝 불룩해 보였다. 숨 막히는 열기 속에서, 래티머는 땀이 셔츠를 적시고 다리를 타고 흘러내리는 것을 느꼈다.

「아주 덥군요.」래티머가 말했다.

대령은 어깨를 으쓱하고는 턱으로 테이블 쪽을 가리켰다. 「시체들은 불평하지 않으니까요.」

경찰관은 방수포가 덮인 테이블 세 개 가운데 가장 가까운 테이블로 가서 몸을 굽히고 방수천을 벗겼다. 대령이 그곳으로 가서 내려다보았다. 래티머는 마음을 굳게 먹고 따라갔다.

테이블 위에 누운 이는 쉰 살 정도 된, 키가 작고 어깨가 넓은 남자였다. 테이블 발치에 선 래티머의 위치에서는 얼굴이 거의 보이지 않았고, 창백한 피부 일부와 뒤엉킨 백발이 조금 보일 뿐이었다. 시체는 고무 입힌 방수포에 싸여 있었다. 발 옆에 속옷, 셔츠, 양말, 꽃무늬 넥타이, 바닷물에 거의 회색으로 변한 파란 서지 양복 등 구겨진 옷가지가 가지런히 놓여 있었다. 옆에는 폭이 좁고 끝이 뾰족한 구두도 있었는데, 구두창이 마르면서 뒤틀려 있었다.

래티머는 얼굴을 볼 수 있도록 한 걸음 더 다가갔다.

누구도 눈을 감겨 주는 정성을 보이지 않아, 흰자위 부분이 전구를 응시하고 있었다. 아래턱이 살짝 내려가 입은 벌어져 있었다. 얼굴은 래티머가 상상했던 것과 상당히 달랐다. 얼굴형은 다소 동그랬고, 얄팍하리라 생각했던 입술은 두툼했으며, 감정적인 스트레스를 받으면 표정이 바뀌고 볼이 떨릴 유형의 사람이었다. 뺨은 처지고 깊은 주름이 져 있었다. 그러나 그 얼굴 뒤에 있던 영혼을 판단하기에는 이제 너무 늦어, 영혼은 사라지고 없었다.

경찰관은 아까부터 대령에게 뭐라고 이야기하더니 이제

는 말을 멈추었다.

「의사의 말에 따르면, 배가 칼에 찔려 죽었다는군요.」하키 대령이 통역했다.「물속에 빠졌을 때 이미 죽은 뒤였답니다.」

「옷은 어디 것인가요?」

「그리스제 양복과 신발을 제외하면 모두 리옹 것입니다. 싸구려죠.」

하키 대령은 경찰관과 다시 대화를 시작했다.

래티머는 시체를 물끄러미 바라보았다. 이 시체가 바로 그 디미트리오스였다. 무슬림으로 개종한 유대인 숄렘의 목을 그었다고 여겨지는 자였다. 암살을 기도하고 프랑스를 위해 스파이 노릇을 한 자였다. 마약을 밀수하고 크로아티아 테러 분자에게 권총을 제공했으며, 마침내 자기도 폭력에 의해 죽은 자였다. 그리고 이 잿빛 덩어리가 그 긴 여정의 종말이었다. 디미트리오스는 오래전에 떠난 나라로 마침내 돌아온 것이었다.

오랜 세월이었다. 진통으로 괴로워했던 유럽은 그 고통을 통해 한순간 새로운 영광을 누렸으나, 다시 무너져 전쟁과 공포의 고뇌 속에서 몸부림쳤다. 정권들이 수립되었다가 스러졌다. 남자도 여자도 일하고, 굶주리고, 연설하고, 싸우고, 고문받고, 죽었다. 환상이라는 향긋한 가슴에 안긴 도망자의 꿈처럼 희망이 나타났다 사라졌다. 선반이 자기네들을 멸망시킬 총포를 만들어 내는 동안, 사람들은 정신을 마비시키는 마약을 콩콩거리고 아무 생각 없이 기다리는 법을 몸에 익혔다. 그리고 그 오랜 세월 동안 디미트리오스는 살았고, 호흡했고,

그 자신의 기묘한 신들의 뜻에 따랐다. 디미트리오스는 위험한 인간이었다. 그러나 지금 죽음의 고독 속에서 전 재산인 누추한 옷가지 옆에 누워 있으니 참으로 처량해 보였다.

래티머는 담당 경찰관과 대령을 바라보았다. 둘은 경찰관이 꺼낸 인쇄된 서식을 채우는 일에 대해 논의하더니, 옷 있는 쪽으로 가서 옷의 목록을 작성하기 시작했다.

디미트리오스는 한때 돈을, 많은 돈을 벌었다. 그런데 그 돈은 어떻게 되었을까? 다 썼을까, 아니면 잃었을까? 〈쉽사리 얻은 것은 쉽사리 잃는다〉는 말이 있다. 그렇다면 디미트리오스는 어떠한 수단으로 입수한 돈이든 쉽사리 포기할 사람이었을까? 이 사람에 대해서는 아는 게 거의 없다! 그에 대한 기록에는 그 인생 중 아주 사소한 사건들에 관한 사소한 사실들만 담겨 있을 뿐이다! 그 이상은 아무것도 모른다. 물론 기록이 알려 주는 부분도 있다. 기록은 디미트리오스가 비양심적이고, 잔인하고, 배반을 일삼는 인물이었음을 알려 준다. 기록은 그자가 평생 범죄를 저질러 왔음을 알려 준다. 하지만 기록은 숄렘의 목을 그은 자의, 파리 제17구역 아파트에 살았던 이의 삶을 전혀 보여 주지 못한다. 그리고 이자는 기록에 담긴 범죄들 말고 다른 범죄들도, 아마 더 심각한 범죄들도 저질렀을 것이다. 기록에서 아주 간단하게 처리된 그 2~3년의 공백 기간에 무슨 일이 있었을까? 그리고 1년 전 리옹에 있을 때부터 지금까지 무슨 일이 있었을까? 네메시스[10]와 만날 약속을 이행하기까지 어떤 경로를 따라왔을까?

10 그리스 신화에 등장하는 복수의 여신.

하키 대령은 대답은 고사하고 그런 걸 궁금해할 리조차 없었다. 대령은 오로지 썩어 가는 시체 처리라는 현실적인 문제만 염두에 둔 프로였다. 하지만 디미트리오스와 만난 적이 있고 그자에 관해 아는 이가 분명 있을 터였다. 그자의 친구들(만일 친구가 있었다면), 적들, 스미르나 사람들, 소피아 사람들, 베오그라드 사람들, 그리고 아드리아노플, 파리, 리옹 등 유럽 각지에 그 질문들에 **답**을 해줄 사람들이 있을 것이다. 그런 사람들을 찾아 답을 듣는다면, 분명 야릇하기 짝이 없는 전기의 자료를 얻을 수 있을 것이다.

한순간 래티머는 당황했다. 물론 실행에 옮기기에는 터무니없는 일이었다. 말할 수 없이 어리석었다. 그것을 실행에 옮기려면, 사건 기록철을 대충 가이드 삼아, 스미르나에서부터 한 사람의 발자취를 하나하나 더듬어 가야 했다. 사실 탐정술 체험이 되긴 할 것이었다. 물론 새로운 사실을 전혀 찾아내지 못할 수도 있겠지만, 실패 속에서도 귀중한 자료를 얻을 수는 있을 터였다. 소설에서 아주 간단히 넘어가는 정보 수집 과정을 그 자신이 직접 해나가는 것이다. 제정신인 사람이라면 그런 헛된 시도를 꿈조차 꾸지 않으리라. 절대로! 하지만 생각 자체는 재미있었으며, 만약 이스탄불에 좀 싫증이 난 사람이라면…….

얼굴을 든 래티머는 대령과 시선이 마주쳤다.

대령은 실내가 덥다며 얼굴을 찡그렸다. 담당 경찰관과의 용무가 끝난 듯했다. 「원하시는 것을 다 보셨습니까?」

래티머가 고개를 끄덕였다.

하키 대령은 몸을 돌리더니, 자신이 빚은 창조물을 두고 떠나려는 사람처럼 시체를 바라보았다. 몇 초 정도, 대령은 꼼짝 않고 있었다. 그러더니 다음 순간 오른손을 내밀어 죽은 이의 머리칼을 잡아 머리를 들어 올리고는 그 흐리멍덩한 눈을 들여다보았다.

「추악한 악마이지 않습니까?」 대령이 말했다. 「인생은 정말 이상합니다. 저는 이자를 20년 가까이 알고 있었지만, 얼굴을 보는 것은 처음입니다. 이 눈은 제가 보고 싶어 할 만한 것을 여러 가지 보았을 겁니다. 그런 일에 대해 이 입이 아무 말도 할 수 없다는 것이 유감입니다.」

대령이 손을 놓자, 머리는 테이블 위로 둔탁하게 떨어졌다. 대령은 실크 손수건을 꺼내 손가락들을 꼼꼼하게 닦았다. 「이런 자는 되도록 빨리 관에 넣는 것이 좋지요.」 래티머와 그곳을 떠나며 대령이 덧붙였다.

제3장
1922년

1922년 8월 어느 날 아침 이른 시각, 무스타파 케말 파샤
가 이끄는 터키 국민군은 스미르나에서 서쪽으로 320킬로미
터 정도 떨어진 고원에 있는 둠루피나르의 그리스 육군 본부
를 공격했다. 이튿날 아침 무렵, 그리스군은 와해됐고 스미
르나와 바다로 허둥지둥 도망쳤다. 그 뒤로 며칠 동안, 후퇴
하는 군대는 폭도로 변했다. 터키군을 물리칠 수 없었던 그
리스군은 도망치는 길 곳곳에서 미친 듯이 날뛰며 터키 민간
인을 살육했다. 알라셰히르에서 스미르나에 이르기까지 그
리스군은 눈에 띄는 것마다 불태우고 도살했다. 그대로 둔
마을이 하나도 없었다. 추격하는 터키군은 타다 남은 폐허
속에서 주민들의 시체를 발견했다. 살아남은 이들은 얼마 되
지 않았지만, 터키군 병사들은 그렇게 살아남아 분노에 반쯤
미친 아나톨리아 농민들의 도움을 받아 그리스 병사들을 찾
아내 복수했다. 터키 여자들과 아이들의 시체 위에 심하게
훼손된 그리스 낙오병들의 시체가 더해졌다. 하지만 그리스
의 주력 부대는 이미 바다를 통해 탈출한 뒤였다. 터키군은

여전히 이교도의 피를 갈망하며 진격을 계속했다. 9월 9일, 터키는 스미르나를 점령했다.

2주 동안, 터키군에게서 도망치려는 피란민들이 이미 그리스인과 아르메니아인으로 가득한 스미르나로 들어왔다. 사람들은 그리스군이 머물며 스미르나를 방어해 주리라 생각했다. 그러나 그리스군은 도망쳤다. 이제 그들은 독 안에 든 쥐였다. 대학살이 시작되었다.

아르메니아 소아시아 방위 동맹의 가입자 명부가 이미 점령군에 압수된 상태였다. 10일 밤에는 가입자를 찾아내 죽이기 위해 정규군 부대가 아르메니아인 거주지로 들어갔다. 아르메니아인들은 저항했고, 터키군 병사들은 자제심을 잃었다. 그리고 뒤이은 학살이 일종의 신호 역할을 했다. 상관들에게 고무된 터키군 병사들은 이튿날 시내의 비터키인 거주지로 들어가 조직적인 학살을 시작했다. 집과 은신처에서 끌려 나온 남자, 여자, 아이들이 거리에서 학살되고, 토막 난 시체들이 거리 여기저기에 버려졌다. 터키군 병사들은 피란민으로 가득한 교회의 나무 벽에 벤젠을 붓고 불을 붙였다. 타 죽지 않은 사람은 탈출하려다 총검에 찔려 죽었다. 병사들은 시내 곳곳에서 집을 약탈하고 불을 질러 불길이 퍼지기 시작했다.

처음에는 불길을 막으려는 시도가 있었다. 그러나 바람의 방향이 바뀌어 불길이 터키인 거주지를 향하지 않자, 병사들은 또다시 불을 질렀다. 곧 터키인 거주지와 카삼바 역 근처 몇 집을 제외한 도시 전체가 불바다가 되었다. 살육은 여전히 잔인하게 계속되었다. 군은 시 주변을 포위하고 피란민을 화재 지역에 가두었다. 공황 상태에 빠진 피란민들은 도망치려다 비참하게 총에 맞아 죽든가 불지옥 속으로 다시 쫓겨 들어갔다. 좁고 파괴된 거리는 시체로 가득 차, 설사 구조대가 있어 구역질 나는 악취를 견딜 수 있다 할지라도, 발 디딜 곳조차 없어 거리를 통과할 수 없었을 것이다. 스미르나는 도시에서 납골당으로 변했다. 수많은 피란민이 내항의 배에 가려고 했다. 사살되거나 물에 빠져 죽거나 배의 프로펠러에 짓이겨진 시체들이 피로 물든 바다 위에 끔찍하게 떠 있었다. 그래도 부두 주변에는 몇 미터 등 뒤에서 불에 타 허물어져 내리는 건물들을 피해 화염에 휩싸인 해변에서 도망치려고 미쳐 날뛰는 피란민들로 가득했다. 그 사람들의 외침 소리가 1.5킬로미터 밖 바다에까지 들렸다고 한다. 기아우르 이즈미르—이교의 도시 스미르나—는 그 죗값을 치른 것이다.

9월 15일 동이 틀 무렵까지 12만 명 넘는 사람이 죽었다. 하지만 그 공포 속 어딘가에 디미트리오스는 살아 있었다.

*

16년 후, 열차가 스미르나에 가까워질 때, 래티머는 자신이 바보라는 결론을 내렸다. 가능한 한 모든 증거를 오랫동안 신중하게 검토한 뒤에 내린 결론이었다. 래티머는 그 결론이 끔찍하게 싫었다. 하지만 무시하고 넘길 수 없는 엄연한 사실이 두 가지 있었다. 첫째, 그는 드리스 모하메드의 군사 재판 및 자백 기록을 열람하게 도와달라고 하키 대령에게 도움을 청할 수도 있겠지만, 그럴 만한 마땅한 구실이 생각나지 않았다. 둘째, 하키 대령의 도움 없이 기록을 열람할 수 있다 하더라도 터키어에 대한 지식이 거의 없는지라 그 내용을 읽을 수 없었다. 이 몽상적이고 게다가 살짝 품위 없는 허황된 일을 시작했다는 것 자체가 이미 어리석은 일이었다. 사냥에 필요한 총과 총알도 없이 나선 건 더욱 지독한 바보짓이었다. 만약 도착하고 한 시간도 안 되어 훌륭한 호텔에 방을 잡지 못했더라면, 만약 그 방이 아주 안락한 침대와 만(灣) 너머 햇살 가득한 카키색 구릉들이 바라다보이는 경관을 갖추지 않았더라면, 만약 그를 맞이한 프랑스인 호텔 주인이 드라이 마티니를 권해 주지 않았더라면, 래티머는 탐정술 체험을 그만두고 지체 없이 이스탄불로 돌아갔으리라. 하지만 현실은…… 디미트리오스야 어찌 되었든 래티머는 이왕 왔으니 스미르나를 구경하는 게 낫겠다고 생각했다. 그는 슈트케이스의 짐을 일부만 풀었다.

래티머는 뭔가 한번 마음에 두면 좀처럼 놓지 않는다는 게 사람들의 평이었다. 아마도 래티머는 뭔가 문제가 있을 때 그 문제를 그냥 잊어버림으로써 문제를 해결해 버리는 운 좋은 정신 구조의 소유자가 아니라고 하는 편이 더 정확한 표현일 터였다. 래티머도 문제를 마음속에서 몰아낼 수는 있었지만, 그 문제들은 곧 돌아와 그의 의식을 은밀히 갉아 댔다. 래티머는 그것이 무엇인지 꼭 집어 말할 수 없으면서도 무엇인가 잊어버렸다는 불편한 느낌에 시달리곤 했다. 그러면 당면한 일에 정신을 집중할 수가 없었다. 래티머는 멍하니 허공만 응시했고, 그러다 돌연 몰아냈던 문제가 다시 돌아왔다는 것을 깨닫곤 했다. 이건 본인이 만들어 낸 문제이니 본인이 없앨 수도 있다고 혼자 주장해 봤자 아무 소용 없었다. 이런 문제는 아무짝에도 쓸모없으니 이런 문제를 푸는 것도 결국 의미 없는 짓이라고 혼자 우겨 봤자 그 역시 아무 소용 없었다. 해결을 보는 수밖에 없었다. 스미르나에 도착하고 이틀째 되는 날 아침, 래티머는 어쩔 수 없다는 듯이 어깨를 으쓱한 뒤 호텔 주인을 찾아가 능력 있는 통역자를 소개해 달라고 부탁했다.

표도르 미시킨은 덩치가 작고 거만해 보이는 예순 살 전후의 러시아인으로, 말할 때마다 축 늘어져 있는 두툼한 아랫입술이 떨렸다. 그는 부둣가에 사무실을 두고 상거래 서류를 번역하거나 항구에 드나드는 외국 화물선의 선장이나 사무장을 위해 통역을 하며 생계를 꾸려 갔다. 그는 멘셰비키[11]여서 1919년 오데사에서 도망쳐 왔다. 하지만 호텔 주인이 비꼬며 지적한 바에 따르면, 지금은 소비에트에 동감한다면서도 러시아로 돌아갈 생각이 없는 모양이었다. 다시 말해, 협잡꾼이지만 동시에 훌륭한 통역자여서 만약 통역이 필요하다면 미시킨이 최고라고 호텔 주인은 말했다.

미시킨도 자신이 적임이라고 말했다. 그는 날카롭고 쉰 목소리로 말했는데, 몸을 엄청나게 긁어 댔다. 영어는 정확했지만, 상황에 전혀 맞지 않는 속어를 남발했다. 미시킨이 말

---

11 러시아 사회 민주 노동당 중 온건한 분파.

했다. 「제가 할 수 있는 일이 있으면 전화만 하십시오. 저를 고용하는 비용은 아주 쌉니다.」

「저는,」 래티머가 설명했다. 「1922년 9월 이곳을 떠난 어느 그리스인의 기록을 구하고 싶습니다.」

상대가 눈썹을 치켰다. 「1922년요? 이곳을 떠난 그리스인이라고요?」 미시킨은 숨죽이고 킬킬거렸다. 「당시에는 많은 그리스인이 이곳을 떠났습니다.」 미시킨은 집게손가락에 침을 뱉더니 그 손가락으로 목을 자르는 시늉을 했다. 「이렇게요! 그때 터키인들은 그리스인들에게 아주 끔찍한 짓을 했지요. 피바다였어요!」

「하지만 이 사람은 피란선으로 도망쳤습니다. 이름은 디미트리오스라고 합니다. 드리스 모하메드라는 흑인과 공모해 숄렘이라는 유대인 대부업자를 살해했다고 여겨집니다. 그 흑인은 군사 재판을 받고 교수형에 처해졌고요. 하지만 디미트리오스는 도망쳤어요. 그 재판에서의 증언과 그 흑인의 자백 내용, 그리고 디미트리오스에 관한 조사 기록을 구했으면 합니다.」

미시킨이 래티머를 응시했다. 「디미트리오스요?」

「네.」

「1922년이라고 하셨죠?」

「네.」 래티머의 가슴이 두근거렸다. 「왜 그러시죠? 혹시 그 자에 관해 아십니까?」

러시아인은 무슨 말을 하려다가 곧 생각을 달리한 듯했다. 그는 고개를 저었다. 「아니요, 아주 흔한 이름이라고 생각했을 뿐입니다. 경찰 보관 기록을 열람할 허가를 받으셨습니까?」

「아니요. 어떻게 하면 허가를 받을 수 있는지 당신이 알려주면 좋겠다고 생각했습니다. 물론 당신 일은 번역에 국한되어 있다는 걸 알지만, 만약 이 일을 도와주면 정말 고맙겠습니다.」

미시킨은 생각에 잠겨 아랫입술을 꼬집었다. 「만약 선생님이 영국 부영사에게 말해 허가를 내달라고 부탁한다면……?」 그가 말을 멈췄다. 「그런데 실례지만,」 그가 말을 계속했다. 「왜 그 기록을 원하는 겁니까? 주제 넘는 참견을 하려는 게 아니라, 경찰도 같은 질문을 할 수 있기 때문에 묻는 겁니다. 그리고,」 그는 천천히 말을 이었다. 「만약 그게 **법률상**의 문제이고 합법적인 게 확실하다면, 아주 싼 수수료로 일을 처리할 수 있는 발 넓은 친구가 있습니다.」

래티머는 얼굴이 붉어지는 것을 느꼈다. 「사실,」 래티머는 평상시처럼 말하려 애썼다. 「**법률상**의 문제지요. 물론 제가 영사에게 말할 수도 있지만, 당신이 그 일을 맡아서 처리해주면 제가 수고를 덜겠지요.」

「기꺼이 그러겠습니다. 오늘 제 친구에게 말하겠습니다. 아시겠지만, 경찰은 아주 끔찍하고, 만약 제가 경찰을 찾아가면 돈이 많이 듭니다. 저는 제 고객을 보호하려는 겁니다.」

「정말 친절하시군요.」

「별것 아닙니다.」 그의 눈에 먼 곳을 보는 듯한 표정이 어렸다. 「저는 선생님과 같은 영국인을 좋아합니다. 영국인들은 거래를 할 줄 알거든요. 빌어먹을 그리스인들처럼 흥정을 하지 않지요. 현금 지불이라고 하면 현금으로 지불하지요. 착수금? 전혀 불평하지 않습니다. 영국인은 공정합니다. 그러니 양쪽 모두 상대를 신뢰할 수 있습니다. 그런 상황에선 사람이 최고의 결과를 뽑아낼 수 있지요. 그리고…….」

「얼마입니까?」 래티머가 말을 가로챘다.

「5백 피아스트르면 어떻겠습니까?」 미시킨이 망설이며 말했다. 그의 두 눈이 쓸쓸해 보였다. 여기 자기 일에 만족하지만 거래에 관해서는 아이나 다를 바 없는, 자신감 없는 예술가가 있다는 듯이.

래티머는 한순간 생각했다. 5백 피아스트르는 1파운드도 안 되는, 충분히 싼 가격이었다. 이윽고 래티머는 슬픈 눈동자의 번뜩임을 알아챘다.

「250.」 래티머가 단호하게 말했다.

미시킨은 절망한 시늉을 하며 두 손을 들어 변명을 늘어놓았다. 자신도 생활을 해나가야 한다, 친구도 생각해야 한다, 그 친구는 발이 넓다 등등.

곧 (발이 넓은 친구에게 줄 50피아스트르를 포함해) 3백 피아스트르로 최종 합의하고 그중 150피아스트르를 먼저 지불한 뒤, 래티머는 그곳을 떠났다. 그 친구란 자와의 협상 결과는 내일 다시 들러 듣기로 했다. 래티머는 오늘 아침의 성과에 만족하며 부둣가에 자리한 호텔을 향해 걸어갔다. 직접 기록을 훑어보고 눈앞에서 번역해 달라고 하는 쪽이 더 마음에 들었다. 그렇게 하면 캐묻기 좋아하는 관광객이 아니라 좀 더 수사관 같은 기분을 느낄 수 있었겠지만, 이미 끝난 일이었다. 물론 미시킨이 150피아스트르를 꿀꺽하고 튈 가능성도 있지만 웬일인지 그럴 것 같지 않았다. 래티머는 인상을 믿는 편이었고, 그 러시아인에게서 비록 겉으로는 그렇게 보이지 않지만 본질은 정직한 사람이라는 인상을 받았다. 게다가 가짜 서류에 속을 가능성도 없었다. 드리스 모하메드의 군사 재판에 관해 이미 하키 대령에게서 들었기 때문에, 가짜 정보를 충분히 알아볼 수 있었다. 단 하나 잘못될 수 있는 부분은, 미시킨의 친구가 50피아스트르의 값어치를 못 한다고 밝혀질 수도 있다는 점이었다.

이튿날 래티머가 들렀을 때 미시킨의 사무실은 문이 잠겨 있었다. 사무실 밖의 더러운 목제 선창에서 한 시간이나 기다렸지만, 미시킨은 나타나지 않았다. 오후에 다시 가보았지만, 역시 아무 소득이 없었다. 래티머는 어깨를 으쓱했다. 겨우 5실링에 해당하는 터키 돈을 착복하기 위해 이렇게까지 할 사람은 없을 것 같았다. 하지만 그럼에도 래티머는 믿음이 약간 사라지기 시작했다.

사라진 믿음은 래티머가 호텔에 돌아왔을 때 그를 기다리고 있던 메모 덕분에 회복되었다. 손으로 휘갈겨 쓴 메모에는 부두에서 일하는 그리스인 인부가 쇠 지렛대로 살해되었는데, 그 일로 루마니아인 2등 항해사와 부두 경찰 사이의 논쟁을 통역하라고 호출되어, 래티머 선생님에게 불편을 끼쳤으니 자기 손톱을 하나씩 뽑는 벌이라도 달게 받을 것이며, 자신의 친구가 모든 일을 처리했고, 번역은 이튿날 저녁에 자신이 직접 가지고 오겠노라는 내용이었다.

이튿날 저녁 식사 시간 직전에 미시킨이 땀을 뻘뻘 흘리며 도착했다. 래티머는 식전주를 마시고 있었다. 미시킨은 두 팔을 흔들며 절망스럽다는 듯이 두 눈을 굴리면서 래티머에게 다가오더니, 안락의자에 쓰러지듯 앉아 지친 한숨을 크게 내쉬었다.

「엄청난 날이네요! 아주 찜통더위예요!」 미시킨이 말했다.

「번역은 하셨습니까?」

미시킨은 두 눈을 감고 힘없이 고개를 끄덕였다. 그는 엄청 힘들다는 듯이 힘겹게 손을 속주머니에 넣더니 종이 클립으로 철한 서류 한 다발을 꺼냈다. 그러고는 마치 죽어 가는 배달원이 최후의 배달물을 전달하는 듯한 태도로 그 서류를 래티머의 두 손에 안겼다.

「한잔하시겠습니까?」 래티머가 말했다.

러시아인은 의식을 되찾은 사람처럼 눈을 번쩍 뜨고 주위를 둘러보았다. 그가 말했다. 「권하신다면요. 압생트로 한 잔 주십시오. *Avec de la glace*(얼음을 넣어서요).」

웨이터가 주문을 받고 돌아가자, 래티머는 등을 기대고 앉아 자신이 산 물건을 확인했다.

번역은 손으로 쓴 것으로, 커다란 종이 열두 장에 빽빽하게 적혀 있었다. 래티머는 처음 두세 장을 힐끗 보았다. 의심할 여지 없이 진짜였다. 래티머는 찬찬히 내용을 읽기 시작했다.

터키 국민 정부

독립 법정

신력 1922년 6월 18일 앙카라에서 발포된 포고에 입각한 이즈미르 주둔군 사령관의 명령에 의해 시행함.

신력 1922년 10월 6일 군사 법정 대리 재판장인 여단 부관 지아 하키 대령 앞에서 청취한 증언 요약.

유대인 자카리는 자신의 사촌인 숄렘을 죽인 이는 부자 지역에서 무화과를 포장하는 흑인 드리스 모하메드라고 주장했다.

지난주 제60연대 소속 순찰병이 된메 대부업자인 숄렘의 시체를 옛 모스크 근처 이름 없는 거리에 있는 그의 방에서 발견했다. 숄렘은 목이 그어져 있었다. 비록 그는 모태 회교도도 아니고 평판이 좋은 인물도 아니었지만, 우리 경비 경찰은 조사를 시작했고, 피살자의 돈이 없어졌음을 발견했다.

그로부터 며칠 뒤, 고소인 자카리는 자신이 어떤 카페에 있을 때 드리스라는 남자가 그리스 돈을 잔뜩 쥐고 자랑하는 모습을 보았노라고 경찰 지휘관에게 알려 왔다. 자카리는 드리스가 가난한 사람임을 알았기에 깜짝 놀랐다. 나중에, 자카리는 술에 취한 드리스가 숄렘이라는 유대인이 무이자로 돈을 빌려주었다고 자랑하는 소리를 들었다. 그때 자카리는 숄렘의 죽음에 관해 전혀 몰랐지만, 나중에 친척에게서 그 일에 대해 들었을 때 자기가 보고 들은 일이 떠올랐다.

〈크리스털 바〉주인 압둘 하크의 증언도 수집했다. 그의 증언에 따르면, 드리스는 수백 드라크마나 되는 그리스 돈을 보여 주었고, 숄렘이라는 유대인이 무이자로 돈을 빌려주었다고 자랑했다. 압둘 하크는 숄렘이 냉정한 사람이기에 이상하다고 생각했다.

부두 인부인 이스마일도 죄인에게서 같은 말을 들었다고 증언했다.

그 돈의 출처를 설명하라고 하자, 살인자는 처음에는 돈을 가진 일도, 숄렘을 만난 적도 없다고 부정했고, 자신이 모태 회교도이기 때문에 유대인인 자카리가 자신을 미워한다고 말했다. 또한 압둘 하크와 이스마일의 주장 역시 거짓말이라고 했다.

대리 재판장이 엄격하게 신문하자, 드리스는 돈에 관해서는 인정했지만, 자신이 한 일의 사례비로 숄렘에게서 받은 돈이라고 말했다. 하지만 무엇의 사례비인지는 설명하지 못했고, 묘하고 흥분된 태도를 보이기 시작했다. 그는 숄렘을 죽인 것을 부정했으며, 무엄하게도 하느님에게 자신의 결백을 증명해 달라고 기도했다.

이윽고 대리 재판장은 죄인에게 교수형을 선고했으며, 다른 판사들도 이 형벌이 정당하다고 동의했다.

래티머는 그 페이지를 끝까지 읽었다. 그는 미시킨을 바라보았다. 그 러시아인은 압생트를 다 마시고 나서 유리잔을 살피고 있었다. 그는 래티머가 자신을 살피고 있는 걸 깨달았다. 「압생트는,」 미시킨이 말했다. 「정말 좋군요. 아주 시원하네요.」

「한 잔 더 하시겠습니까?」

「그래도 된다면요.」 미시킨은 웃으며 래티머의 손에 있는 서류를 가리켰다. 「서류는 어떤가요? 문제없죠?」

「아, 네, 괜찮아 보이네요. 하지만 날짜가 좀 모호하네요. 안 그렇습니까? 의사의 보고서도 없고, 살인을 저지른 시간도, 정확히 하려는 시도도 없군요. 증거로 쓰기에는 너무나 시원찮아 보입니다. 입증된 게 아무것도 없네요.」

미시킨은 깜짝 놀란 듯했다. 「하지만 귀찮게 뭐 하러 입증을 한단 말입니까? 이 흑인은 분명히 유죄입니다. 교수형을 받아 마땅하지요.」

「압니다. 괜찮으시면 저는 좀 더 살펴보겠습니다.」

미시킨은 어깨를 으쓱하더니 몸을 쭉 뻗고 웨이터에게 신호를 보냈다. 래티머는 다시 서류로 돌아가 한 장 더 넘기고 계속 읽어 나갔다.

살인범 드리스 모하메드의 진술,
이즈미르 경비 사령관과
다른 참된 증인들 앞에서 이루어짐.

거짓을 말하는 이는 번영이 없다고 코란에 적혀 있습니다. 저는 제 결백을 증명하고 교수형을 면하기 위해 다음 사항을 말합니다. 저는 지금까지 거짓말을 했지만, 이제부터는 진실을 말하겠습니다. 저는 모태 회교도입니다. 하느님 외에 신은 없습니다.

저는 숄렘을 죽이지 않았습니다. 저는 숄렘을 죽이지 않았음을 말씀드립니다. 이제 와서 왜 거짓말을 하겠습니까? 네, 설명드리겠습니다. 숄렘을 죽인 이는 제가 아니라 디미트리오스입니다.

디미트리오스에 대한 제 설명을 들으시면, 여러분도 제 말을 믿으실 겁니다. 디미트리오스는 그리스인입니다. 그자는 그리스인들에게는 자신이 그리스인이라고 말하지만, 모태 회교도들에게는 자신 역시 회교도라고, 양부모가 무슨 서류인가에 서명했기 때문에 단지 법적으로만 그리스인일 뿐이라고 말합니다.

디미트리오스는 우리와 함께 무화과 포장 공장에서 일했는데, 난폭하고 말을 막 했기 때문에 사람들에게서 미움을 받았습니다. 하지만 저는 다른 이를 형제처럼 사랑하는 사람이기에 디미트리오스와 일할 때면 가끔 이야기를 나누고 하느님의 가르침에 관해 말해 주었습니다. 그자도 제 말에 귀를 기울였지요.

그러다가 하느님의 군대에 쫓겨 그리스군이 도망쳐 왔을 때, 디미트리오스는 제 집에 찾아와서 흉포한 그리스인의 손에서 숨겨 달라고 말했습니다. 그자는 자신이 모태 회교도라고 말했어요. 그래서 저는 그자를 숨겨 주었습니다. 이윽고 영광스러운 우리 군대가 우리를 구하러 왔습니다. 그러나 디미트리오스는 양부모가 서명한 서류 때문에 그리스인으로 되어 있어 살해될까 봐 두려워 제 집에서 나가지 않았습니다. 그래서 그자는 제 집에 머물렀고, 외출할 때면 터키인처럼 차려입었습니다. 그런데 어느 날, 그자가 저에게 이런 이야기를 했습니다. 그리스 돈과 금화로 거금을 가진 숄렘이라는 유대인이 있는데, 그 돈을 집 마루 밑에 숨겨 놓고 산다는 겁니다. 디미트리오스는 이제야말로 하느님과 그분의 예언자를 모욕한 놈들에게 복수할 때가 왔다면서, 돼지 같은 유대인들이 본디 모태 회교도의 손에 있어야 할 돈을 가지고 있는 것은 옳지 않다고 했습니다. 그러면서 숄렘의 집으로 몰래 들어가 그자를 묶고 돈을 훔치자고 제안했습니다.

처음에 저는 두려웠지만, 디미트리오스가 하느님의 가르침을 위해 싸우는 자는 비록 살해되든 이기든 반드시 큰 보답을 받는다는 코란의 말씀을 상기시키며 저에게 용기를 북돋워 주었습니다. 지금 이것이 바로 그 보답입니다. 개처럼 묶인 것이 말입니다.

네, 계속 이야기하겠습니다. 그날 밤 통행금지가 시작된 뒤, 저희는 숄렘이 사는 곳으로 가서 집으로 통하는 계단을 살금살금 올라갔습니다. 문에는 빗장이 걸려 있었습니다. 디미트리오스가 노크를 하고는 집을 수색하는 순찰대라고 말하자 숄렘이 문을 열었습니다. 숄렘은 잠을 자고 있었는데 깼다며 투덜거렸습니다. 숄렘은 우리를 보자 큰 소리로 하느님의 도움을 청하며 문을 닫으려 했습니다. 하지만 디미트리오스가 숄렘을 잡아 꼼짝 못 하게 하는 사이 저는 미리 짜놓은 대로 집에 들어가, 돈을 숨겨 놓은 느슨한 마루청이 어딘지 찾았습니다. 디미트리오스는 노인을 침대로 끌고 가 무릎으로 누르고 있었습니다.

저는 곧 마루청을 찾았고, 기뻐하며 디미트리오스에게 말하려고 몸을 돌렸습니다. 디미트리오스는 저에게 등을 보이고 소리 지르지 못하게 담요로 숄렘의 얼굴을 누르고 있었습니다. 계획을 세울 때는 가지고 간 밧줄로 숄렘을 묶을 거라고 했습니다. 그런데 디미트리오스가 칼을 꺼내는 게 보였습니다. 저는 디미트리오스가 무슨 이유에선가 밧줄을 자르려는 거라고 여겨 아무 말도 하지 않았습니다. 그런데 제가 말을 하기도 전에 그자는 그 칼로 늙은 유대인의 목을 찌르더니 옆으로 당겼습니다.

숄렘의 목에서 피가 거품을 일으키며 분수처럼 뿜어져 나왔고, 숄렘의 몸이 옆으로 굴렀습니다. 디미트리오스는 일어나 잠깐 숄렘을 보더니 이윽고 저를 보았습니다. 저는 그자에게 무슨 짓이냐고 물었고, 그자는 경찰에 신고하지 못하게 막으려면 숄렘을 죽여야 한다고 대답했습니다. 숄렘은 침대 위에서 꿈틀거렸고, 피가 여전히 부글거리며 나왔지만, 디미트리오스는 숄렘이 확실히 죽었다고 말했습니다. 그 뒤 저희는 돈을 훔쳤습니다.

이윽고 디미트리오스는 함께 돌아가지 말고 각자 몫을 나눠 따로 가는 것이 좋겠다고 말했습니다. 저는 동의했습니다. 그때 디미트리오스는 칼을 가지고 있었고 저는 가지고 있지 않기에, 저는 그자가 저를 죽일 거라는 생각에 무서웠습니다. 저는 디미트리오스가 왜 저한테 그 돈 얘기를 했을까 생각했습니다. 계획을 짤 때, 그자는 자기가 숄렘을 누르는 동안 돈을 찾아낼 사람이 필요하다고 했습니다. 하지만 이제 보니 그자는 처음부터 숄렘을 죽일 생각이었던 것 같습니다. 그렇다면 왜 저를 데리고 갔을까요? 유대인을 죽인 뒤 자기가 직접 돈을 찾을 수도 있었는데 말입니다. 어쨌든 저희는 돈을 반으로 나누었으며, 그자는 저를 보고 웃기만 할 뿐 저를 죽이려 하지 않았습니다. 저희는 따로따로 그 집을 나왔습니다. 그 전날 디미트리오스는 어떤 사람으로부터 스미르나 근처 해안에 그리스 배가 몇 척 숨어 있는데, 그 배들의 선장들은 돈을 받고 피란민을 태운다는 이야기를 들었다고 했습니다. 저는 그자가 그런 배 중 하나를 타고 도망쳤다고 생각합니다.

이제 저는 제가 바보 중의 바보이며, 그자가 저를 보고 웃은 것도 당연하다고 생각합니다. 그자는 제가 지갑이 두둑해지면 머리가 텅 빈다는 사실을 알았던 겁니다. 그자는 제가 술에 취하면 끝없이 지껄이는 걸 알았던 거죠. 하느님의 저주가 그자에게 있기를. 저는 숄렘을 죽이지 않았습니다. 숄렘을 죽인 자는 그리스인인 디미트리오스입니다. 디미트리오스……. (그리고 여기에 적을 수 없는 불경한 욕이 뒤따랐다.) 제가 한 말은 절대 거짓이 아닙니다. 하느님이 유일한 신이고 무함마드가 그분의 예언자이듯 저는 제가 진실을 말했다고 맹세합니다. 하느님의 사랑으로 자비를 베풀어 주십시오.

이 자백은 엄지손가락 도장으로 서명되고 증인들이 있다는 종이가 첨부되어 있었다. 기록은 계속 이어졌다.

살인범은 이 디미트리오스라는 자에 관해 설명을 요구받았고, 다음처럼 진술했다.

「디미트리오스는 그리스인처럼 보이지만, 저는 그자가 그리스인이 아니라고 생각합니다. 자기 동포를 싫어하기 때문입니다. 그자는 저보다 키가 작고 머리칼은 길고 곧습니다. 얼굴은 무표정하고 거의 말이 없습니다. 눈동자는 갈색이고, 피곤한 느낌입니다. 많은 사람이 그자를 무서워하는데, 그 이유는 알 수 없습니다. 힘이 세지도 않고, 제 두 손으로 그자를 부러뜨릴 수 있는 수준이었으니까요.」

주의: 진술자의 키는 185센티미터이다.

무화과 포장 공장에서 디미트리오스라는 인물에 관해 조사가 이루어졌다. 모두가 그를 알고 있었고, 싫어했다. 몇 주째 그 누구도 그의 소식을 듣지 못했고, 그래서 사람들은 그가 화재로 인해 죽었을 거라고 추측한다. 그럴 가능성이 크다.

살인범은 신력 1922년 10월 9일 처형되었다.

래티머는 자백 부분으로 돌아가 꼼꼼하게 내용을 살폈다. 내용은 진실이었다. 그 점에 관해서는 의심의 여지가 없었다. 정황상 진실이란 느낌이 들었다. 이 드리스란 흑인은 아주 어리석은 게 확실했다. 그런 자가 숄렘의 집에서 일어난 일에 관해 그토록 자세히 꾸며 낼 수 있었을까? 죄를 지은 자라면 분명히 이야기를 다른 식으로 꾸며 낼 것이다. 게다가 드리스는 디미트리오스가 자기를 죽일지도 모른다고 두려워했다. 만약 자신이 살인을 저질렀다면 그런 부분까지 미처 생각하지 못했을 것이다. 하키 대령은 이것이 범인이 제 목숨을 구하려고 지어낼 수 있는 종류의 이야기라고 했다. 공포는 제아무리 우둔한 자의 상상력도 자극해 준다지만, 그렇다고 과연 이런 이야기까지 만들 만큼 자극하는 게 가능할까? 당국은 그 이야기의 진위에 관심이 없던 게 분명했다. 그들의 조사는 형편없을 정도로 성의가 없었다. 하지만 그래도 흑인의 주장을 확인하려고는 했다. 조사에서 당국은 디미트리오스가 화재로 죽었다고 추측했다. 그 추측을 뒷받침할 증거는 없었다. 하지만 당연하게도, 10월의 그 끔찍했던 혼란 속에서 그 존재가 의심되는 디미트리오스라는 그리스인을 찾기보다는 드리스 모하메드를 처형하는 편이 훨씬 간단했다. 그리고 물론 디미트리오스는 그 점을 염두에 두고 계획을 짰다. 하키 대령이 비밀경찰로 전속되지만 않았더라면, 그자가 이 사건으로 주목받는 일은 두 번 다시 없었을 것이다.

래티머는 언젠가 동물 구조학자인 친구가 화석의 뼈 한 조각으로 선사 시대 동물의 완전한 골격을 만들어 내는 모습을 본 적이 있었다. 그 동물 구조학자는 그 일에 거의 2년을 쏟아부었고, 경제학자인 래티머는 일에 대한 그 친구의 지치지 않는 열정에 감탄했다. 이제 처음으로, 래티머는 그 열정을 이해할 수 있었다. 래티머는 디미트리오스의 뒤틀린 심리 한 조각을 막 발굴해 냈고, 이제 그 전체를 완성하고 싶었다. 그 조각은 아주 작았지만 중요한 부분이었다. 가엾은 드리스에게는 처음부터 가망이 없었다. 디미트리오스는 그 흑인의 우둔함, 광신적인 신앙심, 단순함, 탐욕을 무서우리만큼 교묘하게 이용했다. 〈저희는 돈을 반으로 나누었으며, 그자는 저를 보고 웃기만 할 뿐 저를 죽이려 하지 않았습니다.〉 디미트리오스는 웃음을 지었다. 그리고 그 흑인은 자신이 두 손으로 상대를 꺾어 죽일 수 있음에도 두려움에 정신이 팔려 그 웃음이 무슨 의미인지 깨닫지 못했다. 피곤해 보이는 갈색 눈동자는 드리스 모하메드를 바라보며 그를 완전히 간파했다.

래티머는 서류를 접어 주머니에 넣고 미시킨에게로 시선을 돌렸다.

「150피아스트르를 빚졌군요.」

「그렇습니다.」미시킨이 잔을 입에 대고 말했다. 미시킨은 세 잔째 주문한 압생트를 거의 다 마셔 가고 있었다. 그는 잔을 내려놓고 래티머에게서 돈을 받았다. 「저는 선생님이 좋습니다.」그가 진지하게 말했다. 「선생님은 *snobisme*(속물근성)이 없습니다. 이제 저와 한잔하실 거죠?」

래티머는 손목시계를 힐끗 보았다. 시간이 꽤 흘렀고, 아직 식사를 하지 못한 상태였다. 「기꺼이 그러겠습니다.」래티머가 대답했다. 「하지만 그러기 전에 저와 식사를 하시면 어떨까요?」

「좋지요!」미시킨이 힘들게 일어났다. 「좋아요.」그가 다시 말했다. 래티머는 그의 눈이 부자연스럽게 반짝이는 것을 알아차렸다.

*

　러시아인의 제안으로, 두 사람은 어떤 레스토랑으로 갔다. 조명이 어둡고 빨간 플러시 천과 금박 장식, 지저분한 거울들이 있는 프랑스 레스토랑이었다. 실내는 사람들로 가득했다. 해군 장교들이 많았지만, 대다수는 육군 군복 차림이었다. 인상이 고약한 민간인이 몇 명 있고, 여자는 거의 없었다. 한쪽 구석에서는 세 명으로 구성된 오케스트라가 폭스트롯을 힘겹게 연주했다. 실내는 담배 연기로 뿌옜다. 무슨 이유인지 화가 많이 난 듯한 웨이터가 그들을 테이블로 안내했고, 그들은 천을 씌운 의자에 앉았다. 의자에서는 방취제와 썩은 냄새가 풀풀 났다.

　「바글바글하네요.」 미시킨이 주위를 둘러보며 말했다. 그는 메뉴판을 들고 잠시 신중하게 생각하더니 가장 비싼 요리를 주문했다. 두 사람은 식사를 하며 시럽처럼 끈적거리는 스미르나 와인을 마셨다. 미시킨은 자기 삶에 대해 이야기하기 시작했다. 1918년 오데사. 1919년 이스탄불. 1921년 스미르나. 볼셰비키. 브란겔의 군대. 키예프. 도살자로 불렸던 여자. 그들은 도살장을 감옥으로 사용했다. 감옥이 도살장으로 변했기 때문이다. 끔찍하고 무시무시한 잔학 행위. 점령 연합군. 영국식 클레이 사격. 미국의 원조 물자. 빈대. 발진 티푸스. 비커스 기관총. 그리스인들, 맙소사, 그 지독한 인간들! 크게 한탕 벌 수 있었던 기회. 케말파. 미시킨의 목소리가 단조롭게 이어지는 동안, 담배 연기 너머로, 그리고 빨간 플러시 천, 금박 장식, 하얀 테이블보 너머로 자수정 같은 황혼이 짙어지며 차츰 어둠이 깔리기 시작했다.

시럽 와인이 또 한 병 나왔다. 래티머는 졸리기 시작했다.

「그리고 그 엄청난 광기를 겪고 난 지금 우리는 어디에 있습니까?」미시킨이 다그치듯 말했다. 그의 영어는 점점 더 엉망이 되고 있었다. 이제 그의 아랫입술은 젖었고, 감정에 북받쳐 떨렸으며, 술 취한 자가 철학적이 되려 할 때 특징적으로 나타나는 동요 없는 눈으로 래티머를 응시했다. 「지금 어디에 있습니까?」 그는 다시 말하며 테이블을 내리쳤다.

「스미르나에 있지요.」 래티머는 말하고 나서 자신이 와인을 너무 많이 마셨다는 사실을 갑자기 깨달았다.

미시킨은 짜증을 내며 고개를 저었다. 「우리는 빠르게 지옥으로 떨어지고 있습니다.」 그가 선언했다. 「선생님은 마르크스주의자인가요?」

「아닙니다.」

미시킨은 속내를 털어놓으려는 듯이 몸을 앞으로 내밀었다. 「저도 아닙니다.」 그는 래티머의 소매를 잡았다. 입술이 심하게 떨렸다. 「저는 사기꾼입니다.」

「당신이요?」

「네.」 그의 두 눈에서 눈물이 글썽이기 시작했다. 「저는 선생님을 완전히 속였습니다.」

「그러셨습니까?」

「네.」 미시킨은 주머니를 뒤졌다. 「선생님은 사람을 얕잡아 보지 않습니다. 50피아스트르를 돌려받으셔야 합니다.」

「왜요?」

「받으십시오.」눈물이 그의 뺨을 타고 흘러내려 턱 끝에 괸 땀과 합쳐졌다. 「저는 선생님을 속였습니다. 돈을 줄 친구도, 허가를 받을 필요도 없었습니다.」

「이 기록들을 당신이 꾸며 냈다는 뜻입니까?」

미시킨은 자세를 바르게 고쳐 앉았다. 「Je ne suis pas un fassaire(저는 위조꾼이 아닙니다).」그는 단언하더니 래티머의 얼굴 앞에 손가락 한 개를 흔들었다. 「석 달 전에 어떤 사람이 저를 찾아왔습니다. 그리고 엄청난 뇌물을 내고…….」강조하듯 그는 손가락을 들이댔다. 「엄청난 뇌물을 내고 보관소에서 숄렘 살인 사건 기록 서류를 조사할 수 있는 허가를 받았습니다. 기록철은 옛 아라비아어로 적혀 있었고, 그 사람은 사진을 찍어서 저에게 번역해 달라며 가져왔습니다. 사진은 다시 가져갔지만, 저는 번역한 것을 서류철에 넣어 두었습니다. 아시겠습니까? 저는 선생님을 속인 겁니다. 선생님은 50피아스트르를 더 낸 거지요, 하!」그는 손가락을 튕겼다. 「저는 5백 피아스트르를 사기 칠 수도 있었습니다. 선생님은 그 돈을 주었겠지요. 저는 너무 물러서 탈입니다.」

「그 사람은 이 정보를 왜 원했을까요?」

미시킨이 뚱한 표정을 지었다. 「저는 다른 사람의 일을 꼬치꼬치 캐묻는 성격이 아닙니다.」

「어떻게 생긴 사람이었습니까?」

「프랑스인 같더군요.」

「어떤 종류의 프랑스인이었습니까?」

하지만 미시킨은 머리를 가슴께로 떨군 채 대답하지 않았다. 그리고 1~2초 뒤, 머리를 들고 멍하니 래티머를 바라보았다. 얼굴은 납빛이었고, 래티머는 미시킨이 곧 토할 것 같다는 생각이 들었다. 그의 입술이 움직였다.

「*Je ne suis pas un fassaire*(저는 위조꾼이 아닙니다).」그가 중얼거렸다. 「3백 피아스트르. 더럽게 싸죠!」그는 벌떡 일어서더니 〈*Excusez-moi*(실례합니다)〉라고 중얼거리고는 빠른 걸음으로 화장실 쪽으로 갔다.

래티머는 잠시 기다렸다가 계산을 하고 화장실 쪽으로 가보았다. 화장실에는 출입구가 또 하나 있었고, 미시킨은 가고 없었다. 래티머는 걸어서 호텔로 돌아갔다.

그의 방 창밖 발코니에서, 그는 만 너머 구릉들을 볼 수 있었다. 달이 떠 있고, 증기선들이 정박한 부두를 따라 어지러이 솟은 높다란 돛대들 사이로 바다에 반사된 달빛이 보였다. 내항 밖의 정박지에 닻을 내린 터키 순양함의 탐조등이 회전하더니 길고 하얀 손가락 같은 그 빛들이 언덕 꼭대기들을 쓰다듬고는 사라졌다. 항구 앞바다와 마을 위쪽의 비탈면에서는 작고 희미한 불빛들이 반짝였다. 따뜻한 미풍이 바다에서 불어와 그의 방 아래 정원의 고무나무 잎을 흔들기 시작했다. 호텔 다른 방에서 여자의 웃음소리가 들렸다. 어딘가 먼 곳에서 축음기가 탱고를 연주했다. 턴테이블의 회전이 너무 빨라 음악 소리가 날카롭게 달음질쳤다.

래티머는 마지막 담배에 불을 붙이고, 프랑스인처럼 보인 그 남자는 숄렘 살인 사건 기록철로 무엇을 하고 싶었을까,

아까부터 백 번 넘게 한 생각을 다시 머릿속에 떠올렸다. 마침내, 그는 담배를 던져 버리고 어깨를 으쓱했다. 한 가지는 확실했다. 그 남자가 디미트리오스에게 관심이 있었을 가능성은 없었다.

제4장
피터스 씨

이틀 뒤, 래티머는 스미르나를 떠났다. 그리고 다시는 미시킨을 보지 못했다.

인간은 어리석게도 운명을 자신이 지배한다고 생각하지만, 실은 자신의 지배력이 미치지 못하는 환경에 늘 매력을 느낀다. 이는 소포클레스의 『오이디푸스』부터 『이스트 린』에 이르는 대부분의 뛰어난 드라마의 핵심 요소이다. 하지만 그 인간이 본인이 되고 그런 상황을 되돌아보며 꼼꼼히 따져 보면, 그 매력은 약간 으스스해진다. 그러므로 나중에 래티머가 스미르나에서 보낸 그 이틀을 돌이켜볼 때마다 소름이 끼친 이유는, 자신이 무슨 행동을 하는지 몰랐다는 부분 때문이 아니라, 그처럼 무지했기에 느낀 기쁨 때문이었다. 래티머는 자신이 두 눈을 크게 뜨고 똑바로 본다고 생각하며 탐색을 시작했지만, 사실은 눈을 꼭 감고 있었던 것이다. 이 점에는 실로 의심의 여지가 없었다. 짜증이 나는 부분은, 그처럼 오랫동안 그 사실을 알아차리지 못했다는 점이었다. 물론 래티머는 자신에게 필요 이상으로 엄격했다. 그러나 자존심이 상했다. 자신도 모르는 사이, 래티머는 경험이 풍부하고 객관적인 평가자 입장에서 멜로드라마의 실제적인 협력자로 역할이 바뀌었던 것이다.

하지만 미시킨과 저녁 식사를 한 이튿날 아침에 자신의 탐정술 체험 자료를 정리하기 위해 연필과 노트를 가지고 의자에 앉았을 때, 래티머는 이러한 굴욕을 곧 경험하게 되리라고 전혀 예상하지 못했다.

1922년 10월 초 어느 날, 디미트리오스는 스미르나를 떠났다. 돈이 있었으니 아마도 돈을 주고 그리스 증기선을 탔을 것이다. 하키 대령이 그자에 관해 다시 이야기를 들은 것은 2년 뒤, 대령이 아드리아노플에 있을 때였다. 하지만 그동안 디미트리오스는 소피아에서 스탐볼리스키 암살 미수 사건에 관련되어 불가리아 경찰의 추적을 받았다. 래티머는 그 미수 사건의 날짜에 관해서는 정확히 알지 못했지만, 사건들을 시간순으로 대충 요약해 보았다.

시간	장소	요점	정보 출처
1922년(10월)	스미르나	숄렘	경찰보관기록
1923년(초반)	소피아	스탐볼리스키	하키 대령
1924년	아드리아노플	케말 암살 시도	하키 대령
1926년	베오그라드	프랑스 스파이	하키 대령
1926년	스위스	탈라트 여권	하키 대령
1929~1931년(?)	파리	마약	하키 대령
1932년	자그레브	크로아티아인 암살	하키 대령

| 1937년 | 리옹 | 신분증 | 하키 대령 |
| 1938년 | 이스탄불 | 살해됨 | 하키 대령 |

그렇다면 당장 풀어야 할 문제는 명확했다. 숄렘 살인 사건이 있고 6개월 뒤, 디미트리오스는 스미르나에서 탈출해 소피아로 간 뒤, 불가리아 총리를 암살하는 음모에 가담했다. 래티머는 디미트리오스가 총리 암살 계획에 가담하는 데 시간이 얼마나 걸렸는지 추정하는 일에 살짝 어려움을 느꼈지만, 디미트리오스가 스미르나를 탈출한 뒤 곧 소피아에 도착했다고 보아도 큰 무리는 없을 듯했다. 만약 디미트리오스가 정말로 그리스 증기선을 타고 도망쳤다면, 우선 피레에프스와 아테네에 도착했을 것이다. 그리고 아테네에서 육로를 이용한다면 살로니카를 거쳐 소피아에 갈 수 있었다. 아니면 해로로 다르다넬스 해협에서 금각만을 지나 부르가스나 불가리아의 흑해에 있는 바르나 항구로 갈 수도 있었다. 당시 이스탄불은 연합군의 수중에 있었다. 디미트리오스는 연합군을 두려워할 이유가 없었을 것이다. 그렇다면 문제는, 과연 디미트리오스를 소피아로 가게 한 이유가 무엇이냐는 것이었다.

하지만 이제 논리적인 길은, 아테네로 가서 그의 발자취를 찾을 수 있는지 조사해 보는 것이었다. 쉽지 않을 터였다. 비록 그때 도착한 수만 명의 피란민을 누군가가 기록하려 애쓴 적이 있었다 할지라도, 그리고 그 기록이 아직 남아 있다 할지라도 불완전할 가능성이 컸다. 하지만 실패를 상정하는 건

의미가 없었다. 아테네에는 도움이 될 만한 친구가 몇 명 있었고, 만약 그런 기록이 지금도 있다면 열람할 기회를 얻을 수 있을 터였다. 래티머는 노트를 덮었다.

이튿날, 매주 한 번씩 스미르나를 떠나 피레에프스로 가는 배의 승객 가운데 래티머가 있었다.

*

터키군이 스미르나를 점령한 몇 달 동안, 80만 명이 넘는 그리스인이 고국으로 돌아갔다. 갑판에서 화물칸까지 피란민을 가득 실은 배가 끊임없이 돌아왔다. 그 가운데 많은 사람이 헐벗고 굶주린 채였다. 묻어 줄 시간이 없어서 죽은 아이를 안고 있는 사람도 있었다. 그리고 피란민과 함께 티푸스와 천연두도 들어왔다.

전쟁으로 지치고 황폐해지고, 식료품과 의료품이 부족해 고통스러운 상태에서, 조국은 그들을 받아들였다. 서둘러 마련한 임시 피란민 수용소에서 사람들은 파리처럼 죽어 갔다. 아테네 교외, 피레에프스, 살로니카에서 무수한 시체가 그리스 겨울의 추위 속에서 썩어 갔다. 이윽고 국제 연맹은 제네바에서 열린 제4차 총회에서 그리스의 긴급 구제를 위해 난센 국제 구제 사업단 앞으로 10만 금프랑[12]을 지출하기로 결정했다. 구조 작업이 시작되었다. 거대한 난민 거주 구역들

12 국제 결제 은행에서 1930년부터 2003년 4월 1일까지 사용했던 결제 단위.

이 조직되었다. 식료품과 의류, 의료품 들이 도착했다. 전염병이 사라졌다. 생존자들은 새로운 사회에 적응하기 시작했다. 유사 이래 처음으로, 대규모 참사가 선의와 이성에 의해 저지되었다. 인류가 마침내 양심을 발견한 듯했고, 드디어 인류애란 것을 깨달은 듯했다.

이 일 그리고 그 밖의 일들에 대한 이야기를 래티머는 아테네에 있는 친구 시안토스에게서 들었다. 하지만 래티머가 조사의 요점을 말하자 시안토스는 맘에 안 든다는 듯이 입을 삐죽 내밀었다.

「스미르나에서 돌아온 사람들의 완전한 명부? 그건 너무 버거운 주문이야. 만약 그 사람들이 돌아오는 광경을 보았다면…… 그렇게 많은 사람들이 그런 상태로…….」 그리고 시안토스는 이어서 필연적인 질문을 했다. 「그런 일이 왜 궁금한 건데?」

래티머는 계속해서 이 질문을 받고 또 받게 되리라는 사실을 예측했다. 그래서 당연히 답을 준비해 놓았다. 솔직한 답, 즉 순전히 학구적인 이유에서 이미 죽은 범죄자 디미트리오스의 과거 기록을 알아보려는 것이라고 설명하려면 시간도 오래 걸리고, 상대를 납득시키기도 쉽지 않았다. 그리고 어쨌든 자신이 그 일에 성공할 것인가에 관해 남의 의견을 알고 싶지도 않았다. 자신이 생각해 봐도 가능성이 크지 않았다. 터키의 시체 보관소에 있을 때는 훌륭한 생각처럼 보였지만, 밝고 따뜻한 그리스의 가을 햇빛 아래에서는 한낱 어리석은 생각처럼 느껴졌다. 진짜 이유를 설명하지 않는 편이 훨씬 간단했다.

래티머는 대답했다. 「지금 쓰는 새 책과 관련이 있습니다. 내용의 작은 부분까지 틀린 곳이 없는지 확인하고 싶어서요. 이처럼 세월이 흐른 뒤에도 한 피란민의 자취를 더듬을 수 있는지 알고 싶은 겁니다.」

시안토스는 알겠다고 말했고, 래티머는 부끄러워하며 씨 익 웃어 보였다. 작가라는 사실로 아주 기묘하고 터무니없는 일도 설명되었기 때문이다.

래티머가 시안토스를 찾아온 것은, 시안토스가 아테네 정부 기관에서 중요한 지위에 있다는 것을 알았기 때문이다. 하지만 래티머는 처음으로 실망을 경험해야 했다. 1주일이 지난 뒤 시안토스는 그 기록이 보존되어 있고, 시 당국이 관리하고 있지만, 허가받지 못한 사람은 열람할 수 없다는 말을 전했다. 래티머는 허가를 받아야만 했다. 그러느라 다시 1주일이 지났다. 카페에 앉아 시의 관공서에 손이 닿는 술 좋아하는 신사들을 소개받으며 1주일을 기다렸다. 마침내 허가를 받았고, 그 이튿날 래티머는 그 기록이 보관된 부서로 갔다.

조회실은 타일을 붙인 텅 빈 방으로, 한쪽 끝에 접수대가 있었다. 그 접수대 뒤에 담당 공무원이 한 명 앉아 있었다. 그는 래티머의 설명을 듣자 어깨를 으쓱했다. 디미트리오스라는 이름의 무화과 포장 인부? 1922년 10월? 불가능했다. 기록은 성의 알파벳 순서로 정리되어 있었다.

래티머는 크게 실망했다. 이 모든 수고에도 불구하고, 모든 게 무위로 돌아갔다. 그 남자에게 고맙다고 말한 뒤 돌아가려고 몸을 돌린 순간, 래티머의 머릿속에 좋은 수가 떠올랐다. 비록 실낱같은 희망이지만……

래티머는 다시 공무원 쪽으로 몸을 돌렸다. 「성은,」 그가 말했다. 「아마도 마크로풀로스였을 겁니다.」

래티머는 말을 하면서 등 뒤 거리로 통하는 문을 통해 누군가가 사무실로 들어오는 것을 어렴풋이 알아차렸다. 햇빛이 비스듬히 실내로 흘러들어 왔고, 새로 들어온 사람이 창문 앞을 지나칠 때 한순간 일그러진 그림자가 타일 바닥을 따라 구불구불 가로질렀다.

「디미트리오스 마크로풀로스요?」 관리가 되풀이해서 말했다. 「그러면 상황이 좀 낫군요. 등록부에 그 이름이 실려 있다면 찾을 수 있을 겁니다. 그저 인내심과 조직력의 문제일 뿐이죠. 이쪽으로 오십시오.」

관리는 접수대 판을 들어 올려 래티머를 통과시켰다. 그러면서 래티머의 어깨 너머를 힐끗 보았다.

「가버렸군!」 관리가 외쳤다. 「제가 아무리 조직적으로 일하려 해도 도와주는 사람이 없어요. 모든 일이 제 두 어깨에 달려 있답니다. 게다가 사람들은 인내심이 없어요. 제가 바빠서 다른 일을 잠깐만 해도 기다리질 못한다니까요.」 관리는 어깨를 으쓱했다. 「그건 뭐 그 사람들이 알아서 하는 거고, 저는 제 할 일을 하면 되지요. 자, 이리로 따라오시지요.」

래티머는 그 관리를 따라 돌층계를 내려가 철제 캐비닛이 줄줄이 들어선 넓은 지하실로 들어갔다.

「조직력,」 관리가 말했다. 「그것이 근대 정치적 수완의 비결입니다. 조직력이 있으면 더 위대한 그리스를 만들 수 있습니다. 새로운 제국을요. 하지만 그러기 위해서는 인내심이 필요하지요.」 관리는 지하실 한구석에 있는 소형 캐비닛들로 래티머를 안내하더니 서랍 하나를 열고 손톱 끝으로 카드를 뒤지기 시작했다. 그리고 마침내 한 장의 카드에서 움직임을 멈추고 내용을 자세히 들여다보더니 서랍을 닫았다. 「마크로 폴로스. 만약 그 남자의 기록이 있다면 16번에 있을 겁니다. 이것이 조직력이지요.」

하지만 16번 서랍을 열자 안이 비어 있었다. 관리는 실망한 듯 두 손을 들고 나서 다시 조사해 보았지만 소용없었다. 그때 래티머에게 한 가지 생각이 떠올랐다.

「탈라트라는 성을 찾아봐 주십시오.」 래티머가 간절하게 말했다.

「하지만 그건 터키식 성인데요.」

「압니다. 하지만 한번 찾아봐 주세요.」

관리는 어깨를 으쓱했다. 그는 다시 한번 카드들을 조사했다. 「27번 서랍입니다.」 관리가 살짝 지겨워하며 말했다. 「아테네로 온 게 확실합니까? 많은 사람이 살로니카로 갔습니다. 이 무화과 인부라고 가지 않을 이유가 없잖습니까?」

그것은 바로 래티머 자신이 자문한 질문이었다. 그는 아무런 대답도 하지 않고 관리가 손톱으로 다른 카드들을 넘기는 모습을 지켜보았다. 갑자기 손톱이 멈췄다.

「찾으셨습니까?」 래티머가 재빨리 말했다.

관리가 카드 한 장을 뽑았다. 「여기 하나 있네요.」 그가 말했다. 「무화과 포장 인부였습니다. 하지만 이름은 디미트리오스 탈라**디스**인데요.」

「좀 보여 주십시오.」 래티머가 카드를 받아 들었다. 디미트리오스 탈라디스! 그자의 이름이 문서에 명확히 남아 있었다. 래티머는 하키 대령이 알지 못하는 사실을 발견했다. 디미트리오스는 1926년 이전에는 탈라트라는 이름을 썼다. 이 카드의 인물이 디미트리오스라는 점에는 의심의 여지가 없었다. 그자는 이름에 단지 그리스식 어미를 붙였을 뿐이다. 래티머는 카드를 응시했다. 카드에는 하키 대령이 알지 못했던 다른 사항들도 있었다.

래티머는 밝게 웃는 담당 관리를 올려다보았다. 「이걸 베껴도 될까요?」

「물론입니다. 인내와 조직력의 성과입니다. 저의 조직력은 이용하라고 있는 겁니다. 하지만 기록을 제가 보지 못하는 곳으로 반출할 수는 없습니다. 그게 규칙입니다.」

이윽고 조직력과 인내의 열성적 신봉자의 다소 이상해하는 시선 속에서, 래티머는 카드 내용을 노트에 영어로 번역해 옮겼다. 다음과 같은 내용이었다.

번호 T.53462
국립 구조 사업단
난민 지역: 아테네
성별: 남. 이름: 디미트리오스 탈라디스. 출생: 살로니카,

1889년. 직업: 무화과 포장 인부. 부모: 사망한 것으로 추정됨. 신분 서류 또는 여권: 신분증 분실. 스미르나에서 발급받았다고 함. 국적: 그리스. 도착: 1922년 10월 1일. 출발지: 스미르나. 심사 결과: 신체 건강. 질병 없음. 돈 없음. 타부리아 수용소에 배정. 임시 신분 서류 발급함. 비고: 1922년 11월 29일, 자진하여 타부리아를 떠남. 1922년 11월 30일 강도 및 살인 미수 혐의로 아테네에서 체포 영장 발행. 바다를 통해 도망친 것으로 보임.

그랬다. 바로 디미트리오스였다. 태어난 해가 (1922년 이전 자료에 기초해) 그리스 정부에서 하키 대령에게 제공한 정보와 일치했다. 하지만 출생지는 달랐다. 터키 경찰의 기록철에는 라리사로 되어 있었다. 왜 디미트리오스는 구태여 출생지를 바꿔 적었을까? 가명을 쓸 경우, 등기부를 조사하면 가명이라는 사실이 드러날 가능성은 살로니카나 라리사나 마찬가지임을 디미트리오스도 알고 있었을 것이다.

살로니카, 1889년! 왜 살로니카였을까? 그때 래티머에게 떠오르는 것이 있었다. 당연했다! 아주 간단한 이유였다. 1889년에 살로니카는 오스만 제국의 일부로, 터키의 영토였다. 그 당시 등기부를 그리스 정부가 조사하기는 불가능했다. 디미트리오스는 확실히 바보가 아니었다. 하지만 왜 탈라디스라는 이름을 골랐을까? 왜 흔한 그리스 이름을 고르지 않았을까? 터키식 이름인 〈탈라트〉와 뭔가 특별한 연관이 있는 게 분명했다. 스미르나에서 발행했다는 신분증에는 이미 그리스 경찰에 알려진 마크로폴로스라는 이름이 찍혀 있었고, 따라서, 아마도, 당연히 〈분실〉했을 것이다.

도착 날짜는 군사 법정에서 언급된 시기와 얼추 비슷했다. 대다수 피란민과 달리, 도착했을 때 신체가 건강하고 병도 없었다. 당연했다. 숄렘에게서 빼앗은 그리스 돈 덕분에, 그는 몇천 명씩 붐비는 피란선을 타는 대신, 피레에프스행 뱃삯을 치르고 꽤 편안한 여행을 했을 것이다. 디미트리오스는 자기 몸을 소중히 다룰 줄 알았다. 이 무화과 포장 인부에게 무화과 포장이라면 그전까지 한 걸로 이미 충분하고도 남았다. 이 디미트리오스란 자는 이제 번데기에서 탈피해 새로운 모습으로 거듭나는 중이었다. 도착했을 때 그자에게 숄렘의 돈이 상당히 남아 있었다는 데는 의심의 여지가 없었다. 하지만 그는 구제 당국에 〈돈 없음〉이라고 말했다. 아주 영리했다. 그렇게 말하지 않았다면 그는 자신과 달리 장래를 준비하지 못한 어리석은 사람들에게 식료품이며 옷가지들을 사줘야만 했을 것이다. 자기 혼자만을 위해 쓰는 데도 돈이 꽤 들었다. 또 다른 숄렘이 필요할 정도로 많이 필요했으리라. 드리스 모하메드에게 절반 준 것을 분명 후회했을 것이다.

〈바다를 통해 도망친 것으로 보임.〉 두 번째 강도질을 통해 얻은 돈과 쓰고 남은 돈을 합쳐 부르가스로 가는 뱃삯을 지불했을 게 분명했다. 육로는 너무 위험했다. 디미트리오스에게 있는 건 임시 신분증뿐이었고, 국경에서 검문에 걸릴 위험도 있었다. 반면에 부르가스에 도착하면 상당히 권위 있는 국제 구제 기관에서 발행한 그 임시 신분증만으로 쉽게 입국

할 수 있었다.

담당 관리는 그토록 자랑해 대던 인내심이 줄어든 듯했다. 래티머는 카드를 돌려주고 정중하게 고맙다고 말한 뒤, 생각에 잠겨 호텔로 돌아왔다.

래티머는 기분이 좋았다. 디미트리오스에 관한 새로운 사실을 자신의 노력만으로 발견했기 때문이었다. 평범한 탐문 방법이긴 했지만, 런던 경시청의 전통적인 방법과 같이 인내와 끈기가 필요했다. 만약 래티머가 〈탈라트〉라는 이름으로 시도해 볼 생각을 하지 못했더라면……. 조사 보고서를 하키 대령에게 보내 줄까 생각해 보았지만, 그건 가능하지 않았다. 아마도 하키 대령은 탐정술 체험을 하는 그의 참뜻을 이해하지 못할 터였다. 어쨌든 디미트리오스 자신은 지금쯤 땅속에서 썩고 있을 것이고, 그의 서류는 봉인되어 터키 비밀경찰의 문서 보관소에서 잊히고 있을 것이었다. 이제부터 해야 할 일은 소피아 사건을 조사하는 것이었다.

래티머는 제1차 세계 대전 뒤 불가리아의 정세에 관해 아는 사실들을 떠올려 보려 애썼지만, 곧 자신이 거의 아무것도 모른다는 결론에 도달했다. 래티머는 1923년에 스탐볼리스키가 자유주의 경향이 있는 정부의 지도자였다는 사실을 알았지만, 자유주의 경향이 어느 정도였는지는 알지 못했다. 암살 미수 사건 이후 IMRO, 즉 국제 마케도니아 혁명 조직의 지도, 또는 사주에 의해 군부는 쿠데타를 일으켰다. 스탐볼리스키는 소피아에서 도망쳐 반혁명 세력을 결성하려 했지만, 살해되었다. 이상이 그 사건의 요점이라고 래티머는 생각했다. 하지만 그 사건의 옳고 그른 면(그런 구별이 가능하다면)이라든가, 관련 정치 세력의 성격에 대해서는 아무것도 몰랐다. 이런 사실을 모르는 채 그냥 있을 수는 없었고, 이런 문제를 해결할 수 있는 곳은 소피아였다.

그날 저녁, 래티머는 시안토스에게 저녁 식사를 같이하자고 청했다. 래티머는 시안토스가 친구들의 문제를 함께 고민해 주길 좋아하고, 자기 직위를 교묘하게 이용해 힘이 되어 주고는 우쭐해하는 속물임을 잘 알았다. 래티머는 시의 등기부 열람을 할 수 있도록 협력해 주어 고맙다고 말한 뒤 소피아 이야기를 꺼냈다.

「신세를 좀 더 져야 할 듯합니다, 시안토스.」

「신세는 무슨. 말해 봐.」

「소피아에 아는 사람 없나요? 1923년 불가리아 정세에 관해 자세하게 이야기해 줄 우수한 신문 기자를 소개해 주었으면 합니다.」

시안토스는 윤기 흐르는 백발을 매만지며 감탄한 듯 싱긋 웃었다. 「작가들은 참 취향이 별나. 어떻게 할 수 있을 거야. 그리스인을 원해, 아니면 불가리아인을 원해?」

「그리스인 쪽이 좋습니다. 저는 불가리아어를 할 줄 모르니까요.」

시안토스는 잠깐 생각에 잠겼다. 「소피아에 마루카키스라는 사람이 있어.」 마침내 시안토스가 말했다. 「프랑스 통신사의 소피아 특파원이지. 나는 그 사람을 잘 모르지만, 내 친구에게서 소개장을 받을 수 있을 거야.」 두 사람은 레스토랑에 앉아 있었는데, 시안토스가 주위를 은밀히 살피고는 목소리를 낮추었다. 「자네 입장에서 보자면 그 사람에게는 한 가지흠이 있어. 우연히 알게 된 사실인데…….」 시안토스가 목소리를 더욱 낮추었다. 래티머는 한센병이라는 말을 들어도 놀라지 않을 마음의 준비를 했다. 「……공산주의자 경향이 있어.」 시안토스가 속삭이며 말을 맺었다.

래티머는 눈썹을 치켰다. 「저는 그게 흠이라고 생각하지않습니다. 제가 만난 모든 공산주의자는 아주 지성적이었습니다.」

시안토스는 충격을 받은 듯했다. 「그럴 리가. 그런 말을 하는 건 아주 위험해, 친구. 그리스에서는 마르크스주의가 금지되어 있어.」

「소개장은 언제 받을 수 있을까요?」

시안토스가 한숨을 쉬었다. 「별나다니까!」 그가 말했다.「내일 받아 주지. 작가들이란 정말이지……!」

*

소개장은 1주일이 지나지 않아 받을 수 있었고, 래티머는그리스 출국과 불가리아 입국 비자를 받은 뒤 소피아행 야간열차를 탔다.

기차가 붐비지 않아 래티머는 침대칸 전체를 혼자 쓸 수있기를 바랐지만, 출발 5분 전에 짐꾼이 짐을 들고 와서 빈침대 위 선반에 올렸다. 그러고 나서 곧바로 짐 주인이 들어왔다.

「혼자 조용히 계신데 방해해서 죄송합니다.」 그 남자는 영어로 래티머에게 말했다.

쉰다섯 살쯤 되는 그 남자는 뚱뚱하고 건강하지 않아 보였다. 인사를 하기에 앞서 짐꾼에게 팁을 주려고 돌아서 있어, 래티머에게 남은 그 남자의 처음 인상은 바지 엉덩이 부분이 터무니없이 처져 있어 걸으면 코끼리 뒷다리를 연상시킨다는 점이었다. 이윽고 그의 얼굴을 본 래티머는 바지에 관한 인상을 까맣게 잊게 되었다. 그의 얼굴은 과식과 수면 부족으로 형태를 잃은 듯한 느낌이 들었다. 가죽 주머니 같은 볼 위에 늘 울고 있는 듯한 충혈된 옅은 파란색 눈이 자리 잡고 있었다. 코는 고무같이 생겼는데 형태가 분명하지 않았다. 얼굴에서 표정을 짓는 것은 입뿐이었다. 입술은 창백했고, 선이 뚜렷하지 않았으며, 실제보다 더 두꺼워 보였다. 부자연스러울 정도로 희고 고른 틀니 위에 붙은 입술에는 사카린 같은 웃음이 고정되어 있었다. 그런 입술에 울고 있는 듯한 눈이 합쳐져 남자의 얼굴은 역경 속에서도 꿋꿋하게 참아 간다는 인상을 주었다. 놀랄 만큼 강렬한 인상이었다. 그 얼굴은 어느 누구도 경험한 적이 없을 정도로 악마처럼 끈질긴 운명에 시달리면서도 인간의 본질적인 선의를 굳건히 믿는 이가 여기 있다고 말하는 듯했다. 불길 속에서도 웃음을 짓는 순교자가, 웃음을 지으면서도 남의 불행에 울지 않을 수 없는 이가 여기 있다고 말하는 듯했다. 그를 본 래티머는 영국에서 알았던, 교회 헌금을 착복하고 쫓겨난 고교회파 목사가 떠올랐다.

「빈 침대였습니다.」 래티머가 말했다. 「방해라니, 천만에요.」 래티머는 그 남자가 코가 막혀 거칠고 시끄럽게 숨을 쉰다는 사실을 알고 속으로 한숨을 쉬었다. 아마도 잘 때 코를 골 터였다.

새로 온 이는 침대에 걸터앉아 천천히 고개를 저었다. 「그렇게 말씀해 주시니 정말 고맙습니다! 요즘에는 남에게 친절하게 대해야 한다고 생각하는 사람을 찾아보기 어렵지요! 다른 사람을 배려하는 경우가 드물어요!」 그의 충혈된 눈이 래티머의 눈을 바라보았다. 「어디까지 가시나요?」

「소피아입니다.」

「소피아. 그러십니까? 아름다운 도시지요. 정말 아름답습니다. 저는 그곳을 지나 부쿠레슈티까지 갑니다. 함께 즐거운 여행이 되기를 바랍니다.」

래티머는 자신도 그러길 바란다고 말했다. 뚱뚱한 남자의 영어는 아주 정확했지만, 어느 나라인지 짐작이 안 가는 지독한 악센트가 묻어났다. 케이크를 입에 잔뜩 물고 말하는 것처럼, 쉰 듯하고 약간 후두음이 섞여 있었다. 또한 어려운 표현을 쓸 때면 종종 정확한 영어가 사라지고 돌연 아주 유창한 프랑스어나 독일어로 끝맺기도 했다. 래티머는 남자가 책을 통해 영어를 배웠다는 인상을 받았다.

뚱뚱한 남자는 등을 돌리고 작은 손가방에서 모직 잠옷과 수면 양말, 낡은 페이퍼백을 꺼냈다. 래티머는 어찌어찌해서 책 제목을 볼 수 있었다. 『주옥같은 인생 지혜』라는 프랑스어

책이었다. 뚱뚱한 남자는 이 물건들을 조심스레 선반에 올리고 그리스산 가느다란 궐련갑을 꺼냈다.

「담배를 피워도 될까요?」 남자가 담뱃갑을 내밀며 말했다.

「피우십시오. 고맙습니다만, 저는 지금 피우고 싶지 않습니다.」

기차는 속력을 내기 시작했고, 승무원이 들어와 두 사람이 잘 수 있도록 침대를 준비해 줬다. 승무원이 나가자 래티머는 옷을 대충 벗고 자기 침대에 누웠다.

뚱뚱한 남자는 책을 집어 들었다가 다시 내려놓았다.

「실은,」 그가 말했다. 「기차에 영국분이 타고 계시다고 승무원에게 들은 순간, 저는 이번 여행이 즐겁겠구나 생각했습니다.」 그리고 그의 웃음은 드디어 효과를 발휘해, 마치 상냥하고 배려심 깊으며 영혼을 어루만지는 손길로 머리를 쓰다듬는 듯한 느낌을 주었다.

「그렇게 말씀하시다니 정말 친절하시군요.」

「아니, 정말입니다.」 담배 연기 때문에 그의 두 눈에 눈물이 고였다. 그는 수면 양말로 눈물을 닦아냈다. 「담배를 피우다니, 멍청한 거죠.」 침울한 표정으로 그가 계속 말했다. 「제 눈은 좀 민감하거든요. 현명하고 위대하신 존재께선 이유가 있어 제 눈을 약하게 주신 거겠죠. 그럴 만한 이유가 있을 게 분명합니다. 어쩌면 신께서 창조한 아름다움을 좀 더 열심히 음미하라는 뜻일지도 모르죠. 온갖 아름다운 옷을 입은 자연, 수목, 꽃, 구름, 하늘, 눈 쌓인 언덕, 아름다운 경치, 황금빛 웅장함을 두른 석양.」

「안경을 쓰셔야겠네요.」

뚱뚱한 남자는 고개를 저었다. 「만약 제게 안경이 필요했다면,」 그가 엄숙하게 말했다. 「위대하신 존재께서 제가 안경을 찾게 하셨을 겁니다.」 그는 진지한 표정으로 몸을 앞으로 숙였다. 「선생님께서는 우리 위에, 주위에, 우리 안에 우리가 하는 일을 인도하는 힘이, 운명이 있다고 생각하십니까?」

「어려운 질문이군요.」

「하지만 그건 단지 우리가 그 질문을 이해할 수 있을 정도로 단순하고 겸손하지 못하기 때문입니다. 인간은 많은 교육을 받지 않아도 철학자가 될 수 있습니다. 단순하고 겸손하기만 하면 됩니다.」 그는 단순하고 겸손한 눈으로 래티머를 바라보았다. 「살고, 살게 하라. 그게 행복의 비결입니다. 우리의 빈약한 이해를 넘는 질문의 답은 위대하신 존재께 맡겨야 합니다. 인간은 운명에 대항해서 싸울 수 없습니다. 만약 인간이 불쾌한 일을 해야만 한다는 것이 위대하신 존재의 뜻이라면, 우리는 그분에게 그럴 만한 이유가 있음을 믿어야 합니다. 비록 그 이유가 우리에게 늘 뚜렷하게 다가오지 않더라도요. 누구는 부자이고 누구는 가난해야 하는 것이 위대하신 존재의 뜻이라면, 우리는 그분의 뜻을 받아들여야만 합니다.」 그는 가볍게 트림을 하고 래티머 머리 위의 슈트케이스를 힐끗 바라보았다. 그의 웃음이 살짝 묘해졌다. 「저는 종종 생각합니다.」 그가 말했다. 「기차에서는 생각할 거리가 많다고 말이죠. 그렇지 않습니까? 예를 들어 짐이 그렇지요. 인간과 무척이나 닮았습니다! 인생이라는 여정에서 인간에게는 온갖 화려한 색깔의 레이블이 붙게 됩니다. 하지만 그 레이블은 오직 밖으로 향한 모습만 있습니다. 세상에 보이는 쪽에만요. 중요한 것은 **안**에 있는데요. 그리고 너무나 자주,」 그는 낙심한 듯이 고개를 저었다. 「너무나 자주, 슈트케이스는 겉만 화려하고 안에는 〈아름다운 것들〉이 전혀 없지요. 제 말에 동의하십니까?」

몹시 불쾌했다. 래티머는 동의인지 반대인지 불분명한 애매한 소리를 내며 어물쩍 넘어갔다. 「영어를 아주 잘하시는군요.」 래티머가 덧붙였다.

「저는 영어가 가장 아름다운 언어라고 생각합니다. 셰익스피어, H. G. 웰스, 영국에는 위대한 작가들이 있습니다. 하지만 저는 제 생각을 영어로 오롯이 표현하지 못합니다. 눈치채셨겠지만, 저는 프랑스어가 더 편합니다.」

「하지만 모국어가……?」

뚱뚱한 남자는 크고 부드러운 두 손을 펼쳐 보였다. 한쪽 손에서 다소 더러운 다이아몬드 반지가 반짝였다. 「저는 세계 시민입니다. 저에게는 모든 나라, 모든 언어가 아름답습니다. 인간이 증오를 버리고 아름다운 것만 보면서 형제처럼 살 수 있다면 얼마나 좋겠습니까? 그러나 그렇지 못하지요! 언제나 공산주의자며 기타 등등이 있습니다. 그것은, 의심의 여지 없이, 위대하신 존재의 뜻이지요.」

래티머가 말했다. 「저는 이제 자야 할 것 같습니다.」

「잠!」 침대칸의 동행자가 열광적으로 찬미했다. 「잠이야말로 우리 불쌍한 인간들에게 주어진 커다란 자비지요. 제 이름은,」그가 생뚱맞게 덧붙였다. 「피터스라고 합니다.」

「만나 뵙게 되어 정말 즐거웠습니다, 피터스 씨.」래티머가 단호하게 답했다. 「곧 소피아에 도착할 테니 저는 굳이 옷을 벗지 않겠습니다.」

래티머는 객실 조명을 끄고 검푸른 비상등과 침대 위의 작은 독서등만 남겨 두었다. 이윽고 그는 침대에서 담요를 빼내 몸에 둘둘 감았다.

피터스 씨는 래티머가 잘 준비를 하는 모습을 아쉬움이 담긴 눈으로 조용히 지켜보았다. 그는 옷을 벗기 시작해, 기차가 흔들리는 와중에도 균형을 잃지 않고 능란하게 잠옷으로 갈아입었다. 마침내 그는 침대 위로 올라가 잠깐 가만히 누워 있었다. 그의 숨소리가 휘파람처럼 들렸다. 이윽고 그는 모로 누워 손을 더듬어 책을 집어 들고 읽기 시작했다. 래티머는 머리맡에 있는 독서등을 껐다. 곧이어 그는 잠이 들었다.

기차는 이튿날 아침 일찍 국경에 도착했고, 여권을 조사하러 온 승무원 때문에 래티머는 잠에서 깼다. 피터스 씨는 여전히 책을 읽고 있었다. 그는 이미 바깥 복도에서 그리스와 불가리아의 공무원에게 여권을 검사받았기에, 래티머는 세계 시민의 국적을 확인할 기회가 없었다. 불가리아의 세관 직원이 객실로 머리를 디밀어 두 사람의 슈트케이스에 눈길을 주고 얼굴을 찡그리더니 그대로 다시 나갔다. 곧 기차가 국경을 넘었다. 중간중간 졸며, 래티머는 블라인드 틈으로 하늘이 검푸른빛으로, 그리고 이어 잿빛으로 바뀌는 모습을 보았다. 기차는 7시쯤 소피아에 도착할 예정이었다. 래티머는 마침내 일어나 옷차림을 단정히 하고 짐을 챙기며, 피터스 씨가 독서등을 끄고 눈 감은 것을 알아차렸다. 기차가 소피아 외곽의 그물눈처럼 엉킨 선로 위에서 덜컹거리는 소리를 내기 시작했을 때, 래티머는 객실 문을 조용히 열었다.

피터스 씨가 뒤척이더니 눈을 떴다.

「미안합니다.」 래티머가 말했다. 「깨우지 않으려 조심했는데.」

객실 안의 은은한 어둠 속에서 보니 뚱뚱한 남자의 웃음 띤 표정이 광대의 찡그린 얼굴처럼 보였다. 「제 걱정은 하지 마십시오.」 그가 말했다. 「자고 있지 않았습니다. 머무르실 거라면 슬라비안스카 베세다 호텔이 최고라고 말씀드릴 생각이었습니다.」

「정말 친절하시군요. 하지만 저는 아테네에서 이미 전보로 그랜드 팰리스 호텔에 방을 예약해 놓았습니다. 추천을 받았지요. 그곳을 아십니까?」

「네, 아주 좋은 곳이지요.」 기차가 속력을 늦추기 시작했다. 「안녕히 가십시오, 래티머 씨.」

「안녕히 가십시오.」

목욕을 하고 아침 식사를 할 생각에 빠져 있던 래티머는 피터스 씨가 자기 이름을 어떻게 알았는지 이상하다는 의심을 품지 못했다.

제5장
1923년

래티머는 소피아에서 해야 할 일들에 대해 신중하게 생각해 뒀다.

스미르나와 아테네에서는 단순히 기록물에 접근하는 정도였다. 유능한 사설탐정이라면 누구나 그 정도는 할 수 있었다. 하지만 이제는 사정이 달랐다. 소피아에 디미트리오스가 저지른 범죄 기록이 있는 것은 분명했지만, 하키 대령의 말에 따르면, 불가리아 경찰은 디미트리오스에 관해 거의 알지 못했다. 사실 불가리아 경찰은 디미트리오스를 그리 중요하게 생각하지 않았다. 대령의 조회가 있고 나서야 비로소 디미트리오스와 교제했던 여자를 불러 그의 인상을 물은 점이 그 증거였다. 그리고 경찰의 기록에 실려 있는 사실이 아니라 실려 있지 않은 사실이 더 흥미로웠다. 대령이 지적했듯이 암살 사건에서 밝혀내야 할 중요한 일은, 누가 총을 쏘았느냐가 아니라 누가 그 총알의 대가를 지불했느냐였다. 경찰이 가진 정보도 물론 도움이 되겠지만, 경찰 업무의 대상은 총을 쏜 사람이지 그 총알을 산 사람이 아니었다. 래티머가 우선 조사해야 할 일은 스탐볼리스키의 죽음으로 이득을 얻거나 이득을 얻을 가능성이 있던 자가 누구냐는 것이었다. 이 기본적인 정보를 입수하기 전에는 디미트리오스의 역할에 대해 아무리 상상해 봐야 헛일이었다. 비록 그 정보를 알아낸다 할지라도, 그 정보가 공산당의 선전 팸플릿에 쓰이는 것 외에는 아무런 쓸모도 없을 수 있겠지만, 지금 당장은 그 점에 관해 생각하지 않기로 했다. 그는 이 체험이 꽤 맘에 들기 시작했으며, 쉽게 포기하고 싶지 않았다. 만약 이 체험이 중단된다 하더라도, 하는 데까지 해볼 생각이었다.

도착한 날 오후, 래티머는 프랑스 통신사의 사무실을 찾아가 마루카키스를 만나 소개장을 보여 줬다.

중년의 이 그리스인은 가무잡잡한 피부에 마르고 눈이 지적이면서 다소 튀어나왔는데, 문장이 끝날 때마다 자신의 무분별함에 놀랐다는 듯 입을 꼭 다무는 버릇이 있었다. 그는 무장된 휴전 상태의 협상가처럼 신중하게 예의를 차리며 래티머를 맞았다. 그는 프랑스어를 썼다.

「어떤 정보를 알고 싶으십니까, 선생님?」

「1923년에 있었던 스탐볼리스키 사건에 대해 되도록 자세히 알고 싶습니다.」

마루카키스는 눈썹을 치켰다. 「그렇게 오래전 일을요? 그러면 기억을 더듬어야겠군요. 아니, 성가시다는 뜻은 아닙니다. 기꺼이 도와드리겠습니다. 한 시간 정도만 여유를 주십시오.」

「오늘 저녁에 제가 머무는 호텔에서 함께 식사하실 수 있다면 아주 기쁘겠습니다.」

「어디에 머무십니까?」

「그랜드 팰리스 호텔입니다.」

「그곳의 몇 분의 1 가격으로 더 나은 식사를 할 수 있는 곳이 있습니다. 괜찮으시면 제가 8시에 호텔로 찾아가 그곳으로 안내하겠습니다. 그렇게 할까요?」

「물론이죠.」

「좋습니다. 그러면 8시 정각에 뵙지요. *Au 'voir*(안녕히 가십시오).」

마루카키스는 정확히 8시 정각에 와서 말없이 마리아루이즈 대로를 건너 알라빈스카 거리를 따라 작은 골목길로 래티머를 안내했다. 골목을 절반 정도 가니 식료품점이 나왔다. 마루카키스가 걸음을 멈췄다. 그러더니 갑자기 부끄러운 표정을 지었다. 「아주 멋진 곳은 아닙니다.」 그가 자신 없는 목소리로 말했다. 「하지만 가끔 음식은 아주 맛있습니다. 더 좋은 곳으로 가고 싶으십니까?」

「아, 아니요. 당신께 맡기겠습니다.」

마루카키스는 안심한 듯 보였다. 「여쭤보는 게 나을 것 같았습니다.」 그는 말하더니 가게 문을 밀어 열었다. 문에 달린 종이 아름다운 소리를 내며 울렸다.

가게 안은 물건들로 꽉 들어차다 못해 실내가 전화 부스보다 조금 더 커 보일 지경이었다. 벽마다 설치된 소나무 선반은 칠이 벗겨지고 여기저기 패어 있었는데, 그 위에 병과 수상해 보이는 식료품들이 아무렇게나 쟁여져 있었다. 또한 온갖 크기와 색깔의 소시지가 선반 주위와 천장에 마치 열대 과일처럼 주렁주렁 매달려 있었다. 그리고 그 중간, 저울 뒤로 곡물 부대가 성벽처럼 쌓인 곳에서 땅딸막한 여자가 곡물 부대들에 기댄 채 아기에게 젖을 먹이고 있었다. 그 여자는 두 사람을 보고 싱긋 웃더니 뭐라고 말했다. 마루카키스는 대답을 한 뒤 래티머에게 따라오라는 몸짓을 하고는 오이 피클 단지들을 돌아 염소젖 치즈 줄 아래를 지나 문을 열고 복도로 들어섰다. 복도 끝에 레스토랑이 있었다.

그곳은 식료품 가게보다 아주 조금 더 컸지만, 마법이라도 썼는지 다섯 개의 테이블이 놓여 있었다. 두 개의 테이블에는 한 무리의 남녀가 앉아 시끄럽게 떠들며 수프를 먹고 있었다. 마루카키스와 래티머는 세 번째 테이블에 앉았다. 녹색 앞치마에 가려 셔츠 소매만 보이는 콧수염 남자가 천천히 다가와 불가리아어로 유창하게 말했다.

「당신이 주문하는 것이 나을 듯합니다.」 래티머가 말했다.

마루카키스가 웨이터에게 뭔가 말하자 그는 수염 끝을 비틀며 천천히 몸을 돌려 지하실 입구 같아 보이는 컴컴한 곳을 향해 뭐라고 소리쳤다. 주문을 알아들었다는 듯한 목소리가 조그맣게 들려왔다. 웨이터는 술병과 잔 세 개를 들고 돌아왔다.

「보드카를 주문했습니다.」 마루카키스가 말했다. 「좋아하시면 좋겠습니다.」

「굉장히 좋아합니다.」

「잘됐군요.」

웨이터는 세 개의 잔에 술을 따르더니, 하나는 자기가 들고 래티머에게 고개를 까딱한 뒤 목을 뒤로 젖혀 보드카를 단숨에 마셨다. 그러고는 돌아갔다.

「*A votre santé*(건배).」 마루카키스가 정중하게 말했다. 「이제,」 둘이 잔을 내려놓았을 때 그가 말했다. 「우리는 함께 마셨고, 그래서 동지가 되었으니 솔직히 말할 수 있겠군요.」 그는 입을 굳게 다물고 얼굴을 찡그렸다. 「저는 정말 참을 수가 없습니다.」 마루카키스가 갑자기 거친 목소리로 말했다. 「사람들이 제게 솔직하지 못할 때마다 말입니다. 저는 그리스인이고, 그리스인은 거짓을 냄새 맡을 수 있습니다. 그리스 사업가들이 프랑스와 영국에서 그토록 성공한 이유지요. 선생님이 제게 가져온 편지를 읽자마자, 저는 거짓의 냄새를 맡을 수 있었습니다. 하지만 그냥 단순한 거짓 정도가 아니었습니다. 선생님이 요구하는 정보가 *roman policier*(추리 소설)에 쓰일 수 있다는 가능성을 암시하는 것만으로도 정보원에게는 모욕입니다.」

「미안합니다.」 래티머가 불편한 기색을 보이며 말했다. 「제가 이 정보를 원하는 진짜 이유는 너무나 특이해서 선뜻 말씀드리기 어렵군요.」

「제가 이런 식으로 정보를 준 마지막 인물은,」 마루카키스가 음침하게 말했다. 「『미국 스타일』이라는 유명한 유럽 정치 안내서를 썼지요. 제가 마침내 그 책을 읽었을 때, 저는 1주일 동안 아팠습니다. 물론 아시겠지만, 몸이 아니라 마음이요. 저는 사실들을 존중하는데, 그 책은 제게 큰 고통을 안겨 주었지요.」

「저는 책을 쓰고 있는 게 아닙니다.」

마루카키스가 웃음을 지었다. 「당신들 영국인은 자의식이 너무 강합니다. 좋습니다! 이렇게 하면 어떻겠습니까? 제가 선생님에게 정보를 제공하는 대신, 선생님은 그 정보를 알려는 이유를 제게 말해 주는 겁니다. 좋습니까?」

「좋습니다.」

「그럼 됐군요.」

수프가 두 사람 앞에 놓였다. 진하고 향료가 많이 들어간 데다 사워크림이 들어간 수프였다. 식사를 하며 마루카키스는 이야기를 시작했다.

*

죽어 가는 문명에서 정치적 명성이라는 것은 뛰어난 전문의가 아닌, 병자의 비위를 잘 맞추는 이에게 주어지는 포상이다. 무지한 인간들이 평범한 인간에게 주는 훈장인 것이다. 하지만 애처로운 위엄이 함께하는 정치적인 명성이 단 한 가지 남아 있다. 서로 극단적으로 다른 신념을 지니고 다투어 대는 당원들을 한데 품은 당의 도량 넓은 지도자에게 주어지는 명성이다. 그런 지도자의 위엄은, 무릇 저주받은 운명의 인간들이 지닌 위엄, 바로 그것이다. 왜냐하면 상극인 두 과격파가 함께 무너지든 한쪽이 승리를 거두든 그 지도자의 운명은 이미 정해져 있어, 국민의 증오 대상이 되든지 아니면 순교자로 죽는 수밖에 없기 때문이다.

불가리아 농민당 당수이며 총리이자 외무장관이었던 스탐볼리스키 씨의 경우도 마찬가지였다. 농민당은 조직된 반동 세력을 만나자 속수무책으로 당했고, 당 내부의 투쟁 때문에 완전히 무력해졌다. 당은 스스로를 지키려 발버둥 한번 쳐보지 못하고 죽었다.

그 종말은 1923년 1월 초, 스탐볼리스키가 로잔 회의를 마치고 소피아로 돌아온 직후에 시작되었다.

1월 23일, 유고슬라비아(당시에는 세르비아) 정부는 소피아에서 불가리아 게릴라군이 유고슬라비아 국경을 넘어 일련의 무력 약탈을 한 일에 대한 공식 항의문을 불가리아 정부에 보냈다. 며칠 뒤인 2월 5일, 국왕과 공주들이 참석한 소피아 국립극장 창립 축하 공연 도중, 몇몇 정부 대신이 앉은 관람석에 폭탄이 투척되었다. 그 폭발로 몇 명이 부상을 입었다.

이러한 폭력 행위를 계획한 이와 그 목적이 무엇인지는 뚜렷했다.

스탐볼리스키는 처음부터 유고슬라비아 정부에 회유책을 썼다. 두 나라의 관계는 급속히 개선되어 갔다. 하지만 두 나라 안에서 활동하던 악명 높은 마케도니아 혁명 위원회에 의해 대표되는 마케도니아 자치주의자들은 이러한 관계 개선을 좋아하지 않았다. 두 나라의 우호 관계가 자신들에 대한 공동 탄압으로 발전할까 두려워한 마케도니아인들은 양국의 우호 관계를 저해하고, 자기들의 적 스탐볼리스키를 파멸시키기 위해 조직적인 활동을 시작했다. 게릴라군의 공격과 소피아 국립 극장 사건을 발단으로 조직적인 테러가 시작됐다.

3월 8일, 스탐볼리스키는 마지막 수단으로 13일에 의회를 해산하고 4월에 새로 선거를 실시한다고 발표했다.

반동 조직으로선 재앙이나 마찬가지였다. 불가리아는 농민당 정부 밑에서 번영을 계속하고 있었다. 농민들은 스탐볼리스키를 강력히 지지했다. 선거를 하면 스탐볼리스키의 입지가 더욱더 굳건해질 터였다. 마케도니아 혁명 위원회의 자금이 갑자기 급격하게 늘어났다.

거의 즉시, 트라키아 국경의 하스코보에서 스탐볼리스키와 아타나소프 철도장관의 암살 시도가 있었다. 그 음모는 마지막 순간에 겨우 저지되었다. 게릴라군의 활동을 탄압한 경찰 고위 간부 몇 명이 암살 협박을 받았고, 이 중에는 페트리치의 시장도 포함되어 있었다. 그런 위협으로 인해 선거가 연기되었다.

그리고 6월 4일, 소피아 경찰은 스탐볼리스키뿐 아니라 무라비예프 국방장관, 스토야노프 내무장관을 암살하려는 계획을 탐지했다. 스토야노프 암살 임무를 맡았다고 여겨지는 젊은 육군 장교가 총격전에서 경찰에게 사살되었다. 그리고 마케도니아 혁명 위원회의 명령을 받은 젊은 장교들이 소피아로 잠입한 사실이 밝혀져, 경찰은 수색에 들어갔다. 그러나 경찰은 이러한 움직임을 저지할 힘을 잃어 가고 있었다.

이제 농민당이 활동을 개시해 자신들의 지지자인 농민들을 무장시켜야 할 때였다. 하지만 농민당은 그렇게 하지 않았다. 대신 자기들끼리 세력 투쟁에 급급했다. 농민당은 자신들의 적인 마케도니아 혁명 위원회가 테러 단체에 불과한 작은 조직이며, 그런 조직이 몇십만이라는 농민들의 지지를 받는 강력한 정부를 몰아내는 것은 불가능하다고 여겼다. 그들은 이 조직의 활동은 단순한 눈가림에 지나지 않으며, 그 배후에서 반동 조직이 착착 공격 준비를 하고 있다는 사실을 알아차리지 못했다. 그리고 곧 그들은 그러한 인식 부족의 대가를 치렀다.

6월 8일 자정엔 모든 것이 평온했다. 그러나 9일 새벽 4시에 스탐볼리스키를 제외한 모든 정부 각료가 투옥되었고, 계엄령이 선포되었다. 이 쿠데타의 지도자는 반동주의자인 잔코프와 루세프였다. 둘 다 그 전까지 마케도니아 위원회와 관련 있을 거라고 여겨지지 않던 인물이었다.

스탐볼리스키는 농민들에게 스스로 일어나 자신들의 삶을 지키라고 궐기하게 하려 했지만, 때는 이미 늦었다. 몇 주일 뒤, 스탐볼리스키는 소피아에서 수백 킬로미터 떨어진 농가에서 몇 명의 동지와 함께 포위당한 끝에 체포되었다. 그리고 얼마 지나지 않아 아직도 정확히 알려지지 않은 상황에서 사살되었다.

*

마루카키스가 이야기하는 동안, 래티머는 머릿속으로 그때 상황을 위와 같이 정리하고 있었다. 이 그리스인은 말이

빨랐고, 기회 있을 때마다 주제에서 벗어나 혁명 이론 강의로 새는 경향이 있었다. 이야기가 끝났을 때, 래티머는 차를 석 잔째 마시고 있었다.

래티머는 1~2초 정도 입을 다물고 있었다. 그러다가 마침내 말했다. 「위원회에 누가 자금을 제공했는지 아십니까?」

마루카키스가 이를 드러내고 웃었다. 「그 사건이 있고 얼마 뒤 소문이 돌기 시작했지요. 여러 가지 설이 분분했지만, 제 생각에 가장 이치에 맞고, 또한 말이 난 김에 하는 말이지만, 제가 증거를 잡을 수 있었던 유일한 설명은 이렇습니다. 즉 자금은 그 위원회의 돈을 맡았던 은행이 융통해 주었다는 거죠. 유라시아 신탁은행이었습니다.」

「그 은행이 제3자를 대신해 돈을 융통해 주었다는 뜻입니까?」

「아니, 그런 뜻이 아닙니다. 은행이 은행 자체를 위해 융통해 준 겁니다. 우연히 알게 된 사실인데, 스탐볼리스키 정권 아래에서 레프[13]의 가치가 높아져 그 은행은 곤란한 처지에 놓였습니다. 사태가 심각해지기 전인 1923년 초에는 레프의 가치가 두 달 동안 두 배로 뛰었습니다. 1파운드에 8백 레프였는데, 4백 레프 가까이로 올라갔지요. 흥미 있으시면 제가 정확한 숫자를 알아봐 드릴 수도 있습니다. 레프 시세 하락을 예상하고 3개월 이상 선물 매도를 하던 이들은 막대한 손해를 입었지요. 유라시아 신탁은행은 그러한 손해를 그냥 받아들이는 은행이 아닙니다.」

13 불가리아의 통화 단위.

「그러면 어떤 은행입니까?」

「모나코에 등록된 은행입니다. 즉 다른 나라들에서 은행 업무를 하지만, 그 나라들에 세금을 내지 않아도 될 뿐 아니라 대차대조표를 공개할 필요도 없죠. 그 은행에 관해 뭔가 알아내는 건 불가능하다는 뜻입니다. 유럽에는 이런 종류의 은행이 많습니다. 본점은 파리에 있지만 영업 지역은 발칸입니다. 은행이 융자해 주는 사업 가운데는 불가리아 국내에서 불법으로 수출하는 비밀 헤로인 제조 사업도 포함되어 있습니다.」

「그 은행이 잔코프의 쿠데타 자금을 댔다고 생각하시는 건가요?」

「가능하지요. 어쨌든 쿠데타를 가능케 한 정세 형성을 위해 자금을 대준 것만은 확실합니다. 스탐볼리스키와 하스코보에서의 아타나소프 암살 시도는 그런 목적을 위해 누군가 돈을 지불하고 데려온 외국 총잡이들에 의해 이루어졌다는 게 공공연한 비밀이었습니다. 또한 여러 가지 논의와 협박이 이루어졌으나 외국에서 온 *agents provocateurs*(공작원)이 없었다면 그 소동도 그냥 가라앉았을 거라고 말하는 이도 많았지요.」

이 만남은 래티머가 바랐던 것보다 훨씬 유익했다.

「하스코보 사건을 자세히 알 방법이 있을까요?」

마루카키스는 어깨를 으쓱했다. 「15년도 넘은 일이라서요. 경찰에 가면 무언가 알아낼 수 있을지도 모릅니다만, 가능성은 없어 보입니다. 만약 무엇을 알고 싶어 하시는지 제가 알 수 있다면…….」

래티머는 마음을 굳혔다. 「좋습니다. 왜 이런 정보를 원하는지 알려 드리겠다고 말씀드렸으니, 이제 말씀드리겠습니다.」 래티머는 재빨리 이야기를 해나갔다. 「몇 주 전 이스탄불에 있을 때, 저는 우연히 터키 비밀경찰 수장과 점심 식사를 했습니다. 그 사람은 추리 소설 애호가로, 자신이 구상한 플롯을 제가 책으로 써주길 바라더군요. 우리가 실제 살인자와 소설 속 살인자의 특징에 관해 이야기하고 있을 때, 그 사람은 자신의 주장을 뒷받침하기 위해 디미트리오스 마크로풀로스 또는 디미트리오스 탈라트라는 사람의 기록을 제게 읽어 주었습니다. 그자는 악당이었고, 최악의 살인자였습니다. 그자는 스미르나에서 살인을 저질렀는데, 다른 사람이 그 일로 교수형을 당하도록 일을 꾸몄습니다. 또한 스탐볼리스키 사건을 포함해 세 번의 암살 미수 사건에 연루되었지요. 프랑스 스파이 노릇도 했고, 파리에서 마약 밀매 조직을 꾸리기도 했습니다. 제가 그자의 이야기를 듣기 전날, 그자가 보스포루스 해협에서 시체로 발견되었습니다. 배에 칼을 맞고요. 이런저런 이유에서, 저는 그 사람을 보고 싶었고, 그래서 그 비밀경찰 수장을 설득해 시체 보관소까지 따라갔습니다. 디미트리오스는 시체 보관소 테이블 위에, 입었던 옷가지들 옆에 누워 있었습니다.

점심 식사를 너무 잘 먹어서 멍청해진 것일 수도 있지만, 불현듯 저는 디미트리오스에 관해 좀 더 알고 싶다는 기묘한 욕망이 생겼습니다. 아시다시피 저는 추리 소설을 씁니다.

저는 스스로에게 말했습니다. 다른 사람들이 탐정을 하는 내용을 쓰는 대신, 이번에는 직접 탐정 노릇을 해보면 흥미로운 결과가 나올지도 모른다고 말입니다. 그자에 관한 경찰 서류의 빈 부분을 어느 정도 메워 보자는 게 원래 생각이었습니다. 하지만 그건 핑계일 뿐이었죠. 당시 제가 흥미를 보인 이유가 탐정술과 아무런 관련이 없다는 걸 인정하고 싶지 않았을 뿐입니다. 설명하기는 어렵지만, 이제 저의 디미트리오스에 관한 호기심은 탐정이 아니라 전기 작가로서의 호기심이었다는 사실을 알게 되었습니다. 감정적인 요소도 포함되어 있고요. 저는 디미트리오스라는 사람을 설명하고, 해명하고, 그자의 정신을 이해하고 싶었습니다. 그자에게 단순히 인간쓰레기라고 딱지를 붙이는 것만으로는 성이 차지 않았습니다. 저는 그자를 시체 보관소의 한 시체로서가 아니라 한 인간으로서, 고립된 존재나 하나의 현상으로서가 아니라 붕괴 과정에 있는 사회 조직의 한 구성원으로 보았습니다.」

래티머는 말을 멈추고 한숨 돌렸다. 「이런 내용입니다, 마루카키스! 그래서 저는 소피아에 와서 15년 전에 일어난 일들에 관해 질문을 하며 당신의 시간을 빼앗고 있는 거죠. 저는 추리 소설을 써야 할 순간에, 결코 책으로 쓰이지 않을 전기의 자료를 모으고 있습니다. 저 자신에게조차 이상하게 들리는군요. 그러니 당신에게는 허황된 이야기로 들리겠죠. 하지만 사실입니다.」

래티머는 아주 바보가 된 느낌으로 의자에 등을 기댔다. 신중하게 꾸며 낸 거짓말을 하는 게 나았을지도 모른다.

마루카키스는 자기 차를 물끄러미 바라보고 있었다. 그러더니 고개를 들었다.

「이 디미트리오스라는 자에게 선생님이 보이는 흥미를 어떻게 설명하시겠습니까?」

「방금 말씀드렸잖습니까.」

「아니요, 저는 그렇게 생각하지 않습니다. 선생님은 자신을 속이고 있습니다. 선생님의 *au fond*(본심은) 디미트리오스라는 존재를 합리화하고 설명함으로써, 조금 전에 말씀하셨던 붕괴 과정에 있는 사회 조직을 설명하려는 겁니다.」

「아주 독창적인 의견이네요. 이렇게 말하면 실례일지 모르지만, 좀 과하게 단순화하셨습니다. 저는 그 설명을 받아들일 수 없습니다.」

마루카키스가 어깨를 으쓱했다. 「제 의견일 뿐입니다.」

「저를 믿어 주셔서 고맙습니다.」

「믿지 말아야 할 이유가 없잖습니까? 의심하기에는 너무나 터무니없는 내용입니다. 불가리아에서의 디미트리오스에 관해 어느 정도 알고 계십니까?」

「거의 모릅니다. 스탐볼리스키 암살 계획의 중개자였다는 말을 들었습니다. 그 말인즉 그자가 직접 총을 쏠 계획이었다는 증거는 없었다는 거죠. 그자는 1922년 11월 말 강도와 살인 미수로 경찰에 쫓겨 아테네를 떠났습니다. 그건 제가 알아냈습니다. 또한 저는 그자가 바다를 통해 불가리아로 왔을 거라고 봅니다. 그자는 소피아 경찰에도 알려져 있습니다. 제가 이 사실을 아는 건, 1924년 터키 비밀경찰이 다른 일과 관련해 그자에 관해 조회를 요청했기 때문입니다. 이곳 경찰은 그자가 교제하던 여자를 조사했지요.」

「만약 그 여자가 아직도 여기 살고 있다면, 만나서 이야기를 해보면 재미있겠군요.」

「그렇겠죠. 저는 스미르나에서, 그리고 그자가 자신을 탈라디스라고 불렀던 아테네에서 그자의 흔적을 찾아보았지만, 지금까지 살아 있을 때 그자와 알고 지냈던 사람과 이야기를 해본 적은 없습니다. 불행히도 저는 그 여자의 이름을 모릅니다.」

「경찰 기록에는 있을 겁니다. 만약 원하신다면 제가 알아보겠습니다.」

「그렇게까지 수고로운 일을 부탁할 수는 없습니다. 제가 경찰 기록을 보는 일로 시간을 낭비하는 거야 상관없지만, 당신 시간까지 낭비할 수는 없지요.」

「선생님이 경찰 기록을 읽는 일로 시간을 낭비하지 않게 할 여러 이유가 있습니다. 우선 선생님은 불가리아어를 읽을 줄 모르고, 둘째로 경찰이 협조를 안 할 겁니다. 하지만 선생님께 다행히도, 저는 프랑스 통신사에 근무하는 정식 기자입니다. 저에게는 특권이 좀 있지요. 게다가……」 마루카키스는 씨익 웃었다. 「비록 터무니없긴 하지만, 선생님의 탐정 놀이에 호기심이 생깁니다. 인간사의 기이함은 늘 흥미롭지요. 안 그렇습니까?」 마루카키스는 주위를 둘러보았다. 레스토랑은 텅 비어 있었다. 웨이터는 테이블 하나에 두 다리를 올려놓고 앉아 잠들어 있었다. 마루카키스가 한숨을 쉬었다.

「저 불쌍한 친구를 깨워 계산을 해야겠네요.」

*

소피아에 도착하고 사흘째 되는 날, 래티머는 마루카키스
가 보낸 편지를 받았다.

그 전까지는 시간이 기분 좋게 흘러갔다. 그동안 래티머는
알렉산더 2세의 그림들과 조각상을 보았고, 카페에 앉아 있
거나 거리를 산책했고, 소피아의 산인 비토샤산을 올랐고,
극장에도 갔고, 영화관에도 가서 불가리아어 자막이 있는 독
일 영화도 한 편 보았다. 래티머는 의도적으로 디미트리오스
에 관해서는 거의 생각하지 않고 자신이 써야 하는 새 책에
만 정신을 집중하려고 애썼다. 래티머는 디미트리오스에 관
해 생각하지 않는 것이 새 책에 집중하는 것보다 더 어렵다
는 사실을 알게 되었지만, 그런 상황이 크게 거슬리지는 않
았다.

하지만 마루카키스의 편지로 인해 래티머는 새 책에 관한
생각을 완전히 잊었다.

친애하는 래티머 씨에게, (그는 프랑스어로 썼다)

약속한 대로, 경찰에서 입수한 디미트리오스 마크로풀로
스에 관한 모든 정보를 요약해 보냅니다. 보시다시피 완전하
지는 않습니다. 바로 그 점이 흥미롭습니다! 그렇게 생각하지
않으십니까? 그 여자를 찾을 수 있을지 없을지는 앞으로 제가

경찰 몇 명과 친해지기 전까지는 장담할 수 없습니다. 아마도 내일쯤 선생님과 만날 수 있을 듯합니다.

각별한 경의를 표하며,
N. 마루카키스

그리고 편지에는 요약서가 첨부되어 있었다.

경찰 기록 보관소, 소피아 1922-4
디미트리오스 마크로풀로스. 국적: 그리스. 출생지: 살로니카. 생년: 1889년. 직업: 무화과 포장 인부라고 기록되어 있음. 입국: 1922년 12월 22일 이탈리아 증기선 이졸라 벨라호를 통해 바르나로 입항. 여권 또는 신분증: 난민 구제 위원회 신분증 번호. T53462

1923년 6월 6일, 소피아 페로츠카 거리 스페치 카페에서 경찰이 여행 서류를 검사했을 때, 그리스 태생의 불가리아 여인 이라나 프레베자가 있었음. 디미트리오스 마크로풀로스는 외국 범죄자들과 관련 있는 것으로 알려져 있음. 1923년 6월 7일 국외로 추방하기 위해 체포. 하지만 당일 A. 바조프의 요청 및 보증으로 석방.

1924년 9월, 터키 정부로부터 살인 용의자로 무화과 포장 인부인 〈디미트리오스〉에 관한 정보 요청이 있었음. 위의 정보를 한 달 뒤에 제공함. 이라나 프레베자는 조사에서 아드리아노플에서 마크로풀로스가 보낸 편지를 받았다고 함. 그녀는 다음과 같이 진술함.

키: 182센티미터. 눈: 갈색. 살빛: 가무잡잡하고 말끔하게 면도함. 머리: 검은 직모. 특이 사항: 없음.

요약서 끝에 마루카키스가 자필로 덧붙인 내용이 있었다.

주의: 이것은 통상적인 경찰 기록일 뿐입니다. 기록에 다른 비밀 서류에 관한 언급이 있지만, 그것은 열람이 금지되어 있습니다.

래티머는 한숨을 쉬었다. 비밀 서류에는 1923년 사건들에서 디미트리오스의 역할이 상세하게 담겼을 게 분명했다. 불가리아 당국이 터키 경찰에 알려 준 내용보다 더 많은 사실을 알고 있다는 것도 확실했다. 그 정보가 존재한다는 것을 알면서도 얻을 수 없어 짜증이 났다.

하지만 입수한 정보에는 생각할 거리가 많았다. 가장 눈에 띄는 부분은 1922년 12월 피레에프스와 흑해의 바르나 사이를 항해하던 이탈리아 증기선 이졸라 벨라호에서 난민 구제 위원회가 발행한 신분증 T53462가 수정된 사실이다. 〈디미트리오스 탈라디스〉는 〈디미트리오스 마크로풀로스〉가 되었다. 디미트리오스 자신이 위조의 재능을 발견했거나 그런 재능이 있는 이를 고용했을 것이다.

이라나 프레베자! 아주 신중하게 조사해야 할 귀중한 단서였다. 만약 그 여자가 아직 살아 있다면 어떻게든 찾아낼 방법이 있을 것이다. 우선 그 일을 마루카키스에게 맡겨야만 했다. 말이 나온 김에 하는 말이지만, 그녀가 그리스계라는 사실로 미루어 보아, 아마도 디미트리오스는 불가리아어를 하지 못한 듯했다.

〈외국 범죄자들과 관련 있는 것으로 알려져 있음〉이라는 표현이 참으로 애매했다. 어떤 범죄자들이란 말인가? 외국 어느 나라? 그 범죄자들과 어느 정도나 관련 있다는 건가? 왜 잔코프의 쿠데타가 일어나기 이틀 전에 디미트리오스를 추방하려 했을까? 디미트리오스가 그 긴박하던 1주일 동안 소피아 경찰이 찾던 암살 용의자 가운데 한 명이었을까? 하키 대령은 디미트리오스가 암살범일 가능성을 일소에 부쳤다. 「이런 종류의 인간은 위험한 일을 절대로 하지 않습니다.」 하지만 하키 대령은 디미트리오스에 관해 모든 것을 알진 못했다. 그리고 디미트리오스를 위해 그토록 신속하고 효과적으로 손을 써준 친절한 A. 바조프라는 인물은 대체 누구란 말인가? 이러한 질문들의 답은 그 두 번째 비밀 서류에 있을 게 분명했다. 정말 짜증 나는 일이었다!

그리고 외모 설명은 판에 박힌 듯한 내용으로, 아마도 그렇게 생긴 사람이 수만 명은 있을 터였다. 대부분의 경우, 사람들은 친밀한 관계에 있는 이의 외모를 설명할 때조차 모호하고 어설픈 관측을 바탕으로 한다. 그에 더해 외모 설명은 관측되는 이보다 관측하는 이와 더 큰 관련이 있다. 가령 키가 작은 이는 자신이 키가 작다는 걸 인식하기에 중간 키의 사람을 키가 크다고 설명하곤 한다. 그 정도 외모 설명이면 증오와 사랑 같은 평범한 일들, 그리고 탄생에서 죽음에 이르기까지 별문제 없는 일상에서는 분명 충분히 만족스럽다. 하지만 래티머에겐 더 구체적인 묘사가 필요했다. 래티머는 디미트리오스의 초상화, 예술가가 그린 초상화, 비법을 써서 모델의 정신을 불어넣은 초상화가 필요했다. 그리고 만약 그런 것을 구할 수 없다면, 래티머는 경찰 기록에서 발견할 수 있는 조악한 반죽들을, 2차원이 3차원이 되리라는 희망을 품고 서로 겹쳐 가며 직접 디미트리오스의 초상화를 만들어야만 했다. 예를 들어 그 흑인은 겁에 질려 디미트리오스의 용모에 관해 아무런 특이 사항도 알려 주지 못했다. 그리고 이 여자의 설명에도 래티머가 이미 가진 모호하기 짝이 없는 그림에 하나라도 더 붓질을 할 만한 거리가 없었다. 어쩌면 경찰이 그 여자를 협박했을 수도 있었다. 「이제 거짓말은 안 통해! 그자에 대해 제대로 설명해! 키는 얼마나 되지? 눈 색깔은? 머리는? 당신은 그자를 잘 알잖아. 다 알고 왔어. 솔직하게 털어놓는 편이 신상에……」그런 식이었으리라.

하지만 두 번째 파일이 있다 할지라도, 경찰이 자체적으로 디미트리오스의 외모 설명이나 사진을 첨부하지 않았다는 게 이상했다. 디미트리오스는 A. 바조프가 구해 주기 전까지 몇 시간 정도 구금되어 있었다.

이상한 점이 또 있었다. 그 여자는 디미트리오스의 키를 어떻게 센티미터 단위까지 정확히 알았을까? 가장 친한 친구일지라도 그런 것을 알 수는 없었다. 자기 키조차 제대로 알지 못하는 경우가 종종 있었다.

래티머의 마음속에서 어떤 생각 하나가 자라나기 시작했다. 디미트리오스(그리고 케말 암살 음모)에 관한 정보를 은밀히 확보하려는 하키 대령의 소소한 속임수가 대령의 기대와 달리 성공하지 못했다고 가정해 보자. 불가리아 당국이 그 속임수를 꿰뚫어 보았다고 가정해 보자. 대령의 말에 따르면, 소피아 경찰은 디미트리오스에 관해 거의 알지 못했다. 하지만 두 번째 서류의 존재는 소피아 경찰이 디미트리오스에 관해 많이 알고 있으며 하키 대령과 그 정보를 공유하고 싶지 않았음을 암시했다.

그렇다면 뭐 하러 대령에게 그런 정보를 알려 주겠는가? 대령의 정보 요청을 물리칠 방법은 잔뜩 있었다. 가장 간단한 방법은, 안타깝지만 디미트리오스에 관해서는 아무 정보도 없다고 선언하는 것이다. 그때 래티머는 하키 대령이 했던 표현이 떠올랐다. 대령은 〈국경을 접한 어떤 우호국 정부의 도움을 받는 이들〉이 배후에 있었다고 했다. 〈국경을 접한 어떤 우호국 정부〉라면 그 상황에서 도움을 주려는 인상을 주고 싶어 안달이지 않았을까? 터무니없는 가정은 아니었다. 그리고 만약 〈도움을 받는 이들〉을 위해 누군가가 〈유라시아 신탁은행과 A. 바조프〉에게 편지를 썼다면, 그야말로 흥미로운 일이었다. 어쩌면 스탐볼리스키를 죽이고 싶어 했던 바로 그 사람들이 또한 〈가지[14]를 빼내고 싶은 충분한 이유〉를 가졌을 것이다. 어쩌면 디미트리오스가……

래티머는 어깨를 으쓱했다. 모두 황당무계한 추측이었다.

14 이슬람교도의 전사.

접근 불가능한 두 번째 서류에 접근하지 않고는 그 어떤 추측도 구체화할 수 없었다. 래티머는 마지못해 새로운 책을 쓰는 일로 돌아갔다.

*

래티머는 마루카키스에게 노트를 보냈다. 그리고 이튿날 아침에 그로부터 전화를 받았다. 둘은 그날 저녁에 다시 함께 저녁 식사를 하기로 약속했다.

「경찰 쪽과는 진전이 있었습니까?」

「네, 오늘 저녁에 만날 때 전부 말씀드리겠습니다. 나중에 뵙지요.」

저녁때가 되어 감에 따라 래티머는 예전에 시험 결과를 기다리던 때와 거의 똑같은 기분을 느꼈다. 약간 흥분되고, 약간 불안하고, 며칠 전부터 존재하는 정보 공개를 격식을 갖추느라 늦춰 아주 짜증 나는, 그런 기분이었다. 래티머는 마루카키스를 보며 다소 심술궂은 웃음을 지었다.

「이렇게 수고를 해주시니 정말 고맙습니다.」

마루카키스는 손을 저었다. 「천만에요! 말씀드렸듯이, 저도 흥미가 있습니다. 또 그 식료품점의 식당으로 갈까요? 그곳에서는 조용히 이야기할 수 있습니다.」

그때부터 식사가 끝날 때까지, 마루카키스는 유럽에서 대규모 전쟁이 일어날 경우 스칸디나비아 국가들의 입장에 관해 끊임없이 말했다. 래티머는 자신이 소설 속 살인자들 가운데 하나가 된 듯 악의를 느끼기 시작했다.

「그런데,」마침내 그리스인이 말했다. 「선생님의 디미트리오스에 관한 일로 오늘 밤 잠시 가볼 곳이 있습니다.」

「무슨 말씀이십니까?」

「제가 경찰 몇 명과 친해지겠노라고 말했잖습니까. 결국 몇 명과 친해졌습니다. 그 결과 지금 이라나 프레베자가 사는 곳을 알아냈습니다. 아주 어려운 일은 아니었습니다. 알고 보니 그 여자는 아주 유명하더군요. 경찰에게요.」

래티머의 심장 박동이 빨라지기 시작했다. 「그 여자는 어디에 있습니까?」 래티머가 채근하듯 물었다.

「걸어서 5분 거리에 있습니다. 〈라 비에르주 생마리〉[15]라는 〈나흐트로칼〉의 주인이지요.」

「〈나흐트로칼〉요?」

마루카키스가 씨익 웃었다. 「에, 나이트클럽이라고 부를 수 있겠군요.」

「아하.」

「그 여자가 늘 자기 가게를 가지고 있었던 건 아닙니다. 오랜 세월 자기 가게에서 일하기도 하고, 남의 가게에서 일하기도 했습니다. 하지만 이젠 너무 나이가 들었죠. 돈을 모아서 자기 가게를 시작했습니다. 쉰 살 정도 되었지만 나이보다 젊어 보입니다. 경찰은 그 여자를 무척 좋아하더군요. 그 여자는 밤 10시는 되어야 일어나기 때문에, 우리와 이야기해 줄지는 가서 좀 기다려 봐야 압니다. 그 여자가 디미트리오

15 *La Vièrge St Marie*. 프랑스어로 〈동정녀 성모 마리아〉라는 뜻.

114

스의 인상에 관해 설명한 것을 읽으셨습니까? 아무런 특징도 말하지 않았습니다! 그걸 읽으니 절로 웃음이 나오더군요.」

「그 여자가 디미트리오스의 키가 정확히 182센티미터인 것을 어떻게 알았는지 이상하다는 생각이 들지 않습니까?」

마루카키스는 얼굴을 찡그렸다. 「그게 왜요?」

「자기 키를 정확히 아는 사람조차 드무니까요.」

「선생님은 어떻게 생각하십니까?」

「제 생각에, 외모에 관한 설명은 당신이 말한 비밀 서류에서 나온 것이지 그 여자가 한 말이 아닙니다.」

「그래서요?」

「잠깐만요. A. 바조프라는 사람이 어떤 자인지 아십니까?」

「말씀드리려던 참이었습니다. 저도 같은 질문을 했지요. 그자는 변호사였습니다.」

「였다고요?」

「그 사람은 3년 전에 죽었습니다. 많은 돈을 남기고요. 부쿠레슈티에 사는 조카가 물려받았죠. 그 변호사에게는 이 나라에 사는 친척이 없습니다. 어떻게 생각하십니까?」

래티머는 살짝 겸연쩍어하며 자신이 세운 이론을 말해 줬다.

마루카키스는 설명을 듣고 얼굴을 찡그렸다. 「아마도 선생님 말씀이 맞을 겁니다.」 래티머가 이야기를 끝내자 그가 말했다. 「모르겠습니다. 말씀하셨듯이, 증명할 방법이 없으니까요. 케말은 늘 자본가들에게 맞섰죠. 특히 외국 자본가들에게요. 케말은 그자들을 불신했고, 그럴 만한 이유가 있었습니다. 오랫동안 케말은 외국 자본을 받아들이지 않았는데, 자본가에게 그건 얼굴을 한 대 얻어맞는 듯한 타격이죠. 선생님의 추측이 틀렸을까 봐 너무 걱정하실 필요는 없습니다. 좋은 추측입니다. 지금까지, 국제적인 거대 사업은 자신의 이익을 안전하게 보호하기 위해 혁명을 일으켜 왔습니다. 한때는 자유와 평등과 박애의 이름으로 혁명을 일으켰죠. 네케르[16]가 프랑스 혁명을 일으켰을 때처럼요. 이제는 사회주의와 싸우기 위해, 법과 질서와 건강한 자본의 이름으로 혁명을 일으킵니다. 암살? 만약 암살이 사업에 이롭다면 그자들은 암살을 할 겁니다. 물론 파리나 런던, 뉴욕에서는 아니고요. 그런 곳에서는 절대로 아니지요! 그리고 암살 결정이 이 사회에서 회의를 통해 이루어지는 것도 아닙니다. 방법은 간단합니다. 누군가가 이렇게 말하기만 하면 됩니다. 〈분쟁을 일으키고 평화와 번영을 위협하는 이런 못된 악당이 사라지면 얼마나 좋을까.〉 그게 전부입니다. 희망 사항을 말한 것뿐이죠. 하지만 그 희망 사항은 반드시 특정인의 귀에 들리도록 말해진답니다. 그런 것들을 듣고, 숙지하고, 지시를 내리고, 그 결과에 책임을 지고, 목표를 어떻게든 달성하지만 그 방법에 대해선 절대 말하지 않는 게 일인 사람의 귀에 잘 들리게 말입니다. 국제 자본가는 행운이 필요하고, 만약 운명의 여신에게 건망증이 살짝 있다면, 운명의 여신의 팔꿈치를 슬쩍 밀어 줘야만 하는 겁니다.」

「그 일이 디미트리오스에게 간 거군요!」

16 Jacques Necker(1732~1804). 루이 16세의 재정 총감.

「오, 아니요, 저는 그렇게 생각하지 않습니다. 팔꿈치를 밀어 주는 일은 중요한 역할입니다. 그런 일을 하는 사람은 아주 중요한 사람들을 알지요. 아름다운 아내가 있고, 다른 이들에게 정중하고, 수입은 최고의 유가증권을 통해 들어오지요. 그 사람은 종종 정체가 애매한 일을 위해 여행을 떠나지만, 그자의 친구들은 그 일이 무엇인지 묻기에는 너무 점잖고 교육을 잘 받아 아무 질문도 하지 않지요. 그자는 해외에서 훈장을 한두 개 받았고, 효과가 있을 만한 외교적인 만찬회에 그걸 달고 나가죠.」그리스인의 목소리가 갑자기 갈라졌다.「하지만 그자는 또한 디미트리오스처럼 위험한 부류의 인간을, 정치적 추종자, 부패 공무원, 스파이, 인간쓰레기 들을 알지요. 낡은 사회의 가장 밑바닥에 내팽개쳐져 달리 어쩔 도리가 없다는 듯이 썩어 가는 집단을요. 그자는 정치적 신념이 없습니다. 그자에게 인간관계는 오로지 사리사욕을 위한 수단일 뿐입니다. 그자는 적자생존 이론과 이빨과 발톱의 복음을 믿습니다. 왜냐하면 그자는 약한 자가 강해지기 전에 죽는 것을 봄으로써, 정글의 법칙이 세상만사를 지배하는 것을 봄으로써 돈을 벌기 때문입니다. 그리고 그자는 우리 주위에 널려 있습니다. 세상의 모든 도시가 그자를 압니다. 그자가 존재하는 건 커다란 사업이, 그자의 주인이 그자를 필요로 하기 때문입니다. 국제적인 대규모 사업은 비록 종잇조각으로 운영되겠지만, 그것이 쓰는 잉크는 인간의 피입니다. 피!」

그는 마지막 단어를 내뱉으며 주먹으로 테이블을 내리쳤

다. 영국인인 래티머는 다른 이의 미사여구가 혐오스러울 때 그 느낌을 결코 숨길 수 없었기에, 자기 접시만 물끄러미 바라보고 있었다. 이제 그는 고개를 들었다. 한순간 래티머는 마루카키스의 말에 「공산당 선언」에서 나온 문구가 한두 개 들어 있노라고 언급할까 하다가, 그러지 않기로 했다. 어찌 되었든 이 그리스인은 많은 도움이 되었다.

「아주 화려한 표현이군요.」 래티머가 말했다. 「좀 과장한다는 생각이 들지 않으십니까?」

마루카키스는 잠깐 래티머를 노려보더니, 이윽고 갑자기 씩 웃었다. 「물론 저는 과장을 했습니다. 하지만 가끔은, 설사 생각은 회색으로 할지라도 말은 원색으로 해야 할 필요가 있는 법이지요. 하지만 있잖습니까, 선생님이 생각하신 정도까지 심하게 과장하진 않았습니다. 그자들은 실제로 그런 사람들입니다.」

「정말로요?」

「그자들 가운데 한 명이 유라시아 신탁은행 이사회 이사였습니다. 그자의 이름은 안톤 바조프였죠.」

「바조프라고요!」

그리스인은 기쁜 듯이 킥킥거렸다. 「원래는 좀 있다가 말씀드려 선생님을 놀라게 해드릴 생각이었는데, 지금 말씀드려도 좋겠군요. 저는 그걸 파일에서 발견했습니다. 유라시아 신탁은행은 1926년에야 모나코에 등록되었습니다. 그날 이전의 이사들은 여전히 존재하고, 만약 어디서 찾아야 하는지 안다면 여전히 그 내용을 알아낼 수 있지요.」

「하지만,」 래티머가 재빨리 말했다. 「이건 최고로 중요한 부분입니다. 그게 무슨 의미인지 당신은…….」

　마루카키스는 계산서를 가져오라고 하여 래티머의 말을 막았다. 그리고 음흉한 표정으로 래티머를 힐끗 보았다. 「아시겠지만,」 그가 말했다. 「당신들 영국인은 거만합니다. 평범한 상식을 자기네 독점물이라고 믿는 사람은 세상에서 당신네 나라 사람뿐입니다.」

제6장
우편엽서

무슨 기괴한 논리에서인지, 〈라 비에르주 생마리〉는 스베타 네델랴의 교회 뒤쪽 주택가에 있었다. 거리는 좁고 비탈지고 조명도 열악했다. 처음에는 부자연스러울 정도로 조용해 보였다. 하지만 그 정적 뒤에 음악과 웃음소리가 숨어 있었다. 그 소리들은 문이 열리면 갑자기 들리고, 문이 닫히면 다시 사라졌다. 남자 둘이 그들 앞의 문에서 나와 담배에 불을 붙여 문 뒤 재빨리 사라졌다. 다른 보행자의 발소리가 들려오더니, 이윽고 어떤 집으로 들어가며 소리가 사라졌다.

「지금은 사람이 많지 않습니다.」 마루카키스가 말했다. 「너무 이르지요.」

대부분의 문에는 반투명 유리가 끼워져 있었고, 그곳을 통해 침침한 빛이 흘러나왔다. 어떤 집들은 그 유리에 번지수를 그려 넣은 곳도 있었는데, 필요 이상으로 공들여 그려 넣은 티가 났다. 그리고 어떤 문들에는 이름이 적혀 있기도 했다. 〈원더바〉, 〈OK〉, 〈지미스 바〉, 〈스탬불〉, 〈토르케마다〉, 〈비토차〉, 〈뤼크레스의 능욕〉. 그리고 언덕을 더 올라가자

〈라 비에르주 생마리〉가 있었다.

두 사람은 잠시 밖에 서 있었다. 문이 다른 집들보다 덜 낡아 보였다. 마루카키스가 문을 밀고 먼저 들어가자, 래티머는 손으로 주머니를 더듬어 지갑이 안에 잘 들어 있는지 확인했다. 실내 어디선가 밴드가 아코디언으로 파소도블레[17]를 연주했다. 두 사람은 양쪽 벽이 빨간 수성 페인트로 대충 칠해진 좁은 복도에 서 있었다. 바닥에는 카펫이 깔려 있었고, 복도 끝에는 작은 휴대품 보관소가 있었다. 두 사람이 문으로 막 들어왔을 때는 모자 몇 개와 외투 몇 벌만 보일 뿐 아무도 없었지만, 곧 하얀 재킷 차림의 창백한 남자가 나타나 카운터 뒤 자기 자리로 가더니 환영하는 웃음을 지었다. 그 남자가 말했다. 「Bonsoir, Messieurs(어서 오십시오, 선생님들).」 그는 두 사람의 모자와 외투를 받아 들고, 음악이 들리는 오른쪽으로 통하는 계단을 화려한 손짓으로 가리켰다. 그곳에는 〈술-춤-쇼〉라는 간판이 붙어 있었다.

두 사람이 들어간 곳은 가로세로 9미터 정도 되는 천장이 낮은 방이었다. 푸르스름한 벽에는 일정한 간격으로 타원형 거울이 걸려 있었고, 거울마다 케루빔 종이 찰흙 인형이 아래를 떠받치고 있었다. 거울 사이 벽의 공간에는 외눈 안경을 쓰고 상반신을 드러낸 담황색 머리의 남자와 맞춤옷에 체크무늬 스타킹을 신은 여자 등 틀에 박힌 그림들이 되는대로 아무렇게나 그려져 있었다. 방 한쪽 구석은 작은 바였다. 반대쪽 구석의 플랫폼에는 아르헨티나풍 흰 블라우스 차림의,

17 스페인의 무곡. 빠르고 약동적인 리듬이 특징이다.

121

지쳐 보이는 흑인 네 명으로 구성된 밴드가 있었다. 그 밴드 가까이 파란 플러시 천 커튼을 친 출입구가 있었다. 벽의 나머지 부분들에는 작은 큐비클이 설치되어 있었는데, 그 안에 들어가 테이블 앞에 앉으면 큐비클 벽이 어깨높이 정도까지 가려 주었다. 한가운데 댄스 플로어에도 테이블이 몇 개 놓여 있었다.

안으로 더 들어가자, 큐비클들에 여남은 명의 사람이 앉아 있었다. 밴드가 여전히 연주를 하는 가운데, 곧 시작될 쇼의 멤버로 보이는 듯한 여자 두 명이 진지한 표정으로 춤을 추고 있었다.

「너무 일찍 왔군요.」마루카키스가 실망하며 반복해서 말했다. 「하지만 곧 활기가 넘칠 겁니다.」

웨이터가 두 사람을 데리고 큐비클로 안내하고는 급히 사라졌다가 잠시 뒤 샴페인 한 명을 가지고 다시 왔다.

「돈은 충분히 있으십니까?」마루카키스가 속삭였다. 「이 독약에 적어도 2백 레프는 내야 할 겁니다.」

래티머는 고개를 끄덕였다. 2백 레프는 10실링 정도였다.

밴드가 연주를 멈추었다. 두 여자도 춤을 마쳤는데, 그 가운데 한 명이 래티머의 시선을 끌었다. 두 여자는 큐비클로 걸어오더니 웃음을 띠며 래티머와 마루카키스를 내려다보았다. 마루카키스가 뭐라고 말하자, 여자들은 여전히 웃음을 머금은 채 어깨를 으쓱하고는 가버렸다. 마루카키스가 어떻게 하면 좋겠느냐는 표정으로 래티머를 바라보았다.

「우리끼리 할 이야기가 있으니 나중에 놀자고 했습니다.

물론 저 여자들이 성가시다고 생각하신다면…….」

「없는 쪽이 좋습니다.」래티머는 단호하게 말하고 샴페인을 조금 마시고는 몸서리를 쳤다.

마루카키스가 한숨을 쉬었다. 「아쉽네요. 어쨌든 샴페인 값은 내야 하니 누군가 마시는 게 낫지 않을까 싶습니다.」

「라 프레베자는 어디 있습니까?」

「금방 내려올 겁니다. 물론,」마루카키스가 신중하게 덧붙였다. 「우리가 그 여자에게 가도 되지요.」그는 천장 쪽으로 눈썹을 의미심장하게 치켰다. 「이 가게는 꽤 세련된 느낌이군요. 하나하나 아주 정성 들여 선택한 듯합니다.」

「만약 그 여자가 곧 내려올 거라면 우리가 올라갈 필요는 없을 것 같군요.」래티머는 자신이 점잔을 빼며 말한다는 걸 느꼈다. 그러나 샴페인은 마실 만한 것이 못 되어 아쉬웠다.

「그렇죠.」마루카키스가 우울한 목소리로 말했다.

하지만 〈라 비에르주 생마리〉의 주인은 한 시간 반이 지난 뒤에야 모습을 드러냈다. 그동안 주위는 활기를 띠어 갔다. 손님들이 더 왔고, 대부분 남자였지만 독특해 보이는 여자도 한두 명 끼여 있었다. 뚜쟁이임이 분명해 보이는 이가(전혀 취한 것 같지 않았다) 곤드레가 되도록 취한 독일인 두 명을 데리고 들어왔다. 거래를 위해 출장 왔다가 흥청거리고 있는 듯했다. 인상이 나쁜 젊은이 두 명이 테이블 앞에 앉아 비시 광천수를 주문했다. 플러시 천 커튼을 친 출입구로 꽤 많은 사람들이 들고났다. 큐비클 자리는 다 찼고, 댄스 플로어에 임시 테이블이 더 마련되었다. 댄스 플로어는 곧 땀을 흘리며 쌍쌍이 몸을 흔들어 대는 사람들로 붐볐다. 하지만 얼마 안 지나 플로어가 비자, 준비하려고 몇 분 전에 모습을 감췄던 여러 명의 여자들이 옷을 벗고 선탠 로션을 잔뜩 바른 몸에 달맞이꽃 조화를 한두 다발씩 달고 나타나 잠깐 동안 춤을 추었다. 그다음으로 여자 옷을 입은 젊은 남자가 독일어로 노래를 불렀고, 이어서 아까 그 여자들이 달맞이꽃을 떼고 다시 나와 춤을 추었다. 그것으로 쇼가 끝나자 관객들이 다시 댄스플로어로 밀려들었다. 실내는 공기가 탁해지고 점점 더워졌다.

래티머는 인상이 나쁜 젊은이들 가운데 한 명이 코담배처럼 보이지만 사실은 그렇지 않은 가루를 상대에게 권하는 모습을 따끔거리는 눈으로 지켜보았고, 용기를 내어 다시 한번 샴페인으로 갈증을 달래야 하나 생각했다. 그때 마루카키스가 그의 팔을 건드렸다.

「저 여자입니다.」 마루카키스가 말했다.

래티머는 실내 저쪽을 보았다. 댄스 플로어 저쪽 끝에 있던 두 명이 잠깐 시야를 가렸지만, 그들이 옆으로 살짝 움직이자, 커튼을 친 출입구로 들어와 꼼짝 않고 서 있는 여자가 보였다.

그 여자는 좋은 옷을 입고 정성껏 머리를 꾸미고 노련한 솜씨로 화장을 하고 있었지만, 이상하게도 흐트러진 인상을 주었다. 몸은 풍만했으나 보기 좋았고, 서 있는 자세도 좋았다. 옷은 비싸 보이고, 풍성한 검은 머리는 미용사가 두 시간 정도 손질한 듯했다. 하지만 그럼에도 방종한 여자라는 인상을 지울 수 없었다. 뭔가 일시적이고 가사 상태에 빠진 듯한 분위기가 있었다. 마치 금방이라도 머리가 엉클어지고, 부드럽고 매끄러운 한쪽 어깨에서 드레스가 칠칠치 못하게 흘러내리기 시작하고, 그러면 여자가 옆구리에 편안히 늘어뜨리고 있던, 다이아몬드 반지를 낀 손으로 분홍색 비단 어깨끈을 다시 올리고 무심코 머리를 매만질 것만 같았다. 여자의 검은 눈에서 그런 것들이 읽혔다. 입가의 피부는 지쳐 있고 늘어졌지만, 입매는 단호하고 명랑했다. 하지만 눈은 아직도 잠기운에 취해 흐리멍덩했다. 그런 여자를 보고 있으니 그동안 잊고 있던 것들이 떠올랐다. 옷가지가 어지러이 널려 있는 볼썽사나운 호텔의 금박 의자들, 닫힌 셔터 사이로 비스듬히 들어오는 회색 새벽빛, 장미 향유, 놋쇠 고리에 달린 무거운 커튼의 케케묵은 냄새, 어둠 속에서 째깍거리는 시계 소리 가운데 들려오는 잠든 이의 따뜻하고 느린 숨소리 따위였다. 하지만 이제 여자는 두 눈을 크게 뜬 채 사방을 살피고 입으로는 미소를 지으며 여기저기 인사를 했다. 래티머는 그녀가 갑자기 몸을 돌려 바 쪽으로 가는 모습을 지켜보았다.

마루카키스가 웨이터를 손짓으로 불러 뭐라고 말했다. 웨이터는 망설이더니 고개를 끄덕였다. 래티머는 웨이터가 사람들과 테이블 사이를 누비고 프레베자에게 가는 것을 보았다. 프레베자는 쇼걸 한 명을 안은 뚱뚱한 남자와 이야기 중이었다. 웨이터가 프레베자의 귀에 대고 뭔가 속삭였다. 프레베자는 대화를 멈추고 웨이터를 바라보았다. 웨이터는 래티머와 마루카키스 쪽을 가리켰고, 프레베자는 쌀쌀한 시선

125

으로 잠시 두 사람을 바라보았다. 그러더니 고개를 돌려 웨이터에게 뭐라고 말한 뒤, 다시 대화로 돌아갔다.

「금방 올 겁니다.」마루카키스가 말했다.

곧 프레베자는 뚱뚱한 남자 곁을 떠나 실내를 한 바퀴 돌며 고개를 끄덕이고 관대하게 웃으면서 사람들과 아는 척을 했다. 마침내 여자가 래티머의 테이블에 왔을 때, 그는 자신도 모르게 일어섰다. 여자는 래티머의 얼굴을 꼼꼼히 살폈다.

「저와 이야기하고 싶다고 하셨나요, 선생님들?」그녀의 목소리는 허스키하고 살짝 걸걸했으며, 악센트가 강한 프랑스어를 썼다.

「잠시 우리와 합석해 주시면 영광이겠습니다.」마루카키스가 말했다.

「물론이지요.」프레베자는 마루카키스 옆에 앉았다. 그 즉시 웨이터가 나타났다. 그녀는 손을 흔들어 웨이터를 물리고 래티머 쪽을 바라보았다.「선생님은 처음 뵙는데요. 친구분은 뵌 적이 있지만, 제 가게에서는 처음이고요.」그녀는 곁눈질로 마루카키스를 보았다.「파리의 신문에 저에 관한 이야기를 쓰시려는 건가요, 선생님? 만약 그렇다면 나머지 쇼도 보셔야 해요. 두 분 다요.」

마루카키스가 웃음을 지었다.「아닙니다, 부인. 실례를 무릅쓰고 질문을 좀 했으면 합니다.」

「질문이라고요?」검은 눈에서 순간 모든 감정이 싹 사라졌다.「저는 남들이 흥미를 느낄 만한 일은 아무것도 알지 못한답니다.」

「부인은 입이 무겁기로 유명하지요. 하지만 제가 묻고 싶은 건 지금은 죽어 땅에 묻힌 사람에 관해서입니다. 부인이 15년 전에 알았던 사람입니다.」

프레베자는 짧게 소리 내어 웃었고, 래티머는 그녀의 치아 상태가 좋지 않은 것을 알아차렸다. 그녀는 다시, 이번에는 몸을 흔들면서 요란하게 웃었다. 온화한 위엄의 가식을 벗고 원래 모습을 드러내는 추한 소리였다. 웃음이 가라앉는 가운데 그녀가 살짝 기침을 했다. 「칭찬하는 기술이 보통이 아니시군요, 선생님.」 그녀가 헐떡이며 말했다. 「15년이라니! 그렇게 오래전 남자를 제가 기억할 거라고 생각하시나요? 맙소사, 아무래도 제게 한잔 사셔야 할 것 같네요.」

래티머는 손짓하여 웨이터를 불렀다. 「뭘 마시겠습니까, 부인?」

「샴페인이요, 이런 쓰레기 말고요. 웨이터가 알 거예요. 15년!」 그녀는 여전히 흥미로워했다.

「부인이 아직도 당시 일을 기억하리라고는 별로 기대하지 않습니다.」 마루카키스가 살짝 냉담하게 말했다. 「하지만 혹시 이 이름이 부인에게 무슨 의미가 있나 해서요. 디미트리오스라고 합니다. 디미트리오스 마크로풀로스.」

담배에 불을 붙이고 있던 여자는 디미트리오스라는 이름을 듣자 타고 있는 성냥을 든 채 동작을 멈췄다. 그녀의 시선이 담배 끝에 고정되었다. 몇 초 정도, 래티머의 눈에 비친 그녀는 양쪽 입꼬리가 천천히 아래로 처진 것 외엔 미동도 하지 않았다. 래티머는 솜으로 귀를 틀어막은 것처럼 주위 소음들이 갑자기 사라져 버린 느낌이었다. 이윽고 프레베자는 들고 있던 성냥을 천천히 돌려 자기 앞에 있는 접시에 떨어뜨렸다. 눈은 움직이지 않았다. 그러더니 그녀가 나직한 목소리로 말했다. 「두 분이 여기 있는 게 맘에 안 드는군요. 나가세요, 두 분 다!」

「하지만…….」

「나가요!」 그녀는 여전히 목소리를 높이지 않았고, 머리도 움직이지 않았다.

마루카키스는 래티머를 바라보더니 어깨를 으쓱하고는 일어났다. 래티머 역시 일어났다. 프레베자는 우울한 표정으로 두 사람을 노려보았다. 「앉으세요.」 그녀가 다그치듯 말했다. 「여기서 소동 피우는 걸 제가 두고 볼 것 같나요?」

두 사람은 자리에 앉았다. 마루카키스가 신랄하게 말했다. 「일어서지 않고 이곳에서 나갈 수 있는 방법을 가르쳐 주시면 고맙겠습니다만.」

여자의 오른손 손가락들이 재빨리 움직여 샴페인 잔의 손잡이를 잡았다. 한순간 래티머는 그녀가 술잔으로 그리스인의 얼굴을 칠 거라고 생각했다. 이윽고 그녀는 손가락에서 힘을 풀고 그리스어로 뭐라고 말했다. 그러나 너무 빠르게 말해 래티머는 그 내용을 이해할 수 없었다.

마루카키스는 고개를 저었다. 「아니요, 이분은 경찰과 아무 관계도 없습니다.」 래티머는 마루카키스의 대답을 이해했다. 「이분은 책을 쓰는데, 정보를 구하는 겁니다.」

「왜요?」

「호기심 때문입니다. 이분은 한두 달 전 이스탄불에서 디미트리오스 마크로폴로스의 시체를 보고 그 사람에 대해 호기심이 생기셨답니다.」

프레베자는 래티머를 보더니 다급히 그의 소매를 잡았다. 「그이가 죽었어요? 그이가 죽은 게 확실한가요? 그이의 시체를 직접 보셨나요?」

래티머는 고개를 끄덕였다. 그녀의 태도를 보니, 계단을 내려가 가족들에게 환자의 죽음을 알리는 의사가 된 것처럼 이상한 기분이 들었다. 「그 사람은 칼에 찔려 바다에 버려졌습니다.」 래티머는 덧붙이고 나서, 그처럼 무뚝뚝하게 말한 자신을 나무랐다. 프레베자의 눈에는 래티머가 전혀 이해할 수 없는 감정이 서렸다. 아마도 그녀는 나름대로 그자를 사랑했으리라. 인생의 단면! 이제 눈물이 뒤따르리라.

하지만 프레베자는 눈물을 흘리지 않았다. 「그이가 돈을 가지고 있었나요?」

상황을 이해하지 못한 채, 래티머는 천천히 고개를 저었다. 「*Merde*(젠장)!」 그녀가 독살 맞게 말했다. 「그 새끼는 저에게 1천 프랑을 빚졌어요. 이제 절대로 못 받겠네. *Salop*(나쁜 새끼)! 나가세요, 둘 다. 내쫓기 전에!」

*

래티머와 마루카키스가 〈라 비에르주 생마리〉를 떠난 건 3시 30분이 거의 다 되어서였다.

그때까지 두 시간 동안, 두 사람은 프레베자 부인의 개인 사무실에 있었다. 그곳은 꽃으로 장식되어 있고 가구로 가득했다. 가장자리에 술이 달리고 모서리에는 새 그림이 펜으로 그려진 하얀색 비단 덮개가 덮인 호두나무로 만든 그랜드 피아노 하나, 골동품들이 잔뜩 놓인 작은 테이블들, 의자 여러 개, 대나무 화분에 담긴 잎이 변색해 가는 야자나무 한 그루, 침대 의자 하나, 스페인 떡갈나무로 만든 커다란 접뚜껑 책상 하나가 있었다. 프레베자 부인의 안내로 커튼을 쳐놓은 출입문을 통해 계단을 올라간 두 사람은, 양쪽으로 번호가 붙은 문이 늘어서 있고, 면회 시간 중인 고급 요양소를 떠올리게 하는 냄새가 나는 침침한 복도를 지나 그 방에 이르렀다.

래티머는 그 방에 초대받을 거라고는 꿈에도 상상하지 못했다. 자기 방으로 가자고 말한 건 프레베자 부인이 두 사람에게 〈나가세요〉라고 경고한 직후였다. 프레베자 부인은 애처로운 표정으로 사과했다. 1천 프랑은 큰돈이다. 하지만 이제 그 돈을 결코 받지 못할 것이다. 그녀의 두 눈에 눈물이 글썽였다. 래티머가 볼 때, 프레베자 부인은 환상 속에서 사는 듯했다. 그녀가 돈을 빌려준 건 1923년이었다. 15년이 지난 지금, 그 돈을 돌려받으리라고 진심으로 믿다니. 아마도 언젠가는 디미트리오스가 자신을 찾아와 1천 프랑짜리 지폐를 나뭇잎처럼 뿌릴 것이라는 로맨틱한 환상을 마음 한구석에 간직하고 있던 모양이었다. 동화 속에서나 일어날 만한 일이었다! 래티머가 전해 준 소식으로 그 환상이 산산이 깨졌고, 그로 인해 분노가 치밀었다 가라앉자 그녀는 누가 자기 마음을 알아주고 공감해 주길 바랐다. 두 사람이 디미트리오스에 관한 정보를 구한다고 말한 일은 이미 부인의 머릿속에서 완전히 잊히고 없었다. 나쁜 소식을 가져온 이는 그 소식이 얼마나 나쁜 것인지 알아야만 했다. 그녀는 전설 속에 나오는 인물에게 이별을 고하고 있었고, 그 모습을 봐줄 관객이 필요했다. 그녀가 얼마나 어리석고 관대했는지 알아줄 관객 말이다. 그리고 마음이 더욱더 쓰라리겠지만, 두 사람의 술값을 받지 않겠노라고 했다.

프레베자 부인이 접뚜껑 책상 서랍을 뒤지는 동안, 래티머와 마루카키스는 침대 의자에 나란히 앉아 있었다. 이윽고 그녀는 셀 수 없이 많은 칸막이 선반 가운데 한 곳에서 모서리가 접힌 작은 공책을 꺼내더니, 손가락으로 공책을 넘겨댔다.

「1923년 2월 15일.」 갑자기 그녀가 말했다. 그녀는 탁 소리를 내며 공책을 닫았고, 마치 그 날짜의 정확성을 신에게 증명해 달라는 듯이 천장으로 시선을 옮겼다. 「돈을 받기로 한 날이에요. 1천 프랑이었고, 그 사람은 돈을 꼭 갚겠노라고 제게 약속했어요. 원래 제가 받기로 한 돈을 그 사람이 받았거든요. 소동을 벌이는 게 싫어서, 제가 빌려주는 걸로 하자고 했어요. 저는 소동 벌이는 거 딱 질색이거든요. 그 사람은 몇 주 안에 큰돈이 들어올 거니까 반드시 갚겠노라고 했어요. 하지만 그 돈을 손에 넣은 뒤에도 제 돈을 갚지 않았어요. 제가 그렇게 잘해 주었는데 말이에요!

저는 시궁창에서 그 사람을 구해 줬어요, 선생님들. 12월

이었어요. 맙소사, 추위가 대단했을 때예요. 동부 지구에서
는 기관총에 맞아 죽는 것보다 빠르게 사람들이 죽어 나갔어
요. 저는 사람들이 기관총에 맞아 죽는 걸 실제로 본 적이 있
답니다. 그 당시 저는 이런 가게를 가지고 있지 않았어요. 물
론 그때는 젊었지요. 사진 모델을 해달라는 부탁도 곧잘 받
았어요. 제가 가장 좋아하는 사진을 그때 찍었죠. 새하얀 시
폰을 그냥 걸치고 허리띠를 한 다음 작고 하얀 꽃으로 만든
화관을 쓰고 찍은 사진이었어요. 오른손은, 그래요, 예쁜 흰
기둥에 대고 빨간 장미를 한 송이 들었죠. 그 사진은 *pour les
amoureux*(연인들을 위한) 그림엽서에 쓰였어요. 그 사진을
찍은 사람은 장미에 색을 입히고 엽서 아래쪽에 아주 아름다
운 시를 인쇄했어요.」 눈물에 젖은 가무잡잡한 눈꺼풀이 스
르르 닫히더니 그녀는 조용히 시를 암송했다.

Je veux que mon coeur vous serve d'oreiller,
Et à votre bonheur je saurai veiller.
(내 심장이 당신의 베개가 되었으면 좋겠어요,
그래서 당신의 행복을 밤새 지켜보고 싶어요.)

「정말 아름답지 않나요?」굳게 다문 그녀의 입술에 살짝
웃음이 비쳤다. 「몇 년 전에 제 사진을 모두 태웠어요. 가끔
후회되기도 하지만, 제 판단이 옳았다고 생각해요. 언제까지
나 과거를 생각한다는 것은 좋은 일이 아니에요. 그래서 오
늘 밤 선생님들이 디미트리오스 이야기를 꺼냈을 때 화를 낸

거예요. 그이는 과거의 인물이니까요. 사람은 현재와 미래만을 생각해야 해요.

　하지만 디미트리오스는 간단히 잊을 수 있는 사람이 아니에요. 이제껏 많은 남자를 알아 왔지만, 제 평생 두려웠던 남자는 단 두 명이었어요. 한 명은 제가 일찍이 결혼했던 남자고, 또 한 명은 디미트리오스예요. 사람은 자신을 속이기 마련이에요. 상대가 자신을 절반 이상 이해하지 말았으면 하면서도 완전히 이해해 주기를 바라지요. 만일 누군가가 자신을 완전히 이해하게 되면, 그 사람이 두려워지지요. 제 남편은 저를 사랑했기 때문에 저를 완전히 이해했고, 그래서 저는 그이가 두려웠어요. 그러나 그이가 저에게 싫증을 느끼자, 전 그이를 비웃어 줄 수도 있었고 두려움도 없어졌어요. 하지만 디미트리오스는 달랐어요. 디미트리오스는 저 자신보다 더 저에 대해 잘 알았지만, 저를 사랑하지는 않았어요. 저는 그 사람이 그 누구도 사랑할 수 없다고 생각해요. 언젠가는 그 사람을 비웃을 날이 올 거라고 생각했지만, 그런 날은 결코 오지 않았어요. 디미트리오스를 비웃을 수 있는 사람은 없어요. 저는 그 사실을 알았죠. 그 사람이 없어졌을 때, 저는 그 사람을 미워했고, 그래서 그 사람에게 1천 프랑을 받아야 하기 때문이라고 나 자신을 설득했죠. 그리고 그 증거로 노트에 적어 놓았지요. 하지만 저는 저 자신에게 거짓말을 하고 있었어요. 그 사람은 제게 1천 프랑 이상의 빚을 지고 있었어요. 그 사람은 언제나 돈 문제로 저를 속였거든요. 제가 그 사람을 미워한 건, 그 사람이 두렵고 이해할 수 없었기 때문이에요.

당시 저는 호텔에서 살고 있었어요. 지저분한 그곳에는 쓰레기 같은 인간들이 가득했지요. 그 *patron*(호텔 주인)은 못돼 먹은 인간이지만, 경찰과 친해서 방값만 내면 비록 신분 서류가 제대로 갖춰져 있지 않더라도 안심하고 머물 수 있었어요.

어느 날 오후 방에서 쉬고 있는데, 옆방에서 *patron*(호텔 주인)이 누군가에게 고함을 치는 소리가 들렸어요. 벽이 얇아서 모든 소리가 들렸죠. 처음에는 신경 쓰지 않았어요. 그 사람은 늘 누군가에게 고함을 질러 댔으니까요. 하지만 두 사람이 그리스어로 말했기 때문에 저도 모르게 귀를 기울이게 되었죠. 저는 그리스어를 알아듣거든요. *patron*(호텔 주인)은 방값을 내지 않으면 경찰을 부르겠노라고 상대를 위협하고 있었어요. 상대방 목소리는 너무 낮아 알아들을 수 없었지만, 마침내 *patron*(호텔 주인)이 나가자 조용해졌어요. 그래서 졸고 있는데, 갑자기 제 방문 손잡이를 돌리는 소리가 들렸어요. 문에는 걸쇠가 걸려 있었죠. 손잡이가 천천히 제자리로 돌아가더군요. 그러더니 노크 소리가 들렸어요.

제가 누구냐고 물었지만 아무런 대답도 없었어요. 저는 친구가 왔는데 제 목소리를 듣지 못했나 보다 생각하며 문으로 가서 걸쇠를 뺐어요. 밖에 디미트리오스가 서 있더군요.

그 사람은 들어가도 되냐고 그리스어로 물었어요. 저는 무슨 일로 그러느냐고 물었고, 그 사람은 저와 이야기하고 싶다고 말했어요. 저는 제가 그리스어를 하는 줄 어떻게 알았느냐고 물었지만, 그 사람은 대답하지 않았어요. 그때 그 사람이 옆방에 머무는 사람이라는 걸 알았어요. 계단에서 한두 번 마주친 일이 있는데, 저에게 먼저 가라며 옆으로 비켜 줄 때면 늘 아주 예의 바르고 초조해 보였어요. 하지만 이제 그 사람은 초조해하지 않았어요. 저는 지금 쉬는 중이니 만약 이야기하고 싶으면 나중에 오라고 했죠. 하지만 그 사람은 싱긋 웃더니 문을 밀고 들어와 벽에 기대섰어요.

저는 그 사람에게 나가라고, 나가지 않으면 *patron*(호텔 주인)을 부르겠다고 했지만, 그 사람은 그냥 웃을 뿐 그대로 있었어요. 그 사람은 아까 *patron*(호텔 주인)이 한 말을 들었는지 물었고, 저는 듣지 못했다고 대답했어요. 저는 테이블 서랍에 들어 있는 권총을 가지러 갔는데, 그 사람은 제 의도를 알아차린 듯했어요. 마치 자기가 방 주인이기라도 한 듯 우연인 척 방을 가로질러 가더니 테이블에 몸을 기대더라고요. 마치 방주인 같았어요. 그러고는 저에게 돈을 빌려 달라고 했어요.

저는 바보가 아니었어요. 1천 레프 지폐 한 장을 커튼 위쪽에 핀으로 꽂아 두었지만, 핸드백에는 주화 몇 개만 넣어 두었죠. 저는 돈이 없다고 했어요. 하지만 그 사람은 제 말을 들은 척도 않고, 어제부터 아무것도 먹지 못한 데다 돈 한 푼 없는데 몸까지 아프다더군요. 하지만 말을 하면서도 그 사람은 눈을 이리저리 굴리며 방 안을 살폈어요. 그때 그 사람의 모습이 지금도 눈에 선해요. 그 사람은 얼굴이 매끈한 달걀형에 창백했고, 눈은 짙은 갈색에 근심이 어려 있어 환자를 아프게 해야 할 때 의사의 눈을 연상시켰어요. 저는 그 사람이 겁났어요. 돈은 없지만 원한다면 빵은 조금 줄 수 있다고 했지요. 그랬더니 그 사람은 〈말씀하신 빵을 주시죠〉라고 하더군요.

저는 서랍에서 빵을 꺼내 그 사람에게 주었어요. 그 사람은 여전히 테이블에 기댄 채 천천히 빵을 먹었어요. 빵을 다 먹고는 담배를 청하더군요. 그래서 담배를 한 개비 주었어요. 이윽고 그 사람은 저에겐 보호자가 필요하다고 말했어요. 저는 그 사람의 속셈을 알았죠. 그래서 내 일은 내가 알아서 할 수 있다고 말했어요. 그랬더니 제게 당신은 바보라면서 자신이 그걸 증명해 보이겠노라고 하더군요. 자기에게 오늘 5천 레프가 생기는데, 시키는 대로만 하면 그 반을 주겠다고 했어요. 그래서 저는 어떻게 하면 되느냐고 물었죠. 그 사람은 자기가 말하는 대로 편지를 쓰라고 했어요. 한 번도 들어 본 적 없는 사람 앞으로 보내는 편지였는데, 그냥 5천 레프를 요구하는 내용이었어요. 저는 그 사람이 미쳤다는 생각이 들어 얼른 방에서 내보내고 싶은 마음에 편지를 쓰고 〈이라나〉라고 서명했지요. 그 사람은 그날 저녁 카페에서 만나자고 말했어요.

저는 그 약속을 무시했죠. 이튿날 아침, 그 사람이 다시 제 방으로 왔어요. 이번에는 그 사람을 방에 들이지 않았어요. 그 사람은 몹시 화를 내며 저에게 줄 2천5백 레프를 가져왔다고 했어요. 물론 저는 그 말을 믿지 않았지만, 그 사람은 문 밑으로 1천 레프 지폐를 밀어 넣으며 자신을 방에 들어오게 하면 나머지를 주겠다고 하더군요. 그래서 그 사람을 방에 들어오게 했어요. 그 사람은 즉시 나머지 1천5백 레프를 줬어요. 돈이 어디서 났느냐고 묻자, 편지를 전했더니 곧바로 돈을 주더라고 했어요.

저는 늘 신중했어요. 제 친구들의 본명이 뭔지에 대해서는 관심이 없었죠. 디미트리오스는 제 친구 중 한 사람의 뒤를 밟아 집까지 따라가서 그의 본명과 높은 지위의 사람이라는 것을 알아내고는, 제 편지를 보이고 돈을 내놓지 않으면 부인과 딸에게 알리겠다고 위협했던 거예요.

저는 아주 화가 났어요. 겨우 2천5백 레프 때문에 소중한 친구 한 명을 잃었다고 말했죠. 그러자 디미트리오스는 더 부자인 친구들을 찾아 주겠다고 하더군요. 그러면서 제게 돈을 준 건 자기 말이 진심이라는 것을 보여 주기 위해서라는 거예요. 자기가 직접 편지를 써서 저에게 말하지 않고 친구에게 갈 수도 있었다는 거죠.

저는 그 말이 맞다고 생각했어요. 그리고 제가 동의하지 않으면 그 사람이 다른 친구를 더 찾아갈지도 모른다는 생각이 들었어요. 그렇게 해서 디미트리오스는 제 보호자가 되었고, **정말로** 더 부자인 친구들을 데려왔어요. 디미트리오스는 아주 멋진 옷을 사 입고 가끔은 최고급 카페에도 갔어요.

그런데 얼마 뒤 저를 아는 어떤 사람이 디미트리오스가 정치에 관여했고, 경찰에서 주시하는 카페에 자주 드나든다고 알려 주었어요. 그래서 저는 디미트리오스에게 바보 같은 짓을 하지 말라고 했지만, 그 사람은 제 말을 듣지 않았어요. 자기는 머지않아 큰돈을 만지게 될 거라고 했어요. 그리고 버럭 화를 내면서 다른 사람들보다 뒤처져 살지 않겠다고, 가난이 지긋지긋하다고 했어요. 그래서 그 사람이 굶지 않는 건 다 제 덕분이라고 말해 줬더니, 무시무시한 눈으로 저를 노려보더군요.

〈당신!〉 그 사람이 말했어요. 〈당신이 나를 먹여 살린다고 생각하는 거야? 밖에 당신 같은 사람은 수천 명은 있어. 내가 당신을 고른 건, 비록 당신이 무르고 감상적으로 보이긴 하지만 실제로는 약삭빠르고 쉽게 흥분하지 않기 때문이야. 내가 그날 당신 방에 갔을 때, 나는 당신이 커튼에 돈을 숨겨 놓았을 거라고 생각했어. 왜냐하면 당신 같은 사람들은 늘 커튼에 돈을 숨겨 놓거든. 낡은 수법이지. 하지만 당신은 초조한 눈으로 핸드백을 계속 주시했고, 그래서 나는 당신이 현명하다는 것을 알았어. 그러나 당신은 상상력이 없어. 당신은 돈을 이해하지 못해. 당신이 원하는 건 뭐든지 살 수 있고, 레스토랑에서 사람들이 당신을 우러러보지. 상상력이 없는 자들만 계속 가난하게 사는 거야. 당신이 부자가 되면 사람들은 당신이 무엇을 하든 뭐라고 하지 않아. 당신에게 힘이 생기는 거지. 그리고 그건 남자에게 중요한 거라고!〉 그리고 그 사람은 계속해서 자신이 스미르나에서 본 부자들 이야기를 했어요. 선박들을 소유하고, 무화과를 재배하고, 도시 외곽 언덕에 저택을 가진 부자들에 관해서요.

그리고 한순간이지만, 저는 디미트리오스가 두렵지 않았어요. 남자가 감상으로 자기 꿈을 말하면 저는 그 사람을 경멸하거든요. 멋진 옷을 입고 앉아 저를 바라보던 그 사람이 어리석어 보였어요. 저는 소리 내어 웃었지요.

그 사람은 늘 창백했지만, 얼굴에서 모든 피가 빠져나가며 더욱 창백해져 더럭 겁이 났어요. 그 사람이 저를 죽일 거란 생각이 들었죠. 그 사람은 유리잔을 들고 있었어요. 그 사람은 잔을 천천히 치켜올리더니 테이블 가장자리를 내리쳤어요. 그런 다음 일어나서 깨진 유리잔을 들고 다가왔어요. 저는 비명을 질렀죠. 그 사람은 걸음을 멈추고 유리잔을 바닥에 떨어뜨렸어요. 제게 화를 내는 건 멍청한 짓이라고 하더군요. 하지만 저는 그 사람이 왜 멈췄는지 알았어요. 제 얼굴에 상처가 나면 자신에게 쓸모가 없어진다는 사실이 떠올랐기 때문이었어요.

그 뒤 저는 디미트리오스를 별로 보지 못했어요. 그 사람은 며칠씩 소피아를 떠나는 일이 잦아졌어요. 어디로 가는지는 말하지 않았고 저도 묻지 않았어요. 하지만 그 사람에게 중요한 자리에 있는 친구들이 생겼다는 것은 알았지요. 어느 날 경찰이 그 사람의 신분 서류를 문제 삼았을 때도 그 사람은 웃으면서 경찰이라면 걱정하지 말라고 제게 말했어요. 경찰은 자기 털끝 하나 건드릴 수 없다면서요.

그러던 어느 날 아침, 그 사람이 무척 흥분해서 저를 찾아왔어요. 밤새 여행을 한 듯했고, 며칠 동안 면도를 안 한 것 같았어요. 그렇게 초조해하는 건 처음 보았어요. 그 사람은 제 손목을 잡고, 만약 누가 묻거든 지난 사흘 동안 자기와 함께 있었다고 말하라더군요. 저는 1주일 만에 그 사람을 만난 거였지만, 그렇게 하겠노라고 말했고, 그 사람은 제 방에서 잠들었어요.

그 사람에 대해 묻는 사람은 아무도 없었지만, 그날 늦게 저는 하스코보에서 스탐볼리스키 암살 시도가 있었다는 신문기사를 읽었고, 디미트리오스가 어디에 있었는지 짐작이 갔어요. 저는 두려웠죠. 디미트리오스를 알기 전부터 오랫동안 사귀어 온 친구가 있었는데, 제가 살 아파트를 마련해 주겠노라고 했어요. 디미트리오스가 잠에서 깨어 제 방을 나갔을 때, 저는 그 친구에게 가서 그 아파트에 들어가 살고 싶다고 말했어요.

일을 저지르고 나자 두려워졌어요. 하지만 그날 밤 디미트리오스를 만났을 때 저는 그 사실을 털어놓았어요. 저는 화를 낼 거라고 생각했는데 그 사람은 아주 침착했고, 그렇게 하는 것이 제게 최선일 거라고 말했어요. 하지만 그 사람의 꿍꿍이를 알 수가 없었어요. 언제나처럼, 환자를 아프게 해야 할 때의 의사 같은 표정을 짓고 있었거든요. 저는 용기를 내어 우리는 마무리 지어야 할 일이 있다고 말했지요. 디미트리오스는 제 말에 동의했고, 사흘 뒤 만나서 빌려 간 돈을 모두 갚겠다고 했어요.」

프레베자는 말을 멈추고 긴장된 미소를 희미하게 지으며 래티머를, 그리고 마루카키스를 바라보았다. 그 웃음에는 뭔가 변명하는 듯한 기운이 서려 있었다. 그녀는 어깨를 살짝 으쓱했다.

「왜 제가 디미트리오스를 믿었는지 궁금하시겠죠. 절 바보

라고 생각하시겠죠. 디미트리오스가 겁을 줬기 때문에, 저는
그 사람을 믿었어요. 그 사람에 대한 공포를 떠올리지 않으
려면 믿는 수밖에 없었거든요. 모든 사람은 위험한 존재가
될 수 있어요. 서커스의 온순한 동물들도 너무 많은 것을 기
억해 내면 위험한 존재가 될 수 있듯이요. 하지만 디미트리
오스는 달랐어요. 그 사람의 외모는 온순해 보였지만, 그 사
람의 갈색 눈을 보면 그 사람에겐 평범한 사람들을 부드럽게
만드는 그런 감정이 전혀 없고 언제나 위험한 사람이라는 걸
알게 되죠. 저는 달리 어쩔 수가 없었기 때문에 그 사람을 믿
었어요. 하지만 또한 그 사람을 혐오했죠.

사흘 뒤, 카페에서 디미트리오스를 기다렸지만, 그 사람은
오지 않았어요. 몇 주일 뒤 만났는데, 여행을 갔었다면서 이
튿날 만나 주면 빌린 돈을 갚겠다고 했어요. 약속 장소는 페
로츠카 거리의 카페로, 제가 싫어하는 싸구려 카페였어요.

이번에는 약속대로 그 사람이 왔어요. 그리고 당장은 지금
상황이 좋지 않지만 곧 큰돈이 들어오니 몇 주 뒤에 갚겠노
라고 했어요.

저는 그 사람이 단지 그 말을 하려고 나온 것이 이상하다
고 생각했어요. 하지만 곧 그 이유를 알게 되었죠. 그 사람은
저에게 부탁할 일이 있었던 거예요. 편지들을 좀 받아 줄 일
이 있는데, 그 편지들을 대신 받아 줄 사람은 반드시 자기가
믿을 수 있는 사람이어야 한다더군요. 편지는 자기 것이 아
니라 탈라트라는 터키인 친구의 것이라고 했어요. 그 친구에
게 제 주소를 쓰게 해주면, 돈을 갚으러 올 때 자신이 편지를

가져가겠다고 했어요.

저는 동의했죠. 달리 방법이 없었거든요. 그렇게 해주면 디미트리오스는 편지를 받기 위해서라도 저에게 돈을 갚을 거라고 생각했죠. 하지만 그러면서도 저는 디미트리오스가 한 푼도 주지 않고 편지를 받아 갈 것이며, 그렇다 할지라도 저는 아무것도 할 수 없으리라는 사실을 잘 알았죠. 디미트리오스 역시 그 사실을 잘 알았고요.

우리는 그곳에 앉아 커피를 마셨어요. 디미트리오스는 카페에서 아주 인색했거든요. 그때 경찰이 신분 서류를 조사하러 들어왔어요. 그 당시엔 흔한 일이었지만, 그 카페에서 경찰 눈에 띈 것은 좋지 않았어요. 평판이 나쁜 곳이었거든요. 디미트리오스의 서류는 완전했지만, 그 사람이 외국인이었기에 경찰은 그 사람 이름과 함께 제 이름까지 기록해 갔어요. 경찰들이 나가자 디미트리오스는 심하게 화를 냈지만, 제가 보기엔 경찰이 자기 이름을 적어 가서가 아니라 자신과 함께 있었다는 이유로 제 이름까지 적어 갔기 때문인 듯했어요. 디미트리오스는 굉장히 심란해하다가 다른 사람에게 편지를 받아 달라고 할 테니 마음 쓰지 말라고 하더군요. 우리는 카페를 나왔고, 그 사람을 본 건 그게 마지막이었어요.」

프레베자는 몹시 목이 마르다는 듯이 앞에 있던 만다린 퀴라소를 쭉 들이켰다. 래티머가 헛기침을 했다.

「마지막으로 연락을 받은 건 언제였나요?」

프레베자의 눈에 한순간 의심의 눈빛이 스쳤다. 래티머는 말했다. 「디미트리오스는 죽었습니다, 부인. 15년이 흘렀어요. 소피아의 사정도 바뀌었고요.」

프레베자의 입술에 특유의 긴장한 듯한 기묘한 웃음이 맴
돌았다.

「아까 〈디미트리오스는 죽었습니다, 부인〉이라고 하셨죠.
그 말이 굉장히 이상하게 들렸어요. 디미트리오스가 죽다니,
상상이 안 가요. 어떤 모습이었나요?」

「머리는 잿빛이었습니다. 그리스와 프랑스에서 산 옷을 입
고 있었죠. 싸구려였어요.」 래티머는 자신도 모르게 하키 대
령의 표현을 따라 하고 있었다.

「그러면 부자가 되지 못한 건가요?」

「한때는 부자였습니다, 파리에서요. 하지만 그 뒤로 돈을
날렸죠.」

프레베자는 소리 내어 웃었다. 「아마도 그 일로 마음이 꽤
아팠겠네요.」 그리고 다시 의심하는 목소리로 물었다. 「선생
님은 디미트리오스에 관해 많이 아시네요. 만약 그 사람이 죽
었다면…… 이해가 안 되네요.」

「제 친구는 작가입니다.」 마루카키스가 끼어들었다. 「따라
서 인간의 본성에 관심이 있지요.」

「어떤 글을 쓰시나요?」

「추리 소설입니다.」

프레베자는 어깨를 으쓱했다. 「추리 소설을 쓰기 위해 인
간의 본성을 알 필요는 없지요. 인간의 본성은 사랑 이야기
나 로맨스 소설을 쓸 때 필요한 거니까요. *Romans policiers*
(추리 소설)는 추악해요. 『방앗간 먼지』는 좋은 소설이라고

생각해요. 그 소설을 좋아하시나요?」

「아주 좋아합니다.」

「저는 그 책을 열일곱 번이나 읽었어요. 위다의 작품 중 그게 제일이에요. 전 위다의 작품을 전부 읽었어요. 언젠가 저는 회고록을 쓸 거예요. 저는 여러 인간의 본성을 보아 왔으니까요.」 웃음에 살짝 장난기가 들어갔다. 그녀는 한숨을 쉬면서 다이아몬드 브로치를 만지작거렸다.

「하지만 선생님들은 디미트리오스에 대해 더 알고 싶으시겠죠? 좋아요. 제가 디미트리오스에게서 다시 연락을 받은 건 1년 뒤의 일이었어요. 어느 날 아드리아노플에서 보낸 그 사람의 편지를 받았어요. 그 사람은 우체국 임시 우편 주소를 썼더군요. 혹시 탈라트 앞으로 온 편지를 받았느냐는 내용이었어요. 받았으면 그렇다고 알려 주고 편지들을 잘 보관해 두라고 했어요. 그리고 자기에게서 편지를 받았다는 말을 아무에게도 하지 말라고 했어요. 제게 빚진 돈은 틀림없이 갚겠노라고 약속했고요. 저는 탈라트 앞으로 온 편지는 한 통도 받은 적이 없다고 편지에 썼어요. 그리고 그 사람이 사라지면서 친구도 모두 잃었으니 돈이 필요하다, 내 돈은 꼭 갚아 달라고 적었어요. 거짓말이었지만, 치켜세워 주면 돈을 갚을지도 모른다고 생각했어요. 그때까지도 디미트리오스가 어떤 인간인지 잘 몰랐던 거죠. 그 사람은 답장조차 하지 않았어요.

몇 주 뒤 어떤 남자가 저를 찾아왔어요. *Fonctionnaire*(공무원) 같았는데, 아주 엄격하고 사무적이었어요. 옷차림은 아주 고급스러웠고요. 그 사람은 아마도 경찰이 디미트리오스에 관해 물어보러 올 거라고 했어요.

그 말에 저는 두려웠지만, 그 사람은 두려워할 필요 없다고 했어요. 말하는 것만 조심하면 된다고 하더군요. 그러면서 저에게 어떻게 답해야 할지 알려 주었어요. 경찰을 만족시키려면 디미트리오스의 외모에 관해 어떻게 설명해야 하는지 등에 대해서요. 그리고 제가 아드리아노플에서 온 편지를 보여 주자, 그 사람은 그걸 보고 만족하는 듯했어요. 그 사람은 아드리아노플에서 온 편지에 대해서는 경찰에 말해도 되지만, 탈라트라는 이름에 관해서는 말하면 안 된다고 했어요. 그 편지를 가지고 있으면 위험하니 태워 버리라고 하면서요. 그 말에 제가 화를 내자, 그 사람은 제게 1천 레프 지폐를 한 장 주면서 혹시 제가 디미트리오스를 좋아하는지, 제가 그 사람과 친구인지 물었어요. 저는 디미트리오스를 증오한다고 했지요. 그러자 그 사람은 우정은 소중한 것이라며 자기가 시킨 대로 경찰에게 말하면 5천 레프를 주겠노라고 했어요.」

그녀는 어깨를 으쓱했다. 「그건 큰돈이에요, 선생님들. 5천 레프라니요! 경찰이 왔을 때 전 그 사람이 일러 준 대로 대답했고, 이튿날 5천 레프가 든 봉투가 우편으로 왔어요. 봉투에는 돈만 들어 있고 편지 같은 것은 전혀 없었어요. 그건 상관없었어요. 하지만 잘 들어 보세요! 그리고 2년쯤 지난 뒤 거리에서 그 남자를 만났어요. 저는 그 사람에게 다가갔지만, 그 *salop*(나쁜 새끼)는 저를 만난 적 없는 척하며 경찰을 부

145

르더군요. 우정이 소중하기는 개뿔!」

프레베자는 장부를 집어 칸막이 선반에 넣었다.

「실례지만, 이제 저는 손님들에게 돌아가야겠어요. 아무래도 말을 너무 많이 한 것 같네요. 들으셨다시피, 저는 디미트리오스에 관해 흥미로운 일은 아무것도 모른답니다.」

「아주 흥미로웠습니다, 부인.」

프레베자가 웃음을 지었다. 「혹시 바쁘지 않으시면, 디미트리오스보다 더 흥미로운 것을 보여 드릴 수 있어요. 우리 가게에 아주 재미있는 여자아이가 두 명…….」

「지금은 시간이 없습니다, 부인. 다른 날 밤이었다면 기꺼이 그랬겠지만요. 괜찮으시다면 술값을 내고 싶군요.」

프레베자가 웃음을 지었다. 「원하는 대로 하세요, 선생님들. 어쨌든 두 분과 이야기하게 되어 아주 즐거웠어요. 아니, 아니, 제발요! 저는 미신을 믿는답니다. 전 제 방에서 돈 보는 것을 아주 싫어해요. 제발 아까 테이블을 담당했던 웨이터에게 처리해 달라고 하세요. 제가 같이 가지 않아도 실례가 되지 않겠죠? 전 볼일이 있어서요. *Au'voir, Monsieur. Au'voir, Monsieur. A bientôt*(안녕히 가세요, 선생님. 잘 가세요, 선생님. 곧 다시 뵈어요).」

촉촉한 검은 눈이 다정하게 두 사람을 바라보았다. 래티머는 터무니없게도 그 자리를 떠나기 싫어졌다.

계산서를 달라고 하자 지배인이 나타났다. 그는 활기차고 쾌활했다.

「1천1백 레프입니다, 선생님들.」

「뭐라고요!」

「부인이 결정하신 금액입니다, 선생님들.」

「있잖습니까,」 거스름돈을 기다리는 동안 마루카키스가 말했다. 「디미트리오스만 탓할 수는 없을 것 같군요. 그런 행동을 할 만한 이유가 있었네요.」

*

「디미트리오스는 유라시아 신탁은행의 의뢰를 받은 바조프에게 고용되어 스탐볼리스키 암살에 관련된 일을 했습니다. 그 사람들이 어떻게 해서 그자를 선택했는지 알면 흥미롭겠지만, 그건 불가능할 겁니다. 하지만 아드리아노플의 일에서도 디미트리오스를 고용한 것을 보면, 그 사람들은 디미트리오스에게 만족했던 듯합니다. 그곳에서는 아마도 탈라트라는 이름을 썼을 거고요.」

「터키 경찰은 그 점을 몰랐습니다. 터키 경찰은 단지 〈디미트리오스〉라는 이름만 들었으니까요.」 래티머가 말했다. 「제가 이해할 수 없는 것은, 왜 바조프 — 1924년에 이라나 프레베자를 찾아간 이는 바조프가 분명합니다 — 가 그 여자보고 경찰에게 아드리아노플에서 온 편지를 받았다는 사실을 말해도 된다고 했느냐 하는 점입니다.」

「분명 이유는 딱 하나였을 겁니다. 디미트리오스가 이미 아드리아노플에 없었기 때문이지요.」 마루카키스가 하품을 삼키며 말했다. 「흥미로운 밤이었습니다.」

두 사람은 래티머가 묵는 호텔 앞에 서 있었다. 밤공기가 차가웠다. 「이제 그만 저는 들어가 봐야겠습니다.」 래티머가 말했다.

「소피아를 떠나실 겁니까?」

「네, 베오그라드로 갈 겁니다.」

「그렇다면 아직도 디미트리오스에게 관심이 있으신 거네요?」

「아, 네.」 래티머는 망설였다. 「도와주셔서 얼마나 고마운지 말로 표현할 수 없을 정도입니다. 당신에게는 쓸데없이 시간만 낭비하는 일이었을 텐데 말이죠.」

마루카키스는 소리 내어 웃더니 미안한 듯이 미소를 지었다. 그가 말했다. 「디미트리오스에 관한 선생님의 집념을 부러워하는 저 자신을 비웃은 겁니다. 만약 베오그라드에서 그자에 관해 뭔가 알게 되면 편지로 알려 주셨으면 합니다. 그래 주시겠습니까?」

「물론이지요.」

하지만 래티머는 베오그라드에 가지 않게 되었다.

래티머는 마루카키스에게 다시 한번 감사했고, 둘은 악수를 했다. 그러고 나서 래티머는 호텔로 들어갔다. 그의 방은 3층이었다. 그는 열쇠를 들고 계단을 올랐다. 복도에 두툼한 카펫이 깔려 있어 발소리는 나지 않았다. 그는 열쇠 구멍에 열쇠를 넣고 돌려 방문을 열었다.

깜깜할 줄 알았던 방에 불이 켜져 있었다. 그 때문에 그는 살짝 놀랐다. 순간 방을 잘못 들어왔나 하는 생각이 들었지만, 곧이어 본 장면으로 인해 래티머는 그 생각을 지웠다. 방 안이 난장판이었다.

슈트케이스에 들어 있던 물건들이 바닥에 어지럽게 흩어져 있었고, 침대 시트는 의자에 아무렇게나 걸쳐져 있었다. 매트리스 위에는 아테네에서 가져온 영어책 몇 권의 제본이 뜯겨 있었다. 방 안은 우리에 갇혀 있던 침팬지들을 풀어놓은 듯한 광경이었다.

래티머는 정신이 아찔해져서 안으로 두 걸음 내디뎠다. 이 윽고 오른쪽에서 살짝 소리가 들려 고개를 돌렸다. 다음 순간, 그는 심장이 철렁했다.

화장실로 통하는 문이 열려 있었다. 문 바로 안쪽에 한 손에는 배를 가른 치약 튜브를, 다른 한 손에는 커다란 루거 권총을 대충 들고, 입에는 상냥하면서도 슬픈 듯한 웃음을 머금은 피터스 씨가 서 있었다.

제7장
50만 프랑

래티머는 자신의 소설 중 딱 한 권『살인 무기』에서, 등장인물 한 명이 리볼버를 가진 살인자에게 위협받는 상황을 다룬 적이 있었다. 래티머는 그 일을 즐기지 않았고, 만약 그 상황이 논리적이며 책에 꼭 필요하지 않았더라면, 그리고 마지막 챕터가 아니라 (멜로드라마적 상황이 가끔씩 허용되는) 다른 챕터에서 일어났다면, 비록 어렵더라도 어떻게든 그 부분을 없앴을 것이다. 어쨌거나, 다뤄야 하는 부분이었기에 래티머는 그 상황에 지적으로 접근하려 노력했었다. 그는 그런 상황에서 자신은 어떤 감정이었을지 생각해 보았다. 그러고는 너무 겁을 먹어 머리가 제대로 안 돌아가고 혀가 굳어버릴 거라고 결론 내렸다.

하지만 지금 그 상황에 처해 보니 머리가 제대로 안 돌아가지도 않았고 혀가 굳지도 않았다. 어쩌면 상황이 달라서 그럴지도 몰랐다. 마치 축축한 생선을 쥐듯이 커다란 권총을 든 피터스 씨의 태도는 위협적이라고 표현하기 어려웠다. 그리고 래티머가 아는 한 피터스 씨는 살인자도 아니었다. 또

한 전에 피터스 씨를 만났을 때, 래티머는 그가 지루한 사람이라고 느꼈다. 물론 그 사실 때문에 마음을 놓는다는 건 터무니없었다.

그러나 비록 아직은 겁을 먹지도 않았고 혀가 굳어 버리지도 않았지만, 래티머는 아주 많이 당황했다. 따라서 아무렇지 않은 듯한 목소리로 상황에 맞게 〈안녕하세요〉라든가 즐거운 목소리로 〈와, 이거 뜻밖이네요!〉라고 말하는 데 실패했다. 그 대신 단음절의 멍청한 단어를 내뱉고 말았다.

래티머는 말했다. 「오.」 그런 다음, 이 당혹스러운 상황을 수습하기 위해 소심하면서도 마음에 없는 말을 했다. 「무슨 일이 있었던 것 같네요.」

피터스 씨가 권총을 좀 더 힘주어 쥐었다.

「문을 닫아 주지 않으시겠습니까?」 피터스 씨가 나직하게 말했다. 「오른팔을 뻗으면 발을 움직이지 않고 문을 닫을 수 있을 듯합니다.」 권총은 이제 확실하게 래티머를 겨누었다.

래티머는 그의 말대로 했다. 마침내 그는 정말로 두려워졌다. 자신의 소설 속 등장인물이 느꼈던 것보다 훨씬 더 두려웠다. 래티머는 다칠까 봐 무서웠다. 벌써 의사가 자기 몸 안의 총알을 더듬어 찾는 듯한 느낌이 들었다. 피터스 씨가 권총에 익숙하지 않아 실수로 발사할까 봐 두려웠다. 자기가 손을 너무 빨리 움직여 피터스 씨가 그 갑작스러운 움직임을 오해할까 봐 두려웠다. 문이 닫혔다. 래티머는 머리끝부터 발끝까지 떨기 시작했지만, 그게 분노 때문인지 공포 때문인지 충격 때문인지 알 수 없었다. 갑자기, 그는 뭔가 말하기로 결심했다.

「대체 이게 뭡니까?」 래티머는 거칠게 다그쳐 물으며 욕을 내뱉었다. 원래는 욕을 할 생각이 아니었다. 본래 래티머는 욕을 거의 안 하는 사람이었다. 이제 래티머는 자신이 몸을 떠는 이유가 분노 때문이라고 확신했다. 그는 피터스 씨의 축축한 눈을 노려보았다.

뚱뚱한 남자는 권총을 내리고 매트리스 가장자리에 앉았다.

「이거 참 어색한 상황이네요.」 피터스 씨가 아쉬워하며 말했다. 「선생님이 이렇게 일찍 돌아올 줄 몰랐습니다. *Maison close*(창녀집)가 실망스러웠던 모양이군요. 당연히 아르메니아 여자들이었겠죠. 그쪽 여자들은 한동안은 괜찮지만 좀 지나면 지루해지죠. 저는 종종 생각하곤 합니다. 우리가 사는 이 위대한 세상이 좀 더 좋은 세상이 되려면······.」 그는 말을 끊었다. 「하지만 그에 관해서는 다음에 이야기하도록 하지요.」 피터스 씨는 배가 갈린 치약 튜브의 잔해를 조심스레 협탁에 놓았다. 「이 방을 나가기 전에 정리할 생각이었습니다.」 그가 덧붙였다.

래티머는 시간을 좀 벌기로 했다. 「책도 포함해서요, 피터스 씨?」

「아, 그렇지, 책!」 피터스 씨는 낙담한 듯이 고개를 저었다. 「만행이지요. 책은 귀중한 물건이니까요. 아름다운 꽃들이 가득한 정원이자, 미지의 땅으로 우리를 태우고 날아가는 마법의 양탄자인 것을. 죄송합니다, 하지만 그렇게 할 필요가 있었습니다.」

「무슨 필요요? 무슨 말씀을 하시는 겁니까?」

피터스 씨는 슬프고 오랫동안 고통을 겪어 온 자의 웃음을 지었다. 「좀 **솔직**해지시죠, 래티머 선생님. 선생님의 방을 수색해야 할 이유는 단 한 가지뿐이며, 그 이유에 대해서는 저만큼이나 선생님도 잘 알고 있습니다. 물론 선생님께서 곤란하시다는 건 저도 압니다. 선생님은 제 입장이 정확히 어떤 건지 몰라 애가 타시겠지요. 하지만 혹시 위로가 되실지 몰라 말씀드리자면, 저 역시 **선생님의** 입장이 정확히 어떤 건지 몰라 참 곤란합니다.」

끝내주는 상황이었다. 분노 때문에 래티머는 두려움을 잊었다. 그는 숨을 깊이 들이마셨다.

「보십시오, 피터스 씨. 아니면 본명이 따로 있는지 모르겠지만, 여하튼 저는 무척 피곤해서 빨리 자고 싶습니다. 제 기억이 정확하다면, 저는 며칠 전 아테네에서 탄 기차에 당신과 함께 있었지요. 아마도 당신은 부쿠레슈티로 간다고 했던 걸로 기억합니다. 저는 소피아에서 내렸고요. 저는 친구와 외출을 했었습니다. 그리고 호텔로 돌아와 보니 방은 난장판이 되어 있고, 책은 찢어져 있고, 당신은 제 면전에서 권총을 흔들고 있군요. 그러니 저는 당신이 좀도둑이나 주정뱅이라고 결론 지을 수밖에 없네요. 하지만 솔직히 당신의 권총은 무섭습니다. 그 권총만 없었다면 벌써 사람을 불렀을 겁니다. 생각해 보니, 도둑이라면 보통 일등 침대차에서 자기 희생자를 만나는 일을 하지 않지요. 책을 마구 찢는 일도 그렇고요.

게다가 당신은 술 취한 것 같지도 않군요. 당연히, 저는 당신이 미친 것 아닐까 생각하는 참입니다. 물론 그렇다면 당신의 비위를 맞춰 주면서 최선의 결과가 나오길 바라는 수밖에 없겠지요. 하지만 만약 당신이 비교적 제정신이라면, 다시 한번 설명을 부탁해야겠습니다. 다시 말합니다, 피터스 씨. 이게 대체 뭡니까?」

피터스 씨는 눈물 젖은 눈을 반쯤 감았다. 「완벽하군요.」그가 황홀한 듯이 말했다. 「완벽해요! 아니, 아니요, 래티머 선생님, 벨 옆에서 떨어져 주셨으면 합니다. 그러는 편이 좋습니다. 한순간 저는 선생님이 진실을 말한다고 거의 믿을 뻔했습니다. 거의 말입니다. 물론 완전히 그런 건 아니고요. 저를 속이려는 것은 그리 친절한 행동이 아닙니다. 친절하지도 않고, 사려 깊지도 않으며, 시간 낭비일 뿐입니다.」

래티머는 한 걸음 앞으로 나섰다. 「이제 그만 제 말을 좀 들으……」

루거 총구가 올라갔다. 피터스의 입에서 웃음이 사라지고, 그의 늘어진 입술이 살짝 위아래로 벌어졌다. 그는 아데노이드증으로 성격 장애까지 생긴 듯했고, 아주 위험한 존재로 보였다. 래티머는 재빨리 뒤로 물러섰다. 그의 웃음이 천천히 돌아왔다.

「제발요, 래티머 선생님. 조금 솔직해지시지요. 저는 선생님에게 전혀 악의가 없습니다. 저는 이런 식으로 만나고 싶지 않았습니다. 하지만 선생님이 너무나 갑자기 돌아오셨고, 그래서 뭐랄까, 더는 선생님을 이해관계가 없는 우정을 기반으로 해서 만날 수 없게 되었으니, 우리 서로에게 솔직해지도록 하지요.」 그는 몸을 약간 앞으로 내밀었다. 「선생님은 왜 디미트리오스에게 그토록 관심이 많으십니까?」

「디미트리오스!」

「네, 그렇습니다, 래티머 선생님, 디미트리오스요. 선생님은 레반트 지방에서 왔습니다. 디미트리오스도 그곳에서 왔지요. 아테네에서 선생님은 구제 위원회 기록 보관소에서 디미트리오스의 기록을 아주 열심히 찾아다녔습니다. 그리고 소피아에서는 사람을 시켜 그자에 관한 경찰 기록을 추적했지요. 왜입니까? 대답하기 전에 제 말부터 들으십시오. 저는 선생님에게 적의를 품은 게 아닙니다. 저는 선생님에게 악의가 없습니다. 그 점은 명확히 해두지요. 하지만 우연히 저 역시 디미트리오스에게 관심을 갖게 되었고, 그 때문에 저는 선생님에게 관심이 있습니다. 이제, 래티머 선생님, 선생님의 입장이 어떤 건지 말씀해 주시지요. 이런 표현이 좀 실례이긴 하지만, 무슨 속셈입니까?」

래티머는 잠시 조용히 있었다. 재빨리 생각을 정리해 보려 애썼지만 잘 되지 않았다. 혼란스러웠다. 래티머는 디미트리오스를 자신의 소유물로, 작가 미상인 16세기 서정시의 출처를 밝히는 작업처럼 학구적인 문제로 여겨 왔다. 그리고 이제 불쾌하기 이를 데 없는 피터스라는 자가 초라한 모습으로 싱글거리며 나타나 루거를 들이대며, 이 문제는 자신의 것이며 래티머가 남의 것을 부당하게 탐하는 자라도 되는 듯이 대하고 있었다. 물론 래티머가 놀라야 할 이유는 없었다. 디미트리오스는 많은 사람에게 알려져 있을 터였다. 하지만 래티머는 본능적으로 그 사람들 모두가 디미트리오스와 함께 죽었을 거라고 생각해 왔다. 터무니없는 생각이긴 하지만, 그래도…….

「자, 래티머 선생님.」뚱뚱한 남자의 웃음은 상냥함을 전혀 잃지 않았지만, 쉰 목소리는 파리의 다리를 뜯어 내는 어린 소년을 연상케 했다.

「저는,」래티머가 천천히 말했다. 「제가 질문에 답하면 당신에게 질문을 할 수도 있어야 한다고 생각합니다. 다시 말해, 피터스 씨, 만약 **당신의** 속셈이 뭔지 말해 주신다면 저 역시 알려 드리겠습니다. 저로서는 숨길 이유가 전혀 없고, 오로지 호기심을 만족하고 싶을 뿐입니다. 그리고 그 무시무시해 보이는 권총은 아무리 휘둘러 봤자 도움이 못 됩니다. 이건 반박의 여지가 없는 일입니다. 그 권총은 구경이 크고 발사 시 엄청난 소음을 낼 겁니다. 게다가 저를 쏴 죽여서 당신에게 득 될 게 아무것도 없지요. 당신이 체포되지 않으려고 총을 쏠 수도 있다는 생각을 했습니다만, 쏘아도 소리 때문에 체포되는 건 똑같습니다. 그러니 이제 그 권총을 당신 주머니에 넣는 게 좋을 겁니다.」

피터스 씨는 계속 웃음을 지었다. 「아주 간결하고 멋진 논거로군요, 래티머 선생님. 하지만 저는 잠시 이 권총을 계속 들고 있는 쪽을 택하지요.」

「좋으실 대로 하세요. 제 책 제본과 치약 튜브 안에 뭐가 숨겨져 있을 거라고 생각했는지 말해 주시겠습니까?」

「저는 제 의문에 대한 답을 찾고 있었습니다, 래티머 선생님. 하지만 제가 찾아낸 건 이것뿐이지요.」그는 종이 한 장을 들어 보였다. 래티머가 스미르나에서 끄적인 연표였다. 그가 기억하는 한, 그는 그것을 접어서 읽고 있던 책에 넣어 두었다. 「아시겠습니까, 래티머 선생님? 당신이 책 사이에 서류를 감추어 놓았다면, 제본에 더 흥미 있는 서류를 감춰 두었을 수도 있겠다고 생각한 겁니다.」

「그것은 숨기려고 거기 넣어 둔 게 아니었습니다.」

하지만 피터스 씨는 들은 체도 하지 않았다. 그는 학생의 작문을 검토하려는 선생님처럼 엄지와 검지로 살짝 종이를 집어 올렸다. 그는 고개를 저었다.

「그리고 디미트리오스에 관해 아는 건 이게 전부입니까, 래티머 선생님?」

「아닙니다.」

「아하!」피터스는 침울한 눈으로 래티머의 넥타이를 응시했다. 「그런데 하키 대령이라는 자는 누굽니까? 사정을 아주 잘 알고 있긴 하지만 매우 부주의해 보이던데요. 터키 이름이군요. 가엾은 디미트리오스는 이스탄불에서 세상을 떠났군요, 그렇죠? 그리고 선생님은 이스탄불에서 오셨고요, 맞죠?」

자신도 모르게 래티머는 고개를 끄덕였지만, 피터스 씨의 웃음이 커지는 것을 보자 자신의 경솔함을 나무랐다.

「고맙습니다, 래티머 선생님. 돕겠단 의지가 있으신 게 확인됐으니 좋군요. 자, 그럼 상황을 좀 살펴볼까요? 선생님은 이스탄불에 있었고, 디미트리오스도 그곳에 있었고, 하키 대령도 마찬가지였습니다. 이 종이에 탈라트라는 이름의 여권에 관한 것이 적혀 있는데, 이것도 터키식 이름이고요. 그리고 아드리아노플과 케말 시도*attempt*. 〈시도*attempt*〉. 아, 그렇군요! 그것은 프랑스 단어 〈*attentat*(암살)〉를 그대로 옮긴 것 아닐까 생각하는데요. 말씀 안 하시렵니까? 뭐, 좋습니다. 인정한 걸로 받아들이겠습니다. 보아하니 선생님은 터키 경찰의 서류를 열람한 듯하군요. 그렇지요?」

래티머는 다소 바보가 된 느낌이 들었다. 그가 말했다. 「그런 식으로는 알아낼 수 있는 게 많지 않을 겁니다. 당신은 저에게 질문할 때마다 제 질문에도 대답해야 한다는 사실을 잊어버리고 있군요. 예를 들어 나는 당신이 디미트리오스와 진짜로 만난 적 있는지 무척 알고 싶습니다.」

피터스 씨는 잠시 말없이 래티머를 바라보았다. 이윽고 그가 천천히 말했다. 「아무래도 선생님은 그다지 확신이 없는 듯합니다, 래티머 선생님. 선생님이 제게 해줄 수 있는 이야기보다 제가 해줄 수 있는 이야기가 훨씬 더 많을 듯합니다.」 피터스 씨는 루거를 외투 주머니에 넣고 일어났다. 「이제 가봐야겠습니다.」 그가 덧붙였다.

래티머가 예상하거나 바랐던 상황과는 완전히 달랐지만, 어쨌든 래티머는 침착하게 〈안녕히 가십시오〉라고 말했다.

뚱뚱한 남자는 문을 향해 걸어갔다. 하지만 문 앞에서 걸음을 멈추었다. 「이스탄불.」 그가 생각에 잠겨 중얼거리는 소리가 래티머의 귀에 들렸다. 「이스탄불. 스미르나, 1922년. 아테네, 같은 해. 소피아, 1923년. 아드리아노플, 아니, 그자는 터키에서 왔으니까.」 그는 재빨리 래티머 쪽으로 돌아섰다. 「궁금한 게 하나 생겼는데 말입니다……」 그는 잠시 망설였지만, 마침내 마음을 정한 듯 보였다. 「선생님이 가까운 장래에 베오그라드에 갈 거라는 제 추측은 영 터무니없는 걸까요? 어떻습니까, 래티머 선생님?」

래티머는 깜짝 놀랐다. 그런 생각을 하다니 이만저만 터무니없는 게 아니라고 아주 단호하게 말하려 했지만, 상대의 의기양양한 웃음을 보고는 자신이 놀라는 모습에서 이미 속내를 들켰다는 사실을 깨달았다.

「선생님은 베오그라드를 맘에 들어 하실 겁니다.」 피터스 씨가 기분 좋은 듯이 계속 말했다. 「아름다운 도시지요. 테라지자와 칼레메그단에서 보는 전망은 정말 멋집니다! 끝내주지요! 그리고 선생님은 분명히 아발라에도 가실 겁니다. 어쩌면 선생님이 저보다 더 잘 알지도 모르겠군요. 함께 갈 수 없어 정말 아쉽습니다! 아름다운 여자들도 많고요! 얼굴이 둥그렇고 우아한 여자들요. 선생님처럼 젊은 분이라면 그곳 여자들이 줄줄 따를 겁니다. 물론 저는 그런 일에 관심이 없지요. 저는 단순한 인간이고, 늙어 가고 있습니다. 제게는 옛 기억뿐이지요. 하지만 젊음을 비난하는 건 아닙니다. 비난하지 않습니다. 누구나 한 번은 젊을 때가 있고, 위대하신 존재께서는 우리가 누릴 수 있는 행복을 주실 게 분명하니까요. 삶은 계속되어야 하는 것 아니겠습니까?」

래티머는 의자에서 시트를 내려 치우고 상대를 바라보며 의자에 앉았다. 그는 폭발하기 일보 직전이었고, 두뇌가 빠르게 회전하기 시작했다.

「피터스 씨.」 래티머가 말했다. 「저는 스미르나에서 15년 전 경찰 기록을 확인할 기회가 있었습니다. 그리고 그 기록을 저보다 3개월 먼저 확인한 사람이 있었다는 사실을 나중에 알게 되었지요. 그 사람이 당신이었는지 말해 주실 수 있습니까?」

하지만 뚱뚱한 남자의 촉촉한 눈은 허공을 응시하고 있었다. 그의 이마에 살짝 주름이 잡혔다. 그는 마치 래티머의 말에서 잘못된 억양은 없는지 찾으려 듣고 있었다는 듯이 말했다. 「그 질문을 다시 한번 해주시겠습니까?」

래티머는 질문을 다시 했다.

다시 침묵이 흘렀다. 이윽고 피터스 씨가 단호히 고개를 저었다. 「아닙니다, 래티머 선생님. 그건 제가 아닙니다.」

「하지만 당신은 아테네에서 디미트리오스에 관해 조사했습니다, 그렇죠, 피터스 씨? 제가 디미트리오스에 관해 묻고 있을 때 그 방에 들어온 것은 당신이었습니다. 그렇지요? 제가 기억하기로, 당신은 아주 서둘러 나간 것 같더군요. 유감스럽게도 당신 모습을 보지는 못했지만, 담당 공무원이 그 일에 관해 뭐라고 말했거든요. 그리고 당신이 저와 같은 열차를 타고 소피아에 온 것도 우연이 아니라 의도한 것이고요. 그렇죠? 게다가 당신은 제가 열차에서 내리기 전에 제가 어느 호텔에 머물지 참으로 영리하게 알아냈어요. 그렇지 않습니까?」

피터스 씨는 다시금 활짝 웃고 있었다. 그는 고개를 끄덕였다. 「맞습니다, 래티머 선생님. 모든 게 맞는 말씀입니다. 저는 선생님이 아테네의 기록 보관소를 나온 뒤 한 모든 일을 알고 있습니다. 이미 말씀드렸듯이, 저는 디미트리오스에게 관심 있는 사람이라면 누구든 관심 있습니다. 물론 스미르나에서 선생님보다 먼저 그 기록을 본 사람에 관해서도 조사해 보셨겠지요?」

이 마지막 문장은 대수롭지 않은 듯이 말하려는 티가 살짝 났다. 래티머가 말했다. 「아닙니다, 피터스 씨. 조사하지 않았습니다.」

「하지만 분명히 관심은 있었겠지요?」

「그다지요.」

뚱뚱한 남자가 한숨을 쉬었다. 「선생님이 솔직하지 않다는 생각이 드는군요. 만약 선생님이 좀 더 솔직해진다면 상황이 훨씬 더…….」

「제 말부터 들으시죠!」 래티머가 퉁명하게 말을 가로챘다. 「솔직히 말하겠습니다. 당신은 저에게서 원하는 정보를 교묘히 알아내려고 무진 애쓰고 있습니다. 하지만 저는 그렇게 호락호락 당하지 않을 겁니다. 그 점을 확실히 해두지요. 저는 제안을 했습니다. 당신은 제 질문에 대답하고, 저는 당신 질문에 대답하자고요. 하지만 지금까지 당신의 대답들은 제가 이미 추측으로 아는 것들뿐입니다. 저는 당신이 왜 죽은 디미트리오스라는 인물에게 관심이 있는지 여전히 알고 싶습니다. 당신은 제가 당신에게 해줄 수 있는 이야기보다 당신이 제게 해줄 수 있는 이야기가 더 많다고 했습니다. 그럴 수도 있지요. 하지만 **이런 생각**이 들더군요. 그건 제가 당신에게서 답을 듣는 것보다 당신이 저에게서 답을 듣는 게 훨씬 중요하다는 거죠. 단순히 궁금한 일을 조사하려는 사람이라면 호텔 방에 불법 침입해 이런 소동을 벌이지는 않을 테니까요. 솔직히 말해, 저는 당신이 디미트리오스에게 관심을 보이는 까닭을 도무지 이해할 수가 없습니다. 그러다가 디미트리오스가 파리에서 번 돈의 일부를 어디에 감춰 놓았을지도 모른다는 생각이 떠올랐지요…… 당신이 그에 대해 아는 게 맞지요?」 그리고 그 대답으로 피터스 씨는 살짝 고개를 끄덕였다. 「그렇군요. 그럴 거라고 생각했습니다. 하지만 제가 말했듯이, 디미트리오스가 재산을 어딘가에 감춰 뒀고, 당신이 그곳을 찾아내려 애쓴다는 생각은 지금 막 든 겁니다. 불행히도, 제가 아는 정보는 그 가능성을 지워 버립니다. 시체 보관소에서 그자의 소지품은 그자 옆 테이블에 있었는데, 돈은 한 푼도 없었습니다. 그냥 싸구려 옷가지뿐이었습니다. 그리고…….」

하지만 피터스 씨는 한 걸음 앞으로 다가와 묘한 표정으로 래티머를 응시했다. 래티머는 하던 말을 흐지부지 멈추었다. 「왜 그러십니까?」 래티머가 말했다.

뚱뚱한 남자가 천천히 말했다. 「그러니까 선생님이 시체 보관소에서 디미트리오스의 시체를 진짜로 보셨다고요?」

「네, 왜 그러십니까? 제가 또 얼결에 귀중한 정보를 흘리기라도 한 겁니까?」

하지만 피터스 씨는 대답하지 않았다. 그는 얇은 궐련을 꺼내 조심스레 불을 붙였다. 갑자기 연기를 내뿜더니 그는 엄청난 고통에 시달리기라도 하는 듯 눈을 질끈 감고 방 안을 천천히 이리저리 어슬렁거렸다. 그가 말을 하기 시작했다.

「래티머 선생님, 우리는 합의를 봐야만 하는 상황입니다. 이런 입씨름을 그만둬야 합니다.」 그는 걸음을 멈추고 다시 래티머를 내려다보았다. 「꼭 그래야만 합니다, 래티머 선생님.」 그가 말했다. 「선생님의 목적이 무엇인지 저는 알아야만 합니다. 아니, 제발! 말을 막지 말아 주십시오. 선생님이 제 대답을 필요로 하는 이상으로 제가 선생님의 대답을 필요로 한다는 점은 인정합니다. 하지만 지금은 대답을 드릴 수가 없습니다. 네, 네, 선생님이 뭐라고 했는지 잘 압니다. 하지만 심각하게 하는 말입니다. 제발 제 말을 들어 주십시오.

선생님은 디미트리오스의 삶에 관심이 있습니다. 선생님은 그자에 대해 더 알아내기 위해 베오그라드로 갈 생각입니다. 그 사실을 부인하지는 못할 겁니다. 이제 우리 둘 다 디미트리오스가 1926년에 베오그라드에 있었다는 걸 압니다. 그럼 1926년 이후에는 디미트리오스가 베오그라드에 있었던 적이 없다는 점을 알려 드리겠습니다. 선생님은 왜 관심이 있는 겁니까? 선생님께서는 말해 주지 않으시겠지요. 좋습니다. 제가 좀 더 이야기하지요. 만약 베오그라드에 가신다 해도, 선생님은 디미트리오스에 관해 아무것도 알아내지 못할 겁니다. 그에 더해, 조사하려고 하면 그곳 당국과 시끄러운 일이 생길 겁니다. 선생님이 알고자 하는 일을 말해 줄 수 있는 사람, 그리고 상황에 따라선 말해 주려 할 사람이 이 세상에 꼭 한 명 있습니다. 폴란드인인데, 제네바 가까이 삽니다.

그래서! 제가 선생님에게 그 사람의 이름을 알려 주고 소
개장을 써드리겠습니다. 그렇게 해드리겠습니다. 하지만 그
전에 선생님이 이 정보를 원하는 이유를 알아야겠습니다. 처
음에 저는 선생님이 터키 경찰과 관련 있다고 생각했습니다.
요즈음에는 중근동 국가 경찰에 영국인이 많으니까요. 하지
만 이제는 더 이상 그런 가능성을 생각하지 않습니다. 선생
님의 여권에는 〈작가〉라고 되어 있고, 그것은 아주 융통성 있
는 단어입니다. 래티머 선생님, 당신은 누구입니까? 그리고
선생님의 속셈은 무엇입니까?」

그는 대답을 바란다는 듯이 말을 멈추었다. 래티머는 읽기
힘든 표정으로 보이기를 바라며 그를 응시했다. 피터스 씨는
낯짝 두껍게 다시 계속해서 말했다.

「당연히, 선생님의 속셈이 무엇이냐고 물었을 때, 이미 저
는 생각한 바가 있습니다. 선생님의 속셈은 물론 돈이겠지요.
하지만 그건 제가 원하는 답이 아닙니다. 부자십니까, 래티
머 선생님? 아닙니까? 그렇다면 제가 해야 할 말이 간단해질
수 있겠군요. 저는 제휴를 제안하려 합니다, 래티머 선생님.
정보 공유를요. 저는 지금 선생님에게 말할 수 없는 사실을
몇 가지 압니다. 선생님도 중요한 정보를 하나 가지고 있습
니다. 선생님은 그게 중요한 정보라는 사실을 알지 못하겠지
만, 그럼에도 그건 **정말로** 중요한 정보입니다. 자, 제가 아는
사실만으로는 큰 가치가 없습니다. 선생님의 정보 역시 제가
아는 사실들이 없으면 별 가치가 없고요. 하지만 둘의 정보

를 합치면 그 가치는 적어도……」 그는 턱을 쓰다듬었다. 「적어도 영국 돈으로 5천 파운드, 프랑스 돈으로 백만 프랑의 값어치가 있습니다.」 그는 의기양양한 웃음을 지었다. 「어떻습니까?」

래티머가 냉랭하게 말했다. 「실례지만, 전 당신이 지금 무슨 말을 하는지 도통 모르겠습니다. 사실 실례든 아니든 상관없습니다. 저는 **피곤**합니다, 피터스 씨. **아주** 피곤합니다. 저는 어서 침대에 눕고 싶습니다.」 래티머는 일어나서 시트를 침대 위에 펴고 잠자리를 마련하기 시작했다. 「제가 디미트리오스에게 관심을 보이는 이유를 당신에게 말해 주지 못할 이유도 없는 것 같네요.」 래티머는 시트를 당겨 골고루 펼치며 계속 말했다. 「돈과는 관계없습니다. 저는 추리 소설을 써서 먹고 삽니다. 이스탄불에서, 저는 그곳 경찰과 관련 있는 하키 대령을 통해 보스포루스 해협에서 시체로 발견된 디미트리오스라는 범죄자 이야기를 들었습니다. 한편으로는 재미 삼아 ― 십자말풀이를 재미 삼아 하듯이요 ― 다른 한편으로는 저 스스로 탐정처럼 수사를 해보고 싶다는 열망에서, 그 남자의 과거를 추적하기 시작했습니다. 그게 전부입니다. 당신이 이해해 주리라고는 기대하지 않습니다. 당신은 지금 이 순간 제가 왜 좀 더 설득력 있는 이야기를 꾸며 내지 못할까 이상하게 생각하겠지요. 미안합니다. 진실이 맘에 들지 않더라도 참고 견디는 수밖에요.」

피터스 씨는 잠자코 듣고 있었다. 그는 창문 쪽으로 걸어가서 궐련을 밖으로 내던지고 침대 건너의 래티머를 바라보았다.

「추리 소설! 그거 흥미롭군요, 래티머 선생님. 저는 추리 소설을 아주 좋아합니다. 선생이 쓰신 책 제목을 몇 개 말씀해 주시겠습니까?」

래티머가 제목 몇 개를 말했다.

「그리고 출판사는요?」

「영국, 미국, 프랑스, 스웨덴, 노르웨이, 네덜란드, 헝가리, 어느 쪽을 원합니까?」

「헝가리 쪽을 부탁드립니다.」

래티머가 답을 했다.

피터스 씨는 천천히 고개를 끄덕였다. 「좋은 출판사군요.」 그는 결심한 듯했다. 「펜과 종이가 있나요, 래티머 선생님?」

래티머는 피곤한 듯이 책상 쪽으로 고개를 까닥였다. 피터스 씨는 책상으로 가서 의자에 앉았다. 침대를 정돈하고 바닥에 흩어진 소지품들을 주우며, 래티머는 호텔에 비치된 펜이 호텔 편지지 위로 사각거리는 소리를 들었다. 피터스 씨는 약속을 지키고 있었다.

마침내 피터스 씨는 편지를 다 썼다. 그가 일어나자 의자가 삐걱거렸다. 구두 골을 바꾸고 있던 래티머가 허리를 폈다. 피터스 씨의 얼굴에 다시 웃음이 돌아왔다. 그의 얼굴에서 선의가 땀처럼 흘러나왔다.

「래티머 선생님.」 피터스 씨가 말했다. 「여기 종이가 석 장 있습니다. 첫 장에는 아까 말한 그 남자의 이름이 적혀 있습니다. 그 사람 이름은 그로데크, 브와디스와프 그로데크입니다. 제네바 바로 외곽에 삽니다. 두 번째 장은 그 사람에게 보내는 편지입니다. 이 편지를 주면 그 사람은 선생님을 제 친구로서, 솔직히 말해도 될 만한 사람으로 맞이할 겁니다. 지금은 은퇴한 상태니까 말해도 상관없겠지요. 그 사람은 한때 유럽에서 가장 훌륭한 스파이였습니다. 그 누구도 육해군의 비밀 정보를 그 사람만큼 잘 알아내지 못했습니다. 더구나 정보들은 늘 정확했지요. 그 사람은 많은 정부와 거래했습니다. 본부는 브뤼셀에 있었지요. 작가에게 아주 흥미로운 인물일 거라고 생각합니다. 선생님께선 분명 그 사람을 좋아하실 겁니다. 그 사람은 동물을 아주 좋아하지요. *Au fond*(바탕이) 아름다운 사람입니다. 우연히도 그 친구가 바로 1926년에 디미트리오스를 고용한 사람입니다.」

「알겠습니다, 정말 고맙습니다. 세 번째 편지는 뭡니까?」

피터스 씨는 망설였다. 그의 웃음에 뻐기는 기운이 살짝 스며들었다. 「부자가 아니라고 하셨죠?」

「네, 저는 부자가 아닙니다.」

「50만 프랑, 영국 돈으로 2천5백 파운드가 있으면 유용하시겠지요?」

「당연하지요.」

「그렇다면 래티머 선생님, 만약 제네바에서 싫증이 나거든 선생님이, 뭐라고 표현하더라? 일석이조가 될 일을 해주셨으면 합니다.」 그는 래티머가 기록한 연표를 주머니에서 꺼냈다. 「선생님의 이 목록을 보니, 디미트리오스에 관해 1926년 빼고는 다른 시기에 대해 별로 아시는 게 없더군요.

디미트리오스에 관해 알려면 나머지 시기에 대해서도 알아야 합니다. 그 나머지 시기의 행적을 알아낼 수 있는 곳은 파리입니다. 그게 첫 번째입니다. 두 번째는 만약 선생님이 파리에 가시게 되면 저에게 연락해 주시고, 제가 이미 제안한 제휴, 즉 양쪽의 지식을 공유할 것을 고려해 주신다면 은행 계좌에 넣을 수 있는 돈, 영국 돈으로 적어도 2천5백 파운드가 며칠 안으로 선생님 손에 들어갈 거라고 확실하게 보장합니다. 프랑스 돈으로 50만 프랑입니다!」

「제가 원하는 건,」 래티머가 짜증을 내며 받아쳤다. 「당신이 좀 더 명확히 이야기해 주었으면 하는 겁니다. 왜 50만 프랑을 주겠다는 겁니까? 그 돈을 누가 주는 겁니까? 당신의 이야기는 너무나 모호합니다, 피터스 씨. 진실이라고 믿기에는 너무나 모호합니다.」

피터스 씨의 웃음이 더욱 확고해졌다. 그야말로 욕설을 들어도 화내지 않고, 격투장에서 꿋꿋한 자세로 사자들을 기다리는 기독교인의 화신이었다.

「래티머 선생님,」 피터스 씨가 나긋나긋하게 말했다. 「선생님이 저를 믿지 않으신다는 걸 압니다. 알고 있습니다. 그래서 그로데크의 주소와 소개장을 드린 겁니다. 저는 선생님께 제 선의의 확실한 증거를 드리고 싶었습니다. 제 말이 신뢰할 만하다는 것을 증명하고 싶었습니다. 그리고 제가 선생님을 믿는다는 것, 선생님이 저에게 말한 내용을 믿는다는 것을 보여 드리고 싶었습니다. 지금으로선 더는 말씀드릴 수가 없습니다. 하지만 만약 저를 믿으신다면, 파리에 오신다면, 여기 이 종이에 제 주소가 적혀 있으니 도착하시는 대로 *pneumatique*(기송관 속달 우편)[18]로 제게 연락해 주십시오. 찾아오지는 마시고요. 친구 주소니까요. *pneumatique*(기송관 속달 우편)로 선생님의 주소만 알려 주시면 제가 모든 걸 설명하겠습니다. 아주 간단합니다.」

래티머는 이제 피터스 씨를 내쫓을 때가 되었다고 결심했다.

「아무튼,」 래티머가 말했다. 「모든 게 아주 혼란스럽군요. 당신은 혼자 너무 앞서 나가고요. 저는 베오그라드로 가겠다고 확실히 정하지 않았습니다. 제네바에 갈 시간이 있는지도 확실하지 않습니다. 파리에 가는 건, 지금으로선 도저히 생각할 수 없는 일입니다. 저는 할 일이 산더미같이 쌓여 있는데다가……」

피터스 씨는 외투 단추를 끼웠다. 「물론 그러시겠죠.」이윽고 그의 목소리에 묘한 긴장감이 배었다. 「하지만 **혹시라도** 파리에 오실 짬이 생기면, 꼭 *pneumatique*(기송관 속달 우편)로 저에게 연락해 주십시오. 제가 많은 폐를 끼쳤으니, 꼭 현실적인 방법으로 보상해 드리고 싶습니다. 50만 프랑이면 생각해 볼 가치가 있지 않습니까? 그리고 반드시 그 돈을 드리겠습니다. 하지만 우선 우리는 서로를 믿어야만 합니다. 그게 가장 중요합니다.」피터스 씨는 낙심한 듯이 고개를 저었다. 「꽃이 태양을 향하듯, 사람들은 언제나 상대를 신뢰할

18 편지를 넣은 실린더 통을 튜브에 넣고 압축 공기로 쏘아서 보내는 우편 시스템.

방법을 찾고 그러길 바라지만, 정작 그러는 건 두려워합니다. 만약 우리가 서로 신뢰할 수 있다면, 우리 동료 피조물들에게서 오직 좋은 점, 멋진 점만 볼 수 있다면 얼마나 좋을까요! 우리가 **솔직**하고 활짝 **열려** 있다면, 위선과 거짓의 망토를 벗어던지고 상대를 대한다면 얼마나 좋을까요! 압니다, 래티머 선생님. 우리 모두는 위선자이자 거짓을 두르고 있습니다. 죄 없는 이는 없지요. 저 역시 다른 사람들과 마찬가지로 죄를 지었습니다. 그건 문제를 일으킬 뿐이며, 문제는 사업상 좋지 않습니다. 게다가 삶은 짧습니다. 우리는 위대한 존재께서 우리를 부를 때까지 짧은 시간만 여기 이곳에 있습니다.」 피터스 씨가 아주 요란하게 한숨을 내쉬었다. 「하지만 선생님은 작가이고 이 모든 것에 민감하시니, 저보다 훨씬 더 나은 표현을 하실 수 있겠지요.」 피터스 씨가 손을 내밀었다. 「편한 밤 되십시오, 래티머 선생님. 달리 작별 인사를 하지는 않겠습니다. 또 만나길 비니까요.」

래티머는 그 손을 잡았다. 손은 건조하고 아주 부드러웠다. 「편한 밤 되십시오.」

문에서 피터스 씨가 반쯤 돌아섰다. 「50만 프랑입니다, 래티머 선생님. 좋은 것을 잔뜩 살 수 있을 겁니다. 파리에서 다시 만날 수 있기를 바랍니다. 좋은 밤 되십시오.」

「저 역시 그러길 바랍니다. 편한 밤 되십시오.」

문은 닫혔고 피터스 씨는 갔지만, 극도로 긴장해 상상력이 훨훨 날개를 편 래티머에게는 피터스 씨의 웃음이 마치 체셔 고양이의 웃음처럼 공중에 떠도는 듯한 기분이 들었다. 래티머는 문에 몸을 기댄 채 바닥에 뒤집혀 있는 슈트케이스를 잠깐 바라보았다. 밖이 밝아지고 있었다. 그는 손목시계를 보았다. 5시. 방은 나중에 치워도 되니, 그는 옷을 벗고 침대로 들어갔다.

잠시 래티머는 침대에 누운 채 생각을 정리하고 마음을 가라앉힌 뒤 판단을 내리려고 했다. 하지만 머리가 마치 약에 취한 것 같았다. 머리에는 이미지들이 가득하고 신경에는 열정의 조각들이 아직까지 달라붙어 있는 상태로 영화관에서 어두운 거리로 나온 듯했다. 비록 도망친 악당 디미트리오스보다는 덜할지 몰라도, 피터스 씨 역시 정말 엄청난 혐오감을 불러일으키는 인간이었다. 하지만 그는 오직 디미트리오스를 남에게 전해 들어 알고 있을 뿐이었다.「환자를 아프게 해야 할 때 의사의 눈 같았어요.」그 말에는 공포의 세계가, 프레베자 부인 자신의 세계가 담겨 있었다. 피터스 씨의 속셈은 무엇일까? 그걸 알아야만 했다. 래티머는 아주 신중하게 생각해야만 했다. 생각할 것이 너무나 많았다. 너무나. 50만 프랑……

침대에 누운 지 5분도 안 되어, 래티머는 잠이 들었다.

제8장
그로데크

래티머는 잠에서 깼지만 15분 정도 그저 가만히 누워만 있다가 11시가 되어서야 눈을 떴다. 침대 옆 협탁에는 피터스 씨가 준 종이 석 장이 놓여 있었다. 생각을 가다듬어 결단을 내려야 한다는 사실을 상기시키는 불쾌한 물건이었다. 만일 그 석 장의 종이가 없고 아침 햇살 속에서 방이 넝마주이의 작업장처럼 보이지 않았더라면, 래티머는 그 방문자의 기억을 잠을 방해한 악몽의 일부로 돌리고 잊어버렸을 것이다. 래티머는 잊어버리고 싶었다. 하지만 50만 프랑을 주겠다는 말도 안 되는 소리를 하고, 협박을 하고, 알쏭달쏭한 힌트를 주면서 궁금증을 남긴 피터스 씨를 간단히 잊을 수는 없었다. 그자는⋯⋯.

래티머는 침대에서 일어나 앉아 석 장의 종이를 집어 들었다.

첫 번째 종이에는 피터스 씨가 말한 대로 제네바의 주소가 적혀 있었다.

브와디스와프 그로데크

빌라 아카시아스

샹베시

(제네바에서 7킬로미터)

휘갈겨 쓴 글씨체는 화려하고 읽기 어려웠다. 7이라는 숫
자에는 프랑스식으로 중간에 가로줄이 그어져 있었다.

래티머는 기대를 안고 편지를 보았다. 겨우 여섯 줄뿐이고
그가 알지 못하는 문자로 된 언어가 적혀 있었지만, 그는 폴
란드어일 거라고 결론 내렸다. 래티머가 알아볼 수 있는 한,
그 편지는 〈친애하는 그로데크〉라는 인사말 없이 시작했으
며, 알아볼 수 없는 머리글자로 끝났다. 두 번째 줄 중간쯤에
는 I가 아니라 Y처럼 보이는 글자가 들어간 래티머의 이름이
보였다. 그는 한숨을 쉬었다. 물론 번역 사무실에 가지고 가
서 번역을 부탁할 수도 있었지만, 피터스 씨는 그 점을 분명
염두에 두었을 것이고, 번역한다고 할지라도 편지에서는 래
티머가 몹시도 알고 싶어 하는 사항, 즉 피터스 씨가 누구이
며 어떤 사람인가에 관해서는 아무런 답도 얻지 못할 터였다.

래티머는 피터스 씨가 은퇴한 스파이와 친밀한 관계라는
사실이 중요한 단서일 거라고 생각했으나, 그 단서만으로는
뭔가 특별한 점을 유추할 수 없었다. 하지만 그자의 놀라운
행동과 합쳐 보면 의미하는 바가 확실히 있었다. 방을 뒤지
고, 권총으로 위협하고, 무슨 일인지 알려 주지도 않으면서
그 일을 하면 50만 프랑을 주겠노라 약속하고, 폴란드 스파

이에게 편지를 쓰는 자라면 의심을 살 만했다. 하지만 무엇에 관한 의심이란 말인가? 래티머는 두 사람이 나눈 대화에 대해 최대한 기억을 더듬어 보았지만, 기억을 더듬으면 더듬을수록 점점 더 자신에게 화가 나기 시작했다. 그는 정말로, 이루 말할 수 없이 멍청하게 행동했었다. 래티머는 (물론 권총과 그 소지자가 없는 현시점에는 그렇게 생각하기가 더 쉽긴 하지만) 그 소지자가 감히 쏘지 못했을 권총에 겁을 먹었다. 그리고 잡아서 경찰에 넘겼어야 할 자와 토론까지 하는 상황에 말려들고 말았다. 게다가 최악은, 그가 강력한 협상의 지위를 힘없이 포기했을 뿐 아니라, 폴란드어로 쓴 편지와 주소 두 개와 답 모를 의문만 잔뜩 남기고 피터스 씨가 떠나가도록 그냥 두었다는 점이다. 래티머는 그자가 어떻게 자기 방에 들어왔는지 물어볼 생각조차 하지 못했다. 끝내줬다. 그는 피터스 씨의 목을 쥐고 완력을 써서 어떻게 들어왔느냐고 설명을 요구했어야 했다. **완력**을 써서! 책상물림들은 이게 문제였다. 폭력이 필요할 땐 늘 모르는 척하다가 더는 폭력이 소용없어지고 나서야 정신을 차린다.

래티머는 두 번째 주소로 시선을 돌렸다.

파리 제7지구
8천사 골목 3번지
카예 씨 댁
피터스

그리고 그 주소 때문에 래티머의 생각은 출발점으로 돌아왔다. 피터스 씨는 대체 어떤 이유로 래티머에게 파리로 와 달라고 한 걸까? 그토록 큰돈의 가치가 있는 정보는 무엇이란 말인가? 그 돈을 누가 준다는 걸까?

래티머는 피터스 씨가 이번 만남에서 갑자기 전술을 바꾼 게 정확히 어떤 시점이었는지 기억을 더듬어 보았다. 시체 보관소에서 디미트리오스를 보았다고 말했을 때인 듯했다. 그러나 그 말 자체로 무슨 의미가 있을 리는 없었다. 그렇다면 디미트리오스가 숨겨 둔 〈재산〉에 관해서 한 말과 무슨 관련이…….

그는 손가락을 튕겼다. 그랬다! 이제야 깨닫다니 얼마나 어리석단 말인가! 래티머는 중요한 사실을 무시하고 있었다. 디미트리오스는 자연사한 것이 아니었다. **디미트리오스는 살해된 것이다.**

하키 대령이 살인범을 무슨 수로 잡겠느냐고 말해서, 그리고 자신이 과거의 일에 정신을 빼앗기고 있어서 래티머는 그 사실을 잊은 것이다. 아니, 잊지 않았다 할지라도 기껏해야 추악한 이야기의 당연한 결말 정도로 생각했던 것이다. 그로 인해 그는 두 가지 사실을 놓쳤다. 살인범은 아직도 붙잡히지 않았으며(또한 아마도 살아 있을 것이고), 그 살인에는 동기가 있으리라는 점이었다.

살인범과 동기. 동기는 금전적인 이득일 터였다. 무슨 돈일까? 당연히 파리에서 마약 밀매로 번 돈, 이상하게 자취를 감춘 그 돈이다. 이런 관점에서 문제를 다시 생각해 보니, 피

터스 씨가 말하는 50만 프랑도 그다지 터무니없는 말은 아닌
듯했다. 살인범에 대해서라면, 피터스 씨가 범인이라고 해서
안 될 이유가 없지 않은가? 피터스 씨가 살인을 저질렀다고
해도 전혀 이상하지 않았다. 그 사람이 기차에서 뭐라고 했
더라? 「만약 인간이 불쾌한 일을 해야만 한다는 것이 위대하
신 존재의 뜻이라면, 우리는 그분에게 그럴 만한 이유가 있
음을 믿어야합니다. 비록 그 이유가 우리에게 늘 뚜렷하게
다가오지 않더라도요.」 그건 살인 면허를 받았다는 말과 동
일했다. 그 말이 디미트리오스를 살해한 것에 대한 변명이라
면, 정말 이상하지 않은가! 그자의 부드러운 입술이 그 단어
들을 내뱉으며 방아쇠를 당기는 모습이 눈에 선했다.

　하지만 그 생각을 하자 미간이 절로 찌푸려졌다. 아무도
방아쇠를 당기지 않았다. 디미트리오스는 칼에 찔려 죽었다.
래티머는 마음속으로 범행 장면을 재구성하여 피터스 씨가
누군가를 찔러 죽이는 모습을 상상해 보았다. 하지만 상상
속의 그 장면은 옳지 않아 보였다. 피터스 씨가 칼을 휘둘러
사람을 찌르는 모습은 상상이 안 갔다. 그래서 래티머는 다
시 생각하기 시작했다. 피터스 씨가 살인했다고 의심할 만한
이유가 전혀 없었다. 그리고 설사 그럴 만한 이유가 있다고
할지라도, 피터스 씨가 돈 때문에 디미트리오스를 죽였다는
사실은 그 돈과 50만 프랑(그런 돈이 있다면)의 관계(그런
관계가 과연 있다면)를 설명하지 못했다. 그리고 어쨌든 래
티머가 가지고 있다는 그 정체불명의 정보란 무엇일까? 이
모든 것은 미지수가 많으나 그것을 푸는 4차 방정식이 하나

밖에 없는 대수 문제를 마주한 것과 마찬가지였다. 만약 그것을 풀어야 한다면…….

그런데 피터스 씨는 왜 래티머를 파리로 가게 하려고 그토록 안달이었을까? 소피아에서 둘의 정보(그게 뭐든 간에)를 공유하는 것이 훨씬 더 간단했을 텐데. 피터스, 이 망할 자식 같으니! 래티머는 침대에서 나와 욕조로 갔다. 살짝 녹이 섞인 뜨거운 물에 몸을 담그고 앉아, 그는 자신이 당면한 문제를 요약해 보았다.

두 가지 중에서 선택할 수 있었다.

아테네로 돌아가 새로운 책 집필에 들어가고, 디미트리오스, 마루카키스, 피터스 씨, 그로데크에 대해서는 잊어버린다. 혹은 제네바로 가서 그로데크(그런 인물이 있다면 말이지만)를 만나고, 피터스 씨의 제안에 대한 결정을 미룬다.

첫 번째 안이 현명한 행동임은 분명했다. 어쨌든 디미트리오스의 과거를 더듬는 일을 정당화하는 구실은 객관적인 탐정술 체험이었으니까. 그 체험이 집착이 되어서는 안 되었다. 래티머는 디미트리오스에 관한 몇 가지 흥미로운 사실을 발견했다. 그 정도면 자존심은 챙길 수 있었다. 그리고 이제 책을 써야 할 때였다. 그는 생계를 유지해야 했고, 디미트리오스나 피터스 씨 또는 다른 누구의 정보가 제아무리 많다 할지라도 6개월 뒤 간당간당한 예금 잔고를 채워 주진 못했다. 50만 프랑에 관해서라면, 도저히 진지하게 받아들일 수 없었다. 그렇다, 래티머는 즉시 아테네로 돌아가야 했다.

한편으로, 피터스 씨가 방해하지 않았더라면 래티머는 베오그라드로 가서 (가능하다면) 디미트리오스에 관해 더 많은 정보를 파내려던 참이었다. 래티머는 이 사실이 마음에 걸렸다. 어쨌든 간에 실제로 일어난 일을 정리해 보면, 피터스라는 정체불명의 남자가 래티머에게 유고슬라비아로 가는 대신 스위스로 가서 정보를 구해 보라고 말한 것이 전부였다. 피터스 씨가 그런 제의를 함으로써 새로운 문제가 더해지기는 했지만, 원래 문제는 이미 그 전부터 존재했다. 그리고 래티머는 디미트리오스와 피터스 씨 일을 잊는 게 가능하지 않을 듯했다. 정말 자존심은 세운 걸까? 절대 아니었다. 객관적인 탐정술 체험 어쩌고 한 것은 말도 안 되는 소리였고, 한번도 진심인 적조차 없었다. 래티머가 진짜로 알아낸 것이 무엇이란 말인가? 없었다. 디미트리오스에 대한 흥미는 집착이되었다. 〈집착〉은 추한 단어였다. 그 단어를 들으면 머릿속에 반짝거리지만 멍청한 눈빛들, 그리고 지구가 평평하다는 증거들이 떠올랐다. 그럼에도 래티머는 왠지 모르게 디미트리오스의 일에 완전히 매료되어 있었다. 예를 들어 그가 궁금해하는 일들에 대해 알려 줄지 모를 그로데크라는 남자가 존재한다는 사실을 알면서도 책을 쓸 수 있을까? 그리고 만약그 답이 〈아니요〉라면, 이대로 그냥 아테네로 돌아가는 게 오히려 시간을 낭비하는 것 아닐까? 물론 그랬다. 다시 한번 생각해 보자. 만약 래티머가 새 책을 몇 주 늦게 쓰기 시작한다면, 6개월 뒤 은행 잔고가 정말로 간당간당할까? 아닐 터였다.

래티머는 욕조에서 나와 몸의 물기를 닦기 시작했다.

피터스 씨 문제 역시 정리해야만 했다. 지금과 같은 상태

로 두고 추리 소설을 쓰기 위해 허둥지둥 떠나는 건 용납되
지 않았다. 래티머뿐 아니라 그 누구에게라도 그건 과한 요
구였다. 게다가 이건 **진짜** 살인 사건이었다. 시체와 단서와
용의자와 교수형 집행인 등 모든 게 제대로 갖춰져 정리된
소설 속의 살인 사건이 아니라, 경찰의 최고 책임자가 어깨
를 으쓱하고 손을 털어 버린 다음 저열한 피해자의 시체를
관 속에 넣어 버린 살인 사건이었다. 그랬다, 진짜 살인 사건
이었다. 현실 속 사건이었다. 디미트리오스는 실존 인물이었
다. 여기 있는 건 받침대에 세워 놓은 종이 인형들이 아니라,
프루동, 몽테스키외, 로자 룩셈부르크와 같이 진짜로 있는
남녀들이었다. 자신의 편의를 위해 창조한 도피의 세계, 환
상의 세계에서 잘살 수 있다면 그것도 괜찮았다. 하지만 현
실과 환상의 세계를 가르는 얇은 막은 이제 사라지고 없었다.
그는 자유롭고 살아 있었지만, 당혹스러움의 연속인 세계에
있었다.

래티머가 큰 소리로 중얼거렸다. 「괜찮아, 괜찮아! 난 제네
바로 가고 싶은 거군. 일을 하고 싶지 않은 거야. 나는 게으름
을 피우고 싶고, 호기심이 일었던 거야. 어쨌든 추리 소설 작
가는 탄도학, 약, 증거법, 경찰 수사 절차 같은 전문적 사항들
말고는 현실과 상관없어. 그러니 괜찮아! 이런 괴상한 일에
더는 휘말리지 말자.」

래티머는 면도를 하고 옷을 갈아입고 소지품을 챙겨 가방
에 넣은 뒤 아래층으로 가서 아테네행 열차 시간을 알아보았
다. 접수대의 직원이 열차 시간표를 가지고 와서 아테네 페

이지를 펼쳤다.

래티머는 잠깐 말없이 그 페이지를 보았다.

「만약,」이윽고 래티머가 천천히 말했다.「여기서 제네바로 가려면…….」

*

제네바에 도착해 이틀째 되는 날 저녁, 래티머는 샹베시의 소인이 찍힌 편지를 한 통 받았다. 브와디스와프 그로데크가 보낸 것으로, 피터스 씨의 소개장을 동봉한 래티머의 편지에 대한 답장이었다.

그로데크 씨는 프랑스어로 간결하게 썼다.

샹베시,
빌라 아카시아스.
금요일.

친애하는 래티머 씨에게,

내일 빌라 아카시아스로 오셔서 저와 함께 점심을 하셨으면 합니다. 오시지 못한다는 연락이 없으면 11시 30분에 제 운전기사를 선생님의 호텔로 보내겠습니다.

진심으로 경의를 표하며,
그로데크

운전기사는 정각에 도착해 인사를 하고 공손한 태도로 래티머를 초콜릿색 커다란 쿠페 드빌[19]로 안내하더니, 범죄 현장에서 도망치기라도 하듯이 무시무시한 속력으로 빗속을 운전해 갔다.

래티머는 별생각 없이 차 안을 살펴보았다. 상감 세공을 한 나무 패널이며 상아 부속을 비롯해 너무 편안하다 싶을 정도인 가죽 의자에 이르기까지 모든 것이 돈을, 그것도 엄청난 돈을 느끼게 했다. 만약 피터스 씨의 말을 믿는다면, 그 돈은 스파이 행위로 번 것이었다. 이치에 닿지는 않지만, 래티머는 차 구입비의 수상한 출처에 대한 증거가 차 안에 있지 않다는 게 이상하다는 생각이 들었다. 그로데크 씨는 어떻게 생겼을지 궁금했다. 뾰족한 하얀 턱수염을 기르고 있을 수도 있었다. 피터스는 그로데크 씨가 폴란드인이며, 대단한 동물 애호가이고, *au fond*(바탕은) 아름다운 심성을 가진 사람이라고 말했다. 그렇다면 외모는 추한 사람이라는 뜻일까? 동물 애호가라는 말에는 아무런 의미도 없었다. 동물을 굉장히 좋아하는 사람이 딱할 정도로 인류를 증오하는 경우도 때때로 있었다. 애국심이라곤 손톱만큼도 모르는 직업 스파이가 자신이 일하는 세계를 증오할까? 어리석은 질문이었다.

한동안 차는 호수 북쪽 길을 따라가다 프레니에서 왼쪽으로 꺾어 긴 언덕길을 오르기 시작했다. 1킬로미터 정도 간 뒤, 차는 솔숲의 좁은 길로 들어섰다. 차가 철문 앞에 멈추더니 운전기사가 차에서 내려 철문을 열었다. 차는 가파른 차도를

19 운전석에는 지붕이 없고 승객석은 지붕이 있는 형태의 자동차.

좀 더 따라가다 중간쯤에서 한 번 직각으로 꺾어지며 다시 나아가더니, 마침내 커다랗고 추한 산장 앞에서 멈추었다.

집 앞의 나무들은 모두 깨끗이 베어 낸 상태였고, 내리던 눈은 비가 되어 안개처럼 흘렀으며, 비 사이로 아래쪽 비탈에 하얀 목제 첨탑 교회가 있는 작은 마을이 보였다. 그 마을 너머 아래로는 호수가 있었다. 궂은 날씨 탓에 호수는 회색으로, 죽은 듯이 보였다. 증기선 한 척이 제네바를 향해 가고 있었다. 여름에 그 호수를 본 적 있는 래티머의 눈에는 이 장면이 참으로 황량해 보였다. 마치 관람석에는 먼지막이 천을 씌워 놓고 커튼은 올라가 있고 가스등 하나에서 나오는 창백한 불빛이 전부인, 마법을 잃어버린 극장처럼 독특하게 황량해 보였다.

운전기사가 차 문을 열어 주어, 래티머는 차에서 내려 집의 현관을 향해 걸어갔다. 문 앞에 도착하자 가정부인 듯한 뚱뚱하고 명랑해 보이는 여자가 문을 열어 주었다. 그는 안으로 들어갔다.

래티머가 들어선 곳은 폭이 2미터도 안 되는 작은 로비였다. 한쪽 벽에는 코트 걸이가 한 줄로 박혀 있었고, 남자와 여자의 모자와 외투들, 등산용 로프와 스키폴 하나가 대충 걸려 있었다. 반대쪽 벽에는 잘 손질된 스키판 세 쌍이 걸려 있었다.

가정부가 래티머의 외투와 모자를 받아 들자, 래티머는 로비를 지나 커다란 방으로 들어갔다.

집은 다소 여관 같은 생김새였다. 방의 두 면을 따라 회랑이 있고, 회랑으로 올라가는 계단이 있으며, 굴뚝갓이 씌워진 거대한 벽난로도 있었다. 벽난로에서는 장작불이 이글거렸고, 소나무로 된 마루에는 두툼한 깔개가 깔려 있었다. 아주 따뜻하고 깨끗했다.

가정부는 웃음을 지으며 그로데크 씨가 곧 내려올 거라고 확인해 준 뒤 물러갔다. 벽난로 앞에 안락의자가 여러 개 있어, 래티머는 그쪽으로 걸어갔다. 그때 뭔가 재빨리 부스럭거리는 소리가 나더니, 샴고양이 한 마리가 가장 가까운 의자 등받이로 뛰어올라 적의에 찬 파란 눈으로 그를 노려보았다. 또 한 마리가 그 고양이 옆에 나타났다. 래티머가 다가가자 두 마리는 등을 동그랗게 구부려 올렸다. 래티머는 고양이가 있는 의자를 크게 빙 돌아서 벽난로로 갔다. 고양이들은 눈을 가늘게 뜨고 래티머를 살폈다. 벽난로에서는 장작들이 끊임없이 타닥거렸다. 한순간 정적이 흘렀고, 그때 그로데크 씨가 계단을 내려왔다.

제일 먼저 래티머의 주의를 끈 것은 갑자기 고양이들이 머리를 쳐들고 그의 어깨 너머 어딘가를 보더니, 마침내 가볍게 바닥으로 뛰어내린 점이었다. 래티머는 주위를 둘러보았다. 그 남자는 이미 계단을 다 내려와 있었다. 남자는 방향을 바꾸어 손을 내밀고 사과의 말을 하며 래티머 쪽으로 걸어왔다.

그 남자는 키가 크고 어깨가 딱 벌어진 60대로, 성긴 머리는 백발이지만 아직 원래의 밀짚 색깔이 살짝 남아 있었고, 예전의 머리색은 깔끔하게 면도한 하얀 피부와 청회색 눈과 아주 잘 어울렸을 듯했다. 얼굴은 역삼각형으로, 이마는 넓지만 아래로 내려가면서 얼굴 폭이 좁아지고, 꽉 다문 작은 입술을 지나 턱은 거의 목에 꽂힌 듯했다. 사람들은 그를 뛰어난 지성을 갖춘 영국인이나 네덜란드인으로, 은퇴한 자문 기사로 볼 듯했다. 슬리퍼에 두툼하고 헐렁한 트위드, 그리고 힘차고 단호한 걸음걸이로 인해, 그는 나무랄 데 없이 훌륭한 경력으로 얻은 결실을 즐기는 이처럼 보였다.

그 남자가 말했다. 「실례했습니다, 선생님. 자동차가 도착하는 소리를 듣지 못했습니다.」

그의 프랑스어는 묘한 악센트가 섞여 있긴 했지만 아주 유창했다. 래티머는 그 점에 왠지 위화감을 느꼈다. 그의 작은 입은 영어가 더 어울릴 듯했다.

「친절하게 맞아 주셔서 정말 고맙습니다, 그로데크 선생님. 피터스 씨가 편지에 뭐라고 썼는지 모르겠습니다, 왜냐하면…….」

「왜냐하면,」 키 큰 남자가 말을 가로채더니 명랑하게 말했다. 「현명하게도 선생님께서는 폴란드어를 배우는 수고를 들이지 않으셨기 때문이지요. 동감입니다. 아주 끔찍한 언어지요. 여기 안톤과 시몬하고는 인사를 나누셨나 보네요.」 그로데크는 고양이들을 가리켰다. 「이 고양이들은 제가 샴어를 못해서 불만일 게 분명합니다. 선생님은 고양이를 좋아하십니까? 안톤과 시몬은 비판적인 지성을 갖추고 있습니다. 확실합니다. 이 둘은 평범한 고양이들과 다릅니다. 그렇지, *mes enfants*(나의 아이들아)?」 그로데크는 한 마리를 잡아 들고 래티머에게 보여 주었다. 「*Ah, Simone cherie, comme tu es mignonne! Comme tu es bête*(아, 귀여운 시몬, 어쩜 이렇게 예쁘니! 이런 장난꾸러기)!」그는 손을 벌려 고양이를 손바닥 위에 세웠다. 「*Allez vite! Va promener avec ton vrai amant, ton cher Anton*(어서 가! 너의 진정한 사랑, 네가 사랑하는 안톤과 산책하렴)!」고양이는 마루로 뛰어내려 화난 듯한 모습으로 걸어갔다. 그로데크는 가볍게 두 손을 털었다. 「아름답지요, 그렇지 않습니까? 그리고 아주 인간적이지요. 고양이들은 날씨가 궂으면 기분이 나빠집니다. 선생님께서 도착하셨을 때 날씨가 좋기를 무척이나 바랐습니다. 태양이 빛날 때 이곳에서 보는 경치는 아주 아름답습니다.」

래티머는 오는 길에 경치를 보며 자신도 그렇게 생각했다고 대답했다. 래티머는 어리둥절했다. 이 집 주인의 모습과 자신을 맞이하는 태도가 예상과 너무나 달랐기 때문이다. 그로데크는 은퇴한 자문 기사로 보일지도 모르지만, 막상 그렇게 표현하려 하면 그 생각이 틀렸다고 느껴지게 만드는 독특한 분위기를 띠고 있었다. 그의 외모와 빠르고 깔끔한 태도, 그리고 부지런히 얘기하는 작은 입술이 아주 대조적이어서 나타나는 분위기였다. 그가 연인 역할을 하는 모습을 쉽게 상상할 수 있었다. 래티머는 60대 남자 중에 그런 사람은 극히 드물 것이며 예순 살 이하 남자 가운데서도 그런 사람은 좀처럼 없을 거라고 생각했다. 래티머는 현관 로비 벽에 걸린 물건 주인은 어떤 여자일까 생각했다. 「여름에는 이곳에서 지내기가 좋겠군요.」

그로데크는 고개를 끄덕였다. 그는 벽난로 옆의 붙박이장을 연 상태였다. 「네, 지내기 좋지요. 무엇으로 드릴까요? 영국 위스키를 드릴까요?」

「고맙습니다.」

「잘됐군요. 저도 식전주로는 위스키를 좋아합니다.」

그는 텀블러 두 개에 위스키를 따랐다. 「여름에 저는 야외에서 일합니다. 건강에는 아주 좋지만, 일에는 좋지 않지요. 선생님은 야외에서 일하실 수 있나요?」

「아니요, 안 됩니다. 파리들이······.」

「제 말이요! 파리가 극성을 부리지요. 저는 책을 쓰고 있습니다.」

「그렇군요. 회고록인가요?」

그로데크는 소다수 병에서 마개를 빼다가 고개를 들었다. 래티머는 고개를 내젓는 상대의 눈에서 즐거운 기색을 얼핏 보았다. 「아닙니다, 선생님. 성 프란체스코의 삶에 관한 것입니다. 하지만 완성하기 전에 제가 먼저 죽을 게 분명합니다.」

「조사할 내용이 아주 많겠지요.」

「네, 그렇습니다.」 그로데크는 래티머에게 술을 건넸다. 「제가 성 프란체스코를 택한 건, 이미 그분에 관해 많은 책이 나왔기 때문에 직접 돌아다니며 자료를 조사할 필요가 없다는 장점이 있어서입니다. 제가 처음부터 발굴하고 자시고 할일이 아예 없지요. 따라서 이 일의 목적은, 이곳에서 거의 아무것도 하지 않고 살면서도 양심의 가책을 느끼지 않는 데 있지요. 지루함이 느껴지거나 정신적 불안이 찾아오면 곧바로 성 프란체스코에 관한 자료들을 뒤지며 1천 단어 정도 씁니다. 그리고 제가 하는 일에 뿌듯함을 느끼면 글쓰기를 멈추지요. 사바티에르의 저작에서 엄청나게 인용한다고 말하는 편이 낫겠군요. 그 작가의 책들은 제 주제를 가장 장황하게 다루기 때문에 제 책의 빈 페이지들을 채우기에 아주 좋지요. 재미로는, 독일 월간지들을 읽습니다.」 그로데크가 잔을 들어 올렸다. 「*A votre santé*(건배).」

「*A la vôtre*(건배).」 래티머는 자신을 맞이한 이가 그냥 잘난 척하는 멍청이가 아닐까 생각하기 시작했다. 그는 위스키를 조금 마시고 나서 말했다. 「혹시 소피아에서 피터스 씨에게 받아 전해 드린 편지에 제가 선생님을 만나려는 이유가 적혀 있던가요?」

「아니요, 선생님. 없었습니다. 하지만 어제 그 친구가 보낸 편지를 받았는데, 그 편지에는 이유가 적혀 있더군요.」 그로데크는 유리잔을 놓고 곁눈으로 래티머를 보며 덧붙여 말했다. 「아주 흥미로운 이유더군요.」 그러고 나서 다시 덧붙였다. 「피터스를 오랫동안 아셨습니까?」

그 이름을 말하는 데 망설임이 보였다. 래티머는 상대의 입술 모양에서 다른 이름을 말하려던 거라고 추측했다.

「한두 번 만난 것뿐입니다. 한 번은 기차에서고, 한 번은 제 호텔 방에서지요. 선생님은 어떻습니까? 그 사람을 아주 잘 아시겠죠.」

그로데크가 눈썹을 치켰다. 「어째서 그토록 확신하시나요, 선생님?」

래티머는 마음이 불편해 괜히 웃음을 지었다. 그는 자신이 방금 뭔가 경솔한 행동을 했다고 느끼고 있었다. 「만약 친한 사이가 아니라면 선생님에게 보내는 소개장을 써주거나 누군가의 중요한 비밀 정보를 저에게 말해 주도록 부탁하지 않았을 테니까요.」 래티머는 자신이 한 말이 마음에 들었다.

그로데크는 생각에 잠긴 표정으로 래티머를 바라보았고, 래티머는 상대를 은퇴한 자문 기사와 닮았다고 생각한 자신이 얼마나 멍청했는지 깨달았다. 무슨 까닭에서인지, 래티머는 자신의 손에 피터스 씨의 루거가 있으면 좋겠다는 생각이 퍼뜩 들었다. 상대의 태도에 위협이 담긴 건 아니었다. 단지…….

「선생님,」 그로데크가 말했다. 「제가 이런 실례되는 질문을 하면 어떻게 생각하실지 모르겠지만, 선생님이 저를 찾아오신 이유가 오로지 인간의 약점에 관해 작가로서 흥미를 느끼기 때문인지, 그 점에 관해 솔직히 답해 주셨으면 합니다.」

래티머는 갑자기 얼굴이 벌게지는 것을 느꼈다. 「맹세하건대…….」 그가 입을 열었다.

「물론 그렇게 말씀하시겠지요.」 그로데크가 부드럽게 말을 막았다. 「이런 말 해서 죄송하지만, 선생님의 맹세가 무슨 가치가 있습니까?」

「선생님이 제게 주는 정보는 모두 비밀에 부치겠다고 약속드리는 게 제가 할 수 있는 전부입니다.」 래티머가 뻣뻣하게 받아쳤다.

상대방이 한숨을 쉬었다. 「아무래도 제가 말을 명확하게 하지 않은 듯하군요.」 그로데크가 신중하게 말했다. 「정보 그

자체는 아무것도 아닙니다. 1926년 베오그라드에서 일어난 일은 이제 아무런 중요성도 없습니다. 제가 생각하는 것은 저 자신의 처지입니다. 솔직히 말해, 우리 친구인 피터스가 선생님을 저에게 보낸 것은 좀 분별없는 행동이었습니다. 피터스도 그 사실을 인정합니다. 하지만 저의 너그러운 이해를 기대하며, 자신에게 호의를 베푸는 셈치고 ― 피터스는 제가 자신에게 가벼운 빚이 있다는 사실을 상기시키며 ― 디미트리오스 탈라트에 관한 정보를 선생님에게 말해 드리라고 부탁했지요. 피터스는 선생님이 작가이며, 선생님이 보이는 흥미는 단순히 작가로서의 그것일 뿐이라더군요. 그건 아무래도 좋습니다! 하지만 제가 도무지 이해할 수 없는 점이 하나 있습니다.」 그로데크는 말을 멈추고 잔을 들어 술을 다 마셨다. 「인간의 행위를 공부하는 학생으로서,」 그로데크가 말을 계속했다. 「선생님께서는 아마 대부분의 인간의 행동 이면에 다른 모든 자극 요인을 능가하는 자극 요인이 하나 있다는 사실을 아실 겁니다. 어떤 이에게는 허영, 어떤 이에게는 만족감, 또 어떤 이에게는 금전에 대한 욕망, 그런 식이지요. 에, 피터스는 금전이라는 자극 요인이 아주 발달한 사람입니다. 그 사람에 관해 나쁜 말을 하자는 게 아니라, 그 사람은 구두쇠처럼 돈 그 자체를 사랑하는 면이 있다는 겁니다. 제 말을 오해하지 마십시오. 저는 그 사람이 단순히 돈 때문에 행동한다고 말하는 게 아닙니다. 제가 말하려는 건 피터스에 관한 제 지식으로 판단해 볼 때, 단순히 영국의 추리 소설에 도움을 주겠다는 목적만으로 선생님을 제게 보내며 그런 편지를 쓰는 수고를 했으리라고는 생각할 수 없다는 겁니다. 무슨 말인지 아시겠습니까? 저는 좀 의심이 갑니다, 선생님. 저는 아직도 바깥세상에 적이 있습니다. 그러니 선생님과 우리의 친구인 피터스가 어떤 관계인지 알려 주셨으면 합니다. 그렇게 해주시겠습니까?」

「기꺼이 그러고 싶습니다. 하지만 유감스럽게도 그럴 수가 없습니다. 아주 단순한 이유 때문입니다. 어떤 사이인지 저도 모르기 때문이지요.」

그로데크의 눈빛이 매서워졌다. 「저는 농담을 한 게 아닙니다, 선생님.」

「저 역시 마찬가지입니다. 저는 디미트리오스라는 자의 과거를 조사하고 있었습니다. 그러는 도중에 피터스 씨를 만났습니다. 제가 알 수 없는 무슨 이유에서인가, 피터스 씨 역시 디미트리오스에게 관심이 있었지요. 피터스 씨는 아테네의 구제 위원회 기록 보관소에서 제가 이것저것 묻는 것을 엿들었습니다. 그리고 저를 쫓아 소피아에 왔고, 그곳에서 제게 접근했습니다. 권총을 들이대면서요. 그리고 몇 주일 전에, 즉 제가 이름을 듣기도 전에 이미 피살된 그 남자에게 관심을 가진 이유를 설명하라고 하더군요. 그리고 설명을 듣고 나더니 저에게 제안을 했습니다. 저보고 파리에 와서 자신을 만나라고, 거기서 자신이 생각하는 모종의 일에 협력하면 각자 50만 프랑의 이득을 볼 수 있을 거라고 말했습니다. 제가 가진 정보는 그 자체만으론 가치가 없지만, 자신이 가진 정보와 합치면 굉장한 가치를 갖게 된다고 하더군요. 저는 그 말을 믿을 수 없어 피터스 씨가 계획하는 일에 관계하기를 거부했습니다. 그러자 피터스 씨는 제 마음을 끌기 위해 그리고 선의의 증거로서 선생님에게 보내는 소개장을 써준 것입니다. 저는 피터스 씨에게, 디미트리오스에 관한 제 관심은 단지 작가로서의 관심에 지나지 않으며, 가능하면 정보를 더 입수하기 위해 베오그라드로 갈 예정이라고 했습니다. 그러자 피터스 씨가 그 정보를 제공할 수 있는 사람은 선생님밖에 없다고 하더군요.」

그로데크가 눈썹을 치켰다. 「너무 꼬치꼬치 캐묻는다는 느낌을 드리고 싶지는 않지만, 디미트리오스 탈라트가 1926년 베오그라드에 있던 걸 선생님은 어떻게 아셨습니까?」

「이스탄불에서 친해진 어떤 터키인 관리에게서 들었습니다. 그 사람이 디미트리오스의 과거를 말해 주었지요. 과거라고 해봤자 이스탄불에서 했던 일에 국한된 것뿐입니다만.」

「그렇군요. 그러면 선생님이 가지고 계시다는 그 가치 있는 정보는 어떤 것입니까?」

「저도 모릅니다.」

그로데크가 인상을 썼다. 「그러시면 안 됩니다, 선생님. 선생님은 저에게 믿어 달라고 하셨지요? 그렇다면 선생님도 저를 믿으셔야만 합니다.」

「저는 진실을 말하는 겁니다. 저도 모릅니다. 저는 피터스 씨에게 솔직히 말했습니다. 그랬더니 대화 중 어느 시점에서 피터스 씨가 흥분하기 시작했습니다.」

「어느 시점입니까?」

「디미트리오스가 죽었을 때 돈은 한 푼도 가지고 있지 않았다는 사실을 제가 어떻게 알게 되었는지 설명할 때였다고 생각합니다. 그 뒤 피터스 씨는 백만 프랑에 관한 이야기를 꺼냈습니다.」

「그러면 선생님은 그 사실을 **어떻게** 아셨습니까?」

「제가 시체를 보았을 때 그자의 소지품이 모두 시체 안치대에 놓여 있었기 때문입니다. 그자의 외투 안감에서 떼어 내 프랑스 당국으로 보낸 *carte d'identité*(신분증)를 제외하고 전부요. 돈은 없었습니다, 한 푼도.」

몇 초 정도 그로데크는 래티머를 응시했다. 이윽고 그는 술병들이 보관된 붙박이장으로 갔다. 「한 잔 더 하시겠습니까, 선생님?」

그로데크는 말없이 술을 따라 래티머에게 건넸고, 엄숙하게 자기 잔을 들어 올렸다. 「건배를 하지요, 선생님. 영국의 추리 소설을 위해!」

흥미를 느끼며 래티머는 잔을 입으로 가져갔다. 그로데크는 이미 잔을 입에 대고 있었다. 하지만 갑자기 목이 막힌 그로데크는 주머니에서 손수건을 꺼내며 잔을 내려놓았다. 래티머는 그가 소리 내어 웃는 것을 보고 깜짝 놀랐다.

「죄송합니다, 선생님.」 그로데크가 숨을 헐떡이며 말했다. 「갑자기 떠오르는 게 있어서 웃었습니다.」 그는 한순간 망설였다. 「제 친구 피터스가 권총을 들고 선생님을 상대했다는 일 말입니다. 피터스는 무기를 굉장히 무서워하거든요.」

「그렇다면 두려움을 아주 잘 갈무리한 듯하군요.」 래티머는 살짝 초조해하며 말했다. 왠지 자신이 알아차리지 못한 농담이 더 있었다는 느낌을 받았던 것이다.

「영리한 사람이지요, 피터스는.」그로데크가 킥킥거리더니 래티머의 어깨를 툭툭 쳤다. 갑자기 기분이 좋아진 듯했다.「부디 언짢게 생각하지 마십시오. 자, 이제 점심 식사를 하지요. 음식이 마음에 드셨으면 합니다. 시장하십니까? 그레타는 요리를 아주 잘한답니다. 그리고 저희 집 포도주는 스위스와 아무 관계가 없습니다. 식사가 끝나면 디미트리오스에 관한 일, 그 사람 때문에 제가 한 고생, 그리고 베오그라드와 1926년 당시의 일을 말씀드리겠습니다. 그러면 되겠지요?」

「친절하게 대해 주셔서 정말 고맙습니다.」

래티머는 그로데크가 다시 웃을 거라고 생각했지만, 그 폴란드인은 마음을 바꾼 듯했다. 그는 오히려 아주 진지한 표정을 지었다.「천만에요, 선생님. 피터스는 저와 아주 친한 친구입니다. 게다가 저는 개인적으로 선생님이 좋아졌습니다. 그리고 이곳에는 손님이 오는 경우가 거의 없지요.」그는 망설였다.「친구로서 충고 한마디 해도 될까요, 선생님?」

「말씀하십시오.」

「그러면 말씀드리겠습니다. 만약 제가 선생님 입장이라면, 저는 우리의 친구인 피터스의 말을 받아들여 파리로 가겠습니다.」

래티머는 당황했다.「저는 아직 어찌해야 할지……」래티머가 천천히 말했다.

하지만 그때 가정부인 그레타가 방으로 들어왔다.

「점심시간이군요!」그로데크가 흡족한 목소리로 말했다.

이후 래티머는 〈충고 한마디〉의 의미를 그로데크에게 물을 기회가 있었지만, 질문하는 것을 잊어버렸다. 그즈음에는 그 밖에도 생각할 일이 많았기 때문이다.

제9장
베오그라드, 1926년

인간은 자신의 상상력을 불신하는 법을 익혔다. 그러므로 경험해 본 적 없이 상상 속에서만 알던 세계가 현실에 존재하는 것을 발견하면 매우 이질감을 느낀다. 그런 면에서, 래티머는 브와디스와프 그로데크의 이야기에 귀를 기울이며 빌라 아카시아스에서 보낸 그날 오후의 일을 떠올릴 때마다 자기 인생에서 가장 낯선 경험이었다고 생각했다. 래티머는 그날 저녁, 아직 기억이 생생할 때 쓰기 시작해 이튿날 일요일에 완성한 편지에 모든 것을 기록했다(그리스인 마루카키스에게 보내는 것으로, 프랑스어로 적었다).

제네바.
토요일.

친애하는 마루카키스에게,
디미트리오스에 관해 뭔가 새로운 사실을 발견하면 편지로 알려 주겠노라고 약속했죠. 제가 그 약속을 지키게 된 데 대해 당신도 저와 마찬가지로 놀라지 않을까 합니다. 제 말은, 새로운 사실을 발견했다는 뜻입니다. 그렇지 않더라도 소피아에서 당신에게 받은 도움에 감사하다는 말을 다시 하기 위해 편지를 쓸 생각이었습니다.

기억하시겠지만, 소피아에서 당신과 헤어졌을 때 저는 베오그라드로 갈 예정이었지요. 그런데 왜 제네바에서 편지를 쓰고 있는 걸까요?

아무래도 당신이 그렇게 질문할 것만 같군요.

저도 그 답을 알고 싶습니다. 일부는 압니다. 1926년 베오그라드에서 디미트리오스를 고용한 스파이가 제네바 바로 외곽에 삽니다. 저는 오늘 그 사람을 만나 디미트리오스에 관한 이야기를 나누었습니다. 그 사람과 어떻게 줄이 닿았는지도 설명할 수 있습니다. 소개를 받았지요. 하지만 소개자가 왜 저에게 그 사람을 소개해 주었는지, 우리 둘을 만나게 해서 뭘 얻으려 했는지는 도무지 모르겠습니다. 바라건대, 결국은 알게 되겠지요. 그때까지는 이 수수께끼 같은 상황에 짜증이 나시겠지만, 그 점은 저 역시 마찬가지입니다. 그럼 디미트리오스에 관해 이야기하겠습니다.

당신은 〈마스터〉 스파이의 존재를 믿은 적이 있습니까? 저는 오늘 이전까지 전혀 믿지 않았습니다. 하지만 이제는 믿습니다. 왜냐하면 오늘 하루 대부분을 그 마스터 스파이 가운데 한 명과 이야기하며 보냈기 때문입니다. 그 사람 이름을 여기에 적을 수는 없기에, 스파이 소설에서 하듯이 G라고 부르겠습니다.

G는 〈마스터〉 스파이였습니다(지금은 은퇴했습니다). 제 책을 내는 출판사가 이용하는 인쇄기가 〈마스터〉 인쇄기인 것과 같은 맥락에서의 마스터 스파이였지요. G는 스파이들의 고용주였습니다. G가 하는 일은 주로(전부는 아니지만) 관리 경영의 성격을 띤 일이었습니다.

스파이나 첩보 활동에 관해 여러 가지 터무니없는 말이 돌고 인쇄되었다는 것은 저도 알지만, 여기서는 G가 저에게 말한 것과 똑같은 형태로 그 문제를 취급해 보려고 합니다.

G는 전쟁에서 성공적인 전략의 기본 요소는 적의 허를 찌르는 데 있다는 나폴레옹의 말을 인용하며 설명을 시작했습니다.

제 생각에 G는 나폴레옹 인용에 인이 박인 사람인 듯합니다. 나폴레옹이 그 말 또는 그 비슷한 말을 한 데는 의심의 여지가 없습니다. 하지만 나폴레옹이 그 말을 한 최초의 군사 지도자가 아니라는 점은 확실합니다. 알렉산드로스, 카이사르, 칭기즈 칸, 프로이센의 프리드리히 모두 같은 생각을 가지고 있었죠. 1918년에는 포슈 역시 같은 생각을 했습니다. 하지만 G의 이야기로 돌아가지요.

G에 의하면, 〈1914년에서 1918년에 걸친 분쟁의 경험〉은 미래의 전쟁(이렇게 말하니까 아주 먼 미래처럼 들리는군요. 그렇지 않습니까?)에서 현대적인 육해군의 기동력과 파괴력, 그리고 공군의 존재 때문에 기습이란 요소가 그 어느 때보다 훨씬 중요해질 거란 사실을 보여 주었답니다. 사실 너무나 중요해서, 먼저 기습한 나라가 전쟁에서 이길 가능성이 크다고

말할 수 있을 정도라는 거지요. 따라서 기습에 대비하는 일, 나아가 전쟁이 일어나기 **전** 기습에 대비하는 일이 전에 없이 중요해졌습니다.

현재 유럽에는 대충 27개의 독립 국가가 있습니다. 모든 나라가 육군과 공군을 보유하고 있고, 대부분의 나라가 어떤 형태로든 해군을 유지하고 있습니다. 자기 나라의 안전 보장을 위해 각국의 육군과 공군 또는 해군은 다른 26개국의 육해공군이 무엇을 하는지, 그 병력과 능력이 어떻게 되는지, 그리고 비밀리에 무엇을 준비하는지 알아야만 합니다. 그러므로 스파이가, 그것도 아주 많은 스파이가 필요하지요.

1926년에 G는 이탈리아에 고용되었고, 그해 봄 베오그라드에 자리 잡았습니다.

당시 유고슬라비아와 이탈리아는 긴장 관계에 있었습니다. 유고슬라비아인에게 이탈리아의 피우메 점령은 코르푸의 폭격과 마찬가지로 아직도 기억에 생생하며, 무솔리니가 알바니아 점령을 계획 중이라는 소문(그해 끝 무렵에 알게 되지만[20] 근거 없는 소문은 아니었지요)도 있었습니다.

한편 이탈리아는 유고슬라비아에 의심을 품고 있었습니다. 피우메는 유고슬라비아의 대포에 둘러싸였고, 오트란토 해협 한쪽을 따라 있는 알바니아가 유고슬라비아의 세력권으로 들어간다는 것은 도저히 용납할 수 없는 일이었지요. 독립국으로서의 알바니아는 그곳이 이탈리아의 강력한 영향력 아래

---

20 무솔리니 치하의 이탈리아는 1926년 11월 알바니아와 상호 조약을 맺어, 알바니아에 정치적 영향력을 크게 발휘할 수 있게 되었다.

있는 경우에만 허용할 수 있었습니다. 그 같은 정세 확립을 도모하는 것이 바람직한 일일 수도 있지만, 그럴 경우 유고슬라비아가 전쟁을 시작할 가능성이 있었습니다. 베오그라드에 있는 이탈리아 스파이의 보고에 따르면, 유고슬라비아는 전쟁이 일어나면 오트란토 해협 바로 북쪽에 기뢰들을 설치하고 스스로 아드리아해 안쪽에 갇힘으로써 연안을 지킬 계획이었습니다.

저는 이런 일에 관해 아는 바가 별로 없지만, 폭 320킬로미터의 해협을 항해할 수 없도록 320킬로미터 전체에 기뢰를 설치할 필요는 없는 모양입니다. 그저 작은 지뢰밭을 한두 개 만들어 놓고 적이 그 위치를 모르게만 하면 된답니다. 그렇게 되면 적으로서는 지뢰밭의 위치를 알 필요가 생기지요.

그것이 바로 G가 그 무렵 베오그라드에서 알아내야 할 정보였습니다. 이탈리아의 스파이가 기뢰 부설 지역이 있다는 정보를 알아냈습니다. 노련한 스파이 G는 그 지뢰밭의 위치를 알아내는 실질적인 임무를 맡았지요. 그리고 (이 점이 가장 중요한데) 알아냈다는 사실을 유고슬라비아에 들키지 않아야만 했습니다. 들키면 유고슬라비아는 곧바로 기뢰 위치를 바꿀 테니까요.

G는 마지막 단계에서 실패했습니다. 그 실패 원인이 디미트리오스였습니다.

저는 스파이가 아주 어려운 직업이라고 늘 생각해 왔습니다. 제가 말하고 싶은 점은 이런 겁니다. 가령 제가 영국 정부에 의해 오트란토 해협의 기뢰 시설에 관한 상세한 비밀 계획을 입수하라는 임무를 띠고 베오그라드에 파견된다 하더라도, 저는 어디에서부터 손대야 할지조차 모릅니다. G가 알고 있었던 것처럼, 저도 그 상세한 계획이 해협의 해도에 표시되어 있다는 사실을 안다고 가정해 보지요. 좋습니다. 하지만 그 해도 사본이 몇 장 보관되어 있을까요? 모릅니다. 어디에 보관되어 있을까요? 모릅니다. 적어도 한 장은 해군 본부에 보관되어 있으리라는 합리적인 가정을 할 수는 있겠지요. 하지만 해군 본부는 큰 곳입니다. 그리고 그 해도를 보관한 곳은 잠겨 있겠죠. (그리고 비록 그럴 가능성은 없어 보이지만) 설사 그 해도가 어느 방에 있으며, 어떻게 하면 입수할 수 있는지 방법을 알아냈다 하더라도, 유고슬라비아 사람들에게 들키지 않고 그 사본을 입수하려면 대체 어떻게 해야 할까요?

그런데 G는 베오그라드에 도착하고 한 달도 안 되어 해도 보관 장소를 알아냈을 뿐 아니라 **유고슬라비아 당국에 들키지 않고** 그것을 베껴 낼 방법까지 알아냈으니, 이 정도면 G가 유능하다고 자처할 만한 자격이 있다고 당신도 인정하실 겁니다.

G는 어떻게 한 것일까요? 어떤 교묘한 책략과 어떤 교활한 수법으로 그렇게 할 수 있었을까요? 그 방법을 찬찬히 설명해 보겠습니다.

G는 드레스덴의 광학 기기 회사에서 파견된 독일인 행세를 하며 해군 본부 방잠국(적의 잠수함 그물, 방책, 기뢰 설치, 기뢰 제거를 담당하는 곳입니다)의 사무원과 친해졌습니다!

정말 간단하지요! 그러나 놀랍게도, 그 자신은 그것을 아주 교묘한 수단으로 여기더군요. G의 유머 감각은 완전히 마비

되어 있습니다. 제가 스파이 소설을 읽은 적이 있느냐고 물었더니 G는 그런 건 너무 유치해서 읽지 않는다고 하더군요. 그러나 이야기는 더 놀라워집니다.

그 사람을 알아내기 위해 G는 해군 본부를 찾아가 수위에게 보급국이 어디에 있느냐고 물었습니다. 외부인이 물을 만한 아주 자연스러운 질문이었죠. 수위가 있는 곳을 지난 G는 복도에서 사람을 불러 세우고, 자기는 방잠국으로 가는 길을 물어서 왔는데 길을 잃었으니 다시 가르쳐 달라고 말했습니다. 그렇게 하여 방잠국을 찾아서 안으로 들어간 G는 그곳이 보급국이냐고 물었습니다. 그렇지 않다는 대답을 들은 G는 다시 밖으로 나왔습니다. 방잠국 안에 있었던 시간은 기껏해야 1분도 안 되었지만, 그동안 G는 사무실 안의 사람들, 적어도 눈에 들어오는 범위의 사람들을 재빨리 살펴보았습니다. 그리고 세 사람을 점 찍어 두었습니다. 그날 저녁 G는 해군 본부 밖에서 세 사람 중 누구라도 나오기를 기다렸습니다. 그리고 그 남자를 집까지 뒤쫓아 갔습니다. G는 이름을 비롯해 그 사람에 관한 것을 되도록 자세히 조사했고, 그 뒤 며칠 동안 나머지 두 명에 대해서도 같은 조사를 했습니다. 그런 다음 그중에서 한 명을 뽑았습니다. 불리치라는 남자였죠.

이렇게 알고 나면 G의 실제 수단들은 교묘함이 없을지도 모르지만, 그 수단들을 사용하는 방식 자체는 상당히 교묘했습니다. G는 이 구별을 전혀 의식하지 못하지만요. G뿐 아니라 성공한 사람이 자신의 성공 원인을 오해하는 것은 흔한 일이지요.

G의 작전이 교묘하다는 걸 제일 먼저 보여 주는 부분은 불리치를 도구로 택한 일입니다.

불리치는 나이가 마흔에서 쉰 살 사이이고, 교만하고 무뚝뚝한 남자로, 대부분의 동료보다 나이가 많았으며, 동료들이 싫어하는 자였습니다. 아내는 열 살 아래이고 예뻤으나 결혼 생활이 만족스럽지 않았습니다. 또한 불리치에게는 위 점막 염증이 있었습니다. 그는 하루 일이 끝나 해군 본부를 나오면 카페에 들러 술을 한잔 마시는 습관이 있었는데, 그 카페에서 G는 그에게 성냥이 있느냐고 묻고 시가를 권한 다음 이윽고 한잔 사겠다는 아주 간단한 방법으로 불리치와 알게 되었습니다.

고도의 기밀 사항을 취급하는 정부 직원이라면 카페에서 알게 된 사람이 자신의 일에 대해 무언가 물으려 할 경우 당연히 의심을 품지 않느냐고 당신은 생각할지도 모릅니다. 불리치가 의혹을 품기 오래전부터 G는 그러한 의심에 대처할 방법을 생각해 두었습니다.

두 사람은 점점 친해졌지요. 불리치가 저녁마다 그 카페에 가면 G가 있었습니다. 둘은 두서없이 이런저런 대화를 했습니다. G는 베오그라드는 처음이라면서 불리치에게 이것저것 묻곤 했지요. 그리고 불리치의 술값까지 계산했습니다. G는 불리치가 한껏 우쭐대며 자신을 내려다보게 했어요. 때로는 둘이서 체스도 했는데, 그러면 불리치가 이겼지요. 또 카페의 다른 단골들과 어울려 네 명이 한 조가 되어 베지크[21]를 하기

21 카드 게임의 일종.

도 했습니다. 그러던 어느 날 저녁 G는 불리치에게 어떤 이야기를 해줬습니다.

둘 다 아는 사람으로부터, 불리치가 해군 본부의 중요한 자리에 있다는 말을 들었다고 한 겁니다.

불리치는 〈둘 다 아는 사람〉이란 함께 카드를 하고 이야기를 나누고 자신이 해군 본부에 근무하는 것을 어렴풋이 아는 몇 명 중 하나일 거라고 생각했습니다. 불리치는 얼굴을 찡그리며 입을 열었습니다. 아마도 〈중요한〉이라는 형용사에 짐짓 겸손한 척하며 이의를 제기할 요량이었겠죠. 하지만 G는 못 본 척하며 이야기를 계속했습니다. 자기는 광학 기기를 제조하는 어느 일류 회사의 영업 주임이며, 해군 본부가 곧 발주할 쌍안경 계약을 따내기 위해 파견되었다, 견적서는 이미 제출했고 주문을 확보할 자신은 어느 정도 있지만, 불리치도 알 듯이 이런 일에는 내부에 친구가 있는 것만큼 든든한 일이 없다, 그러니 드레스덴의 회사가 계약을 따낼 수 있도록 친절하고 영향력 있는 불리치가 압력을 가해 주면 2만 디나르가 불리치의 주머니에 들어갈 것이라는 등의 이야기를 했습니다.

이 제안을 불리치의 시점에서 생각해 보지요. 독일의 큰 회사를 대표하는 이가 보잘것없는 공무원인 자신에게 어깨 으쓱해질 말들을 해주더니, 6개월분의 급료에 해당하는 2만 디나르를 주겠다는 말까지 합니다. 딱히 한 일도 없는데 말입니다. 견적서가 이미 제출되었다면, 그가 할 일은 아무것도 없습니다. 그저 가만히 두고 보면 이 회사가 다른 회사들과 경쟁해서 이길 수도 있죠. 만약 이 드레스덴 회사가 계약을 따낸다면, 불리치는 손가락 하나 까딱 안 하고 2만 디나르라는 돈을 받을 수 있습니다. 만약 그 회사가 계약을 따내지 못한다 해도, **그로선** 잘못된 정보를 가진 어리석은 독일인의 존경을 잃을 뿐 아무런 손해도 없습니다.

G의 말에 따르면, 불리치는 미적지근한 반응을 보였다더군요. 불리치는 자기 힘이 도움이 될지 자신 없다는 말을 중얼거렸습니다. G는 그 말을 뇌물을 더 달라는 말로 알아들은 척했습니다. 불리치는 그런 생각이 전혀 없었다고 항의했지요. 불리치는 난감해하며, 5분도 안 되어 동의했습니다.

그날 이후, 불리치와 G는 친한 친구가 되었습니다. G에게는 아무런 위험도 없었습니다. 보급국에서 받는 견적서는 발주할 때까지 비밀로 취급되기 때문에 드레스덴의 회사가 견적서를 제출하지 않았다는 사실을 불리치가 알 염려는 전혀 없었습니다. 만약 불리치가 호기심이 일어 조사해 보려 해도, G가 미리 관보를 통해 조사했듯이, 보급국에서 쌍안경 입찰을 공고했다는 사실만 알아낼 뿐이었죠.

G는 작업을 시작했습니다.

잊지 마십시오, 이제 불리치는 G가 말한 대로 〈영향력 있는 공무원〉 역할을 할 수밖에 없게 된 겁니다. 그리고 G는 아주 친절하게도 불리치와 미인이지만 멍청한 불리치의 아내를 고급 레스토랑과 나이트클럽에 데리고 다니며 접대했습니다. 부부는 비에 목마른 식물처럼 반응했지요. 달콤한 샴페인 한 병을 거의 다 비운 불리치가 압도적으로 우세한 이탈리아의 해군력과 그 해군이 유고슬라비아 연안 지역에 주는 위협에 관한 논의에 휘말려 들었을 경우, 과연 조심성 있는 태도를 취할 수 있었을까요? 무리였을 겁니다. 불리치는 약간 취한 상태였습니다. 자기 아내가 옆에 있었고요. 우울하기 짝이 없는 인생에서 생전 처음으로, 자신의 의견이 정중하게 받아들여지고 있었습니다. 게다가 불리치에게는 해야 할 역할이 있었습니다. 무대 뒤에서 비밀리에 진행되는 사항을 모른다는 인상을 준다면 체면이 안 서지요. 불리치는 거들먹거리기 시작했습니다. 실행에 옮겨지면 아드리아해에서 이탈리아 함대가 꼼짝 못 하게 될 비밀 계획을 보았노라고 말했습니다. 당연히 삼가야 할 말이었지요, 하지만⋯⋯.

그날 저녁이 지날 무렵, G는 불리치가 그 해도 사본을 볼 수 있는 위치란 사실을 알아냈습니다. 동시에 G는 어떻게 해서든 불리치가 그 사본 한 장을 입수하게 만들겠노라고 마음먹었습니다.

G는 신중하게 계획을 세웠습니다. 그리고 주위를 살피며 그 계획을 실행하는 데 적당한 사람을 찾았습니다. 중개자가 필요했지요. 그리고 디미트리오스를 발견했습니다.

G가 디미트리오스를 어떻게 알게 되었는지는 명확하지 않습니다. 옛 동료들에게 해를 끼칠까 봐 두려워하는 것 같더군요. G가 그 부분을 밝히지 않은 이유를 이해할 수 있습니다. 어쨌든 누군가가 G에게 디미트리오스를 추천했습니다. 저는 추천자가 어떤 일을 하는 사람이었는지 물어보았습니다. 혹시 유라시아 신탁은행과 무슨 연관이 있지 않을까 기대했거든요. 하지만 G는 말을 흐렸습니다. 너무 오래된 일이라면서

요. 하지만 추천한 이가 한 말은 기억했습니다.

디미트리오스 탈라트는 그리스어를 할 수 있는 터키인이며 〈유효한〉 여권을 가지고 있고, 〈유용한〉 인물이라는 평판이 있으며, 동시에 입이 무겁고 〈비밀을 요하는 금전적인 일〉을 해본 경험이 있다고 말했다는 겁니다.

만약 대화의 주제가 된 사람이 어떤 면에서 유용한지, 그 금전적인 일의 성격이 어떤 것인지 모르는 이라면, 그 사람을 아마도 회계사쯤으로 생각했을 겁니다. 하지만 그런 유의 일들에는 따로 전문 용어들이 있는 듯합니다. G는 그 말뜻을 이해했고, 디미트리오스가 당면한 일을 해낼 적임자라고 판단했습니다. G는 디미트리오스에게 편지를 썼습니다. 그리고 그때 주소를 마치 아메리칸 익스프레스의 유치 우편 주소라도 되는 듯 제게 알려 주었습니다. 그 주소는 〈부쿠레슈티의 유라시아 신탁은행 앞〉으로 되어 있었습니다!

디미트리오스는 닷새 뒤 베오그라드에 도착해 크네즈 밀레티나에서 조금 떨어진 G의 집으로 찾아갔습니다.

G는 그때 일을 똑똑히 기억하고 있더군요. G의 말에 따르면, 디미트리오스는 중키에 서른다섯 살에서 쉰 살 사이의 어느 나이로도 볼 수 있었으나, 사실은 서른일곱 살이었다고 합니다. 잘 차려입었고요…… 아니, G의 표현을 직접 인용하는 편이 낫겠군요.

「그자는 돈을 들여 맵시 있게 차려입고 있었는데, 머리가 희끗희끗해지기 시작했더군요. 태도는 날렵하고 만족스러워하면서 자신만만했는데, 두 눈에서 풍기는 무언가 때문에 저는 곧바로 그자의 정체를 알아차렸습니다. 그 남자는 포주였습니다. 저는 늘 그걸 알아볼 수 있습니다. 어떻게 아느냐고 묻지는 마십시오. 저는 그런 일에는 여자와 같은 본능을 가지고 있지요.」

이렇게 설명하더군요. 디미트리오스는 잘 살고 있었던 겁니다. 프레베자 부인 같은 여자를 또 만난 걸까요? 우리는 알지 못할 겁니다. 어쨌든 G는 디미트리오스에게서 포주의 기운을 발견했지만 기분이 상하진 않았습니다. 그런 자라면 여자 문제로 일에 지장받는 일은 없으리라 생각했지요. 그리고 디미트리오스는 호감 가는 인상이었습니다. 이 부분도 G의 말을 인용하는 게 낫겠군요.

「그자는 옷을 우아하게 입을 줄 알았습니다. 그리고 지적으로 보였습니다. 저는 빈민굴의 쓰레기 같은 이들을 쓰기 싫어해 그 점이 마음에 들었습니다. 가끔 쓰레기 같은 자들을 쓸 필요도 있지만, 내켜서 쓴 건 아니었습니다. 그런 자들은 저의 유별난 기질을 늘 이해하지는 못했거든요.」

눈치채셨겠지만, G는 까다로웠습니다.

디미트리오스는 그동안 시간을 헛되이 보내지 않았습니다. 이제는 독일어와 프랑스어를 꽤 정확히 말할 수 있었습니다. 그자는 말했습니다.

「편지를 받자마자 곧장 왔습니다. 부쿠레슈티에서 바빴지만, 당신의 소문을 들었기에 편지를 받았을 때 기뻤습니다.」

G는 디미트리오스에게 자신이 맡길 일을 신중하게 에둘러 설명했습니다(고용인 후보자에게 너무 많은 정보를 주지 않

으려 한 거지요). 디미트리오스는 무표정하게 설명을 들었습니다. 그리고 G가 말을 마치자 보수가 얼마인지 물었습니다.

「3만 디나르입니다.」G가 말했습니다.

「5만.」디미트리오스가 말했죠. 「그리고 스위스 프랑으로 받고 싶습니다.」

둘은 4만 디나르를 스위스 프랑으로 주는 걸로 결정을 보았습니다. 디미트리오스는 웃음을 짓고 어깨를 으쓱하며 동의했지요.

G의 말에 따르면, 디미트리오스가 웃을 때의 눈을 본 G는 자신이 방금 고용한 이를 불신하게 되었답니다.

저는 그 말이 이상하다고 생각했습니다. 악당들 사이에도 명예라는 게 존재할까요? 그 자신이 악당이자 (어느 정도까지는) 디미트리오스 같은 부류의 사람들을 아는 G마저 웃음을 보고서야 퍼뜩 의심하게 됐다는 게 가능할까요? 그럴 리 없지요. 하지만 G가 그 두 눈을 아주 생생히 기억한다는 점에는 의심의 여지가 없습니다. 프레베자 역시 그 두 눈을 기억했잖습니까. 「눈은 짙은 갈색에 근심이 어려 있어 환자를 아프게 해야 할 때 의사의 눈을 연상시켰어요.」그렇게 말했지요? 제 생각에, 디미트리오스가 웃기 전까지 G는 자신이 고용한 이가 어떤 인물인지 알지 못했던 듯합니다. 다시 프레베자의 말을 인용해 보지요. 「그 사람의 외모는 온순해 보였지만, 그 사람의 갈색 눈을 보면 그 사람에겐 평범한 사람들을 부드럽게 만드는 그런 감정이 전혀 없고 언제나 위험한 사람이라는 걸 알게 되죠.」G도 같은 걸 느꼈을까요? 그렇다 할지라도 G

는 똑같은 식으로 생각하지 않았을 수 있습니다. G는 감정을 그리 중시하지 않는 사람이니까요. 하지만 아마도 디미트리오스를 고용한 게 실수 아닐까 생각했을 거라고 봅니다. 둘의 정신은 그리 많이 다르지 않고, 그런 늑대들은 혼자 사냥하는 것을 더 좋아하지요. 어쨌든 G는 디미트리오스를 눈여겨보기로 마음먹었습니다.

한편, 불리치는 살아생전 가장 행복한 나날을 즐기고 있었지요. 일류 레스토랑에서 접대를 받았습니다. 생전 처음 누리는 호사에 마음이 풀린 불리치의 아내는 이제 더는 모멸과 불쾌감이 담긴 눈으로 불리치를 보지 않게 되었습니다. 어리석은 독일인 덕분에 절약한 식비로 불리치의 아내는 좋아하는 코냑을 마실 수 있었고, 술을 마시면 그 여자는 상냥하고 유쾌해졌습니다. 게다가 1주일 뒤에는 2만 디나르의 돈이 들어올지도 모르니까요. 그럴 가능성이 있었습니다. 어느 날 밤 불리치는 기분이 대단히 좋다면서 싸구려 음식은 위 점막 염증에 좋지 않다고 덧붙였습니다. 자신이 유력한 공무원인 척해야 한다는 걸 거의 잊어버릴 뻔한 거죠.

쌍안경 계약은 체코 회사에 돌아갔습니다. 그 공고를 실은 관보가 정오에 발행되었습니다. 정오에서 1분이 지났을 때, 관보를 한 부 챙긴 G는 의뢰한 동판이 반쯤 완성된 인쇄소로 가고 있었습니다. 그리고 6시에 해군 본부 현관 맞은편에서 기다렸습니다. 6시가 지나자 곧 불리치가 나타났습니다. 불리치는 이미 관보를 보았지요. 불리치의 겨드랑이에 관보가 한 부 끼여 있었습니다. G가 서 있는 곳에서도 불리치의 낙담한 표정이 보였습니다. G는 불리치를 따라갔습니다.

여느 때 같으면 불리치는 곧장 길을 건너 그 카페로 갔을 겁니다. 그런데 그날 저녁에는 한순간 망설이다가 그냥 계속 걸었습니다. 불리치는 드레스덴에서 온 이를 만나고 싶은 마음이 없었습니다.

G는 골목으로 들어가 택시를 세웠습니다. 2분도 되기 전에 택시는 길을 우회해 불리치에게 다가갔습니다. G는 갑자기 택시를 세우고 길로 뛰어내려 아주 기뻐하며 불리치를 껴안 았습니다. 어리둥절해진 불리치는 거절할 틈도 없이 택시 안으로 떠밀려 들어갔고, G는 축하의 말과 고맙다는 인사를 퍼부으며 2만 디나르의 수표를 불리치의 손에 쥐여 주었습니다.

「하지만 당신은 주문을 따내지 못했잖습니까.」 마침내 불리치가 중얼거렸습니다.

G는 재밌는 농담을 들었다는 듯이 큰 소리로 웃었습니다. 「주문을 따내지 못했다고요?」 그러고 나서 G는 그게 무슨 말인지 〈알아차립니다〉. 「아, 그렇지! 말씀드린다는 것을 깜박했습니다. 견적서는 우리 체코 자회사를 통해 제출했습니다. 이제 상황을 아시겠죠?」 G는 갓 인쇄한 명함을 불리치에게 건넸습니다. 「이 명함은 자주 쓰지 않습니다. 대부분의 사람은 이 체코의 회사들이 드레스덴에 있는 우리 회사의 자회사라는 사실을 아니까요.」 그러고는 화제를 돌립니다. 「곧 축배를 들어야겠군요, 운전기사님!」

그날 밤 둘은 축하를 했지요. 처음의 어리둥절함이 사라지자, 불리치는 상황을 최대한 즐겼습니다. 불리치는 취했습니다. 해군 본부에서 자신의 영향력이 얼마나 큰지 떠벌리기 시작했고, 마침내 여러 면에서 상대를 치켜 줘야 하는 G마저 참고 들어 주기 힘들 정도였습니다.

하지만 밤이 깊어졌을 때, G는 불리치를 끌어당겼습니다. 거리계 입찰에 참여하는 데 불리치의 도움을 기대할 수 있을지 물었지요. 물론 불리치는 할 수 있다고 대답했습니다. 이제 불리치는 교활해졌습니다. 이제 자신의 협력 가치가 증명되었으니 선금을 기대할 권리가 있다는 거지요.

예상치 못한 상황이었지만, G는 속으로 기뻐하며 곧장 동의했습니다. 불리치는 또 수표를 받았지요. 이번에는 1만 디나르였습니다. G의 〈고용주〉가 주문을 받으면 나머지 1만 디나르를 더 주기로 약속했지요.

불리치는 이제 그 어느 때보다 부자가 되었습니다. 불리치는 3만 디나르가 생겼습니다. 이틀 뒤 저녁에 고급 호텔의 다이닝룸에서 G는 불리치에게 폰 키슬링 남작을 소개했습니다. 폰 키슬링 남작은, 말할 필요도 없이 디미트리오스였습니다.

「모르는 사람이 보면,」 G는 이렇게 말했습니다. 「그자가 태어나서 평생 그런 곳에서만 산 줄 알았겠지요. 상황을 다 아는 저조차 어쩌면 그랬을지도 모른다는 생각이 들 정도였죠. 그자의 태도는 완벽했습니다. 제가 해군 본부의 요직에 있는 인물로 불리치를 소개하자, 그자는 귀족들이 그러듯 짐짓 겸손한 척하며 화려하게 인사했습니다. 불리치의 아내를 대하는 태도는 기가 막힐 정도였습니다. 공주에게 인사하는 것만 같았습니다. 하지만 그자가 그 여자의 손등에 입을 맞추려고 몸을 굽혔을 때, 저는 그자가 손가락으로 그 여자의 손바닥을 쓰다듬는 것을 알아차렸습니다.」

G에게 연출할 시간을 주기 위해, 디미트리오스는 G가 우연히 만난 듯 다가오기 전부터 다이닝룸에 나와 있었습니다. G는 불리치 부부에게 디미트리오스를 가리키며, 〈남작〉은 아주 중요한 인물이다, 베일에 싸인 부분도 있지만 국제적인 큰 사업에서 굉장히 중요한 위치를 차지하고 있다, 아주 부자이며 소유한 회사가 27개나 된다, 알아 두면 좋을 것이다, 하고 말했지요.

불리치 부부는 소개를 받고 무척이나 기뻐했습니다. 〈남작〉이 자신들의 테이블에서 함께 샴페인을 마시기로 하자 큰 영광으로 여겼습니다. 서투른 독일어로 비위를 맞추려 애썼죠. 불리치는 지금이야말로 자신이 평생 기다린 기회라고 여겼을 게 분명합니다. 마침내 중요한 사람을, 힘 있는 사람을, 다른 사람들의 성공 여부를 쥔 사람을, 자신을 성공하게 만들어 줄 사람을 만났다고 말이죠. 어쩌면 불리치는 자신이 〈남작〉이 경영하는 한 회사의 중역이 되어 좋은 집에서 가족을 부양하고, 자기를 훌륭한 남자이자 주인으로 떠받드는 하인들의 시중을 받으며 사는 생활을 상상했을지도 모릅니다. 이튿날 아침 해군 본부의 걸상에 앉을 때, 그의 가슴속은 기쁨으로 가득했을 것이고, 그 기쁨은 쉽사리 물리칠 수 있었던 약간의 불안과 양심의 가책에 의해 한층 더 달콤했을 겁니다. 어쨌든 그 독일인은 돈을 쓴 결과를 얻었다, 자신은 잃을 게 없다, 게다가 앞으로 일이 더 잘 풀릴 수도 있다, 사람들은 뜻하지 않게 부를 손에 넣는 수가 있으니까, 그렇게 생각했겠죠.

친절하게도 〈남작〉은 이틀 뒤 G 그리고 G의 매력 넘치는 친구 부부와 함께 저녁 식사를 하자고 말했습니다.

저는 이에 관해 G에게 물었습니다. 쇠뿔도 단김에 빼는 게 낫지 않았겠느냐고요. 이틀 뒤로 미루면 불리치 부부에게 생각할 여유를 주는 셈이니까요.「맞습니다.」G는 대답했습니다.「다가올 좋은 일들을 생각하고, 즐거움을 맞이할 준비와 꿈꿀 여유를 준 것입니다.」그때의 일을 생각하고 G는 이상할 정도로 엄숙한 표정을 짓더니 갑자기 싱긋 웃으며 괴테를 인용했습니다.「*Ach! warum, ihr Götter, ist unendlich, alles, alles, endlich unser Glück nur*(아! 신이시여, 삼라만상이 영원한데 왜 우리의 행복에는 끝이 있습니까)?」이 부분에서 느끼시겠지요, G가 자기를 유머 감각 넘치는 사람이라고 여긴다는 걸요.

그날 저녁 식사는 G에게 아주 중요했습니다. 디미트리오스가 불리치 부인을 구워삶기 시작했습니다. 부인처럼 호감 가는 분을 만나 무척 기쁘다, 물론 부군도 그렇다, 다음 달에 부인께서, 당연히 부군도 함께, 꼭 바이에른에 와서 머무르셨으면 한다, 자신은 파리에 있는 집보다 바이에른에 있는 집이 훨씬 더 마음에 들며, 칸에서는 이따금 봄에도 싸늘함을 느낀다, 부인도 바이에른이 마음에 들 것이다, 부군도 마음에 들어 할 것이 분명하다, 물론 그러려면 부군이 해군 본부에서 휴가를 받을 수 있어야 한다라고 말했습니다.

유치하고 단순한 대사였지만, 불리치 부부는 유치하고 단순한 사람들이었습니다. 불리치 부인은 달콤한 샴페인을 마시며 정신없이 그 말을 듣고 있었지만, 불리치는 부루퉁해졌습니다. 이윽고 가장 중요한 순간이 되었습니다.

꽃 파는 아가씨가 난초가 담긴 쟁반을 들고 와서 테이블 옆에 섰습니다. 디미트리오스는 그 아가씨 쪽으로 몸을 돌려 가장 크고 가장 비싼 꽃을 고르더니, 경의의 표시라면서 약간 과장된 몸짓으로 불리치 부인에게 건넸습니다. 불리치 부인은 꽃을 받았습니다. 디미트리오스가 돈을 내려고 지갑을 꺼냈습니다. 그 순간 천 디나르 지폐의 두툼한 돈다발이 그자의 안주머니에서 테이블 위로 떨어졌습니다.

사과의 말을 하며 디미트리오스는 돈다발을 주머니에 넣었습니다. 그 신호에 맞춰, G는 주머니에 넣고 다니기에는 꽤 큰돈이라며 〈남작〉이 늘 그렇게 많은 돈을 가지고 다니는지 물었습니다. 〈남작〉은 아니, 그렇지 않다고, 이른 저녁에 알레산드로의 가게에서 딴 돈을 위층 자기 방에 두고 온다는 것을 깜빡했다며, 불리치 부인에게 알레산드로의 가게를 아는지 물었습니다. 부인은 알지 못했습니다. 〈남작〉이 이야기하는 동안 불리치 부부는 침묵을 지키고 있었습니다. 이렇게 큰돈은 평생 처음 봤던 것입니다. 〈남작〉은 자기 생각으로는 알레산드로의 가게가 베오그라드에서 가장 믿을 수 있는 도박장이며, 그곳에서 승부를 지배하는 것은 어디까지나 당사자의 운이지 딜러의 솜씨가 아니라고 했습니다. 〈남작〉은 자신이 그날 저녁에는 운이 좋았으며(아주 부드러운 눈으로 불리치 부인을 바라보며) 평소보다 돈을 좀 많이 땄다고 했습니다.

그 시점에서 〈남작〉은 망설이다가 말했습니다. 「그곳에 가본 적 없으시니, 나중에 제 손님으로 함께 가주시면 아주 기쁘겠습니다.」

물론 둘은 같이 갔습니다. 그리고 물론 둘이 올 것에 대비해 만반의 준비가 되어 있었습니다. 디미트리오스가 모두 준비해 놓은 거였지요. 룰렛은 없었고(룰렛은 속이기 어려우니까요) 대신 트랑테카랑트[22]가 준비되어 있었습니다. 판돈은 최저 250디나르였고요.

그자들은 술을 마시며 한동안 게임을 구경했습니다. 이윽고 G가 조금 해보기로 결정했죠. 모두가 보는 앞에서 G는 두 번 이겼습니다. 이윽고 〈남작〉이 불리치 부인에게 게임을 해보고 싶은지 물었습니다. 불리치 부인은 남편의 얼굴을 보았습니다. 남편은 미안한 표정으로, 돈을 거의 가지고 오지 않았노라고 말했습니다. 하지만 디미트리오스는 그런 일에도 준비가 되어 있었습니다. 「걱정 마십시오, 불리치 선생! 저는 알레산드로와 잘 아는 사이입니다. 제 친구들이 기꺼이 돈을 빌려줄 겁니다. 만일 선생이 몇 디나르 정도 잃는다 해도 알레산드로는 수표나 차용증 같은 것을 받을 겁니다.」

연극은 계속되었습니다. 알레산드로가 불려 나와 소개되었습니다. 〈남작〉이 알레산드로에게 상황을 설명했죠. 알레산드로가 두 손을 들어 올리며 말을 막았습니다. 〈남작〉의 친구분이라면 그런 말을 할 필요도 없다, 게다가 아직 게임에 참

22 붉고 검은 마름모꼴 무늬가 있는 테이블 위에서 하는 카드 게임의 하나.

여하지 않았다, 그런 말은 운이 좀 나빠졌을 때 해도 된다고
말했습니다.

G는, 만일 디미트리오스가 불리치 부부에게 상의할 여유
를 잠깐이라도 주었다면, 그 부부는 도박에 손을 대지 않았을
거라고 지금도 믿고 있습니다. 최저 판돈이 250디나르였고,
비록 3만 디나르의 돈이 들어왔다 할지라도, 식비며 집세를
고려할 때 250디나르는 결코 적은 돈이 아니었던 겁니다. 하
지만 디미트리오스는 두 사람에게 불안감에 대해 상의할 틈
을 주지 않았습니다. G의 의자 뒤에 있는 테이블에서 셋이 함
께 기다리는 동안, 〈남작〉은 불리치에게 만일 시간이 있다면
그 주 안으로 언젠가 점심을 같이하며 일에 관해 이야기하고
싶다고 속삭였습니다.

참으로 훌륭한 타이밍이었죠. 불리치에게 그 말뜻은 오직
하나였을 겁니다. 〈친애하는 불리치 씨, 겨우 몇백 디나르밖
에 안 되는 돈으로 걱정할 필요 없습니다. 제가 당신에게 흥미
를 가졌고, 그 말은 당신은 이미 부자라는 뜻입니다. 당신이
실은 지금 제게 보이는 것보다 못한 인물임을 드러내어 저를
실망시키지 말아 주셨으면 합니다.〉

불리치 부인은 도박을 시작했습니다.

맨 처음 250디나르는 쿨뢰르[23]에서 잃었습니다. 그다음 앵
베르[24]에서 다시 250디나르를 땄죠. 그러자 디미트리오스가
신중히 하라고 주의를 주며 슈발[25]을 권했습니다. 무승부가

23 첫 장의 카드 색깔을 예상하고 돈을 거는 것.
24 첫 장의 카드 색깔을 예상하고 반대 색깔에 돈을 거는 것.

나왔고, 또다시 무승부가 나왔죠. 하지만 결국 불리치 부인은 졌습니다.

한 시간쯤 지나자 불리치 부인은 처음에 받은 5천 디나르의 칩을 모두 잃었습니다. 디미트리오스가 불리치 부인의 〈불운〉을 동정하는 뜻에서 자기 앞에 쌓아 놓은 칩에서 5백 디나르짜리 칩 몇 개를 밀어 주면서 〈운〉을 시험해 보라고 했습니다.

애태우던 불리치는 그게 선물이라고 생각했을 겁니다. 아주 들릴 듯 말 듯 하게 거절의 말을 했거든요. 하지만 불리치는 그게 선물이 아니라는 사실을 곧 알게 됩니다. 이제 완전히 비참한 상황에 빠진 불리치 부인은 살짝 이성을 잃은 상태로 도박을 계속했습니다. 조금은 이겼고, 그보다 훨씬 더 큰 액수를 잃었습니다. 2시 반에 불리치는 알레산드로 앞으로 된, 1만 2천 디나르의 약속 어음에 서명을 합니다. G는 불리치 부부에게 술을 샀습니다.

마침내 불리치 부부 단둘이 있게 되었을 때의 모습은 쉽게 상상할 수 있습니다. 서로를 탓하고, 눈물을 흘리고, 말다툼을 했겠죠. 눈에 선합니다. 비록 상황이 나쁘긴 하지만 그 우울한 상황에서 벗어날 방법이 없지는 않았습니다. 불리치가 이튿날 〈남작〉과 점심 식사를 하기로 되어 있었기 때문이죠. 그리고 둘은 〈사업〉에 관해 이야기할 터였습니다.

둘은 사업 이야기를 했습니다. 디미트리오스는 불리치에게 희망을 주라는 지시를 받았습니다. 디미트리오스가 어떤

25 두 곳에 돈을 거는 것.

이야기를 했을지 빤합니다. 큰 사업을 계획 중이다, 사정을 아는 사람은 떼돈을 벌 가능성이 있다고 은근히 비치며 바이에른의 성들을 방문하는 이야기도 했겠죠. 온갖 미사여구가 나왔을 겁니다. 불리치는 듣기만 해도 가슴이 뛰었을 거고요. 〈1만 2천 디나르가 뭐가 대수야? 백만 단위로 생각해야 해〉라고 생각했겠죠.

알레산드로에게 진 빚 이야기를 꺼낸 것도 디미트리오스였습니다. 디미트리오스는 불리치가 자신과 함께 다시 그곳에 가서 빚을 청산하길 기대한다고 말했습니다. 디미트리오스 자신은 다시 게임을 할 거라면서요. 알레산드로에게 질 기회를 주어야 이쪽도 이길 수 있는 거라는 말도 했죠. 둘만 가서 하면 어떻겠냐고 말했습니다. 여자들은 도박을 잘하지 못한다면서요.

그날 저녁 만났을 때, 불리치는 주머니에 거의 3만 5천 디나르나 되는 돈을 가지고 있었습니다. G에게서 받은 3만 디나르에 자신이 저축한 돈을 합한 게 분명하죠. 이튿날 아침 일찍 디미트리오스는 G에게 상황을 보고했습니다. 알레산드로가 그럴 필요 없다고 하는데도 불리치가 굳이 도박을 시작하기 전에 어음을 결제하겠노라고 고집을 부렸다는 겁니다. 「저는 빚은 꼭 갚는 사람입니다.」 불리치는 자부심 넘치는 목소리로 디미트리오스에게 말했습니다. 불리치는 남은 돈으로 뻐기듯 5백 디나르 칩들을 샀습니다. 오늘 밤에는 한몫 잡겠노라며 술도 거절하고요. 맑은 머리를 유지할 생각이었던 거죠.

그 말을 할 때 G는 싱긋 웃으며 그게 현명한 행동이었을 거라고 말했습니다. 연민이 때로는 너무 불편한 경우가 있지요. 그리고 저는 불리치에게 연민을 느낍니다. 당신은 불리치가 의지가 약하고 어리석다고 말할지도 모릅니다. 사실 그렇지요. 하지만 신의 섭리는 G나 디미트리오스만큼 계산적이지 않습니다. 신의 섭리는 사람을 곤봉으로 때려눕힐지는 몰라도 갈비뼈 사이로 단도를 꽂아 넣지는 않습니다. 불리치는 가망이 없었습니다. 그자들은 불리치를 속속들이 파악했고, 불리치의 성향을 교묘히 이용했습니다. 만약 제가 불리치처럼 교묘한 함정에 빠졌다면, 저 역시 의지가 약하고 어리석은 행동을 했을 게 분명합니다. 저에게는 그런 일이 일어날 가능성이 없어서 다행이지요.

당연히 불리치는 졌습니다. 불리치는 겨우 40개 조금 넘는 칩으로 도박을 시작했습니다. 이겼다 졌다 하며 두 시간 정도 보내고 나니 칩을 모두 잃었습니다. 그러자 불리치는 아주 침착한 태도로 칩 20개를 외상으로 샀습니다. 운이 분명 바뀔 거라고 말하라면서요. 불쌍한 그 남자는 자신이 속고 있다는 의심조차 하지 못했습니다. 왜 의심하겠습니까? 〈남작〉은 불리치보다 더 많은 돈을 잃었습니다. 불리치는 판돈을 두 배로 늘리고 40분을 버텼습니다. 불리치는 돈을 더 빌렸고, 다시 잃었습니다. 불리치가 얼굴이 창백해지고 땀을 뻘뻘 흘리며 이제 그만해야겠다고 결심했을 때는 가져온 돈에 더해 3만 8천 디나르를 잃은 뒤였습니다.

이제 디미트리오스에겐 땅 짚고 헤엄칠 일만 남았습니다.

이튿날 밤, 불리치가 또 도박장에 나타났습니다. 도박장은 불리치가 3만 디나르를 따게 했습니다. 사흘째 되는 날 밤, 불리치는 다시 1만 4천 디나르를 잃었습니다. 나흘째 되는 날 밤, 불리치가 2만 5천 디나르 정도 빚졌을 때, 알레산드로는 돈을 갚아 달라고 요구했습니다. 불리치는 1주일 안에 어음을 결제하겠노라고 약속했습니다. 불리치가 맨 처음 찾아간 이는 G였습니다.

G는 동정적이었습니다. 2만 5천 디나르는 아주 큰돈입니다. 물론 계약을 따내기 위해 G가 쓰는 돈은 모두 고용주가 내는 것이며, 자기에게는 그 돈을 마음대로 쓸 권한이 없다고 했습니다. 하지만 조금이라도 도움이 될 수 있다면 자기에게 있는 250디나르를 며칠 정도 빌려줄 수 있다고 했습니다. 더 도와주고 싶지만……. 불리치는 250디나르를 받아 갔습니다.

돈을 주며 G는 조언을 한마디 했습니다. 이 어려움에서 불리치를 구해 줄 수 있는 이는 〈남작〉이라고요. 〈남작〉은 절대로 돈을 빌려주지 않습니다, 그건 그 사람의 철칙인 듯하더군요, 하지만 큰돈을 벌 수 있는 방법을 가르쳐 줘 친구들을 돕는 걸로 정평이 나 있습니다. 〈남작〉과 이야기해 보면 어떨까요, 하고 말이죠.

불리치와 디미트리오스의 〈대화〉는 불리치가 산 저녁 식사 뒤 〈남작〉의 호텔 거실에서 이루어졌습니다. G는 그 옆 침실에 숨어 있었죠.

시기를 엿보던 불리치가 마침내 알레산드로에 관해 물었습니다. 그 사람이 심하게 빚 독촉을 하나요? 만약 빚을 갚지 않으면 어떻게 되나요?

디미트리오스는 놀란 표정을 지었습니다. 그리고 말했습니다. 알레산드로가 빚을 받지 못하는 사태는 절대로 일어나지 않기를 바란다, 어쨌든 처음에 알레산드로가 믿고 돈을 빌려준 건 자신의 부탁이 있었기 때문이다, 불쾌한 일이 생기지 않기를 바란다. 어떤 불쾌한 일을 말하는 겁니까? 그게, 알레산드로는 약속 어음을 가지고 있으니 일을 경찰에 의뢰할 수 있다. 그런 사태가 생기지 않기를 진심으로 바란다.

불리치 역시 그런 일이 생기지 않기를 바랐습니다. 이제 그자는 해군 본부의 직장을 비롯해 모든 것을 잃게 될 상황이었습니다. G에게서 돈을 받은 사실도 드러날지 모릅니다. 그렇게 되면 감옥에 갈 수도 있죠. 3만 디나르를 받은 대가로 손가락 하나 까딱하지 않았다면, 당국은 과연 그 말을 믿어 줄까요? 제정신인 사람이라면 믿어 주기를 기대하지 않을 겁니다. 불리치에게 남은 기회는 〈남작〉에게서 돈을 얻어 내는 것뿐이었습니다. 어떻게 해서든지요.

불리치는 돈을 빌려 달라고 간청했지만, 디미트리오스는 고개를 저었습니다. 「안 됩니다, 그런 일을 하면 사태를 악화시킬 뿐입니다. 이번에는 적이 아니라 친구에게서 돈을 빌리는 셈이 되기 때문입니다. 게다가 그것은 제 원칙에 위배됩니다. 그래도 저로서는 어떻게든 힘이 되고 싶습니다. 방법이 하나 있긴 한데, 당신이 그것을 하려고 들지 모르겠습니다. 그것이 문제입니다. 별로 말씀드리고 싶지는 않습니다만, 불리치 씨가 꼭 알고 싶어 하니 말씀드리겠습니다. 실은 보통 경로를 통해서는 입수할 수 없는 해군 본부의 어떤 정보를 입수하고 싶어 하는 사람을 저는 압니다. 정확성을 믿을 수만 있다면 그 정보에 5만 디나르까지 내놓을 겁니다.」

G는 자신의 계획이 성공(G는 환자가 죽지 않고 수술실에서 나가기만 하면 수술이 성공했다고 생각하는 외과 의사처럼 자기 계획이 성공했다고 믿었습니다)한 것은 자신이 숫자를 신중하게 다뤘기 때문이라고 말했습니다. 맨 처음 2만 디나르로 시작해, 그 뒤 알레산드로(그자는 이탈리아의 스파이였습니다)에 대한 빚의 액수, 그리고 마지막으로 디미트리오스가 제시한 금액까지 모든 것이 심리적 효과를 고려해 신중히 결정한 액수였습니다. 예를 들어 최후의 5만이라는 숫자는 두 가지 면에서 불리치의 마음을 사로잡았습니다. 빚을 갚고도 〈남작〉을 만나기 전에 가지고 있던 돈과 거의 같은 액수가 수중에 남는 거니까요. 두려움이라는 동기에 탐욕을 더한 거지요.

하지만 불리치는 곧바로 말을 듣지 않았습니다. 그 정보가 어떤 것인지 들은 불리치는 겁을 먹고 화를 냈습니다. 하지만 디미트리오스는 화를 내는 불리치를 아주 솜씨 있게 처리했습니다. 불리치가 어느 순간부터 〈남작〉의 호의에 조금씩 의심을 품기 시작했는데, 그 의심이 이때 확신으로 바뀌었습니다. 불리치가 〈이 더러운 스파이!〉라고 외치자 〈남작〉의 관대하고 매력 넘치던 태도가 순식간에 사라졌기 때문입니다. 아랫배를 걷어차인 불리치는 몸을 웅크리고 구역질을 했고, 다시 얼굴을 걷어차였습니다. 숨을 헐떡이고 고통으로 몸을 뒤

틀고 입에서 피를 흘리며 불리치는 의자가 있는 곳으로 나가 떨어졌고, 디미트리오스는 시키는 대로 하지 않으면 위험에 처할 거라고 차갑게 말했습니다.

지시는 간단했습니다. 불리치는 해도를 한 장 구해 이튿날 저녁 해군 본부를 나와 곧바로 호텔로 가져온 다음 한 시간 뒤 돌려받아 그 이튿날 아침 제자리에 가져다 놓으면 되었습니다. 그게 전부였습니다. 돈은 해도를 가져왔을 때 건네주기로 했습니다. 디미트리오스는 불리치에게, 만일 당국에 알릴 생각을 하면 어떻게 되는지 경고했고, 또한 5만 디나르가 기다린다는 사실을 잊지 말라고 말한 뒤 불리치를 돌려보냈습니다.

이튿날 저녁, 지시대로 불리치는 해도를 두 번 접어 외투 안에 숨겨 호텔로 가지고 왔습니다. 디미트리오스는 해도를 G에게 가져다준 뒤 돌아와서 불리치를 감시했고, 그동안 G는 해도를 사진으로 찍어 필름을 현상했습니다. 불리치는 아무 할 말도 없는 듯했습니다. G의 일이 끝나자 불리치는 디미트리오스로부터 해도와 돈을 받아 한마디 말도 없이 돌아갔습니다.

침실에서 필름을 빛에 비춰 보던 G는 불리치가 문을 닫고 나가는 소리를 듣자 굉장히 만족스러웠다고 말하더군요. 경비가 적게 든 데다 쓸데없는 고생도 하지 않았고, 지루하게 시간을 끌지도 않았으며, 모두가, 심지어 불리치마저 그 일로 이득을 보았으니까요. 이제 불리치가 해도를 무사히 제자리에 갖다 놓기만을 바라면 됐습니다. 만족스럽지 못할 이유가 전혀 없었습니다. 모든 면에서 아주 만족스러웠죠.

그리고 그때 디미트리오스가 방으로 들어왔습니다.

그 순간 G는 자신이 한 가지 실수를 저질렀다는 사실을 깨달았습니다.

「내 보수를 주십시오.」디미트리오스가 말하며 손을 내밀었습니다.

G는 자신이 고용한 이의 두 눈을 보고 고개를 끄덕였습니다. 권총이 필요했으나 가지고 있지 않았습니다. 「함께 내 집으로 가지요.」G는 말하고 나서 문으로 향했습니다.

디미트리오스는 천천히 고개를 저었습니다. 「내 보수는 당신 호주머니에 있습니다.」

「이 안에 당신 보수는 없습니다. 내 것뿐입니다.」

디미트리오스가 리볼버를 꺼냈습니다. 그자는 입술에 살짝 웃음을 머금었습니다. 「내가 찾는 것은 당신 주머니에 들어 있어. 두 손을 머리 뒤로 올려.」

G는 하라는 대로 했습니다. 디미트리오스가 G에게 다가왔습니다. G는 상대방의 긴장된 갈색 눈을 찬찬히 바라보며 자신이 위험에 처했다는 사실을 깨달았습니다. 디미트리오스가 G의 0.5미터 앞에서 걸음을 멈췄습니다. 「어리석은 행동은 하지 마시길.」

웃음이 사라졌습니다. 디미트리오스는 갑자기 앞으로 다가오더니 리볼버를 G의 배에 들이대고 다른 손으로 G의 주머니에서 필름을 꺼냈습니다. 그러고는 재빠른 동작으로 한 걸음 물러났습니다. 「가도 좋아.」디미트리오스가 말했습니다.

G는 그곳을 떠났습니다. 이번에는 〈디미트리오스〉가 실수를 한 거지요.

그날 밤, G에게 급히 고용된 사람들은 밤새도록 베오그라드에서 범죄자들이 모이는 카페들을 뒤지며 디미트리오스를 찾아다녔습니다. 하지만 디미트리오스는 자취를 감추었습니다. G는 다시는 디미트리오스를 보지 못했습니다.

그 필름은 어떻게 되었을까요? G의 말을 인용해 보겠습니다.

「아침이 되었지만 결국 디미트리오스를 찾지 못했고, 저는 이제 어떻게 해야 하는지 알았습니다. 아주 착잡했습니다. 그토록 공들여 일을 마치고 난 뒤라 실망이 컸지요. 하지만 달리 방법이 없었습니다. 저는 디미트리오스가 프랑스의 스파이와 연락을 취하고 있다는 사실을 약 1주일 전부터 알고 있었습니다. 아침 무렵엔 그 필름은 이미 그 스파이의 손에 들어가 있었을 겁니다. 저에게는 정말로 다른 방법이 없었습니다. 독일 대사관에 있는 친구가 제 부탁을 들어주었습니다. 당시 독일은 베오그라드의 비위를 맞추려 안달이었습니다. 그러니 유고슬라비아 정부에 흥미 있는 정보를 제공한다는 것은 너무도 자연스러운 일이었지요.」

제가 물었습니다. 「해도가 유출되어 사진이 찍혔다는 사실을 유고슬라비아 당국에 알리라고 당신이 손을 썼다는 겁니까?」

「유감스럽지만, 저는 그럴 수밖에 없었습니다. 그 해도를 쓸모없는 것으로 만들어야 했으니까요. 디미트리오스가 저를 그대로 보내 준 것은 아주 멍청한 짓이었습니다. 하지만 그자는 경험이 많지 않았지요. 디미트리오스는 아마도 제가 불리치를 협박해 해도를 다시 가져오게 할 거라고 생각했을 겁니다. 하지만 저는 이미 프랑스에 넘어간 정보를 가지고 가봐야 큰 보수를 받지 못하리라는 것을 알았습니다. 게다가 제 평판도 흔들릴 거고요. 저는 그때 일로 속이 몹시 쓰렸습니다. 그나마 한 가지 기뻤던 건, 프랑스가 디미트리오스에게 해도의 보수를 반만 지불한 상태에서 제 *démarche*(조치)로 해도의 정보가 쓸모없어졌다는 사실을 발견했다는 거지요.」

「불리치는 어떻게 되었나요?」

G가 얼굴을 찡그렸습니다. 「네, 그 점에 대해서는 유감입니다. 저는 언제나 저를 위해 일해 준 사람에게 어느 정도 책임감을 느꼈습니다. 불리치는 거의 즉시 체포되었죠. 해군 본부의 어느 사본이 유출되었는가는 의심의 여지가 없었습니다. 해도는 모두 돌돌 말아서 금속 통에 보관되어 있었는데, 불리치는 그 해도를 접어서 가지고 나왔으니 접은 자국이 있는 것은 그 사본밖에 없었습니다. 그리고 불리치의 지문이 남아 있었습니다. 현명하게도 불리치는 디미트리오스에 관해 아는 모든 사실을 당국에 털어놓았습니다. 그 결과 불리치는 총살을 면하고 종신형을 받았지요. 저는 불리치가 저까지 끌고 들어갈 줄 알았는데, 불리치는 그렇게 하지 않았습니다. 저는 약간 놀랐습니다. 아무튼 그자를 불리치에게 소개한 사람은 저였으니까요. 그 무렵 저는 불리치가 뇌물을 받은 죄로 형

이 더 무거워질 것을 두려워했거나 아니면 250디나르를 빌려준 일이 고마워서 그랬으려니 생각했습니다. 아마도 해도와 저를 결부시켜 생각하지 않은 듯합니다. 어쨌든 저는 기뻤습니다. 저는 아직 베오그라드에서 해야 할 일이 있었기에, 비록 가명일지라도 경찰에 쫓기면 일하기가 힘들었거든요. 그리고 저는 변장에 능하지 않았습니다.」

저는 한 가지 더 물어보았습니다. 다음이 그 질문에 대한 G의 답입니다.

「아, 네, 저는 새로운 해도가 만들어지자마자 그것을 입수했습니다. 물론 완전히 다른 방법으로요. 그 일에 제 돈을 그렇게 많이 들였으니 빈손으로 물러날 수는 없었습니다. 이쪽 일들이 원래 그렇습니다. 이런저런 이유로 늘 지연이 생기고, 수고와 돈의 낭비가 따릅니다. 선생님은 제가 디미트리오스를 다루는 데 진중하지 않았다고 말할지도 모릅니다. 그러나 그것은 부당한 말입니다. 그저 제 판단이 조금 잘못되었던 것뿐입니다. 저는 그자도 이 세상의 모든 어리석은 사람들과 똑같으리라고 생각했습니다. 즉 그자가 지나칠 정도로 탐욕스러울 거라고 가정한 거지요. 저는 디미트리오스가 제게 약속한 4만 디나르를 받은 뒤 필름을 내놓으라고 요구하리라 생각했습니다. 제가 허를 찔린 거지요. 그리고 그런 판단 잘못으로 저는 굉장히 비싼 대가를 치렀죠.」

「불리치는 자유를 대가로 치렀고요.」 저는 살짝 냉정하게 말한 듯합니다. G가 얼굴을 찡그렸거든요.

「래티머 선생님,」 G가 엄격한 목소리로 대답했습니다. 「불

227

리치는 반역자였고, 자신이 저지른 죄에 대한 대가를 치른 것뿐입니다. 그자에게 동정을 품는 것은 말도 안 됩니다. 전쟁에서는 늘 사상자가 나오기 마련이죠. 불리치는 아주 운이 좋았습니다. 저는 불리치를 다시 이용했을 게 분명하고, 그러면 아마도 불리치는 총살을 당했겠죠. 하지만 불리치는 감옥에 갔습니다. 제가 아는 한, 불리치는 여전히 감옥에 있습니다. 냉정해 보이기는 싫지만, 불리치는 그곳에 있는 게 더 낫습니다. 불리치가 자유를 잃었다고요? 말도 안 됩니다! 애당초 불리치는 잃을 자유가 없었습니다. 그자의 아내는 좀 더 나은 사람을 만났을 거라고 생각합니다. 늘 그러고 싶어 한다는 인상을 받았거든요. 그렇다고 그 여자를 비난하는 건 아닙니다. 불리치는 같이 있기 껄끄러운 사람이었으니까요. 그자는 음식을 먹을 때 흘리는 버릇이 있었던 걸로 기억합니다. 게다가 남에게 폐를 끼치는 존재였습니다. 선생님은 디미트리오스와 헤어진 그날 밤 불리치가 알레산드로를 찾아가 돈을 갚았을 거라고 생각했겠죠? 하지만 그러지 않았습니다. 이튿날 늦게 체포될 때까지 불리치의 주머니에 5만 디나르가 그대로 들어 있었습니다. 안타까운 일이지요. 그런 때일수록, 인간은 유머 감각이 필요합니다.」

자, 이게 전부입니다, 마루카키스 씨. 원하는 정도를 넘어 너무나 상세하게 알아 버린 감이 있지요. 오래된 거짓의 망령 속을 헤매는 저에게 한 가지 위안이 있다면, 당신이 제게 답장을 해주셔서 이 이야기가 그래도 조사할 만한 가치가 있었다고 말해 줄지 모른다는 기대뿐입니다. 당신은 그렇게 말해 줄

지도 모릅니다. 하지만 저는 의심을 품기 시작했습니다. 참으로 비참한 이야기 아닙니까? 영웅도 주인공도 없습니다. 있는 것은 악당과 어리석은 자들뿐입니다. 아니면 어리석은 자만 있다고 해야 할까요?

하지만 그런 질문들을 하기에는 아직 너무 이른 오후입니다. 그리고 저는 짐을 싸야 합니다. 며칠 뒤 제 이름과 주소가 적힌 엽서를 보낼 작정입니다. 당신이 답장할 시간이 있기를 바라면서요. 아무튼 가까운 시일 안에 다시 뵙기를 바랍니다.

Croyez en mes meilleurs souvenirs(경의를 표하며),

찰스 래티머

제10장
8천사

래티머가 파리에 도착한 것은 잿빛으로 흐린 11월 어느 날이었다.

택시가 시테섬으로 건너가는 다리 위를 달릴 때, 파노라마를 이루며 낮게 깔린 검은 구름들이 차가운 먼지바람 속을 재빨리 움직이는 모습이 잠깐 보였다. 코르스 강변로를 따라 길게 늘어선 집들의 앞모습은 조용하고 비밀을 감춘 듯이 보였다. 창문마다 감시자들이 숨어 있는 듯한 느낌이었다. 인적이 거의 없었다. 늦가을 오후의 파리에는 강판화의 으스스한 딱딱함이 배어 있었다.

그로 인해 우울해진 래티머는 볼테르 강변로의 호텔 계단을 올라가며 아테네로 돌아갈걸 그랬다고 무척 후회했다.

방은 추웠다. 식전주를 마시기에는 너무 일렀다. 기차 안에서 충분히 먹었기에 저녁 식사를 일찍 할 필요는 없었다. 그래서 그는 8천사 골목 3번지 외관을 미리 보아 두기로 마음먹었다. 약간 어려움이 있었지만, 래티머는 렌 거리의 옆길 속에 숨어 있는 이 막다른 골목을 결국 찾아냈다.

8천사 골목은 L자형으로 생겼는데, 폭이 넓고 자갈이 깔려 있었으며 입구에 높은 철문이 세워져 있었다. 철문은 문을 떠받쳐 주는 양쪽 벽으로 열어젖혀진 채 튼튼한 꺽쇠 못으로 고정되어 있는 것이, 오랫동안 열린 상태 그대로였던 게 분명했다. 골목 한쪽에는 일렬로 늘어선 집들의 텅 빈 벽들이 보였고, 그 앞에는 끝이 뾰족한 난간이 있어 골목의 맞은편과 이쪽을 갈라놓았다. 또 다른 텅 빈 시멘트 벽이 있었는데, 그곳에는 난간은 없었지만 〈벽보를 붙이지 마시오. 1929년 4월 10일 법령〉이라고 검은 페인트로 쓴 표지가 비바람에 바랜 채 벽을 보호하고 있었다.

그 골목에는 집이 세 채밖에 없었다. L자형 골목의 안쪽에 있어 바깥 거리에서는 보이지 않고, 벽보 금지 건물과 배수관이 뱀처럼 구불거리는 호텔 뒷면 사이의 좁은 틈으로 횡뎅그렁하고 넓은 시멘트 벽이 하나 더 보였다. 래티머는, 8천사 골목에서의 삶은 영원으로 이르는 예행연습과 비슷할 거라는 생각이 들었다. 세 집 가운데 두 집은 닫힌 채 사람이 살고 있지 않은 듯했으며, 세 번째 집은 5층과 맨 위층에만 사람이 살고 있었다. 그 모습에서 아마 래티머 말고 다른 사람들도 비슷한 생각을 했을 듯했다.

불법 침입자가 된 듯한 기분으로 래티머는 울퉁불퉁하게 자갈이 깔린 길을 걸어 3번지 입구로 천천히 걸어갔다.

문은 열려 있었고, 타일을 깐 복도 저 끝에 작고 축축한 뒤뜰이 보였다. 입구 오른쪽 수위실은 비어 있었고, 최근에 사용한 흔적이 없었다. 그 옆 벽의 못으로 박은 먼지 앉은 널빤지에는 놋쇠 명찰 테 네 개가 나사로 박혀 있었는데, 세 개는 비어 있었다. 나머지 하나에는 보라색 잉크로 〈카예〉라고 삐뚤빼뚤하게 쓴 더러운 종잇조각이 꽂혀 있었다.

이로써 알게 된 사실은, 피터스 씨가 준 주소가 실제로 존재한다는 것뿐이었다. 그 점은 이미 래티머도 예상한 바였다. 래티머는 몸을 돌려 바깥 거리로 다시 나갔다. 렌 거리에서 우체국을 찾아 기송관 속달 우편용 봉함엽서를 산 뒤, 자기 이름과 호텔 이름을 쓰고 피터스 씨의 주소를 적은 뒤 활송 장치에 넣었다. 그리고 마루카키스에게 엽서를 보냈다. 이제 앞으로 어떻게 될지는 대부분이 피터스 씨에게 달려 있었다. 하지만 래티머가 할 수 있고 또한 해야 할 일이 아직 있었다. 1931년 12월 마약 밀수 조직 검거에 관해(만약 그런 기사가 존재한다면) 파리의 신문들이 어떻게 썼는지 알아내는 일이었다.

이튿날 아침 9시에도 피터스에게서 아무런 연락이 없어, 래티머는 아침 시간에 신문철을 조사하기로 했다.

래티머는 마침내 신문 하나를 골라 정독하기 시작했다. 그 신문에는 그 사건 기사가 여러 번에 걸쳐 실려 있었다. 첫 번째 기사는 1931년 11월 29일이었다. 〈마약 밀매단 체포되다〉라는 제목이었다.

마약 중독자에게 마약을 밀매하던 남녀가 어제 알레시아구에서 체포되었다. 둘은 악명 높은 외국 조직의 일당으로 알려졌다. 경찰은 며칠 안으로 일당을 더 체포할 계획이다.

그게 전부였다. 래티머는 기사 내용이 묘하다는 생각을 했다. 평범한 문장 세 개는 좀 더 긴 기사에서 뽑아낸 듯했다. 이름이 나와 있지 않은 것도 이상했다. 아마도 경찰의 검열 때문인 듯했다.

다음 기사는 12월 4일 신문에 〈마약 밀매단, 세 명 더 체포〉라는 표제로 실려 있었다.

마약 밀매 조직 일당 세 명이 어젯밤 늦게 포르트 도를레앙 근처 카페에서 체포되었다. 경찰들이 카페에 들어갈 때 일당 중 한 명이 무장 상태에서 필사적으로 도망치려 했고, 경찰은 부득이하게 그 남자에게 총을 쏴야 했다. 그 남자는 가벼운 부상을 입었다. 외국인 한 명을 포함한 나머지 둘은 저항하지 않았다.

어젯밤 체포된 세 명은 1주일 전 알레시아구에서 체포된 남녀와 같은 조직에 속한 것으로 보이며, 이로써 체포된 마약 밀매단원 수는 이제 다섯 명으로 늘어났다.

경찰은, 마약 단속국이 밀매단 간부에 관한 증거를 입수했으니 체포자 수가 더 늘어날 것이라고 발표했다.

마약 단속국 국장인 오귀스트 라퐁 씨는 다음과 같이 말했다.

「우리는 이 조직에 관해 한동안 알고 있었고, 일당의 활동에 대해서도 끈질기게 수사를 계속해 왔습니다. 체포할 수 있었지만 시기를 기다렸습니다. 우리가 잡고 싶었던 것은 간부급인 거물 범죄자들이었습니다. 간부들이 없어지고 공급원이 끊어지면, 파리에 횡행하는 수많은 마약 밀매자는 무력해져서 극악한 장사를 계속할 수 없게 될 것입니다. 우리는 이 일당과 다른 일당들을 일망타진할 계획입니다.」

그리고 12월 11일 신문은 다음처럼 보도했다.

마약 밀매단 괴멸
체포자 늘어나다
「이제 우리는 일당을 모두 체포했습니다.」라퐁 국장이 말하다
7인 위원회

국장인 라퐁 씨의 지휘 아래 마약 단속국은 파리 및 마르세유를 중심으로 활동하던 악명 높은 외국인 마약 밀수단을 일제 공격했고, 그 결과 지금까지 남자 여섯 명, 여자 한 명을 체포했다.

이 공격은 2주일 전 알레시아구에서 여자 한 명과 공범인 남자 한 명을 체포하면서 시작되었다. 그리고 이 범죄 기업 조직의 중추인 〈7인 위원회〉의 나머지 조직원이라 믿어지는 두 남자를 어제 마르세유에서 체포함으로써 공격은 최고조에 이르렀다.

경찰의 요청에 의해, 일당 중 아직 체포되지 않은 자들에게 경계심을 불러일으키는 일이 없도록 우리는 오늘까지 체포된 자들의 이름에 대해 침묵을 지켜 왔다. 이제 그 제한이 해제되

었다.

유일한 여성인 리디아 프로코피예브나는 러시아인으로 난센 구제 기관이 발급한 여권을 소지했으며, 1924년 터키에서 프랑스로 입국한 것으로 보인다. 범죄자 동료들 사이에서는 〈대공비〉로 알려져 있다. 그녀와 함께 체포된 남자는 마뉘스 피서르라는 네덜란드인으로, 프로코피예브나와 행동을 같이해 〈대공 전하〉라 불렸다.

체포된 나머지 다섯 명의 이름은 다음과 같다. 루이 갈린도 — 멕시코계 귀화 프랑스인으로 현재 허벅지 총상을 입고 입원 중. 장바티스트 르노트르 — 보르도 태생 프랑스인. 자코브 베르네르 — 벨기에인으로 갈린도와 함께 체포됨. 피에르 라마르 — 니스 출신 프랑스인, 별명은 〈조조〉. 프레데리크 페테르센 — 덴마크인으로 마르세유에서 체포됨.

어젯밤의 기자 회견에서 라퐁 국장은 다음과 같이 말했다. 「이제 우리는 일당을 모두 체포했습니다. 밀매단은 괴멸되었습니다. 우리는 머리와 뇌를 잘라 냈습니다. 몸통은 곧 죽을 겁니다. 이제 밀매단은 끝났습니다.」

라마르와 페테르센은 오늘 수사 판사에게 심문을 받는다. 그리고 집단 재판이 있을 것으로 기대된다.

3면에서 특별 기사 〈마약 밀매단의 비밀〉이 이어진다.

영국에서라면 라퐁은 크게 곤란해졌을 거라고 래티머는 생각했다. 라퐁과 신문이 미리 이렇게 판결을 내려 버리면 피고들을 재판에 회부하는 게 무슨 의미가 있는가. 그러나 생각해 보면, 프랑스의 재판에서 피고는 언제나 유죄였다. 재판에 회부하는 것은 사실 형을 선고받기 전에 할 말이 없는지 피고에게 묻기 위한 절차에 지나지 않았다.

래티머는 3면의 특별 기사를 펼쳤다.

기사를 작성한 이는 자신을 〈파수꾼〉이라 불렀으며, 우리가 일상적으로 모르핀이라고 아는 물질은 아편의 파생물로 화학식은 $C_{17}H_{19}O_3N$이며, 의료계에서 쓰이는 형태는 모르핀 하이드로클로라이드이지만, 아편의 또 다른 파생물인 헤로인은 디아세틸모르핀으로, 헤로인이 모르핀보다 효과가 더 빠르고 더 강력하고 복용하기도 더 쉽기 때문에 중독자들이 더 선호하며, 코카인은 코카나무 잎에서 추출한 것으로, 코카인 하이드로클로라이드(화학식은 $C_{17}H_{21}O_4N$, HCl)의 형태로 이용되며, 세 가지 약물의 효과는 대충 비슷하다고 설명했다. 즉 이 약물들은 환각제로 초기 단계에서는 정신적, 육체적 흥분을 일으키지만, 결국 중독자는 육체적, 정신적 붕괴를 겪고 아주 끔찍한 정신적 고통에 시달린다. 〈파수꾼〉은, 이러한 약물은 대규모로 유통되고 파리와 마르세유의 누구든 쉽사리 구할 수 있으며, 유럽 전역에 불법 제조 공장이 있다고 했다. 이러한 마약의 전 세계적 생산량은 합법적인 소비량의 몇 배가 훌쩍 넘었다. 서유럽에 수백만 명의 중독자가 있으며, 마약 밀수는 아주 잘 조직된 거대 산업이라고 했다. 이어서 불법 마약 압수 목록이 나왔다. 암스테르담에서 파리로 가는 기계 상자 여섯 개에서 각각 16킬로그램씩의 헤로인 발견, 뉴욕에서 셰르부르로 가는 기름통의 가짜 외벽

사이에서 코카인 25킬로그램 발견, 마르세유에 도착한 트렁크 바닥에서 10킬로그램의 모르핀 발견, 리옹 근처 차 정비소의 불법 제조 공장에서 헤로인 2백 킬로그램 발견. 부유하고 겉으로 존경받는 사람들이 이러한 마약을 판매하는 조직을 관장했다. 그리고 경찰은 이런 자들로부터 뇌물을 받았다. 파리 곳곳의 술집과 댄스장에서는 마약 판매원들이 경찰들을 대놓고 비웃으며 코앞에서 마약을 팔았다. 〈파수꾼〉은 분노로 숨이 막히는 듯했다. 만약 그가 3년 뒤에 이 기사를 썼다면, 분명히 스타비스키[26]와 하원 절반을 연루시켰을 게 분명했다. 〈파수꾼〉은 이번엔 경찰이 제대로 행동했다며, 계속 그러길 바란다고 적었다. 하지만 그러는 동안에도 수천, 수만의 프랑스 남녀가 이런 사악한 밀수로 고통받고 있으며, 그 결과 국가의 건강이 손상된다고 했다. 그리고 이 모든 내용이 암시하는 것은, 비록 〈파수꾼〉이 올바른 양심을 가진 자이긴 하지만, 마약 밀매단의 비밀에 대해서는 아는 것이 전혀 없다는 뜻이었다.

〈7인 위원회〉가 체포됨에 따라 사건에 대한 관심이 희미해진 듯했다. 〈대공비〉가 3년 전에 저지른 사기 건으로 재판을 받기 위해 니스로 신병이 넘어간 일이 그 원인일 수도 있었다. 남자들의 재판은 간단히 보도되었다. 모두 형을 선고받았다. 갈린도와 르노트르와 베르네르는 5천 프랑의 벌금과 3개월의 징역형을, 라마르와 페테르센과 피서르는 2천 프랑

---

26 Alexandre Stavisky(1886~1934). 1930년대 초 고위급 정·재계 인사와 관련된 뇌물 및 사기 사건들로 프랑스를 떠들썩하게 만든 대형 사기꾼.

의 벌금과 1개월의 징역을 선고받았다.

래티머는 형량이 가벼워 깜짝 놀랐다. 그 사건에 대한 의견을 내기 위해 다시 등장한 〈파수꾼〉은 분개했으나 놀라지는 않았다. 과거의 유물과 같은 한심한 법률이 없었다면 여섯 명 모두 종신형을 받았을 것이라고 그는 격분해서 말했다. 그리고 이자들 가운데 누가 우두머리인가? 아하! 경찰은 이 조무래기 쥐새끼들이 (법원에 제출된 증거에 따르면) 한 달에 250만 프랑에 해당하는 헤로인과 모르핀을 공급하고 배달하는 조직을 관장했다고 생각한 걸까? 그건 터무니없었다. 경찰은…….

경찰이 디미트리오스를 발견할 수 없었다는 사실은 신문에 실려 있지 않았다. 놀라운 일은 아니었다. 경찰이 마약 밀매단을 체포할 수 있었던 것은 오로지 일당의 우두머리로 의심되는 익명의 인물이 제공한 자료 덕분이었음을 굳이 경찰이 신문에 알릴 까닭은 없었다. 동시에, 사건을 자세히 알기 위해 이제껏 신문에 의지해 왔는데, 그런 신문보다 자신이 더 많이 알고 있다는 점을 알게 되어 래티머는 기분이 좋지 않았다.

지겨운 생각이 들어 신문철을 접으려 할 때, 신문에 실린 사진이 주의를 끌었다. 수갑을 차고 형사와 함께 법정을 나오는 세 피고인의 사진으로, 그다지 선명하지는 않았다. 세 명 모두 카메라에서 얼굴을 돌리고 있었지만, 형사와 수갑으로 연결되어 있었기에 얼굴을 완전히 숨길 수는 없었다.

래티머는 들어갈 때보다 더 기분 좋게 신문사를 나왔다.

호텔로 돌아가자 메시지가 그를 기다리고 있었다. 래티머가 기송관 속달 우편으로 변경 연락을 보내지 않는 한, 피터스 씨가 그날 저녁 6시에 찾아오겠다는 내용이었다.

*

5시 반이 조금 지났을 때 피터스 씨가 도착했다. 그는 래티머에게 반갑게 인사했다.

「래티머 선생님! 뵙게 되어 이루 말할 수 없이 반갑군요. 지난번 만남은 그리 좋지 않은 상황이었기에 이렇게 다시 만나리라고는 큰 기대……. 하지만 좀 더 즐거운 이야기를 하지요. 파리에 잘 오셨습니다! 편히 오셨습니까? 건강해 보이시는군요. 말씀해 주십시오. 그로데크를 만나 보니 어떠셨습니까? 그 친구는 편지로 선생님이 호감 가는 아주 훌륭한 분이라고 하더군요. 좋은 사람이지요, 그렇지 않습니까? 고양이들도요! 그로데크는 그놈들을 아주 귀여워하지요.」

「그분이 큰 도움이 되었습니다. 자, 앉으시지요.」

「도움이 될 줄 알았습니다.」

래티머는 피터스 씨의 달콤한 웃음이 마치 오랜 세월 혐오하던 지인의 인사처럼 느껴졌다. 「또한 수수께끼 같은 분이더군요. 저에게 파리로 가서 당신을 만나라고 권했습니다.」

「그러던가요?」 피터스 씨는 기쁜 것처럼 보이지 않았다. 웃음이 살짝 흐려졌다. 「그 밖에 또 무슨 말을 하던가요?」

「당신은 머리가 좋은 사람이라고 했습니다. 제가 당신에 관해 한 어떤 말을 아주 재미있어하는 듯했고요.」

피터스 씨는 조심스레 침대에 앉았다. 웃음이 완전히 사라진 상태였다. 「선생님이 뭐라고 하셨는데요?」

「당신과 제가 어떤 관계인지 꼭 알고 싶다고 하더군요. 저는 가능한 한 모든 것을 말했지요. 아는 게 없어서,」 래티머는 심술궂은 말투로 계속했다. 「그로데크에게 모든 걸 털어놓아도 괜찮으리라 생각했거든요. 그게 마음에 걸린다면 사과드립니다. 그리고 제가 당신의 그 귀중한 계획에 대해 아직 아무것도 모른다는 것을 잊지 마십시오.」

「그로데크가 선생님께 말하지 않던가요?」

「전혀요. 그분이 알고 있었나요?」

다시 웃음이 피터스 씨의 부드러운 입술을 덮었다. 마치 저속한 식물이 태양 쪽으로 얼굴을 돌린 듯한 느낌이었다. 「네, 래티머 선생님. 그로데크는 알고 있었습니다. 선생님의 이야기를 들으니 그로데크의 편지에 성의가 없다는 느낌이 들었던 것도 이해가 가는군요. 선생님이 그로데크의 호기심을 채워 주셔서 정말 다행입니다. 우리가 사는 세상에서 부자들은 종종 남의 것을 탐내기 마련이지요. 그로데크는 저의 친한 친구지만, 우리가 그 친구의 도움을 필요로 하지 않는다는 점을 알려 준 것은 잘하신 일입니다. 그러지 않았다면 그 친구가 욕심에 끌렸을 테니까요.」

래티머는 생각에 잠겨 상대의 얼굴을 바라보았다. 이윽고 그가 말했다.

「지금 권총을 가지고 있습니까, 피터스 씨?」

뚱뚱한 남자는 끔찍하다는 표정을 지었다. 「맙소사, 천만에요. 래티머 선생님. 친구를 만나러 오는데 왜 그런 물건을 가지고 온단 말입니까?」

「좋습니다.」래티머는 무뚝뚝하게 말했다. 그는 문 쪽으로 뒷걸음질 쳐서 열쇠를 돌려 문을 잠갔다. 그러고는 열쇠를 주머니에 넣었다. 「자!」엄격한 표정으로 래티머는 말을 계속했다. 「손님에게 무례한 자로 여겨지긴 싫지만, 제 인내에도 한계가 있습니다. 저는 당신을 만나기 위해 먼 길을 왔는데, 아직도 그 까닭을 모릅니다. 하지만 이제는 알아야겠습니다.」

「당연히 그러셔야죠.」

「그 말은 전에도 들었습니다.」래티머가 거칠게 대답했다. 「이제 당신이 또 변죽을 울리기 전에 **알아 두셔야** 할 일이 한두 가지 있습니다. 저는 난폭한 사람이 아닙니다, 피터스 씨. 솔직히 말해, 폭력은 질색입니다. 하지만 때로는 제아무리 온화한 사람이라도 폭력을 써야 할 경우가 있지요. 지금이 그런 경우인지도 모릅니다. 저는 당신보다 젊고 몸도 건강하다는 점을 말씀드립니다. 당신이 끝까지 뜬구름 잡는 이야기만 한다면 저는 당신에게 완력을 쓸 겁니다. 그게 첫 번째로 아셔야 할 일입니다.

두 번째는, 당신이 누군지 제가 안다는 것입니다. 당신 이름은 피터스가 아니라 페테르센입니다. 프레데리크 페테르센이오. 당신은 디미트리오스가 조직한 마약 밀매단 중 한 명으로, 1931년 12월 체포되어 2천 프랑의 벌금과 1개월의 징역형을 받았습니다.」

피터스 씨가 일그러진 웃음을 지었다. 「그로데크가 그렇게 말하던가요?」 그는 부드러우면서도 슬픈 목소리로 물었다. 〈그로데크〉라는 단어가 마치 〈유다〉라는 단어처럼 들렸다.

「아닙니다, 오늘 아침 신문철에서 당신의 사진을 보았습니다.」

「신문요? 아, 그렇군요! 제 친구인 그로데크가 그런 말을 했으리라고는 믿을 수 없었습니다…….」

「그럼 제 말을 부정하지 않는 겁니까?」

「물론 부정하지 않습니다. 그건 사실입니다.」

「그러면 페테르센 씨…….」

「피터스라고 불러 주십시오, 래티머 선생님. 저는 이름을 바꾸기로 했습니다.」

「그럼 좋습니다, 피터스 씨. 이제 세 번째 사항을 말할 차례죠. 저는 이스탄불에 있을 때 그 일당의 종말에 관해 흥미로운 말을 들었습니다. 그 말에 따르면, 디미트리오스가 배반해서 당신들 일당의 유죄를 입증하는 자료를 익명으로 경찰에 넘겨 당신들 일곱 명을 잡히게 했다는 거죠. 사실입니까?」

「디미트리오스는 우리 모두에게 아주 심한 짓을 했지요.」 피터스 씨가 쉰 목소리로 말했다.

「또한 디미트리오스 자신이 마약 중독자가 되었다더군요. 그것도 사실입니까?」

「불행히도, 그렇습니다. 그렇지 않았다면 우리를 배신하지 않았을 겁니다. 우리는 그자를 위해 많은 돈을 벌어 주었으니까요.」

「또한 듣기로는, 당신들 모두가 풀려나는 대로 디미트리오스를 죽이겠노라고 위협했다더군요.」

「**저는** 그러지 않았습니다.」 피터스 씨가 래티머의 말을 바로잡았다. 「몇 명은 그렇게 말했지요. 예를 들어 갈린도는 늘 성미가 급했지요.」

「알겠습니다. 당신은 위협을 하지 않았습니다. 당신은 말보다 행동을 좋아했습니다.」

「무슨 말인지 이해할 수가 없군요, 래티머 선생님.」 피터스 씨는 정말로 이해하지 못한 표정이었다.

「이해할 수 없다고요? 그럼 바꿔 말해 보죠. 디미트리오스는 약 두 달 전 이스탄불 가까이에서 살해되었습니다. 그 살인 사건이 일어났다고 여겨지는 직후 당신은 아테네에 있었지요. 이스탄불에서 얼마 떨어지지 않은 곳에요. 그리고 조사에 따르면 디미트리오스는 무일푼으로 죽었는데, 그런 일이 가능할까요? 당신이 방금 말했듯이 그자 일당은 1931년에 큰돈을 벌었습니다. 제가 들은 바에 따르면 디미트리오스는 자기 손에 들어온 돈을 잃어버리는 사람이 아니었습니다. 제가 무엇을 생각하는지 아시겠습니까, 피터스 씨? 저는 당신이 돈을 노려 디미트리오스를 죽였다고 추정하는 것이 가장 합리적이지 않을까 생각합니다. 거기에 대해 당신은 어떻게 대답하실 겁니까?」

피터스 씨는 곧장 대답하는 대신 장난친 아기 양을 벌주려는 사람 좋은 양치기처럼 슬픈 표정으로 생각에 잠겼다.

　이윽고 피터스 씨가 말했다. 「래티머 선생님, 제 생각에 선생님은 아주 분별이 없으신 듯합니다.」

　「그렇게 생각하십니까?」

　「게다가 아주 운이 좋은 분이고요. 만일 선생님이 말씀하신 대로, 제가 디미트리오스를 죽였다고 해보죠. 그렇다면 이제 제가 어떻게 할지 생각해 보십시오. 저는 선생님을 죽일 수밖에 없지 않을까요?」 피터스 씨는 재킷 안주머니에 손을 넣었다. 그의 손에 루거 권총이 들려 있었다. 「보시다시피, 저는 좀 전에 선생님에게 거짓말을 했습니다. 그 점은 인정합니다. 제가 무기를 가지고 있지 않다고 생각하면 선생님이 어떻게 나올지 정말로 궁금했습니다. 게다가 권총을 지니고 왔다는 것이 몹시 무례해 보이기도 했고요. 선생님을 다루기 위해 권총을 가지고 온 것이 아니라고 말해 봐야 믿어 줄 것 같지도 않았고요. 그래서 거짓말을 한 겁니다. 제 기분을 조금이라도 이해하시겠습니까? 저는 선생님이 절 믿어 주기를 간절히 원합니다.」

　「지금 그 말들은 모두 살인 혐의에 대한 아주 그럴듯한 대답이로군요.」

　피터스 씨는 피곤한 표정으로 권총을 집어넣었다. 「래티머 선생님, 이것은 추리 소설이 아닙니다. 그런 말도 안 되는 소리를 할 **필요**가 없습니다. 비록 선생님에게 분별력이 없다 할지라도, 조금이나마 상상력을 발휘해 보십시오. 디미트리오스가 저에게 재산을 물려주겠다는 유언장을 남겨 두었을 거라고 보십니까? 그럴 리가 없지요. 그렇다면 돈을 빼앗기 위해 제가 그자를 죽였다니, 어떻게 그런 생각을 하실 수 있는 겁니까? 요즘 사람들은 재산을 보물 상자에 넣어 두지 않습니다. 자, 래티머 선생님, 서로 상식 있는 사람답게 행동하지요. 함께 저녁 식사를 한 뒤 일 이야기를 하지요. 저녁 식사가 끝나면 제 아파트로 가서 커피를 마시지 않겠습니까? 이 방보다는 좀 더 편안할 겁니다. 하지만 카페를 원하신다면, 이해합니다. 아마도 선생님은 저를 싫어할 테니까요. 저로서는 선생님을 나무랄 수 없습니다. 그래도 우정이란 게 존재하는 척 흉내를 좀 내보는 게 어떨까요?」

한순간 래티머는 피터스 씨에 대해 마음이 풀어지는 것을 느꼈다. 지금 말한 간청의 끝부분에는 거의 대놓고 자기 연민까지 더해져 있었지만, 피터스 씨는 웃음을 짓지 않았다. 게다가 이 사람 때문에 래티머는 자신이 바보가 된 듯한 느낌이었다. 거기에 더해 까다로운 사람이 된 듯한 느낌까지 드는 것은 싫었다. 하지만 동시에…….

「저도 당신만큼이나 배가 고픕니다.」래티머가 말했다. 「그리고 당신 아파트 대신 카페를 선택해야 할 이유도 딱히 없고요. 동시에, 피터스 씨, 당신을 친근하게 대하고 싶은 마음은 굴뚝같지만, 이것만은 경고해 두는 편이 좋을 듯합니다. 왜 하필 여기 파리에서 만나자고 한 건지 그 이유에 대해 오늘 저녁까지 만족스러운 설명을 들을 수 없다면, 저는 50만 프랑이 생기든 말든 내일 첫 기차로 이곳을 떠날 겁니다. 아시겠습니까?」

피터스 씨의 웃음이 돌아왔다. 「잘 알아들었습니다, 래티머 선생님. 그리고 선생님의 솔직한 말씀에 진심으로 감사드립니다.」그의 웃음이 능글맞아졌다. 「우리가 이렇게 늘 솔직하다면, 우리가 늘 상대에게 오해받을 두려움 없이 마음을 활짝 열 수 있다면, 그야말로 얼마나 좋을까요! 우리의 삶이 정말 편해지지 않겠습니까! 하지만 우리는 눈에 더께가 끼어 앞을 못 보지요. 만약 세상의 맘에 들지 않는 방식으로 우리가 행동하는 것이 위대하신 존재께서 내리신 선택이라면, 우리의 행동을 부끄러워하지는 맙시다. 결국 우리는 그분의 뜻에 따르는 것뿐이며, 우리가 어떻게 그분의 뜻을 이해하겠습니까? 어떻게 그게 가능하겠습니까?」

「모르겠습니다.」

「아하! 그 누구도 아는 이가 없습니다, 래티머 선생님. 우리 모두 모릅니다. 다른 세상에 가기 전에는 말입니다.」

「맞는 말입니다. 어디서 식사를 할까요? 근처에 덴마크 식당이 있지요?」

피터스 씨는 몸을 꿈틀거려 외투를 입었다. 「아니요, 래티머 선생님. 선생님이 잘 아시듯이, 없습니다.」피터스 씨는 불행한 표정으로 한숨을 쉬었다. 「저를 놀리시다니 짓궂으시군요. 하지만 저는 프랑스 음식을 좋아합니다.」

래티머는 피터스 씨와 층계를 내려가며, 상대로 하여금 스스로 어리석다고 생각하게 만드는 그의 능력이 정말 대단하다고 생각했다.

피터스 씨는 자신이 사겠다며 자코브 거리의 싸구려 식당으로 래티머를 데려갔고, 두 사람은 그곳에서 식사를 했다. 그런 뒤 8천사 골목으로 향했다.

「카예라는 사람은 어쩌고요?」먼지 앉은 계단을 올라가며 래티머가 물었다.

「그 친구는 떠났습니다. 지금은 여기서 혼자 지내지요.」

「그렇군요.」

둘이 3층에 올랐을 때, 피터스 씨는 숨을 헐떡이며 잠시 걸음을 멈췄다.「카예가 실은 저라는 것을 눈치채셨겠지요?」

「네.」

피터스 씨는 다시 계단을 올라가기 시작했다. 그의 체중으로 계단이 삐걱였다. 두세 단쯤 뒤에서 따라 올라가던 래티머는 피터스 씨의 뒷모습을 보며, 균형 잡는 묘기를 보여 주기 위해 색색깔 블록으로 만든 피라미드를 마지못해 올라가는 서커스 코끼리를 머릿속에 떠올렸다. 두 사람은 5층에 도착했다. 피터스 씨가 걸음을 멈추더니 낡은 문 앞에 서서 헐떡이며 열쇠 다발을 꺼냈다. 이어서 그는 문을 열고 스위치를 켠 뒤 래티머에게 안으로 들어오라고 손짓했다.

방은 집 정면부터 뒤쪽까지 이어졌으며, 문 왼쪽 부분에서 커튼으로 나뉘어 있었다. 커튼 뒤편은 층계를 다 올라온 층계참 끝에서 뒤쪽 벽, 그리고 옆집까지의 공간을 차지해 문이 있는 쪽 방과 형태가 달랐다. 그리고 세 개의 벽이 벽감을 이루었다. 방의 양쪽 끝에는 높다란 프랑스식 창문이 달려 있었다.

건축학적으론 이 무렵에 지은 프랑스 집이라면 흔히 있음 직한 유형이었지만, 그 밖에는 모든 점에서 이상했다.

우선 래티머의 눈길을 끈 것은 칸막이 커튼이었다. 커튼 천은 금실을 넣어 짠 직물을 흉내 낸 모조품이었다. 벽과 천장에는 짙푸른색 페인트를 칠했고, 금빛 별들이 그려져 있었다. 사방에 싸구려 모로코 깔개들이 깔려 있어 맨바닥은 한 치도 보이지 않았다. 깔개들은 여기저기 겹치고, 어떤 곳에는 3중, 4중으로 포개져 불룩하게 솟아 있었다. 그리고 쿠션이 수북이 쌓인 거대한 소파 세 개, 장식이 새겨진 가죽 오토만 몇 개, 놋 쟁반이 놓인 모로코식 테이블 하나가 있었다. 방 한구석에는 커다란 놋쇠 징이 놓여 있었다. 뇌문 세공을 한 떡갈나무 등에서 흘러나오는 불빛이 방 안을 비췄다. 방 한가운데에는 크롬을 입힌 작은 전기난로가 있었다. 그리고 방 안은 가구에 쌓인 먼지에서 나오는 숨 막히는 냄새로 가득했다.

「제 집입니다!」 피터스 씨가 말했다. 「외투를 벗으십시오, 래티머 선생님. 다른 부분도 보고 싶으십니까?」

「네.」

「겉으로는 흔히 보이는 프랑스식 집이지요.」 피터스 씨가 다시 계단을 힘겹게 올라가며 말했다. 「하지만 불편이라는 사막 속에 있는 오아시스죠. 여기가 제 침실입니다.」

래티머는 또 다른 방을 힐끗 보았다. 그 방 역시 프랑스령

모로코식으로 꾸며져 있었고, 구겨진 플란넬 잠옷 한 벌이
널려 있었다.

「그리고 화장실입니다.」

래티머는 화장실 안을 살펴보았고, 이 집 주인이 여벌의
틀니를 가지고 있음을 알게 되었다.

「이제,」 피터스 씨가 말했다. 「흥미로운 것을 보여 드리겠
습니다.」

피터스 씨가 앞장서서 계단참으로 나갔다. 두 사람 앞쪽에
커다란 옷장이 있었다. 피터스 씨는 문을 열고 성냥불을 켰
다. 옷장 안의 뒷벽을 따라 옷걸이용 쇠못이 일렬로 박혀 있
었다. 피터스 씨는 가운데 쇠못을 마치 빗장처럼 돌려 당겼
다. 옷장 뒷벽이 앞으로 기울어졌다. 밤공기가 래티머의 얼
굴을 어루만지고, 거리의 소음이 들려왔다.

「바깥벽에 이웃집으로 이어지는 좁은 철제 플랫폼이 있습
니다.」 피터스 씨가 설명했다. 「저쪽 집에도 이와 똑같은 옷
장이 있지요. 밖에서 보면 그저 빈 벽 뿐이고 아무것도 보이
지 않습니다. 따라서 우리가 이곳을 통해 이 집을 빠져나가
면 아무도 우리를 볼 수 없습니다. 이런 장치를 설치한 것은
바로 디미트리오스입니다.」

「디미트리오스!」

「이 세 채 모두 디미트리오스 소유였습니다. 사생활 보호
를 위해 늘 비워 두었지요. 때로는 창고로 쓰기도 했습니다.
이 두 층은 회의를 할 때 썼고요. 이 세 채의 집은 실질적으로
아직도 디미트리오스의 재산입니다. 저에게는 다행스럽게

도, 디미트리오스는 조심하기 위해 이 집을 제 이름으로 샀습니다. 흥정 역시 제가 했습니다. 경찰은 이 집들에 관해 전혀 알아내지 못했습니다. 그래서 저는 감옥에서 나와 이곳에 들어와 살 수 있었습니다. 디미트리오스가 자기 집들이 어떻게 되었을까 하고 생각할 경우에 대비해, 이 집들을 카예라는 이름을 써서 **제가** 저에게서 다시 사들였습니다. 알제리식 커피 좋아하십니까?」

「좋아합니다.」

「프랑스식 커피보다 준비하는 데 시간이 좀 오래 걸리지만, 저는 알제리식 커피를 좋아합니다. 다시 아래층으로 내려갈까요?」

두 사람은 아래층으로 내려갔다. 래티머가 쿠션들 사이에 어색하게 앉는 것을 본 피터스 씨는 벽감 안으로 사라졌다.

래티머는 쿠션 몇 개를 빼낸 다음 주위를 둘러보았다. 이 집이 전에는 디미트리오스 소유였다는 생각을 하자 묘한 느낌이 들었다. 하지만 현재 집주인이면서 세입자인 척하는 피터스 씨가 이 집에 세 들어 산다는 증거들이 훨씬 더 묘했다. 머리 위에는 (뇌문 세공이 된) 작은 선반이 있었다. 그 선반에는 페이퍼백 책이 몇 권 있었다. 그 가운데 한 권은 『주옥 같은 인생 지혜』였다. 아테네에서 오던 기차에서 피터스 씨가 읽던 책이었다. 그 밖에 플라톤의 『향연』 프랑스어 완역본, 작가 이름이 없는 『풍속 시선집』이라는 제목의 〈발췌본〉, 『이솝 우화』 영어본, 험프리 워드 부인의 『로버트 엘즈미어』 프랑스어본, 독일 지명 사전, 래티머가 보기에 덴마크어로 쓰인 듯한 프랭크 크레인 박사의 책이 몇 권 있었다.

피터스 씨는 묘하게 생긴 퍼컬레이터와 알코올램프, 잔 두 개, 모로코 담배 상자가 놓인 모로코 쟁반을 가지고 돌아왔다. 그는 알코올램프에 불을 붙여 퍼컬레이터 아래로 넣고, 담배 상자를 소파의 래티머 옆자리에 놓았다. 그리고 피터스 씨는 래티머의 머리 위로 손을 뻗어 선반에서 덴마크어로 된 책 한 권을 빼내더니 한두 페이지 넘겼다. 바닥에 작은 사진이 한 장 떨어졌다. 피터스 씨는 그 사진을 집어 래티머에게 내밀었다.

「이 사람이 누군지 알아보시겠습니까, 래티머 선생님?」

그것은 빛바랜 중년 남자의 어깨와 얼굴이 드러난 사진으로……

래티머가 고개를 들었다. 「디미트리오스군요!」 그가 외쳤다. 「어디서 구하셨습니까?」

피터스 씨는 래티머의 손에서 사진을 빼냈다. 「알아보시겠습니까? 잘됐군요.」 피터스 씨는 오토만에 앉아 알코올램프를 조절했다. 이윽고 피터스 씨가 고개를 들었다. 만약 피터스 씨의 탁한 눈이 빛날 수 있었다면, 래티머는 그 두 눈이 기쁨에 빛나고 있었다고 말했을 것이다.

「담배를 피우십시오, 래티머 선생님.」 피터스 씨가 말했다. 「제가 이야기를 하나 해드리겠습니다.」

제11장
파리, 1928~1931년

「종종 하루 일과를 마친 뒤,」피터스 씨가 기억을 더듬으며 말했다. 「저는 지금처럼 벽난로 앞에 앉아 과연 제가 원했던 만큼 성공한 인생을 살고 있나 생각하곤 합니다. 맞습니다, 저는 돈을 벌었지요. 부동산도 좀 있고, 여기저기 채권과 주식도 좀 있습니다. 하지만 제가 생각하는 건 돈이 아닙니다. 돈이 전부는 아니지요. 우리가 사는 이 세상에서 저는 과연 무엇을 이룬 걸까요? 가끔 저는 차라리 결혼해서 가족을 일구었으면 더 나았을 거라고 생각하기도 합니다만, 늘 분주하게 돌아다녔고, 전체로서의 우리 세상에 너무나 관심이 많았습니다. 어쩌면 제가 삶에서 무엇을 원하는지 알지 못했을지도 모르지요. 우리 불쌍한 인간 상당수가 그렇듯이요. 우리는 해를 거듭하며 원하고 바라지만, 무엇을 원하고 바라는 걸까요? 우리는 알지 못합니다. 돈? 그건 우리에게 돈이 거의 없을 때뿐이지요. 가끔 저는 일용할 양식 정도만 있는 사람들이 오히려 백만장자들보다 더 행복하지 않을까 생각합니다. 일용할 양식만 있는 이들은 자신이 무엇을 원하는지 알지요. 이틀 치 양식입니다. 그런 이의 삶은 소유로 인해 복잡하지 않습니다. 저는 다른 모든 것에 앞서 제가 원하는 무언가가 **있다는** 사실만 압니다. 하지만 그게 무엇인지 제가 어찌 알 수 있단 말입니까? 저는……」 피터스 씨는 책 선반 쪽을 향해 손을 저었다. 「철학과 예술에서 위안을 찾으려 했습니다. 플라톤이나 H. G. 웰스의 작품에서요. 네, 저는 폭넓게 읽었습니다. 이런 책들이 위안이 되었지만, 저는 만족스럽지 않았습니다.」 피터스 씨는 거의 견딜 수 없는 감상적 비관론의 희생자라도 된 듯 용감하게 웃었다. 「우리는 위대하신 존재께서 우릴 부르실 때까지 그냥 기다릴 수밖에 없습니다.」

피터스 씨가 말을 계속하길 기다리며, 래티머는 자기 평생 지금 이 사람만큼 누구를 싫어한 적이 있는지 생각해 보았다. 래티머는 자기 앞의 인물이 이런 터무니없는 싸구려 헛소리를 신봉한다는 게 믿기지 않았다. 하지만 신봉하는 게 분명해 보였다. 그리고 피터스 씨가 이토록 역겨운 것도 바로 그러한 믿음 때문이었다. 만약 피터스 씨가 지금 조롱조로 말했다면, 멋진 농담으로 들렸을 것이다. 지금 하는 말이 너무나 농담 같았기 때문이다. 피터스 씨의 정신은 두 개로 깔끔하게 분리되어 있었다. 한쪽에서는 마약을 팔고, 채권을 사고, 『풍속 시선집』을 읽는 반면, 다른 한쪽에서는 자신의 외설적인 영혼을 감추기 위해 따뜻하고 역겨운 액체를 배설했다. 이런 인물은 싫어하지 않기가 불가능했다.

이윽고 래티머는 이러한 생각의 주제가 되는 인물에게로 시선을 돌렸고, 커피 퍼컬레이터를 조심스레, 거의 사랑이 담긴 듯한 손길로 조절하는 그 인물을 관찰하며, 자신을 위해 커피를 만들어 주는 사람을 싫어하는 게 얼마나 어려운지에 관해 생각했다. 통통한 손가락들로 응원하듯이 퍼컬레이터 뚜껑을 부드럽게 쓰다듬은 다음, 피터스 씨는 등을 곧게 펴고 만족스러운 한숨과 함께 다시 몸을 돌렸다.

「그렇습니다, 래티머 선생님, 우리 대부분은 삶에서 무엇을 원하는지 모르며 살아갑니다. 그러나 아시겠지만, 디미트리오스는 달랐습니다. 디미트리오스는 자신이 원하는 게 무엇인지 정확히 알았습니다. 그자는 돈과 권력을 원했습니다. 오로지 그 두 가지뿐이었습니다. 자신이 얻을 수 있는 최대한으로 원했습니다. 흥미로운 것은, 그자가 그 두 가지를 얻을 수 있도록 도와준 게 저였다는 겁니다.

제가 디미트리오스를 처음 알게 된 것은 1928년입니다. 이곳, 파리에서였지요. 당시 저는 지로라는 남자와 함께 블랑슈 거리에서 클럽을 운영했습니다. 〈파리인의 카스바〉[27]라는 곳이었는데, 소파를 놓고 호박색 조명을 달고 융단을 간, 아주 흥겹고 아늑한 곳이었습니다. 저는 지로를 마라케시에서 만났는데, 우리가 그곳에서 알던 가게와 모든 것을 똑같이 하기로 했거든요. 모든 것이 모로코식이었습니다. 단 하나 예외는 춤곡을 연주하는 밴드로, 그 사람들은 남미인이었죠.

가게를 1926년에 문 열었는데, 파리 경기가 좋을 때였습니다. 미국인과 영국인이 많았고, 특히 미국인들은 돈이 많아 샴페인을 주문했고, 프랑스인들 역시 많이 왔습니다. 대

27 카스바는 모로코에서 〈성채〉라는 뜻으로 쓰인다.

부분의 프랑스인은 모로코에서 병역을 마치지 않은 경우 모로코에 대해 감상적이지요. 그리고 우리 가게 〈카스바〉는 모로코 그 자체였습니다. 가게에는 아랍인과 세네갈인 웨이터들이 있었고, 샴페인은 메크네스[28]에서 수입한 것이었습니다. 미국인들에게는 살짝 달았지만, 그래도 아주 좋은 술이었고, 값도 쌌죠.

아시겠지만, 클럽을 운영할 때는, 단골이 생기기까지 시간이 걸리고, 운도 따라 줘야 합니다. 남들이 다 간다는 이유만으로 특정 지역의 특정 가게에 갑자기 사람이 몰리기 시작하는 걸 보면 참으로 흥미롭습니다. 물론 손님을 끌어올 다른 방법들도 있지요. 관광 가이드가 손님들을 데려오게 할 수도 있지만, 그러려면 가이드에게 돈을 줘야 하기에 수익이 줄어들지요. 또 다른 방법은 특별한 종류의 사람들이 만나는 장소로 만드는 겁니다. 하지만 특별한 종류의 단골들에게 알려지기까지 시간이 걸리는 데다가, 비록 법을 어기지 않는다해도 경찰은 그런 곳들을 달가운 시선으로 보지 않는 경우가많습니다. 그냥 운이 좋은 게 가장 좋은 방법이자 가장 싼 방법이지요. 지로와 저는 특별히 운이 좋다고 할 수는 없었습니다. 그래서 당연히 우리는 열심히 일해야 했죠. 그런데 마침내 운이 찾아왔습니다. 우리에게는 좋은 *chasseur*(호객꾼)이 있었고, 발렌티노[29] 덕분에 탱고가 유행이었는데, 우리의

---

28 모로코 중북부의 도시.
29 Rudolph Valentino(1895~1926). 이탈리아 출신 미국의 영화배우이자 댄서. 탱고를 잘 추는 것으로 유명했다.

남미 밴드는 곧 연주를 잘하게 되어 많은 사람들이 춤을 추러 왔거든요. 손님이 많아지자 우리는 테이블을 더 놓았고, 그로 인해 플로어가 좁아졌지만, 상관없었습니다. 사람들은 계속해서 춤을 추러 왔습니다. 우리는 새벽 5시까지 영업을 해, 다른 클럽에서 놀던 사람들이 우리 클럽으로 왔지요.

2년 동안은 수지가 맞았지만, 그런 곳이 대개 그렇듯이 단골들의 유형이 달라지기 시작했습니다. 프랑스인이 늘고 미국인이 줄었고, *maquereaux*(불량배)가 많아지고 신사는 적어졌으며, *poules*(창녀)가 늘고 멋진 숙녀는 줄었습니다. 여전히 이윤은 났지만 전처럼 많이 벌지 못해 더 노력해야 했습니다. 저는 이제 뭔가 방법을 취해야겠다는 생각을 하기 시작했습니다.

〈카스바〉에 디미트리오스를 데려온 건 지로였습니다.

말씀드렸듯이, 지로를 만난 건 제가 마라케시에 있을 때였습니다. 그 친구는 아랍인 어머니와 프랑스 병사 사이에서 태어난 혼혈이었습니다. 알제리 태생으로 프랑스 여권을 가지고 있었지요.

대부분의 사람은 지로에게 아랍인의 피가 흐른다는 사실을 알지 못했습니다. 자신이 알고 있는 아랍인과 함께 있는 그를 봐야만 알아챌 정도였지요. 지로는 아랍인을 좋아한 적이 한 번도 없습니다. 그리고 사실 저는 지로를 좋아하지 않았습니다. 지로가 저를 신뢰하지 않았기 때문이 아닙니다. 비록 그보다 더 가슴 아픈 일은 없지만요. 제가 지로를 좋아하지 않은 건 그자를 신뢰할 수 없었기 때문입니다. 만약 제가 돈이 넉넉해서 〈카스바〉를 혼자 열 수 있었다면, 절대로 지로를 파트너로 받아들이지 않았을 겁니다. 지로는 매상을 속이려 했고, 비록 지로의 그런 시도가 성공한 적은 없지만, 저는 그런 시도 자체를 싫어했습니다. 저는 부정행위를 참을 수 없습니다. 1928년 봄이 되었을 때, 저는 지로가 아주 지긋지긋해졌습니다.

지로가 어떤 경위로 디미트리오스를 만났는지는 모릅니다. 블랑슈 거리에서 더 올라간 어느 나이트클럽에서 만났겠지요. 우리는 밤 11시가 되어야만 가게를 열었기 때문에, 지로는 가게 문을 열 때까지 다른 가게에 가서 춤을 추곤 했습니다. 하지만 어느 날 밤 디미트리오스를 〈카스바〉로 데려온 지로가 저를 구석으로 끌고 갔습니다. 가게의 이익이 차츰 줄어드는데, 자기 친구 디미트리오스 마크로풀로스와 거래하면 돈을 벌 수 있다더군요.

처음 만났을 때 디미트리오스는 그렇게 인상적인 인물이 아니었습니다. 흔한 *maquereau*(불량배) 정도로 보였죠. 옷은 몸에 꼭 맞고 머리칼은 희끗희끗하고 손톱도 손질하고, 더구나 그때까지 〈카스바〉를 찾아온 점잖은 손님이라면 불쾌해할 듯한 눈초리로 여자들을 바라보았습니다. 그래도 저는 지로와 함께 디미트리오스의 테이블로 가서 그자와 악수를 했습니다. 그러자 그자는 옆에 있는 의자를 가리키며 앉으라고 하더군요. 모르는 사람이 보았다면 저를 *patron*(가게 주인)이 아닌 웨이터로 여겼을 겁니다.」

피터스 씨는 촉촉한 눈을 돌려 래티머를 보았다. 「그리 인상적이지 않았다면서 당시 일을 아주 또렷이 기억하고 있다고 생각하시겠지요, 래티머 선생님. 맞습니다. 저는 당시를 또렷하게 기억합니다. 사실, 그때 저는 디미트리오스라는 인간을 나중에만큼 잘 알지 못했던 겁니다. 그자는 그다지 강한 인상을 주는 것 같지 않으면서도 사실은 주고 있었습니다. 당시 저는 그자에게 짜증이 나서 의자에 앉지 않은 채 용건이 뭔지 물었습니다.

한순간 그자는 저를 바라보았습니다. 아시겠지만 그자의 눈은 아주 부드러운 느낌의 갈색이지요. 이윽고 그자가 말했습니다. 〈샴페인을 마시고 싶어, 친구. 맘에 안 드나? 돈은 내지. 내게 좀 더 공손할 수 없겠어? 아니면 좀 더 똑똑한 친구들에게 일거리를 가져갈까?〉

저는 조용한 성격입니다. 말썽을 싫어하죠. 사람들이 공손하고 나긋나긋하게 말하면 세상이 얼마나 더 살기 좋을까 종종 생각하곤 합니다. 하지만 그러기 어려운 경우도 있지요. 저는 디미트리오스에게 무슨 일이 있어도 당신 같은 자를 공손히 대할 수는 없으니, 맘에 안 들면 나가라고 했습니다.

지로만 아니었으면 디미트리오스는 클럽을 나갔을 거고, 제가 이렇게 여기에 앉아 선생님과 이야기를 나눌 일도 없었겠지요. 지로는 의자에 앉아 제 행동에 대해 사과했습니다. 지로가 말하는 동안 디미트리오스는 저를 지켜보았고, 저는 그자가 저를 미심쩍어한다는 사실을 알았습니다.

저는 디미트리오스와 그 어떤 일도 하고 싶지 않다고 생각했지만, 그자를 데려온 지로 입장도 있으니 어쨌든 이야기를 들어 보려고 함께 앉았고, 디미트리오스는 자신의 제안을 설명했습니다. 그자는 아주 설득력이 있어서, 결국 저도 그자가 원하는 대로 하겠노라고 동의했습니다. 디미트리오스와 일을 시작하고 몇 달쯤 지난 어느 날…….」

「잠깐만요.」 래티머가 말을 막았다. 「그 일이라는 게 뭐였습니까? 마약 밀매를 시작한 건가요?」

피터스 씨는 망설이며 얼굴을 찡그렸다. 「아닙니다, 래티머 선생님. 그게 아니었습니다.」 피터스 씨는 다시 한번 망설이더니 갑자기 프랑스어로 말했다. 「꼭 아셔야겠다면 우리가 함께 한 그 일이 무엇인지 말씀드리지요. 하지만 그런 환경을 이해하지 못하는 분에게, 그런 일에 대한 공감이 없는 분에게 이런 일을 설명하기란 참으로 어렵군요. 선생님이 전혀 경험해 보지 못했을 일들과 관련된 거라서요.」

래티머는 살짝 비꼬는 말투로 〈그래요?〉라고 말했다.

「아시겠지만, 래티머 선생님, 저는 선생님의 작품 하나를 읽었습니다. 그 작품에는 편협함, 편견, 포악한 도덕적 엄정함의 기운이 담겨 있었죠. 저는 그런 책을 읽는 게 꽤 불편했습니다.」

「그러셨군요.」

「저는 사형 제도에 반대하는 쪽이 아닙니다.」 피터스 씨가 계속 말했다. 「제 짐작에 선생님께서는 반대하실 듯합니다. 교수형의 실용적인 면이 선생님에게는 충격이겠지요. 하지만 선생님은 자신의 야만성에 두려워 몸서리를 치면서도, 일종의 연민 섞인 기쁨을 느끼며 이 불행한 살인자를 계속 추적하고 계시지 않습니까? 선생님의 그런 점이 제겐 아주 불쾌합니다. 또한 그런 선생님의 행동을 보면, 돌아가신 돈 많은 이모가 담긴 관을 따라 묘지로 가는 감상적인 청년이 생각납니다. 그 청년의 두 눈에는 눈물이 가득 맺혀 있지만, 가슴은 기쁨으로 가득하지요. 그 스페인 청년은 영어권 사람들이 투우에 반대한다는 사실을 아주 이상하게 여깁니다. 그 단순한 친구는 아직 깨닫지 못했거든요, 말들과 황소를 괴롭혀야 할 마땅하고 법적인 필요가 있다는 것, 그리고 자신은 그러한 행위를 싫어한다는 것을 영어권 사람들에게 알리지 않았다는 걸요. 제 말을 오해하지는 마십시오, 래티머 선생님. 저는 선생님의 도덕적 검열을 두려워하는 것이 아닙니다. 하지만 선생님이 충격을 받는다는 점 때문에 저는, 비록 살짝이긴 하지만 확실하게 불쾌합니다.」

「아직 말씀을 안 해주시니, 무엇 때문에 놀랄 거라고 하시는지 모르겠습니다.」 래티머가 살짝 짜증을 내며 지적했다. 「그러니 답을 하기가 좀 어렵군요.」

「네, 네, 그러시겠죠. 이런 말씀을 하긴 죄송하지만, 디미트리오스에게 관심이 생긴 이유가 주로 그자로 인해 놀라셨기 때문 아니었나요?」

래티머는 잠깐 생각을 해보았다. 「그 말이 맞는 듯합니다. 하지만 그건 단지 제가 그자에게 충격을 받았기 때문에 그자를 이해하고 행동을 설명하려고 하는 것뿐입니다. 저는 범죄 소설에 나오는 비인간적이고 냉혈한 악마 같은 존재가 정말로 세상에 있으리라고는 믿지 않습니다. 하지만 지금까지 제가 디미트리오스에 관해 들은 모든 이야기를 종합해 볼 때, 그는 몸서리가 쳐질 만큼 비인간적인 행동을 꾸준히 해왔다는 사실을 암시하더군요. 그냥 한두 번이 아니라 꾸준히 말입니다.」

「돈과 권력을 추구하는 것이 비인간적일까요? 허영심 강한 사람이라면 돈과 권력을 통해 엄청난 즐거움을 누릴 수 있습니다. 디미트리오스에게서 제가 맨 먼저 알아차린 것은 바로 그자의 허영심이었습니다. 그것은 조용하고 인간 깊숙이 파고든 허영심이었죠. 그 때문에 디미트리오스는 그냥 허영에 찬 보통 사람보다 훨씬 더 위험했습니다. 이제, 이성을 되찾으십시오, 래티머 선생님! 디미트리오스와 존경받는 성공한 사업가의 차이는 단지 방법의 차이일 뿐입니다. 합법적인 방법이냐 불법적인 방법이냐만 다를 뿐 무자비한 것은 둘다 똑같습니다.」

「말도 안 되는 소리!」

「물론입니다. 하지만 지금 제가 도덕적 올바름의 공격으로부터 디미트리오스를 변명해 주다니, 흥미롭지 않습니까? 확신하건대, 디미트리오스는 이런 제 행동에 대해 전혀 고마워하지 않을 겁니다. *Savoir faire*(일 처리하는 방식)으로 미루어 보건대, 디미트리오스는 이루 말할 수 없을 정도로 무식했습니다. 그자에게 〈도덕적 올바름〉이란 아무런 의미도 없습니다. 아하! 커피가 다 준비되었군요.」

피터스 씨는 조용히 커피를 따라서 잔을 코 높이로 들어 올려 향을 맡아 보았다. 그러더니 잔을 내려놓았다.

「당시 디미트리오스는,」 피터스 씨가 말했다. 「사람들이 〈백인 노예 매매〉라고 부를 만한 일과 관련 있었습니다. 아주 흥미로운 표현이지요. 〈매매〉라니. 아주 무시무시한 뜻이 담긴 단어지요. 〈백인 노예〉. 〈백인〉의 의미를 생각해 보십시오. 요즘 〈유색〉 노예 매매에 대해 말하는 사람이 있나요? 없다고 생각합니다. 하지만 그에 관련된 여자 대부분은 유색인입니다. 저는 매매된 결과가 다카르에서 온 흑인 여자나 하얼빈에서 온 중국 여자보다 부쿠레슈티의 빈민굴 출신 백인 여자에게 더 괴로운 일일 거라는 생각은 도무지 들지 않습니다. 국제 연맹 위원회는 인종적인 편견이 없으므로, 그 점에 대해 충분히 이해하고 있습니다. 그리고 〈노예〉란 단어를 불신할 정도로 똑똑하기도 하지요. 그곳에서는 그걸 〈여성 매매〉라고 부릅니다.

저는 그 일을 좋아한 적이 단 한 번도 없습니다. 인간을 생명이 없는 일반 상품처럼 다루는 것은 불가능합니다. 언젠가는 문제가 생기기 마련이지요. 게다가 〈백인〉이라는 표현은 단순히 인종적인 뜻만이 아니라 종교적인 뜻을 지닐 가능성 역시 늘 존재하지요. 제 경험으로 보아 그럴 가능성은 적지만, 여하튼 가능성이 없지는 않습니다. 제가 비록 비논리적이고 감상적일지 모르지만, 그런 일에 관련되는 것이 내키지 않았습니다. 게다가 그러한 밀매에 들어가는 간접 경비도 합법적인 거래 시의 간접 경비보다 훨씬 많이 들었고요. 언제나 가짜 출생, 결혼, 사망 증명서를 구해야 하고, 여비, 뇌물 말고도 몇 사람 몫의 신분 증명서를 언제든 사용할 수 있게 하려면 비용이 들었습니다. 선생님은 위조 서류가 얼마나 비싼지 모르실 겁니다. 당시 알려진 위조 서류 입수처는 세 군데였습니다. 취리히에 하나, 암스테르담에 하나, 그리고 브뤼셀에 하나가 있었지요. 모두 중립국이었습니다! 희한하지 않습니까? 그때는 진짜를 가지고 위조한 덴마크 여권, 즉 진짜 덴마크 여권을 화학적으로 처리해 원래 기재 사항과 사진을 제거하고 다른 이름을 쓰고 사진을 붙인 것 하나를, 어디 보자, 지금 시세로 2천 프랑이면 입수할 수 있었습니다. 진짜로 위조한, 즉 처음부터 끝까지 전문가가 위조한 여권은 그보다 조금 싸서 1천5백 프랑 정도였습니다. 요즈음에는 그 두 배를 내야 할 겁니다. 지금은 위조 여권 제작 대부분이 여기 파리에서 이루어집니다. 물론 피란민이나 망명자들이 쓰는 거죠. 요점은, 노예 매매에는 큰 자본이 필요하다는 겁니다. 만약 이름이 알려진 사람이라면 기꺼이 돈을 투자하려는 사람들이 늘 넘쳐나지만, 그런 사람들은 엄청난 배당을 기대하지요. 그냥 오롯이 자기 자본으로 하는 편이 낫습니다.

디미트리오스는 자기 자본도 있었고, 남의 자본을 쓸 수도 있었습니다. 그자는 아주 부유한 사람 몇 명을 대표했습니다. 돈 문제로 곤란을 겪는 일이 한 번도 없었습니다. 지로와 저에게 왔을 때, 그자는 다른 의미에서 어려움을 겪고 있었습니다. 국제 연맹의 활약 때문에 많은 나라에서 법률이 개정되고 강화되어, 여자들을 이동시키는 데 심한 곤란을 겪는 경우가 생겼습니다. 아주 칭찬받아 마땅한 일이었지만, 디미트리오스 같은 자에게는 골칫거리였죠. 물론 그렇다고 해서 그자들이 장사를 계속할 수 없을 정도는 아니었습니다. 장사는 할 수 있었습니다. 다만 전에 비해 과정이 더 복잡해지고 비용이 더 들었지요.

우리에게 오기 전까지, 디미트리오스는 아주 간단한 방식으로 일했습니다. 가령 알렉산드리아에 있는 누군가가 자신들의 요구 사항을 그자에게 이야기하면, 디미트리오스는 폴란드로 가서 여자들을 모아 그 여자들의 여권으로 프랑스로 데려와 마르세유에서 알렉산드리아로 보냅니다. 그게 전부입니다. 극장과 출연 계약을 할 여자들이라고 말하는 정도면 충분했습니다. 하지만 법률이 강화되자 더는 그렇게 간단하지 않았습니다. 〈카스바〉에 처음 온 날 밤, 그자는 그때 처음 그 문제로 어려움을 겪는 중이라고 했습니다. 빌나의 어떤 부인을 통해 여자 열두 명을 모았는데, 그 여자들이 갈 곳과 앞으로 할 일의 품위에 대한 보증이 없으면 폴란드에서 데리고 나올 방법이 없다는 겁니다. 품위! 웃기는 표현이지만, 법에 그렇게 되어 있다더군요.

당연히 디미트리오스는 보증하겠다고 폴란드 당국에 말했습니다. 보증하지 않으면 당국의 의심을 사고 큰 타격을 받을 상황이었죠. 어떻게 해서든 보증할 방법을 찾아야 했습니다. 그래서 지로와 제가 필요해진 거죠. 우리는 여자들을 클럽의 댄서로 고용한다고 하고, 폴란드 영사관에서 조사 나오면 적당히 알아서 대답해 주는 겁니다. 여자들이 파리에서 1주일 이상 머물기만 하면 우리는 아무 문제 없었습니다. 만약 그 뒤 조사하러 오면, 우리는 아무것도 모른다, 여자들은 계약을 채우고 떠났다, 그 여자들이 어디로 갔든 우리와 상관없다, 이렇게 대답하면 됐습니다.

디미트리오스는 우리에게 그렇게 설명했습니다. 우리가 그 일을 하면 5천 프랑을 주겠노라고요. 쉬운 돈벌이였지만, 저는 의심이 들었습니다. 그러나 결국 지로의 설득에 넘어가 그 제안에 동의했습니다. 디미트리오스에게 이번 한 번만 동의하는 것이며, 다시 돕겠다고 약속한 것은 아니라고 말했습니다. 지로는 투덜거렸지만 제 조건에 동의했습니다.

한 달 뒤, 디미트리오스가 다시 찾아와서 5천 프랑의 잔금을 지불하더니 또 다른 일이 있다고 말했습니다. 저는 반대했지만, 지로가 첫 번째 일에서 아무 말썽 없었다고 곧바로 지적해서 완강하게 반대하지 못했습니다. 그 돈도 유용했고요. 남미 밴드의 1주일 치 급료를 지불했으니까요.

지금 생각해 보면, 디미트리오스는 처음의 5천 프랑에 대해 거짓말을 한 듯합니다. 우리 역할에 대한 보수가 아니었다고 생각합니다. 단순히 우리의 신뢰를 얻기 위해 준 돈이었을 겁니다. 디미트리오스라면 충분히 그러고도 남죠. 다른 사람이라면 자기 목적을 위해 사람을 속이겠지만, 디미트리오스는 돈으로 사람을 삽니다. 하지만 싸게 사지요. 그자는 사람들의 상식을 이용해 사람들이 자신에게 품는 본능적인 의심을 눌러 버립니다.

좀 전에 말씀드렸듯이, 우리는 처음 5천 프랑을 아무 문제 없이 벌었습니다. 하지만 두 번째는 큰 말썽에 휘말렸습니다. 폴란드 당국이 소동을 벌였고, 경찰이 찾아와서 질문을 해댔습니다. 더 난처한 것은 그 여자들을 고용한다는 사실을 증명하기 위해 그 여자들을 〈카스바〉에 두어야 한다는 점이었습니다. 그 여자들은 춤을 출 줄 몰랐고, 경찰에 가서 사실을 털어놓으면 곤란했기 때문에 상냥하게 대해야 했습니다. 큰 골칫거리였죠. 그리고 계속해서 샴페인을 마셔 대, 만약 디미트리오스가 그 술값을 내겠노라고 동의하지 않았더라면 손해가 막심했을 겁니다.

물론 디미트리오스는 아주 미안해하며 착오가 있었던 것이라고 말했습니다. 우리의 고생에 대해 1만 프랑을 지불하고, 계속 도와준다면 앞으로는 절대로 폴란드 여자를 가게에 둘 필요도 없고 소동도 없을 거라고 했지요. 논쟁 끝에 동의했고, 그 뒤로도 몇 달 동안 우리는 1만 프랑씩 받았습니다. 그러는 동안 가끔 경찰이 찾아왔으나 불쾌한 일은 없었습니다. 하지만 마침내 말썽에 휘말렸습니다. 이번에는 이탈리아 당국이었죠. 지로와 저는 구 치안 판사에게 심문을 받은 뒤 경찰서에 하루 동안 갇혀 있었습니다. 그 이튿날, 저는 지로와 말다툼을 했습니다.

말다툼했다고 말했지만, 참고 참았던 불만이 폭발했다고 하는 게 더 정확한 표현이겠군요. 지로를 좋아하지 않았다는 말은 아까 했습니다. 그자는 무례하고 멍청하며, 말씀드렸듯이 가끔씩 저를 속이려 들었습니다. 그리고 의심이 많았는데, 짐승처럼 큰 소리로 멍청하게 그 의심을 드러내곤 했죠. 그리고 가게에 질 나쁜 손님들을 끌어들였습니다. 그자의 친구는 모두 *maquereaux*(불량배들)로, 불쾌한 자들이었습니다.

그리고 손님들을 〈mon gar(어이, 친구들)〉라고 불렀습니다. 그자는 작은 술집 주인이나 하는 편이 더 어울렸을 겁니다. 어쩌면 지금쯤 그렇게 되어 있을 수도 있지만, 아마 감옥에 들어가 있을 가능성이 더 큽니다. 화가 나면 폭력을 휘둘렀고, 때로는 사람을 심할 정도로 다치게 했거든요.

경찰에 시달리고 난 다음 날, 저는 여자들을 파는 일을 더는 하면 안 된다고 말했습니다. 그러자 지로는 화를 냈습니다. 경찰 몇 명 때문에 매달 1만 프랑의 수입을 포기한다는 건 바보 같은 짓이라면서 제가 너무 신경질적이어서 마음에 안 든다더군요. 저는 지로가 왜 그런 생각을 하는지 알았습니다. 지로는 마라케시와 알제리에서 경찰을 많이 상대했기 때문에 경찰을 우습게 보았습니다. 감옥에 가지 않도록 조심하면서 돈을 버는 한, 지로는 만족했습니다. 저는 한 번도 그런 생각을 해본 적이 없었습니다. 비록 경찰이 저를 체포할 수 없다 할지라도 경찰의 관심 대상이 되는 게 싫었습니다. 지로가 옳았습니다. 저는 신경질적이었습니다. 어쨌든 지로의 생각을 이해할 수는 있었지만 동의할 수는 없었고, 그래서 그렇게 말했죠. 그리고 만약 원한다면 〈카스바〉의 지분 가운데 제 몫을 원래의 돈만 받고 팔겠노라고 말했습니다.

손해였지만 지로에게 싫증이 났고, 이제 관계를 끊고 싶었습니다. 그렇게 해서 관계를 끊게 되었습니다. 지로가 제 말에 즉시 동의했거든요. 그날 밤, 우리는 디미트리오스를 만나 상황을 설명했습니다. 지로는 저와의 거래에 매우 기뻐하며 제가 손해 본 것에 대해 썰렁한 농담을 해댔습니다. 디미트리오스는 그 농담에 웃었지만, 지로가 잠시 자리를 비우자 자기가 가게를 나가거든 곧 뒤따라 나오라며 자신과 카페에 가서 이야기 좀 하자고 제안했습니다.

저는 가지 않으려고 했습니다. 하지만 전체적으로 볼 때, 가기를 잘했다고 생각합니다. 저는 디미트리오스와 관련을 맺으며 이득을 보았습니다. 디미트리오스의 친구 가운데 이런 말을 할 수 있는 사람은 거의 없다고 생각합니다. 하지만 저는 운이 좋았습니다. 게다가 디미트리오스는 제 지성을 존중했다고 생각합니다. 디미트리오스는 대체로 제게 엄포를 놓아 겁을 주었지만, 늘 그런 것은 아니었습니다.

디미트리오스는 카페에서 저를 기다리고 있었고, 저는 그자 옆에 앉아 왜 보자고 했는지 물었습니다. 저는 그자를 정중히 대한 적이 한 번도 없었습니다.

그자가 말했습니다. 〈지로와 손을 끊은 것은 현명하다고 봐. 여자들을 취급하는 일은 이제 너무 위험해졌어. 그 일은 늘 문제가 많았어. 나는 이제 그 일에서 손 뗐어.〉

지로에게 그 말을 할 생각인지 묻자 그자는 싱긋 웃었습니다.

디미트리오스는 말했습니다. 〈아니, 당신이 돈 받을 때까지는 말 안 할 생각이야.〉

저는 의심이 담긴 목소리로 참 친절하다고 말했지만, 디미트리오스는 제가 말을 마치기 무섭게 고개를 저으며 말했습니다. 〈지로는 바보야. 당신이 없었으면 나는 그 여자 밀매 일을 다른 곳으로 가져갔을 거야. 지금 나는 함께 일하자고 당신에게 제안하려고 해. 그런데 《카스바》의 투자금을 잃게 해서 당신을 화나게 만드는 건 어리석은 짓이지.〉

그러고 나서 디미트리오스는 헤로인 거래에 대해 아는 게 있느냐고 물었습니다. 저는 약간의 지식이 있었습니다. 이윽고 디미트리오스는 자신에게 매달 20킬로그램의 헤로인을 사들이고 파리에서 판매 조직을 운영할 만한 자본이 있다며, 함께 그 일을 할 생각이 없느냐고 물었습니다.

헤로인 20킬로그램이라면 상당한 분량입니다, 래티머 선생님. 상당한 가치가 있죠. 저는 그만한 양을 어떻게 처리할 생각이냐고 물었습니다. 그러자 디미트리오스는 지금으로선 자기가 알아서 할 일이라고 대답했습니다. 디미트리오스가 저에게 원하는 것은, 외국에서 그것을 사들이는 교섭과 이 나라로 들여오는 방법을 강구하는 일이었습니다. 만약 제가 그자의 제안을 받아들인다면, 그자를 대신해 맨 먼저 불가리아에 가서 그자가 이미 아는 그곳 공급자들과 교섭한 뒤, 헤로인을 파리로 들여오는 일을 맡아 달라고 했습니다. 그리고 공급한 양에 대해 킬로그램당 사들인 값의 10퍼센트를 주겠다고 했습니다.

저는 생각해 보겠노라고 대답했지만, 이미 마음을 정한 상태였습니다. 당시 헤로인 값으로 보아 한 달에 거의 2만 프랑의 수입을 얻을 수 있었으니까요. 동시에 그자에게는 그보다 훨씬 많은 금액이 돌아간다는 사실도 알았지요. 제 몫과 경비를 포함해 헤로인 1킬로그램에 1만 5천 프랑을 지불한다 할지라도, 디미트리오스에게는 많이 남는 장사였습니다. 파리에서 헤로인을 그램 단위로 팔면, 킬로그램당 거의 10만 프랑을 받을 수 있습니다. 판매책에게 돌아갈 몫과 그 밖의 경비를 제하고도 디미트리오스에게 킬로그램당 못해도 3만 프랑은 남았습니다. 그 말인즉슨, 한 달에 50만 프랑 이상이 그자의 손에 떨어진다는 거죠. 만약 쓰는 법을 알고 약간의 위험을 감수한다면 자본은 아주 멋진 보답을 해주지요.

1928년 9월에 저는 11월까지 20킬로그램을 보내 달라는 디미트리오스의 첫 지시를 받고 불가리아로 갔습니다. 디미트리오스는 이미 중개인들과 매수인들도 구하고 있었죠. 물건 구입은 빠를수록 좋았습니다.

디미트리오스는 소피아에서 공급자들과 접촉할 수 있게 도와줄 어떤 남자 이름을 알려 주었습니다. 그리고 그 남자가 중간에 다리를 놓았지요. 그 남자는 또한 구입에 관한 신용 보증도 해주었습니다. 그 남자는⋯⋯.」

래티머는 퍼뜩 떠오르는 일이 있었다. 래티머가 갑자기 말했다. 「그 남자 이름이 뭐였습니까?」

피터스 씨는 말이 끊기자 인상을 썼다. 「그런 건 저에게 물어볼 일이 아니라고 생각합니다, 래티머 선생님.」

「바조프였습니까?」

피터스 씨가 촉촉한 눈으로 래티머를 바라보았다. 「네, 그렇습니다.」

「유라시아 신탁은행을 통해 신용 보증을 해주었고요?」

「선생님은 제가 생각했던 것보다 훨씬 더 많이 알고 계시군요.」 피터스 씨는 그 사실이 달갑지 않은 게 분명했다. 「혹시 괜찮으시다면 어떻게 그런 걸 아는지……?」

「추측한 것뿐입니다. 하지만 바조프에게 폐를 끼칠까 걱정하실 필요는 없습니다. 바조프는 3년 전에 죽었습니다.」

「알고 있습니다. 바조프가 죽은 것도 추측하신 겁니까? 그밖에 또 어떤 것을 추측하셨나요, 래티머 선생님?」

「그게 전부입니다. 이야기를 계속해 주십시오.」

「솔직한 것이……」 피터스 씨는 입을 열었지만 이윽고 말을 멈추더니 커피를 마셨다. 「본래 이야기로 돌아가지요.」 마침내 피터스 씨가 말했다. 「그렇습니다, 래티머 선생님, 맞습니다. 바조프를 통해 저는 디미트리오스가 구하는 물건을 샀고, 소피아의 유라시아 신탁은행의 환어음으로 지불했습니다. 거기까지는 아무런 어려움도 없었습니다. 물건을 프랑스로 보내는 게 진짜 어려운 일이었죠. 저는 기차로 살로니카까지 물건을 보낸 뒤 거기서 마르세유로 가는 배에 실어 보내기로 했습니다.」

「헤로인이라고 밝히고요?」

「당연히 아니지요. 어떻게 위장해서 보낼지가 굉장히 어려운 부분이었다고 인정하겠습니다. 불가리아에서 프랑스로 정기적으로 들어와 프랑스 세관이 특별히 검사하지 않는 물품은 곡류, 담배, 장미유 정도뿐이었습니다. 디미트리오스가 어서 물건을 보내라고 재촉해, 저는 어찌해야 좋을지 몰라 난처했습니다.」 피터스 씨는 극적 효과를 노리듯 갑자기 말을 멈췄다.

「그러면, 그걸 **어떻게** 들여오셨습니까?」

「관에 넣어서 들여왔습니다, 래티머 선생님. 프랑스인들이 죽음의 엄숙함을 대단히 중시한다는 사실을 생각해 냈지요. 프랑스의 장례식에 참석해 본 적 있으십니까? *Pompe funèbre* (아주 엄숙합니다). 굉장한 감명을 받게 됩니다. 어떤 세관원이라도 시체를 파먹는 악귀 같은 짓은 절대로 하지 않으리라 생각했습니다. 저는 소피아에서 관을 하나 샀습니다. 멋진 조각이 된 훌륭한 제품이었죠. 또한 상복을 한 벌 사서 입고 관과 함께 배에 탔습니다. 저는 아주 감동하기 쉬운 성격이라, 부둣가에서 관을 나르던 인부들이 건넨 소박한 위로의 말들에 정말이지 뭉클했습니다. 세관에서는 제 개인 짐마저 조사하지 않았습니다.

디미트리오스에게 미리 연락해 두었기에, 영구차가 나와서 관을 기다리고 있었습니다. 저는 제 계획이 성공해 기분이 좋았지만, 디미트리오스는 어깨를 으쓱할 뿐이었습니다. 당연한 얘기지만, 디미트리오스는 제가 매달 관을 가지고 프랑스로 들어올 수는 없다고 말했습니다. 제가 쓴 방법이 좀 덜 프로다웠다고 생각한 듯합니다. 네, 백번 옳습니다. 그는 한 가지 방법을 제안했습니다. 한 달에 한 번씩 바르나에서 제노바로 증기 화물선을 운항하는 이탈리아 해운사가 있는데, 물품을 작은 꾸러미들로 나누어 프랑스로 가는 특수한 담배라고 적어 제노바로 보내라는 것이었습니다. 그렇게 해 두면 이탈리아 세관은 조사하지 않을 거고, 니스에 있는 누군가가 창고 관계 직원을 매수해 보세 창고에서 짐을 빼낸 뒤 제노바에서 육로로 몰래 들여올 수 있다는 것이었습니다.

저는 그 방법으로 물품을 공급하면 제 몫에 어떤 영향이 있는지 알고 싶었습니다. 디미트리오스는, 다른 일들도 해줘야 하니 제 몫에는 변함이 없다고 말하더군요.

우리 모두 거의 아무런 이의 없이 그자를 우두머리로 인정한 일은 참 이상합니다. 네, 그자가 돈을 가지고 있었지요. 하지만 단지 그 때문이 아닙니다. 그자가 우리를 지배할 수 있었던 것은, 그자는 자신이 무엇을 원하는지뿐 아니라, 최소한의 노력과 경비로 그것을 손에 넣는 방법을 알았기 때문입니다. 또 자기 밑에서 일할 사람들을 찾아내는 방법도 알았고, 그 사람들을 어떻게 다뤄야 하는지도 잘 알았습니다.

디미트리오스에게서 직접 지시받는 사람은 일곱 명이었는데, 모두 남의 지시를 고분고분 따르는 이들이 아니었습니다. 예를 들어 네덜란드인인 피서르는 중국인들에게 독일제 기관총을 파는 일도 하고 일본인들을 위한 스파이 일도 했는데, 바타비아[30]에서 중국인 노동자를 죽인 일로 감옥에 갇혔던 사람입니다. 간단히 다룰 수 있는 자가 아니지요. 마약 중독자들을 소개해 주는 클럽과 술집들을 담당한 사람도 그자였습니다.

판매망은 아주 신중하게 조직되었습니다. 르노트르와 갈린도는 몇 년 전부터 프랑스 큰 제약 회사의 어떤 사원에게서 입수한 마약을 팔았습니다. 1931년 법률이 개정되기 전까지는 그런 장사가 꽤 쉬웠습니다. 둘 다 마약을 필요로 하는 사람들과 그 사람들을 어디서 찾을 수 있는지 잘 알았습니다.

30 인도네시아 자카르타의 옛 이름.

디미트리오스가 등장하기 전까지는 두 사람 다 주로 모르핀과 코카인을 취급했는데, 제한된 공급으로 인해 늘 물건이 달렸죠. 디미트리오스가 헤로인을 무제한 공급하겠다고 하자, 그 둘은 곧바로 제약 회사의 약제사와 손을 끊고 고객들에게 헤로인을 팔았습니다.

하지만 그건 사업의 일부에 지나지 않았습니다. 아시겠지만, 마약 중독자는 다른 사람에게 열심히 마약을 권합니다. 그 결과 고객층은 점점 커지지요. 짐작하시는 것처럼 가장 중요한 건 마약을 사겠다고 오는 새 손님이 마약 단속반이나 그 밖의 *Brigade des Stupéfiants*(달갑지 않은 이들의 앞잡이)인지 아닌지 확인하는 일입니다. 거기서 피서르가 등장합니다. 사겠다는 사람은 르노트르가 잘 아는 단골의 소개를 받고 우선 르노트르를 찾아갑니다. 하지만 그 사람이 마약을 사려고 하면 르노트르는 깜짝 놀라는 척하며 말합니다. 〈마약이라고요? 그런 건 모릅니다. 저 자신도 마약을 해본 적이 없습니다. 하지만 그것을 구하려면 어디어디에 있는 술집으로 가면 된다는 말을 들은 적이 있습니다〉라고요. 그리고 피서르의 리스트에 있는 그 술집에 가면 그 새 손님은 르노트르의 대답과 비슷한 답을 듣습니다. 〈마약요? 아니요, 이곳은 그런 종류의 술집이 아닙니다. 하지만 내일 밤 다시 한번 오시면 누군가 도움이 될 사람이 올지도 모르지요.〉 그리고 나면 이튿날 밤, 대공비가 나타납니다.

대공비는 흥미로운 여자였습니다. 그 여자를 끌어들인 건 피서르였는데, 아마 디미트리오스가 직접 끌어들이지 않은 유일한 사람일 겁니다. 대공비는 굉장히 머리가 좋았습니다. 전혀 모르는 인간을 평가하는 능력이 비범했죠. 아무리 교묘하게 변장한 형사도 방 저쪽에서 쓱 보고 알아챘습니다. 대공비는 마약을 사겠다고 온 사람을 조사해 그 사람에게 물건을 팔 것인가, 그리고 판다면 얼마나 받을 것인가 결정하는 일을 맡았습니다. 우리에게 아주 귀중한 존재였죠.

다른 한 명은 벨기에인인 베르네르였습니다. 소규모 판매책들을 다루는 일을 맡았죠. 한때 약제사였는데, 베르네르가 헤로인에 다른 물질을 섞어 양을 늘리지 않았을까 생각합니다. 디미트리오스는 그 부분에 대해서 한 번도 말한 적이 없지만요.

하지만 금세 헤로인을 희석해 양을 늘릴 필요가 생겼습니다. 장사를 시작한 지 6개월도 안 되어 저는 매달 공급량을 50킬로그램으로 늘려야만 했습니다. 그리고 다른 일도 해야 했죠. 장사 초기에 르노트르와 갈린도는 일을 제대로 하려면 헤로인뿐 아니라 모르핀과 코카인도 팔아야 한다고 보고했습니다. 모르핀 중독자가 늘 헤로인을 좋아하는 것은 아니었고, 코카인 중독자는 다른 곳에서 코카인을 구할 수 있으면 헤로인을 쓰지 않는 경우가 있었거든요. 그래서 저는 모르핀과 코카인 공급원을 구해야만 했습니다. 모르핀의 경우는 헤로인을 공급하는 자들에게서 구할 수 있어 간단했지만, 코카인은 사정이 달랐습니다. 그래서 저는 독일로 가야 했습니다. 할 일이 많았지요.

물론 우리는 여러 가지 어려움을 겪었습니다. 대부분은 제가 담당한 부분에서 발생했지요. 장사를 시작하고 1년쯤 되었을 때, 저는 물건을 들여오는 방법을 몇 가지 마련했습니다. 라마르가 담당한 헤로인과 모르핀을 들여오기 위해, 제노바를 거치는 루트 말고도 오리엔트 특급 열차 침대칸 승무원을 매수했습니다. 그자는 소피아에서 물건을 실은 뒤, 열차가 파리의 측선으로 들어오면 물건을 내려 전달해 줬습니다. 아주 안전한 경로는 아니었고 문제가 생길 경우 제 몸의 안전을 지키기 위해 정교한 예방 조치를 취해 두어야 했지만, 그 경로를 통하면 물건을 빠르게 운반할 수 있었습니다. 코카인은 독일에서 기계 상자에 담아 가져왔습니다. 그리고 이스탄불에서도 헤로인을 들여오기 시작했습니다. 물건을 화물선으로 실어다 닻을 매단 상자에 넣어 마르세유 항구 밖에 띄워 놓으면 라마르가 밤중에 받아 갔습니다.

한 주에 큰 사고가 연속으로 일어났던 일이 떠오르는군요. 1929년 6월 마지막 주였는데, 오리엔트 특급 열차 편으로 보낸 헤로인 15킬로그램이 압수되었고, 경찰은 침대칸 승무원을 포함한 제 부하 여섯 명을 체포했습니다. 그것만으로도 골치가 아팠는데, 같은 주에 라마르가 소스펠 근처에서 헤로인과 모르핀 40킬로그램을 버려야 했습니다. 라마르는 무사히 빠져나왔지만, 우리는 대단히 곤란한 상황에 빠졌습니다. 55킬로그램을 잃었기 때문에 50킬로그램 넘는 수요를 겨우 8킬로그램으로 처리해야만 했으니까요. 이스탄불에서 출발한 배들이 도착하려면 며칠 더 있어야 하는 상황이었습니다. 우리는 절망에 빠졌습니다. 르노트르와 갈린도와 베르네르는 힘든 시간을 보내야 했습니다. 갈린도의 단골 두 명이 자살했고, 술집 한 곳에서는 싸움이 벌어져, 베르네르는 그곳에서 해고되었습니다.

저는 최선을 다했습니다. 제가 직접 소피아로 가서 10킬로그램을 트렁크에 넣어 가져왔지만, 그것으로 충분하지 않았습니다. 디미트리오스가 저를 비난하지 않았다는 말은 해야겠군요. 저를 비난했다면 그거야말로 부당한 일이었을 겁니다. 하지만 그자는 화가 나 있었습니다. 디미트리오스는 앞으로 예비 분량을 준비해야겠다고 결심했습니다. 그 주가 지나자 곧 디미트리오스는 이 세 채의 집을 샀습니다. 그전까지 우리는 언제나 포르트 도를레앙 근처의 카페 2층에서 그자를 만났습니다. 디미트리오스는 이제 이곳이 우리의 본부라고 말했습니다. 우리는 디미트리오스가 사는 곳을 전혀 몰랐고, 디미트리오스가 먼저 전화하지 않으면 우리로선 연락할 방법이 없었습니다. 나중에 우리는 그자의 주소를 모르기 때문에 결정적으로 불리한 처지에 놓였습니다. 하지만 그건 그거고, 그 전에 또 많은 일이 있었습니다.

예비 분량을 준비하는 일이 저에게 맡겨졌습니다. 절대 쉬운 일이 아니었습니다. 예비 분량과 현재 공급량을 동시에 준비하려면 들여오는 양을 늘려야만 했죠. 그건 발각되어 압수당할 위험이 더 크다는 의미였습니다. 또한 물건을 들여올 새로운 방법을 강구해야 한다는 뜻이기도 하고요. 게다가 우리에게 물건의 상당 부분을 대주던 라도미르의 공장이 불가리아 정부에 의해 폐쇄되면서 일이 더 복잡해졌습니다. 그 공장은 얼마 뒤 그 나라 다른 지역에서 다시 문을 열었지만, 공급 지연은 피할 도리가 없었습니다. 우리는 이스탄불에 점점 더 많이 의존할 수밖에 없었죠.

힘든 시기였습니다. 두 달 만에 우리는 헤로인 90킬로그램 조금 안 되는 양과 모르핀 20킬로그램, 코카인 5킬로그램을 압수당했습니다. 비록 부침이 있긴 했지만 비축량은 꾸준히 늘었습니다. 1930년 말이 되었을 때, 우리는 이웃의 저 집들 마룻바닥 밑에 헤로인 250킬로그램, 모르핀 2백몇십 킬로그램, 코카인 90킬로그램, 그리고 정제된 터키산 아편 약간을 비축할 수 있었습니다.」

피터스 씨는 남은 커피를 따르고 알코올램프를 껐다. 그런 다음 담배를 한 개비 꺼내 혀로 끝을 적시고는 불을 붙였다.

「마약 중독자와 알고 지낸 적 있으십니까?」 피터스 씨가 갑자기 물었다.

「없는 듯합니다.」

「아하, 없는 **듯하다**, 즉 확실히는 모르신다는 거군요. 그렇습니다. 마약 중독자는 자신의 이 작은 약점을 상당히 오랜 기간 숨길 수 있지요. 하지만 영원히 숨길 수는 없습니다. 특히 중독자가 **여자**라면 더욱더요. 과정은 언제나 비슷합니다. 시험 삼아 한번 해보는 것으로 시작하지요. 반 그램 정도 코를 통해 흡입합니다. 처음에는 구역질이 날 수도 있죠. 하지만 다시 해보게 되고, 그러면 효과가 나타납니다. 감미로운 흥분이 일고, 따뜻하고 황홀하죠. 시간은 정지해 있지만 머리는 믿을 수 없을 만큼 효율적으로 핑핑 돌아간다는 느낌이 들지요. 자신이 어리석었고 이제 아주 똑똑해졌다고 생각하게 됩니다. 불행했지만 이제는 근심 걱정이 없어졌다고 여기지요. 싫은 일은 잊어버리고, 좋은 일은 상상도 못 해봤을 정도로 격렬한 쾌감과 함께 경험하게 됩니다. 세 시간의 천국이지요. 그리고 그 뒤로도 그리 나쁘지는 않지요. 샴페인을 과음한 뒤의 숙취만큼 나쁘지는 않습니다. 조용히 있고 싶고 약간 불쾌한 정도가 전부입니다. 곧 원래 상태로 돌아옵니다. 굉장한 즐거움을 맛보았을 뿐 그 밖에는 아무런 변화도 없습니다. 더는 마약을 하고 싶지 않으면 안 하면 그만이라고 스스로에게 말하지요. 똑똑한 내가 마약 같은 것에 질 리 없다면서요. 하지만 그러니 다시 한번 즐기지 못할 이유가 없지 않겠습니까? 물론 그러지 못할 이유가 없지요! 그래서 또 합니다. 하지만 이번에는 살짝 기대에 어긋납니다. 반 그램으로는 충분하지 않습니다. 실망한 상태로 그냥 둘 수는 없죠. 다시는 하지 않겠다고 결의하기 전에 한 번만 더 천국에서 놀아 보기로 합니다. 아주 약간만 더, 1그램 조금 안 되는 분량까지만. 다시 천국을 경험하지만 여전히 나쁜 느낌은 없습니다. 나쁜 느낌이 들지 않으니 계속하지 못할 건 또 뭡니까? 궁극적으로 마약이 나쁜 영향을 끼친다는 건 누구나 알지만, 그러므로 뭔가 나쁜 효과를 느끼면 **그때** 그만둘 거라고 생각합니다. 바보들이나 중독자가 되는 거라면서요. 1.5그램. 인생의 참된 낙이 됩니다. 석 달 전만 해도 삶이 지루했는데 이제는……. 2그램. 조금씩 양을 늘려 감에 따라 효과가 끝나면 살짝 불편하고 우울해지는 건 당연합니다. 넉 달째가 됩니다.

이제 곧 그만둬야 합니다. 2.5그램. 이때 즈음이면 코와 목구멍이 아주 건조해집니다. 다른 사람들이 신경에 거슬리기도 하고요. 아마 잠을 설쳐서 그럴 겁니다. 사람들이 너무 떠들어 대니까요. 사람들이 너무나 큰 소리로 말합니다. 그리고 무슨 말을 하고 있을까? 그래, **무슨** 말을 하는 걸까? 바로 **당신**에 대한 이야기이고, 악랄한 거짓말을 해대는 겁니다. 사람들 얼굴에서 그걸 알 수 있습니다. 3그램. 이제 다른 위험들을 고려해야만 합니다. 조심해야 합니다. 음식의 맛이 끔찍해집니다. 중요한 일, 해야 할 일들이 생각나지 않습니다. 어쩌다 생각난다 할지라도, 계속 살아가기 위해 해야 할 그 끔찍한 일들 말고도 골머리 썩일 일이 너무나 많습니다. 예를 들어 콧물이 납니다. 실제로는 콧물이 나지 않지만, 그렇게 느끼는 거지요. 그래서 확인하기 위해 계속 코를 만져 봅니다. 그리고 늘 파리가 귀찮게 합니다. 그 끔찍한 파리는 **쉬지 않고** 달려들어 평온함을 깨뜨립니다. 얼굴에, 손에, 목에 달려들지요. 그러니 몸을 추슬러야지요. 3.5그램. 무슨 말인지 아시겠습니까, 래티머 선생님?」

「당신은 마약 사용에 찬성하지 않는 듯하군요.」

「찬성이라니요!」 피터스 씨가 깜짝 놀라 눈을 동그랗게 뜨고 래티머를 바라보았다. 「마약은 끔찍합니다, **아주** 끔찍합니다! 인생을 파멸시킵니다. 마약을 하는 사람들은 일할 의지를 잃어버리지만, 그 특별한 약을 사기 위해 돈을 마련해야 합니다. 그런 환경에 처한 사람은 마약을 구하기 위해 필사적이 되며, 심지어 범죄까지 저지릅니다. 무슨 생각을 하는지 압니다, 래티머 선생님. 제가 마약에 이토록 강력히 반대하면서 마약에 관계해 돈을 벌었다는 사실이 이상하시겠지요. 하지만 생각하기에 달린 겁니다. 만약 **제가** 그 돈을 벌지 않았더라도 다른 누군가가 벌었을 겁니다. 제가 그 일을 하지 않았다고 해서 그 불쌍한 중독자들 중 누가 구제되는 것도 아니고, 그냥 저만 돈을 벌지 못했을 겁니다.」

「하지만 계속 늘어났다는 손님들은요? 당신의 조직이 마약을 대던 사람들 모두 당신들이 장사를 시작하기 전부터 마약 중독자였다고 말할 수는 없을 텐데요.」

「물론 그렇지요. 하지만 그 부분은 **저와** 아무 관련이 없습니다. 그건 르노트르와 갈린도가 맡아서 했습니다. 그리고 이제 말씀드리는 거지만, 르노트르, 갈린도, 베르네르 역시 마약 중독자였습니다. 코카인을 썼죠. 코카인이 몸에 더 해롭지만, 헤로인은 몇 달이면 위험한 중독 증상이 나타나는 데 반해 코카인으로 죽기까지는 몇 해가 걸립니다.」

「디미트리오스는 무엇을 썼습니까?」

「헤로인입니다. 처음에 그 사실을 안 우리는 무척 놀랐습니다. 우리는 대개 저녁 6시경에 이 방에서 만났습니다. 우리가 그 놀라운 사실을 알게 된 것은 1931년 봄 어느 저녁이었습니다!

디미트리오스는 늦게 도착했습니다. 그것만으로도 이상했지만, 우리는 그리 신경 쓰지 않았습니다. 디미트리오스는 대개 그 모임에서 마치 두통에 살짝 시달리는 듯 두 눈을 반쯤 감고 아주 조용히 앉아 있곤 해서, 그런 모습을 늘 보아 익숙해진 사람들도 괜찮은지 자꾸만 물어보고 싶어지곤 했습니다. 가끔 디미트리오스를 보고 있노라면, 그자에게 저를 마음대로 조종하도록 허용하는 저 자신에게 놀라곤 했습니다. 그러다가도 피서르의 반대, 반대하는 건 늘 피서르였습니다. 그 친구의 반대에 대답하기 위해 돌아앉는 디미트리오스의 표정 변화를 보면, 그 이유를 납득하곤 했습니다. 피서르는 난폭하고 재빠르고 교활했지만, 디미트리오스에 비하면 어린애나 다름없었습니다. 한번은 디미트리오스가 놀리자 피서르가 권총을 꺼냈습니다. 분노로 얼굴이 새하얬지요. 피서르가 방아쇠에 힘을 주는 모습이 보였습니다. 만약 제가 디미트리오스 처지였다면, 기도나 드렸을 겁니다. 하지만 디미트리오스는 특유의 오만한 웃음을 지으며 피서르에게서 등을 돌리더니 저와 일 이야기를 하기 시작했습니다. 디미트리오스는 심지어 화가 났을 때도 늘 그렇게 침착했습니다.

우리가 그날 저녁에 몹시 놀란 것도 바로 그 때문이었습니다. 디미트리오스는 늦게 오더니 문간에 선 채 1분 정도 우리를 바라보았습니다. 그러더니 자기 자리로 가서 앉더군요. 좀 전까지 피서르는 골치 아프게 구는 어느 카페 주인에 관해 이야기했는데, 다시 이야기를 이어 갔습니다. 피서르의 말에는 특별히 놀랄 만한 내용이 없었습니다. 제 기억에, 피서르는 이제 그 카페는 위험하니 이용하지 않는 것이 좋겠다고 갈린도에게 말하고 있었습니다.

그런데 갑자기 디미트리오스가 테이블 위로 몸을 내밀며 〈바보 같은 녀석!〉이라 외치고 피서르의 얼굴에 침을 뱉었습니다.

피서르를 포함해 우리 모두 깜짝 놀랐습니다. 피서르가 말
하려고 입을 벌렸지만, 디미트리오스는 말할 틈을 주지 않았
습니다. 우리가 어찌 된 영문인지 파악하기도 전에, 디미트
리오스는 피서르에게 온갖 욕을 퍼부어 대더니 부랑아처럼
다시 침을 뱉었습니다.

피서르는 얼굴이 하얗게 질리더니 권총이 들어 있는 주머
니에 손을 넣은 채 일어섰습니다. 하지만 옆에 앉아 있던 르
노트르가 일어나서 뭐라고 속삭이자 피서르는 주머니에서
손을 뺐습니다. 르노트르는 마약 중독자를 많이 보아 왔기
때문에, 르노트르와 갈린도와 베르네르는 디미트리오스가
방에 들어오자마자 그 증세를 알아차린 겁니다. 하지만 디미
트리오스는 르노트르가 속삭이는 것을 보고, 이번에는 르노
트르에게 욕을 해댔습니다. 그러고는 우리 모두를 향해 욕을
했습니다. 디미트리오스는, 우리가 자기 몰래 음모를 꾸미고
있으며, 자신이 그 사실을 모를 거라고 여기다니 어리석다고
말했습니다. 그리고 프랑스어와 그리스어로 욕을 엄청 퍼부
어 댔습니다. 그러더니 자기 자랑을 늘어놓기 시작했습니다.
너희 머리를 모두 합쳐도 내가 더 똑똑하다, 내가 아니었으
면 너희는 다 굶어 죽었을 거다, 우리가 성공한 건 어디까지
나 나 혼자의 힘이다(비록 그 말은 사실이었지만 직접 들으
니 기분이 좋지는 않았습니다), 나는 너희를 마음대로 할 수
있다라고 말입니다. 디미트리오스는 우리에게 욕을 하다가
다시 자기 자랑을 하며 30분 정도 계속 떠들어 댔습니다. 우

리는 한마디도 하지 않았습니다. 이윽고 디미트리오스는 말을 시작했을 때와 마찬가지로 갑자기 말을 멈추더니, 벌떡 일어나서 방을 나갔습니다.

디미트리오스가 배반하리라는 걸 그때 알아차렸어야 했는데. 헤로인 중독자가 사람을 배신한다는 사실은 잘 알려져 있습니다. 하지만 우리는 대비책을 세우지 않았습니다. 돌이켜보면, 우리는 디미트리오스가 벌어들이는 금액만 생각하고 있었던 듯합니다. 디미트리오스가 나가자 르노트르와 갈린도는, 보스가 자신이 쓰는 마약 대금을 내느냐고 베르네르에게 물으며 소리 내어 웃던 게 기억날 뿐입니다. 심지어 피서르마저 싱글거렸습니다. 모두 농담을 하며 웃어넘겼죠.

다음번 모임에서는 디미트리오스가 평소 상태로 돌아와 있었습니다. 우리는 이전의 소동에 대해 아무런 언급도 하지 않았습니다. 하지만 그렇게 몇 달 지나는 동안 디미트리오스는 처음과 같은 감정 폭발을 보이지는 않았지만, 성질이 급해지고 사소한 일에도 화를 버럭 냈습니다. 외모 역시 달라졌습니다. 여위고 병자 같은 데다 눈빛이 탁해졌습니다. 그리고 모임에 빠지는 일이 생겼습니다.

그러다가 두 번째 경고라고 할 수 있는 일이 벌어졌습니다. 9월 초, 갑자기 디미트리오스는 앞으로 3개월 동안 사들이는 마약의 양을 줄이고 비축분을 쓰겠다고 선언했습니다. 우리는 그 말에 깜짝 놀랐고 반대가 잇따랐습니다. 저도 반대했습니다. 재고를 그만큼 만드느라 얼마나 애썼는데, 영문도 모른 채 그걸 써버리고 싶지는 않았습니다. 다른 사람들은 물건이 달렸을 때 얼마나 고생했는지 떠올려 보라며 반대했습니다. 하지만 디미트리오스는 우리 말을 들으려 하지 않았습니다. 경찰이 일제 단속을 시작한다는 경고를 받았다면서요. 대량의 재고가 발각되면 심각한 문제가 생길 뿐 아니라, 압수당했을 경우 재정적 손실이 너무 크다고 했습니다. 자기 자신도 비축분을 없애는 것이 아깝지만, 안전을 위해서 그러는 거니 어쩔 수 없다고 말했습니다.

디미트리오스가 손을 떼기 전에 자산을 정리할 속셈이라고 의심한 사람은 아무도 없었던 듯합니다. 세상 경험 많은 이들치고 사람을 너무 믿었다고 생각하시겠지요. 아마도 그 말이 맞을 겁니다. 피서르를 제외하고 모두 디미트리오스를 상대할 땐 언제나 수동적이었습니다. 심지어 사람들을 그렇게 잘 파악하는 리디아마저 디미트리오스에게 속아 넘어갔지요. 피서르는 자만심이 너무 강해 사고가 마비되어, 아무나, 심지어 마약 중독자라 할지라도 피서르를 속일 수 있었습니다. 게다가 우리에게는 디미트리오스를 의심할 이유가 없었습니다. 우리도 돈을 벌었지만, 디미트리오스는 우리보다 많이, 훨씬 더 많이 벌었습니다. 그러니 디미트리오스를 의심할 논리적인 이유가 없었지요. 디미트리오스가 그렇게 미친 사람처럼 행동하리라고 누가 예측할 수 있었겠습니까?」

피터스 씨는 어깨를 으쓱했다. 「그다음 일은 선생님이 아시는 대로입니다. 디미트리오스가 밀고를 했습니다. 우리는 모두 체포당했지요. 저는 체포되었을 때 라마르와 함께 마르세유에 있었습니다. 경찰은 아주 교묘했습니다. 체포하기 전

1주일 정도 우리를 감시했지요. 마약을 지녔을 때 현장에서 잡고 싶었던 겁니다. 다행히 우리는 이스탄불에서 오는 대량의 짐을 받기로 되어 있던 바로 전날 경찰에 잡혔습니다. 르노트르와 갈린도와 베르네르는 그렇게 운이 좋지 못했습니다. 주머니에 마약이 있는 상태에서 잡혔죠. 물론 경찰은 저에게 디미트리오스에 대한 것을 털어놓게 하려고 그자가 경찰 앞으로 보낸 자료를 보여 주었습니다. 하지만 저에게 그건 달에 대한 질문과 마찬가지였기에 아무런 대답도 할 수 없었습니다. 나중에 안 일이지만, 피서르는 우리보다 많은 것을 알고 있었습니다. 하지만 경찰에는 말하지 않았습니다. 피서르에게는 다른 꿍꿍이가 있었던 거죠. 피서르는 경찰에 디미트리오스가 제17구에 아파트를 가지고 있다고 말했습니다. 그건 거짓말이었습니다. 피서르는 우리보다 형량을 적게 받고 싶었던 겁니다. 하지만 뜻대로 되지 않았죠. 그 불쌍한 친구는 얼마 전에 죽었습니다.」 피터스 씨는 한숨을 내쉬고 궐련을 한 개비 꺼냈다.

래티머는 두 번째 커피가 담긴 잔을 만져 보았다. 꽤 식어 있었다. 래티머는 담배를 받았고, 피터스 씨가 켜주는 성냥불로 불을 붙였다.

「그래서요?」 궐련에 불이 붙은 걸 보며 래티머가 말했다. 「그다음은요? 저는 여전히 어떻게 50만 프랑을 번다는 건지 그 답을 기다리고 있습니다.」

피터스 씨는 마치 자신이 일요 성경 학교 간식 시간의 주관자이고 래티머가 건포도 롤빵을 하나 더 달라고 말했다는 듯한 표정으로 웃음을 지었다. 「그건 다른 이야기의 일부입니다, 래티머 선생님.」

「무슨 이야기 말입니까?」

「디미트리오스가 사라진 뒤, 그자에게 일어난 일에 관한 이야기입니다.」

「흠, **무슨** 일이 일어났는데요?」 래티머가 초조하게 캐물었다.

아무런 대꾸도 없이, 피터스 씨는 탁자에 있던 사진을 집어 래티머에게 다시 내밀었다.

래티머는 그 사진을 보고 인상을 찡그렸다. 「네, 본 적 있습니다. 디미트리오스가 살아 있을 때의 사진이군요. 이 사진이 왜요?」

피터스 씨는 아주 다정하고 부드러운 웃음을 지었다. 「그건 마뉘스 피서르의 사진입니다, 래티머 선생님.」

「대체 그게 무슨 소리입니까?」

「아까 제가 말씀드렸듯이, 피서르는 디미트리오스에 대해 교묘히 알아낸 지식으로 뭔가 계획을 꾸미고 있었습니다. 이스탄불의 시체 안치소에서 선생님이 보신 시체는 그 계획을 실행에 옮기려던 피서르였습니다.」

「그건 디미트리오스였습니다. 제가 두 눈으로…….」

「선생님이 보신 건 피서르였습니다. 디미트리오스가 죽인 거죠. 기쁜 마음으로 말씀드리건대, 디미트리오스는 멀쩡히 살아 있습니다.」

제12장
C. K. 씨

래티머는 피터스 씨를 뚫어져라 바라보았다. 입을 떡 벌린 상태로, 래티머는 그런 자신이 우스꽝스러워 보일 거라는 것을 알았지만 어쩔 도리가 없었다. 디미트리오스는 살아 있었다. 래티머는 그 말이 진짜인지 물어볼 생각조차 들지 않았다. 래티머는 그 말이 진실임을 본능적으로 알 수 있었다. 마치 증세를 어렴풋이만 알고 있다가 의사로부터 위험한 병에 걸렸다는 말을 들은 듯한 기분이었다. 래티머는 말로 표현할 수 없는 놀라움과 분노, 호기심, 약간의 두려움을 느꼈으며, 이 새롭고 기묘한 상황에 대처하기 위해 머리가 핑핑 돌아갔다. 그는 입을 다물었다가 다시 무기력하게 말했다. 「믿을 수가 없군요.」

피터스 씨는 자기 말이 가져온 효과에 굉장히 만족한 듯했다.

「선생님이 제 말을 단박에 믿으리라고는 별로 기대하지 않았습니다.」 피터스 씨가 말했다. 「물론 그로데크는 알았습니다. 그로데크는 얼마 전 제가 한 몇 가지 질문을 곰곰이 생각하고 있었습니다. 그리고 선생님이 찾아가자 더욱더 호기심이 발동했지요. 그래서 이것저것 알고 싶어 했던 겁니다. 하지만 선생님이 이스탄불에서 시체를 보았다고 말한 순간, 그로데크는 상황을 파악했습니다. 선생님이 저에게 아주 특별한 존재인 유일한 이유는, 선생님이 디미트리오스로 묻힌 사람의 얼굴을 보았기 때문이라는 사실을 안 거지요. 그로데크 눈에는 명확하게 보였습니다. 아마도 선생님은 잘 모르셨겠지만요. 생각건대, 시체 보관소에서 예전에 한 번도 만난 일이 없는 사람을 보았는데 경찰이 그 시체가 디미트리오스 마크로풀로스라고 한다면, 경찰을 존경하는 선생님 같은 분은 그걸 사실로 받아들일 겁니다. 저는 선생님 본 시체가 디미트리오스가 아닌 걸 **알았습니다.** 하지만…… 그걸 증명할 수가 없었습니다. 한편 선생님은 할 수가 있지요. **선생님은** 마뉘스 피서르를 알아볼 수 있습니다.」 피터스 씨는 한동안 말을 멈추었다가, 이윽고 래티머가 아무런 말도 하지 않자 덧붙였다. 「경찰은 그 시체가 디미트리오스인 것을 어떻게 알았습니까?」

「1년 전 리옹에서 디미트리오스 마크로풀로스에게 발급한 프랑스 *carte d'identité*(신분증)가 외투 안감에 꿰매져 있었습니다.」 래티머는 기계적으로 말했다. 래티머는 그로데크가 영국 추리 소설을 찬양하던 일, 그리고 자신의 농담에 웃음을 참지 못한 일을 떠올렸다. 맙소사! 그로데크는 래티머를 바보로 생각한 게 분명했다!

「프랑스 *carte d'identité*(신분증)!」 피터스 씨가 따라서 말했다. 「재미있군요, 아주 재미있습니다.」

「프랑스 당국이 진짜라고 확인해 주었고, 신분증에는 사진도 있었습니다.」

피터스 씨가 딱하다는 듯이 웃음을 지었다. 「저는 선생님에게 진짜 프랑스 *cartes d'identité*(신분증)를 열두 장이라도 구해 드릴 수 있습니다. 모두 디미트리오스 마크로풀로스라는 이름에 각기 다른 사진을 붙여서 말입니다. 보십시오!」피터스 씨는 주머니에서 녹색 *permis de séjour*(거주 허가서)를 꺼내 펼치더니 손가락으로 부동산 소유권자 부분을 가리키며 사진을 보여 주었다. 「이 사람이 저와 닮았습니까, 래티머 선생님?」

래티머는 고개를 저었다.

「하지만,」 피터스 씨가 강조하며 말했다. 「그건 3년 전에 찍은 제 **진짜** 사진입니다. 저는 속이려고 노력하지 않았습니다. 다만 제가 *photogénique*(사진)를 잘 받지 않을 뿐입니다. 사진을 잘 받는 사람은 드물지요. 카메라는 늘 거짓말을 하거든요. 디미트리오스는 피서르와 비슷한 타입의 얼굴을 가진 사람이라면 누구의 사진이라도 쓸 수 있었을 겁니다. 좀 전에 제가 보여 드린 사진도 피서르와 비슷한 사람의 사진이었습니다.」

「만약 디미트리오스가 여전히 살아 있다면, 어디에 있는 겁니까?」

「여기 파리입니다.」 피터스 씨가 몸을 앞으로 숙여 래티머의 무릎을 가볍게 두드렸다. 「선생님은 아주 분별력 있게 행동하셨습니다.」피터스 씨가 상냥하게 말했다. 「모든 것을 말씀드리겠습니다.」

「친절하시군요.」래티머가 씁쓸하게 말했다.

「아니, 아닙니다! 선생님은 알 **권리**가 있으십니다.」피터스 씨가 다정하게 말했다. 그는 마치 정의를 판단할 수 있는 사람 같은 표정으로 입술을 비쭉 내밀었다. 「모든 것을 말씀드리겠습니다.」피터스 씨가 말하고는 궐련에 다시 불을 붙였다.

「짐작하시겠지만,」피터스 씨가 계속 말했다. 「우리 모두는 디미트리오스에게 화가 많이 났습니다. 일부는 복수하겠다고 했습니다. 하지만 래티머 선생님, 저는 벽에 머리를 들이받는 그런 사람이 아닙니다. 디미트리오스는 사라졌고, 찾을 방법이 없었습니다. 굴욕적인 감옥 생활은 과거의 일이 되었고, 저는 머리에서 원한을 털어 내고 정신적인 균형을 찾기 위해 외국으로 갔습니다. 방랑자가 된 겁니다. 여기서 일을 좀 하고 저기서 일을 좀 하고, 여행을 하고, 명상을 하고. 그것이 제 삶이었습니다. 원할 때는 카페에 앉아 잠깐 스쳐 지나가는 이 세상을 지켜보며 사람들을 이해하려 애썼습니다. 우리는 세상에 대해 아는 게 정말로 적지요! 전 우리의 삶에 대해 생각하면서, 어쩌면 이게 한낱 꿈이 아닐까, 어느 날 잠에서 깨면 우린 잠자고 있던 아이들이고 위대하신 존재께서 우리 요람을 흔들어 주고 있더라는 사실을 깨닫게 되진 않을까 궁금해하곤 합니다. 그날은 멋진 날이 되겠지요. 물론 저는 부끄러운 일을 하기도 했지만, 위대하신 존재께서는

다 이해해 주실 겁니다. 제가 생각하는 위대하신 존재는 그런 분입니다. 즐겁지 않은 일이어도 사업상의 이유로 가끔은 해야만 한다는 사실을 이해해 주는 존재, 재판정의 판사로서가 아니라……」 피터스 씨는 살짝 앙심을 품은 듯이 덧붙였다. 「**친구**로서 이해해 주는 존재.」

피터스 씨는 입가를 훔쳤다. 「제게 신비론자 같은 구석이 있다고 생각하시겠지요, 래티머 선생님. 아마도 그 생각이 맞을 겁니다. 저는 우연을 믿지 않습니다. 만약 제가 누군가를 만나는 것이 위대하신 존재의 뜻이라면, 저는 그 누군가를 만나게 되어 있습니다. 이상한 부분은 전혀 없지요. 그렇기에 저는 피서르를 만났을 때 놀라지 않았습니다. 저는 거의 2년 전쯤 로마에서 피서르를 만났습니다.

물론 5년 만에 본 것이었습니다. 피서르, 불쌍한 친구 같으니! 피서르는 고생을 했죠. 감옥에서 나와 몇 달 지났을 무렵, 그 친구는 돈이 궁해 수표를 위조했습니다. 그래서 3년을 더 감옥에서 보내야 했고, 출옥하자마자 국외로 추방당했습니다. 피서르는 거의 무일푼이었지만, 의지할 수 있는 사람들이 있는 프랑스에서는 일을 할 수가 없었습니다. 그러니 증오심으로 가득 차 있는 것도 이해가 갔습니다.

피서르는 저에게 돈을 빌려 달라고 했습니다. 우리는 카페에서 만났죠. 새 여권을 사기 위해 취리히로 가야 하는데, 돈이 없다고 했습니다. 가지고 있던 네덜란드 여권에는 본명이 적혀 있기 때문에 쓸 수가 없었지요. 저는 돕고 싶었습니다. 비록 그리 좋아한 사람은 아니었지만, 가엾은 생각이 들었거든요. 하지만 저는 망설였습니다. 사람이란 게 원래 자비심이 넘쳐 이성이 마비될 때가 종종 있지 않습니까? 돈이 없다고 곧바로 거절해야 했는데 그러지 못하고 망설이자, 피서르는 제게 돈이 있다는 걸 알아차렸습니다. 당시 저는 바보 같은 실수를 저질렀다고 생각했습니다. 제 자비심이 제게 좋은 쪽으로 작용했다는 걸 나중에야 알게 되었죠.

피서르는 더욱 강력하게 요구하며 돈을 꼭 갚겠노라고 맹세했습니다. 때때로 삶은 너무나 골치 아프지요. 안 그렇습니까? 누군가가 돈을 갚겠노라 맹세하고, 선생님은 그 사람이 진심이라는 사실을 압니다. 하지만 또한 선생님은 알지요. 이튿날이 되면 돈을 빌린 사람은 전날과 똑같은 진심으로, 자신에게는 긴급권이 있으니 선생님의 돈이 자신의 것이고, 선생님은 그 정도 하찮은 금액은 잃어도 되며, 관대하다는 인상을 유지하기 위해 어쨌든 선생님이 그 정도 돈은 써야 한다고 자기 마음대로 생각해 버릴 것이라는 사실을 말입니다. 그리고 돈을 빌린 이는 선생님을 점점 싫어하게 되고, 선생님은 돈뿐 아니라 친구도 잃게 됩니다. 그래서 저는 피서르의 부탁을 거절하기로 마음먹었습니다.

제 거절에 피서르는 화를 내며 자기 명예가 있는데 돈을 갚지 않을 것 같냐며 비난했는데, 그런 식으로 말하다니 바보 같은 짓이죠. 이윽고 피서르는 애원했습니다. 돈을 갚을 수 있다는 증거를 보여 주겠노라며 흥미로운 사실을 말하기 시작했습니다.

아까 저는 피서르가 디미트리오스에 관해 다른 사람들보

다 더 많이 알고 있었다고 말씀드렸는데, 그 말은 사실입니다. 피서르는 그것을 알아내느라 고생을 많이 했지요. 피서르가 조사를 하기 시작한 건, 그 친구가 권총을 꺼내 위협했을 때 디미트리오스가 피서르에게서 등을 돌린 그날 저녁 직후였습니다. 피서르는 그 전까지 그런 대접을 받아 본 적이 없었기에 자신을 모욕한 사람에 대해 좀 더 알아보기로 했습니다. 적어도 저는 그렇다고 생각합니다. 피서르는 디미트리오스가 우리를 배신하지 않을까 의심했다고 말했지만, 저는 그게 터무니없는 소리라는 걸 압니다. 하지만 이유야 어찌 되었든, 디미트리오스가 이 골목을 떠날 때 피서르는 미행을 했습니다.

미행을 시도한 첫날 밤에는 성공하지 못했습니다. 골목 입구에 대형 자동차가 기다리고 있다가, 피서르가 미행할 택시를 잡기 전에 디미트리오스를 태우고 떠났기 때문입니다. 이틀째 밤, 피서르는 미리 운전기사가 딸린 차를 구해 두었습니다. 피서르는 모임에 오지 않고 렌 거리에서 디미트리오스를 기다렸습니다. 전날의 그 대형 자동차가 나타나자, 피서르는 그 차를 미행했습니다. 디미트리오스는 바그람가의 큰 아파트 앞에서 내려 안으로 들어갔고, 자동차는 떠났습니다. 피서르는 그 주소를 기억해 두고, 1주일쯤 뒤 디미트리오스가 여기 이 방에서 모임에 참석했을 때 그 아파트로 찾아가 마크로풀로스 씨 아파트가 어디인지 물었습니다. 당연히 수위는 그런 이름을 가진 사람이 없다고 말했지만, 피서르는 수위에게 돈을 주며 디미트리오스의 외모를 설명했고, 루주몽이라는 이름으로 아파트를 세 냈다는 사실을 알아냈습니다.

피서르는 비록 자만심이 강하긴 했지만 바보는 아니었습니다. 피서르는 디미트리오스가 미행당할 것을 예상했을 거고, 따라서 루주몽이라는 이름으로 빌린 아파트 말고 다른 곳도 있을 거라고 추측했습니다. 그래서 루주몽 씨가 드나드는 것을 지켜보았습니다. 얼마 안 되어 피서르는 건물 뒤에 다른 출입구가 있으며, 디미트리오스가 그곳으로 나가는 것을 발견했습니다.

어느 날 밤, 피서르는 뒷문으로 나가는 디미트리오스를 미행했습니다. 멀리까지 갈 필요도 없었습니다. 피서르는 디미트리오스가 오슈가에서 조금 들어간 곳에 있는 큰 집에 산다는 사실을 알아냈습니다. 조사해 본 결과, 그곳은 작위가 있는 아주 품위 있는 여자의 소유였습니다. 그 여자를 〈백작 부인〉이라고 부르겠습니다. 나중에 피서르는 디미트리오스가 그 여자와 함께 오페라를 보러 가는 모습을 목격했습니다. 디미트리오스는 *en grande tenue*(정장을 했고), 대형 히스파노스위자[31]가 두 사람을 태우고 갔습니다.

이 시점에서 피서르는 흥미를 잃었습니다. 피서르는 디미트리오스가 사는 곳을 알아낸 것만으로도 어느 정도 복수했다고 생각한 거죠. 게다가 거리에서 기다리는 일도 지겨웠을 겁니다. 호기심은 충족되었으니까요. 결국 피서르가 발견한 것은 당연히 예상했던 사실들뿐이었습니다. 디미트리오스는

31 제2차 세계 대전 이전에 유명했던 유럽의 고급 차 브랜드

수입이 많았습니다. 그 돈을 다른 부자들과 같은 식으로 쓰고 있었던 거죠.

사람들의 말이, 피서르가 파리에서 체포되었을 때 디미트리오스에 관해 거의 말하지 않았다더군요. 하지만 본성이 흉포하고 자만심이 강한 자이니 음흉한 속셈이 있었을 게 분명합니다. 어쨌든 디미트리오스를 경찰에 잡히게 하려 했더라도 소용없었을 겁니다. 피서르는 바그람가의 아파트와 오슈가에서 조금 들어간 곳에 있는 백작 부인의 집을 경찰에 알리는 정도가 고작이었을 거고, 디미트리오스가 이미 거처를 옮겼을 거라는 걸 피서르도 알았으니까요. 말씀드렸듯이, 그 친구는 그 정보를 다른 식으로 이용할 생각이었지요.

제가 보기에, 피서르는 처음에는 디미트리오스를 찾아내면 곧바로 죽일 생각이었지만, 가진 돈이 줄어들면서 디미트리오스에 대한 증오심이 좀 더 합리적인 생각으로 바뀐 듯합니다. 아마도 그 히스파노스위자며 백작 부인의 호화로운 집이 떠올랐겠지요. 그 여자는 자기 애인이 헤로인 밀매로 돈을 번다는 사실을 알면 불안해할 것이고, 디미트리오스는 그 여자에게 자기 비밀을 숨기기 위해 상당한 돈을 내놓을 거라고 생각한 겁니다. 하지만 디미트리오스와 그자의 돈이라는 게 말이 쉽지, 실제로 있는 곳을 찾기는 어려웠습니다. 1932년 초 감옥을 나온 피서르는 몇 달이고 디미트리오스를 찾아다녔습니다. 이미 바그람가의 아파트에는 살고 있지 않았습니다. 백작 부인의 집은 닫혀 있었고, 수위는 백작 부인이 비아리츠에 가 있다고 말했습니다. 피서르는 비아리츠로 가서 백작 부인이 친구 집에 머물고 있다는 사실을 알아냈습니다. 하지만 디미트리오스는 없었습니다. 피서르는 파리로 돌아왔습니다. 이윽고 피서르는 제가 봐도 좋은 생각이라고 인정할 수밖에 없는 그런 방법을 생각해 냈습니다. 피서르도 자신의 생각에 기뻐했습니다. 하지만 안타깝게도, 피서르는 한발 늦고 말았습니다. 어느 날 피서르는 디미트리오스가 마약 중독자라는 사실을 상기했고, 디미트리오스 역시 돈 많은 중독자들이 증세가 심해지면 하는 행동을 할 거라고 생각했습니다. 디미트리오스가 치료를 받기 위해 재활원에 들어가 있을 거라고 짐작한 거죠.

파리 근교에는 그런 치료를 전문으로 하는 개인 병원이 다섯 군데 있습니다. 동생을 위해 입원 조건을 알아보고 싶다는 구실로, 피서르는 차례로 그 재활원들을 찾아갔습니다. 그러면서 루주몽이라는 친구의 추천을 받았다고 말했습니다. 네 번째로 간 재활원에서 피서르는 자기 생각이 옳았다는 사실을 확인하게 됩니다. 원장이 루주몽 씨의 건강이 어떤지 물어본 겁니다.

디미트리오스가 헤로인 중독 치료를 받았다는 사실을 알고, 아마도 피서르는 일종의 속된 만족감을 맛보았을 겁니다. 아시다시피 치료 과정은 끔찍합니다. 의사는 환자에게 마약을 주지만, 점점 그 양을 줄여 갑니다. 환자는 괴로워 거의 견딜 수 없을 정도의 상태가 되지요. 연방 하품을 하고, 땀을 흘리고, 떨고, 잠을 못 자고, 식욕을 잃습니다. 죽고 싶어 하고 끊임없이 자살을 입에 담지만, 이미 자살할 만한 힘도 남아 있지 않습니다. 마약을 달라고 울부짖지만 소용없지요. 환자는……. 하지만 이런 끔찍한 이야기로 선생님을 지루하게 만들어선 안 되겠지요. 치료는 3개월 과정이고 1주일에 5천 프랑이 듭니다. 치료가 끝나면 환자는 그 끔찍한 과정을 잊고 또 마약을 할지도 모릅니다. 또는 현명해져서 천국을 잊을 수도 있지요. 디미트리오스는 현명해진 듯합니다.

디미트리오스는 피서르가 찾아가기 4개월 전에 재활원에서 퇴원했고, 그래서 피서르는 다른 방법을 생각해 내야만 했습니다. 좋은 방법을 **결국** 생각해 냈습니다만, 그 방법을 실천하려면 다시 한번 비아리츠로 가야 했는데, 그럴 돈이 없었습니다. 그래서 수표를 위조해 그것을 현금으로 바꿔 비아리츠로 갔습니다. 피서르는 디미트리오스와 백작 부인이 애인 사이니까 그 여자가 디미트리오스의 현재 소재를 알 거라고 생각했습니다. 하지만 그 여자 앞에 불쑥 나타나 다짜고짜 디미트리오스의 주소를 물어볼 수는 없는 노릇이었습니다. 설사 그럴 핑계를 생각해 냈다 할지라도, 백작 부인이 아는 디미트리오스가 어떤 이름을 쓰고 있을지 알 수 없었습니다. 짐작하시겠지만, 여러 어려움이 있었습니다. 하지만 피서르는 그 어려움들을 극복할 방법을 찾아냈습니다. 피서르는 며칠 동안 백작 부인이 머무는 집을 감시했습니다. 그리고 그 집에 대해 충분히 알게 되자, 어느 날 오후 졸고 있는 하인 둘 말고는 아무도 없는 틈을 타서 백작 부인의 방으로 들어가 짐을 뒤졌습니다. 편지들이 없는지 찾은 거였죠.

디미트리오스는 우리와 일할 때도 기록하는 걸 싫어했고,

우리와 편지를 주고받은 적도 없지만, 피서르는 꼭 한 번 디미트리오스가 베르네르에게 무슨 주소를 종잇조각에 적어주었던 일을 기억했습니다. 그때 일은 저도 기억합니다. 묘한 글씨체였습니다. 교양 없고 서투르고 삐뚤삐뚤하면서도 아주 화려했습니다. 피서르가 찾던 것은 바로 그 글씨체였습니다. 그리고 찾아냈지요. 그 글씨체로 된 편지가 아홉 통 있었습니다. 모두 로마의 고급 호텔에서 보낸 거였습니다. 죄송합니다, 래티머 선생님, 뭐라고 하셨죠?」

「저는 디미트리오스가 로마에서 무엇을 하고 있었는지 압니다. 그자는 유고슬라비아 정치가 암살을 계획하고 있었습니다.」

피터스 씨는 감명받지 않은 듯했다. 「그럴 겁니다. 그 독특한 조직력 없이는 오늘의 큰일을 이룩하지 못했을 테니까요. 제가 어디까지 이야기했던가요? 아, 그렇지! 편지.

편지는 모두 로마에서 왔으며 〈C. K.〉라는 머리글자로 서명되어 있었습니다. 편지 내용은 피서르의 예상과 달랐습니다. 편지들은 아주 딱딱하고 가식적인 표현들로 구성되어 있었으며 짧았습니다. 대부분 글쓴이는 건강하고 하는 일이 재미있으며, 친애하는 친구를 곧 만나게 되기를 바란다는 내용이었습니다. 친밀하게 속내를 털어놓는 내용은 없었습니다. 하지만 어떤 편지에는 결혼하여 이탈리아 왕가의 일원이 된 친구를 만났다고 적혀 있었고, 또 어떤 편지에는 작위가 있는 루마니아 외교관을 소개받았다고 적혀 있었습니다. 디미트리오스는 그런 사람들과 만나서 아주 좋았던 듯합니다. **고**

상한 척하느라 심하게 애쓰고 있었고, 그래서 피서르는 디미트리오스가 자기 입을 막기 위해 분명히 돈을 내놓으리라는 확신이 들었습니다. 피서르는 호텔 이름을 적고 모든 것을 처음대로 해놓은 다음, 파리를 거쳐 로마로 가려고 일단 파리를 향해 다시 출발했습니다. 이튿날 피서르는 파리에 도착했습니다. 하지만 경찰이 피서르를 기다리고 있었습니다. 피서르는 아주 똑똑한 위조범이 아니었던가 봅니다.

그 불쌍한 친구가 어떤 기분이었을지 선생님도 짐작되실 겁니다. 영원히 끝나지 않을 것만 같던 3년 동안, 피서르는 오로지 디미트리오스의 일만 생각했습니다. 다 되었다고 생각했는데 마지막 순간 원점으로 돌려진 원통함을요. 무슨 이유에서인가, 피서르는 자신이 다시 감옥에 간 것이 디미트리오스 때문이라고 생각한 것 같습니다. 그렇게 생각하니 증오심이 끓어올라 반드시 대가를 치르게 해야겠다는 결의가 굳어졌습니다. 아마도 살짝 돌아 버린 것 아닐까 생각됩니다. 감옥에서 나오자마자, 피서르는 네덜란드에서 돈을 얼마쯤 만들어 로마로 갔습니다. 이미 3년이나 늦었지만, 어떻게 해서든 디미트리오스를 쫓을 작정이었습니다. 피서르는 네덜란드에서 온 사립 탐정 행세를 하며 로마의 그 호텔로 가서 3년 전에 숙박했던 손님들의 기록을 보여 달라고 했습니다. 물론 숙박 장부는 이미 경찰에 넘어가 있었지만, 그 기간의 계산서가 남아 있었고, 피서르는 머리글자를 알고 있었습니다. 피서르는 디미트리오스가 쓴 가명을 알아냈습니다. 또한 디미트리오스는 편지의 회송처를 남겨 두었는데, 파리 우체국으로 되어 있었죠.

이제 피서르는 새로운 어려움에 처했습니다. 이름은 알았지만, 프랑스로 가서 그 이름을 가진 자를 추적할 수 없다면 허사였습니다. 편지로 돈을 요구해 봐야 소용없었습니다. 디미트리오스가 3년 전에 신청한 우편 서비스를 아직도 이용해서 편지를 찾아갈 리는 없었으니까요. 그리고 피서르가 프랑스로 입국하려 했다간, 국경에서 쫓겨나든가 감옥에 들어갈 위험이 있었습니다. 피서르는 어떻게 해서든 새로운 이름과 위조 여권을 입수해야 했는데, 그럴 돈이 없었죠.

저는 피서르에게 3천 프랑을 빌려주었고, 고백하건대 래티머 선생님, 저는 제가 진짜 바보라고 느꼈습니다. 그래도 저는 피서르가 불쌍했습니다. 그 친구는 제가 파리에서 알던 그 피서르가 아니었습니다. 감옥 생활이 그 친구를 망쳐 놓은 거죠. 한때 눈에서 이글거리던 열정은 이제 입과 뺨으로 옮아가 나이를 먹었다는 느낌이 들었습니다. 저는 가엾은 마음에, 그리고 쫓아 버리고 싶은 마음에 피서르에게 돈을 주었습니다. 그 친구의 약속을 믿지는 않았습니다. 피서르에게서 다시 소식을 들으리라고는 기대도 안 했죠. 그러니 약 1년 전 3천 프랑의 우편환을 동봉한 편지를 받았을 때 제가 얼마나 놀랐을지 상상이 되실 겁니다.

편지는 아주 짧았습니다. 〈전에 말했듯이, 그자를 찾아냈어. 고맙다는 인사와 함께 네게 빌린 돈을 동봉해. 네가 놀랄 걸 생각하면 3천 프랑은 싼 거지.〉 그뿐이었습니다. 피서르는 서명을 남기지 않았습니다. 주소도 없었습니다. *Mandat*(우편환)는 니스에서 산 것이었고, 편지에도 그곳 소인이 찍혀 있었습니다.

편지를 받고 나서 저는 생각했습니다, 래티머 선생님. 피서르는 자만심을 되찾았다, 자만심을 만족시키기 위해 3천 프랑을 쓸 여유가 생긴 거다, 그건 3천 프랑보다 훨씬 더 많은 돈이 생겼다는 뜻이다, 자만심이 강하면 그런 행동을 하고 싶다는 생각이 들긴 하지만, 정말로 행동에 옮기는 이는 드물다, 그러니 디미트리오스가 돈을 준 게 분명하고, 디미트리오스는 바보가 아니니 돈을 줄 만한 이유가 있었을 것이다, 이렇게 말이죠.

그즈음 저는 한가한 나날을 보내고 있었습니다, 래티머 선생님. 한가하면서 살짝 좀이 쑤시는 상태였죠. 물론 책이 있긴 했지만, 책과 다른 사람들의 사상과 허세에 물릴 때가 있는 법이지요. 저도 디미트리오스를 찾아 피서르처럼 한몫 잡으면 재미있을 것 같았습니다. 욕심 때문은 아니었습니다, 래티머 선생님. 그렇게 생각하지는 않으셨으면 합니다. 저는 **흥미**가 생긴 겁니다. 게다가 디미트리오스 때문에 경험한 불쾌감과 굴욕감을 생각하니, 그자에게서 받을 것이 있다는 느낌이 들었습니다. 그래서 사흘째 되는 날, 저는 결심하고 로마로 향했습니다.

상상하시겠지만, 저는 고생했고, 여러 번 실망했습니다. 피서르가 저를 설득하려고 디미트리오스의 가명 머리글자는 알려 줬지만, 호텔에 관해선 오직 그곳이 아주 비싼 곳이란 사실밖에 몰랐습니다. 불행히도 로마에는 비싼 호텔이 아주 많답니다. 저는 한 곳씩 차례로 조사하기 시작했지만, 다섯 번째 호텔이 무슨 이유에서인가 1932년 계산서를 보여 주기를 거부하자 그 뒤로 조사를 단념했습니다. 그리고 호텔을 조사하는 대신 정부 부처에 있는 이탈리아인 친구를 찾아갔습니다. 그 친구는 저를 위해 영향력을 행사할 수 있었고, 여러 가지 골칫거리를 해결하고 많은 비용을 들인 뒤 가까스로 내무부에 있는 1932년 보관 문서를 볼 수 있었습니다. 그리하여 디미트리오스가 사용하던 이름을 알아냈고, 그것 외에 피서르가 알아내지 못한 것까지 알아냈습니다. 제가 1932년에 그랬던 것처럼, 디미트리오스는 돈만 두둑하면 다른 일은 눈감아 주고 호의적으로 대우해 주는 남미의 어느 공화국 시민권을 산 겁니다. 디미트리오스와 저는 같은 나라 사람이 되었습니다.

고백하건대, 래티머 선생님, 저는 희망에 부풀어 파리로 돌아왔습니다. 하지만 쓰디쓴 실망이 저를 기다리고 있었죠. 영사는 도움이 되지 않았습니다. 영사는 C. K.라는 사람에 관해 전혀 들어 본 적이 없다고 했습니다. 그리고 설사 제가 C. K. 씨의 가장 친하고 가장 오래된 친구라 할지라도, 그 사람이 어디 있는지 말해 줄 수 없노라고 했습니다. 그 영사는 불쾌할 정도로 무례했지만, 저는 그자가 디미트리오스에 관해 아무것도 모른다는 말이 거짓임을 알아차렸습니다. 저는 애가 탔습니다. 그런데 또 다른 실망이 저를 기다리고 있었습니다. 오슈 거리에서 조금 들어간 곳의 백작 부인 집이 2년 전부터 비어 있었던 겁니다.

백작 부인 정도 되는 돈 많은 귀부인의 소재는 쉽게 찾을 수 있으리라 생각하시겠죠? 하지만 여간 어렵지 않았습니다. 인명사전에도 실려 있지 않았습니다. 파리에 집을 소유한 듯하지도 않았고요. 솔직히 조사를 포기하려고 할 때, 이 어려움을 타개할 방법이 떠올랐습니다. 백작 부인 같은 상류 사회 여자라면 겨울 스포츠 시즌에 어딘가 갔을 거라는 생각이 들었습니다. 당시 막 시즌이 끝난 참이었습니다. 그래서 저는 아셰트[32]에 의뢰해 지난 3개월 동안 발행된 프랑스, 스위스, 독일, 이탈리아의 겨울 스포츠 잡지와 사교 잡지를 모두 샀습니다.

지푸라기라도 잡는 심정으로 해본 일이었는데 결실을 보았죠. 그런 잡지가 얼마나 많은지 모르실 겁니다, 래티머 선생님. 하나도 빠짐없이 훑어보는 데 1주일 넘게 걸렸고, 그 주일의 중간 즈음에 저는 거의 사회민주당원이 될 뻔했습니다. 하지만 그 작업을 다 끝냈을 때는 유머 감각을 되찾았지요. 말은 되풀이하면 무의미해진다고들 하지만, 비록 돈 많은 사람의 얼굴이라 할지라도 웃음 띤 얼굴을 자꾸만 보다 보니 되풀이되는 말보다 더욱더 무의미하게 보이더군요. 게다가 저는 원하는 것을 찾았습니다. 2월호 독일 잡지 가운데 하나에 백작 부인이 겨울 스포츠를 위해 장크트안톤에 와 있다는 단신이 실려 있었습니다. 프랑스 잡지 한 곳에는 그 여자가 스케이트복을 입은 패션 사진이 실려 있었습니다. 저는 장크트안톤으로 갔습니다. 그곳에는 호텔이 많지 않았고, 저

32 프랑스의 출판사.

는 곧 같은 무렵 C. K. 씨가 장크트안톤에 머물렀다는 사실을 알게 되었습니다. 그자는 호텔에 묵으며 칸의 주소를 썼습니다.

칸에서 저는 C. K.가 에스토릴에 저택을 가지고 있으며, 지금은 사업을 위해 외국에 있다는 사실을 알아냈습니다. 저는 실망하지 않았습니다. 디미트리오스는 조만간 자기 저택에 돌아올 테니까요. 그사이 C. K. 씨에 관해 좀 더 자세히 조사해 보기로 했습니다.

예전부터 해온 말이지만, 이 세상에서 성공하는 비결은 자신에게 도움이 될 만한 사람을 아는 데 있습니다. 저는 지금까지 중요한 사람, 그러니까 무슨 일이 왜 벌어질지 정보를 아는 사람을 많이 만나고 거래도 해왔고, 언제나 그 사람들에게 도움이 되도록 정성을 들였습니다. 그게 도움이 되었습니다. 예를 들어 그리스 정부에 야전포를 팔고 싶어 하는 인물이라면, 영향력 있는 그리스 관리가 개인적으로 바라는 것이 무엇인지 알고 싶어 할 것입니다. 그리고 그 관리는 자신이 개인적으로 바라는 것을 직접적으로 언급해 체면을 구기지 않으면서 명확하게 전달할 수 있어 기쁠 것입니다. 그렇게 민감한 상호 의사 교환을 요령 있게 대신해 줌으로써, 저는 양쪽으로부터 호의를 살 수 있지요. 즉 저는 양쪽에 부탁할 수 있는 위치에 서는 겁니다.

그래서 피서르라면 정보를 얻기 위해 어둠 속을 헤매야 했겠지만, 저는 친구를 통해 정보를 입수할 수 있었습니다. 일은 생각보다 훨씬 쉽게 풀렸습니다. 특정 사회에서 디미트리오스는 C. K.라는 이름으로 꽤 중요한 인물이 되었기 때문입니다. 사실 디미트리오스가 얼마나 거물이 되었는지 알았을 때, 저는 깜짝 놀라는 한편으로 기뻤습니다. 그리고 피서르가 분명 디미트리오스에게서 뜯어낸 돈으로 살고 있을 거란 점도 깨달았습니다. 그렇다면 피서르는 무엇을 알고 있는 걸까요? 일찍이 디미트리오스가 불법 마약 밀매를 했다는 것뿐이지요. 그것도 입증하기 어렵지요. 피서르는 여자 인신매매에 대해서는 아무것도 알지 못했습니다. 하지만 저는 알고요. 저는 디미트리오스가 떳떳이 드러내기를 꺼리는 일이 또 있을 거라는 생각이 들었습니다. 디미트리오스와 교섭을 시작하기 전에 그 일들을 일부라도 알 수만 있다면 제 경제 상황이 아주 튼튼해지겠죠. 저는 친구들을 좀 더 만나 봐야겠다고 결심했습니다.

두 친구가 저에게 도움을 줄 수 있었습니다. 한 명은 그로데크였고 또 한 명은 루마니아인이었습니다. 탈라트라는 이름으로 행세하던 디미트리오스와 그로데크의 관계는 선생님도 아시지요. 루마니아인 친구는 제게 말하길, 1925년에 디미트리오스는 이제는 세상을 뜬, 루마니아의 철위대 지도자 코드레아누와 수상쩍은 금전 거래가 있었고, 불가리아 경찰이 그 사실을 알았지만 잡으려 하지 않았다더군요.

하지만 그 일들은 더는 범죄가 아니었습니다. 사실 그로데크의 이야기를 들은 저는 다소 실망했습니다. 그런 옛날 일로 유고슬라비아 정부가 범죄자를 넘겨 달라는 요구를 할 것 같지도 않았고, 프랑스에서도 디미트리오스가 1926년에 자기 나라를 위해 일종의 봉사를 했다며 마약과 여자 매매에 대해 어느 정도는 너그럽게 봐줄 테니까요. 저는 그리스로 가서 디미트리오스에 관해 조사해 보기로 했습니다. 아테네에 도착하고 1주일이 지난 뒤에도 공식 기록에서 제가 원하는 디미트리오스에 관한 특정 기록을 하나도 발견하지 못했는데, 아테네의 신문에서 이스탄불 경찰이 디미트리오스 마크로풀로스라는 스미르나 출신의 그리스인 시체를 발견했다는 기사를 보았습니다.」

피터스 씨는 눈을 들어 래티머를 바라보았다. 「이제 이해가 가십니까, 래티머 선생님? 왜 선생님이 디미트리오스에게 관심을 보이는지 제가 살짝 이해하기 힘들어했는지요.」래티머가 고개를 끄덕이자 피터스 씨는 계속 이야기했다. 「물론 저 역시 구제 위원회의 기록을 조사했습니다. 하지만 스미르나로 가는 대신 선생님의 뒤를 쫓아 소피아로 간 겁니다. 어떻습니까, 스미르나의 경찰 기록에서 알아낸 것을 말씀해 주시지 않겠습니까?」

「디미트리오스는 1922년 스미르나에서 숄렘이라는 유대인 대부업자의 살해범 혐의를 받았습니다. 그자는 그리스로 도망쳤습니다. 그리고 2년 뒤, 케말 암살 계획에 관여했습니다. 그때도 빠져나갔지만, 터키 정부는 살인 사건을 구실로 디미트리오스에 관한 체포 영장을 발부했습니다.」

「스미르나에서 살인이라니! 이제 더 확실해졌군요.」피터스 씨가 웃음 지었다. 「디미트리오스는 참으로 굉장한 남자입니다, 그렇게 생각하지 않으십니까? 아주 경제적이지요.」

「무슨 뜻인가요?」

「우선 제 이야기를 끝까지 들으시면 알게 되실 겁니다. 그 신문 기사를 읽자마자 저는 곧 파리의 친구에게 C. K.의 소재를 알려 달라고 전보를 보냈습니다. 그 친구는 이틀 뒤 답장을 보냈는데, C. K.는 두 달 전에 세낸 그리스 디젤 요트로 친구들과 함께 에게해를 유람하고 방금 전 칸으로 돌아왔다는 겁니다.

이제 어떻게 된 일인지 아시겠습니까, 래티머 선생님? 선생님은, 죽은 사람이 몸에 지닌 신분증은 1년 전에 발급된 것이라고 하셨습니다. 그건 즉, 피서르가 저에게 3천 프랑을 보내오기 2~3주 전에 그 신분증이 발급되었다는 뜻입니다. 아시겠습니까? 피서르는 디미트리오스를 찾아낸 순간 사망 선고를 받은 겁니다. 디미트리오스는 피서르의 연락을 받자마자 피서르를 죽일 결심을 했을 게 분명합니다. 그 이유는 아시겠지요. 피서르는 위험인물입니다. 자만심이 굉장히 강했지요. 술에 취해 허풍을 떨고 싶어지면 무슨 말을 할지 모르는 자였어요. 그러니 죽여야 했던 겁니다.

하지만 디미트리오스는 정말 영리합니다! 디미트리오스는 피서르를 곧바로 죽일 수도 있었지만, 그렇게 하지 않았지요. 그의 경제적인 두뇌는 더 좋은 계획을 짜낸 겁니다. 피서르를 죽여야 한다면 뭔가 자신에게 도움이 되는 방법으로 시체를 처리할 수 없을까 생각한 거지요. 스미르나에서의 옛일로 추궁당하는 몸을 지키는 데 이용하면 어떨까? 그 일로 문제가 생길 가능성은 없지만, 이 기회를 이용해 확실히 해

둘 수 있었죠. 악당 디미트리오스 마크로풀로스의 시체가 터키 경찰의 손에 넘어가고, 살인범 디미트리오스는 죽었으니 C. K.는 살아서 인생을 즐기는 거죠. 그러나 그러기 위해서는 피서르에게서 어느 정도 협조를 받아야만 했습니다. 안전하다고 생각하게끔 속여야 했지요. 그래서 디미트리오스는 빙긋이 웃으며 돈을 준 다음, 피서르의 시체에 지니게 할 신분증을 입수하러 나섭니다. 그리고 9개월 뒤인 6월, 디미트리오스는 요트 여행을 하자며 친애하는 친구 피서르를 초대한 겁니다.」

「알겠습니다. 하지만 어떻게 요트 여행 도중에 살인을 할 수 있었을까요? 승무원은 어떻게 하고요? 다른 승객들도 있었을 텐데요?」

피터스 씨는 모든 것을 안다는 듯한 표정을 지었다. 「제가 디미트리오스였다면 어떻게 했을지 말씀드리지요, 래티머 선생님. 저는 우선 그리스 요트를 전세 냅니다. 그리스 요트를 세 내는 데는 이유가 있지요. 그 요트의 모항은 피레에프스일 겁니다.

피서르를 포함한 친구들이 나폴리에서 요트를 타도록 손을 써놓습니다. 그 사람들을 태우고 항해를 떠났다가 한 달 뒤 나폴리로 돌아와 크루즈 여행을 끝냈다고 말합니다. 사람은 다 내리지만, 저는 요트를 타고 피레에프스로 돌아가겠노라고 말하며 내리지 않습니다. 그리고 슬쩍 피서르를 불러 이스탄불에서 아주 은밀히 처리해야 할 일이 있어 요트로 갈 생각인데, 같이 가주면 정말 고맙겠다고 말합니다. 그리고 같이 가자고 하지 않은 데 대해 화를 낼지도 모르니 다른 사람들에게는 말하지 말고 모두가 떠난 뒤 다시 요트로 몰래 돌아오자고 말합니다. 자만심이 강한 가엾은 피서르가 그런 유혹을 뿌리칠 리 없지요.

선장에게는 피서르와 함께 이스탄불에서 내렸다가 일을 마치면 육로를 통해 파리로 돌아갈 거라고 말합니다. 선장은 요트를 몰고 피레에프스로 돌아갑니다. 이스탄불에서 피서르와 저는 상륙합니다. 승무원에게는 그날 밤 묵을 호텔이 정해지는 대로 사람을 보내 짐을 찾아가겠노라고 전해 둡니다. 그리고 저는 페라 대로에서 조금 들어간 골목에 있는, 전부터 아는 술집으로 피서르를 데려가고, 그날 밤 제 주머니에서 1만 프랑의 돈이 줄어듦과 동시에 피서르는 보스포루스 해협 바다에 있게 되지요. 시체가 부패해 떠오르면 조류에 휩쓸려 세랄리오 포인트로 흘러가게 됩니다. 저는 피서르의 이름과 여권으로 호텔에 방을 잡고, 피서르와 제 짐을 넘겨 달라는 편지와 함께 요트로 짐꾼을 보냅니다. 이튿날 아침, 피서르 행세를 하며 호텔을 나와 역으로 향합니다. 저는 전날 밤 피서르의 짐을 조사해 그 주인이 피서르임을 알 수 있는 물건이 없는지 확인했으니, 이제 그 짐을 *consigne*(보관소)에 맡깁니다. 그리고 기차를 타고 파리로 돌아갑니다. 만일 이스탄불에서 피서르에 관해 조회하는 이가 있어도, 피서르는 기차를 타고 파리로 돌아간 게 됩니다. 하지만 누가 피서르에 관해 조회한단 말입니까? 제 친구들은 피서르가 나폴리에서 내린 줄 압니다. 선장과 승무원들도 전혀 관심 없죠. 피서르는 가짜 여권을 가진 범죄자입니다. 그런 사람이라면 자의로 행방을 감춘다 해도 하등 이상할 게 없지요. 이렇게 끝입니다!」

피터스 씨가 두 손을 펴 보였다. 「저라면 그런 상황에서 그런 식으로 일을 처리했을 겁니다. 디미트리오스는 좀 다르게 했을지도 모르지만, 아마 제 생각처럼 했을 가능성이 큽니다. 그리고 디미트리오스가 틀림없이 했다고 생각되는 일이 하나 있습니다. 선생님이 스미르나에 가기 몇 달 전 다른 누군가가 선생님이 조사한 것과 똑같은 경찰 기록을 조사해 갔다고 하셨죠? 분명 디미트리오스였을 겁니다. 그자는 늘 조심성이 많았습니다. 경찰이 피서르의 시체를 찾아내기 전에 자기 외모에 관해 얼마나 아는지 알아 두고 싶었을 겁니다.」

「하지만 제가 당신에게 말했던 이는 프랑스인으로 보이는 사람이었습니다.」

피터스 씨는 나무라는 듯한 웃음을 지었다. 「그렇다면 선생님이 소피아에서 제게 하신 말씀은 사실이 **아니었군요**. 선생님은 그 수수께끼 인물에 대해 **조사**를 하신 거군요.」 피터스 씨는 어깨를 으쓱했다. 「디미트리오스는 이제 프랑스인처럼 보입니다. 옷차림도 프랑스식이지요.」

「최근에 그자를 보았습니까?」

「어제요. 하지만 디미트리오스는 저를 보지 못했습니다.」

「디미트리오스가 파리 어디에 있는지 정확히 알고 있나요?」

「바로 그렇습니다. 그자가 하는 새로운 일의 내용을 알게 된 순간, 저는 어디로 가야 그를 찾을 수 있는지 알았습니다.」

「당신은 이제 그자를 찾았습니다. 그다음에는요?」

피터스 씨가 인상을 썼다. 「어이쿠, 무슨 말씀이십니까, 래티머 선생님. 그렇게 무딘 분이 아니실 텐데요. 선생님께서는 이스탄불에 묻힌 자가 디미트리오스가 아닌 것을 아시고 또한 증명하실 수 있습니다. 필요하다면 선생님은 경찰의 서류철에 있는 사진이 피서르의 것이라고 증언하실 수도 있습니다. 한편 저는 디미트리오스가 현재 쓰는 이름, 그리고 어디 가면 그자를 찾을 수 있는지 압니다. 디미트리오스에게 우리 둘의 침묵은 많은 돈을 낼 만한 값어치가 있습니다. 또한 피서르의 운명을 타산지석으로 삼으면, 우리는 이 문제를 어떻게 다뤄야 하는지 압니다. 우리는 백만 프랑을 요구할 겁니다. 디미트리오스는 그 돈을 지불하겠지만, 우리가 나중에 또 돈을 요구할 거라고 예상할 겁니다. 우리가 바보도 아닌데 그런 식으로 우리 목숨을 위험하게 해서야 되나요. 우리는 서로 50만 프랑, 그러니까 거의 3천 파운드에 해당하는 돈으로 만족하고 조용히 사라지는 겁니다, 래티머 선생님.」

「그렇군요. 현금 거래를 놓고 하는 협박이군요, 신용 거래가 아니라요. 하지만 왜 저를 이 일에 끌어들이신 겁니까? 제 도움이 없어도 터키 경찰은 피서르의 신원을 확인할 수 있을 텐데요?」

「어떻게요? 터키 경찰은 피서르를 디미트리오스라 인정하고 묻었습니다. 그 뒤 여남은 명 이상의 시체를 보았을 겁니다. 여러 주가 지났지요. 16년 전 살인에 대한 14년 동안의 혐의 때문에 돈 많은 외국인에 대해 값비싼 범인 인도 수속을 할 만큼 터키 경찰이 피서르의 얼굴을 확실히 기억하고 있을까요? 무슨 생각을 하시는 겁니까, 래티머 선생님. 디미트리오스는 저를 비웃을 겁니다. 그자는 피서르와 같은 식으로 저를 처리할 거예요. 프랑스 경찰에 가서 시끄럽게 굴지 말라고 가끔씩 몇천 프랑 정도 주겠지요. 그러다 때가 되면 자신의 안전을 위해 저를 죽일 겁니다. 하지만 선생님은 피서르의 시체를 보았고, 그 시체가 피서르임을 알아보셨습니다. 스미르나에서 경찰 기록도 보셨고요. 디미트리오스는 선생님에 대해 전혀 모릅니다. 그자는 돈을 내든가, 어떤 식이 될지 모르는 위험을 감수해야만 합니다. 하지만 그자는 조심성이 있어서 그런 위험을 무릅쓰지 않을 겁니다. 제 말 잘 들으십시오. 우선, 디미트리오스가 우리 정체를 알아차리지 못하게 하는 게 중요합니다. 물론 디미트리오스는 저를 알아보겠지만, 현재 제 이름은 알지 못할 겁니다. 선생님의 경우는, 만약을 위해 가명을 만들어야 합니다. 영국 분이시니 스미스 씨 정도가 좋겠군요. 저는 페테르센이라는 이름으로 디미트리오스에게 연락을 취하고, 백만 프랑을 받기 위해 우리가 고른 파리 교외 어딘가에서 그자와 만나도록 주선하겠습니다. 그자가 우리 둘을 만나는 것은 그것이 마지막일 겁니다.」

래티머는 소리 내어 웃었지만, 그다지 진심은 아니었다. 「당신은 정말로 제가 이 계획에 동의할 거라고 생각하나요?」

「래티머 선생님, 만약 선생님의 훈련된 머리로 더 정교한 계획을 짜실 수 있다면, 저는 기꺼이……」

「제 훈련된 머리는, 피터스 씨, 당신이 가르쳐 준 이 모든 사실을 경찰에 어떻게 알리는 것이 좋을까, 그 생각뿐입니다.」

피터스 씨의 웃음이 옅어졌다. 「경찰에요? 무엇을 알리겠단 말입니까, 래티머 선생님?」그가 부드럽게 물었다.

「저는 경찰에…….」래티머가 초조한 듯 말을 시작했지만, 곧 얼굴을 찡그리며 말을 멈췄다.

「바로 그겁니다.」피터스 씨가 만족한 듯 고개를 끄덕였다. 「선생님에게는 경찰에 알릴 만한 정보가 전혀 없습니다. 만약 터키 경찰에 말하면, 그자들은 물론 프랑스 경찰에 연락해 피서르의 사진을 구한 다음 선생님의 증언을 기록하겠지요. 그다음에는요? 디미트리오스가 아직 살아 있다는 사실을 알았을 뿐입니다. 그게 전부입니다. 기억하시겠지만, 저는 선생님에게 디미트리오스가 현재 쓰는 이름은 물론이고 그 머리글자도 알려 드리지 않았습니다. 피서르나 제가 했던 것과 달리, 선생님은 로마에서 그자의 발자취를 더듬을 수 없습니다. 또한 백작 부인의 이름도 모르고, 프랑스 경찰은 국외로 추방한 네덜란드인 범죄자의 운명에 관심을 갖거나 1922년 스미르나에서 사람을 죽인 뒤 가명을 쓰는 그리스인이 프랑스 어딘가에 있다는 말을 듣고서 흥분하지 않을 겁니다. 아시겠습니까, 래티머 선생님? 선생님은 저 없이는 아무런 행동도 하실 수 없습니다. 물론 디미트리오스가 이쪽 의사를 받아들여 주지 않는다면, 경찰에 익명으로 정보를 제공하는 게 낫겠지요. 하지만 저는 디미트리오스가 그렇게 어려운 길을 택하지는 않을 거라고 봅니다. 그자는 아주 똑똑합니다. 어쨌든 래티머 선생님, 왜 3천 파운드를 포기하는 겁니까?」

래티머는 상대를 보며 잠시 생각에 잠겼다. 이윽고 그가 말했다.「제가 그 3천 파운드를 원하지 않을 수도 있다는 가능성에 대해선 생각해 보지 않으셨나요? 범죄자들과 너무 오래 어울리시다 보니 아무래도 일반적인 사고방식을 이해하지 못하시는 듯하군요.」

「그런 도덕적 결벽성은…….」피터스 씨가 피곤하다는 듯이 입을 열었다. 이윽고 그는 생각을 바꾼 듯했다. 그는 목청을 가다듬었다. 그리고 술 취한 친구를 다룰 때처럼 짐짓 상냥한 척하며 말했다.「만약 원하신다면, 돈을 받은 **뒤** 경찰에 알릴 수도 있습니다. 만약 디미트리오스가 우리에게 돈을 준 사실을 입증할 수 있다 할지라도, 그리고 아무리 그자가 보복을 원한다 할지라도, 경찰에 우리 이름이나 소재를 알릴 수는 없습니다. 사실 저는 그러는 편이 우리로서도 아주 현명한 행동이라고 생각합니다, 래티머 선생님. 우리도 디미트리오스가 더는 위험한 존재가 되지 않도록 확실한 방법을 취해야 하니까요. 디미트리오스가 1931년에 했듯이 경찰에 익명으로 정보를 보내면 됩니다. 인과응보죠.」이윽고 피터스 씨가 실망한 표정을 지었다.「아니, 안 되겠군요. 그건 불가능합니다. 선생님의 터키인 친구들이 선생님을 의심할 겁니다, 래티머 선생님. 그런 위험을 무릅쓸 수는 없잖습니까!」

하지만 래티머는 피터스 씨의 말을 거의 듣고 있지 않았다. 래티머는 자신이 말하려던 내용이 어리석다는 것을 알게 되었고, 그래서 어떻게 하면 그 어리석음을 정당화할 수 있

을까 고민하고 있었다. 피터스 씨의 말이 옳았다. 디미트리
오스에게 법의 심판을 받게 할 방법은 없었다. 래티머는 선
택해야만 했다. 디미트리오스는 피터스 씨가 알아서 하라고
맡겨 두고 자신은 아테네로 돌아가든가, 파리에 남아 어느
틈에 자신도 배역을 맡게 된 이 기괴한 코미디의 마지막 장
면을 보든가 둘 중 하나를 선택해야 했다. 첫 번째를 선택한
다는 것은 말도 안 되었고, 따라서 두 번째를 선택할 수밖에
없었다. 래티머에게는 사실 선택의 여지가 없었다. 시간을
벌기 위해 래티머는 담배를 집어 불을 붙였다. 이제 래티머
는 담배에서 눈을 뗐다.

　「좋습니다.」 래티머가 천천히 말했다. 「말씀하신 대로 하
겠습니다. 하지만 조건들이 있습니다.」

　「조건요?」 피터스 씨의 입술이 굳어졌다. 「반이면 충분하
고도 남는다고 생각하는데요, 래티머 선생님. 제가 하는 고
생이며 경비만으로도……!」

　「잠깐만요, 저는 조건들이라고 말씀드렸습니다만, 피터스
씨. 첫 번째 조건은 받아들이기 아주 쉬울 겁니다. 디미트리
오스에게서 받아 낸 돈을 당신이 모두 갖는 겁니다. 두 번째
조건은……」 래티머는 거기까지 말하고 입을 다물었다. 피터
스 씨가 당황하는 모습에 그는 한순간 쾌감을 맛보았다. 이
윽고 래티머는 피터스 씨가 젖은 눈을 가늘게 뜬 것을 알아
차렸다. 피터스 씨의 입에서 나온 말은 의심으로 가득 차 있
었다.

　「무슨 말씀인지 이해가 안 가는군요, 래티머 선생님. 만약

이게 뭔가 조악한 속임수라면…….」

「아, 아닙니다, 속임수는 없습니다, 조악하든 아니든 간에 요, 피터스 씨. 〈도덕적 결벽성〉이라는 표현을 쓰셨죠? 바로 그겁니다. 저는 상대가 디미트리오스인 이상 협박해서 돈을 뜯어내는 일을 기꺼이 도와드릴 준비가 되어 있습니다. 하지 만 그 돈을 나눠 가질 준비는 되어 있지 않습니다. 물론 그러 는 편이 당신에게도 훨씬 더 좋고요.」

피터스 씨는 생각에 잠겨 고개를 끄덕였다. 「그렇군요, 선 생님이라면 그렇게 생각하실 수도 있을 듯합니다. 말씀대로 제게는 훨씬 더 좋은 일이기도 하고요. 그러면 두 번째 조건 은 뭔가요?」

「역시 아무 해가 없는 일입니다. 당신은 디미트리오스가 중요한 인물이 되었다고 모호하게 언급했습니다. 그자가 **어 떤 인물**이 되었는지 확실히 가르쳐 주시면 당신이 백만 프랑 을 얻을 수 있게 도와드리겠습니다.」

피터스 씨는 한순간 생각하더니 이윽고 어깨를 으쓱했다. 「좋습니다, 선생님에게 말씀드리지 못할 이유가 없지요. 그 것을 안다 해도 그 정보는 선생님이 그자의 현재 신원을 알 아낼 수 있는 실마리가 되지 않을 테니까요. 유라시아 신탁 은행은 모나코에 등기되어 있어 그 등기 내용이 감사에 공개 되지 않습니다. 디미트리오스는 그 은행의 이사 가운데 한 명입니다.」

제13장
랑데부

새벽 2시가 되어서야 래티머는 8천사 골목을 떠나 볼테르 강변로 쪽으로 천천히 걷기 시작했다.

눈이 따끔거리고 입은 건조하고 계속해서 하품이 나왔지만, 너무 진한 커피를 마신 탓에 두뇌는 열에 들뜬 듯 명료하게 작동했다. 어찌나 명료한지 말도 안 되는 소리마저 말이 되게 만들 수 있을 정도였다. 래티머는 자신이 오늘 밤에 잠을 이루지 못하리라는 사실을 알았다. 생각의 고리가 점점 더 넓어지고, 점점 더 터무니없어지고, 결국 래티머는 일어나 물을 한잔 마셔야 할 터였다. 그런 뒤 머리에서 피가 박동하는 소리에 잠시 귀를 기울일 것이고, 또다시 생각의 고리가 넓어지고 터무니없어지고 물이 필요해지는 과정이 되풀이될 것이었다. 차라리 밖에 나와 있는 게 나았다.

생제르맹 대로 모퉁이에 아직 문을 닫지 않은 카페가 있었다. 그는 안으로 들어가 심심해 죽으려 하는 카운터 뒤의 말없는 점원에게 샌드위치와 맥주 한 잔을 주문해 받았다. 래티머는 샌드위치를 다 먹고 담배 한 대를 피운 뒤 손목시계를 보았다. 2시 20분이었다. 동이 틀 때까지 세 시간 넘게 남았다. 택시 한 대가 카페 바로 밖 승차장으로 들어왔다. 래티머는 한순간 망설였지만 이윽고 마음을 굳혔다. 그는 담배를 버린 뒤, 카운터에 돈을 두고 택시 쪽으로 걸어갔다.

래티머는 트리니테 지하철역에서 택시 운전사에게 돈을 주고 내려 블랑슈 거리를 걸었다. 그랬다, 언덕을 절반쯤 올라간 그곳에 〈카스바〉가 아직도 그대로 있었다. 그곳에 도착하기 훨씬 전부터 래티머는 번쩍이는 네온사인을 볼 수 있었다.

거리에는 사무적인 분위기가 돌았다. 마치 무역 박람회 복도에 있는 듯했다. 차이가 있다면 판매대가 두 줄로 있는 대신 나이트클럽이 두 줄로 서 있고, 임대한 안락의자에 깊숙이 앉아 방문객을 살피는 세일즈맨들 대신 몸에 잘 맞지 않는 밝은색 유니폼을 입고 수염을 기른 안내원들과 더러운 디너 재킷을 입은 호객꾼들이 래티머의 뒤를 졸졸 따라다니면서 설득력 있는 낮은 목소리로 빠르게 말하며 호객 행위를 한다는 것뿐이었다.

어쨌든 외관으로만 보면 〈카스바〉는 피터스 씨가 묘사한 모습에서 바뀐 것이 거의 없었다. 흑인 안내원은 줄무늬 지바[33]와 터키모자를 쓰고 있었고, 베트남인 호객꾼은 디너 재킷에 빨간 터키모자 차림이었다. 베트남인 호객꾼은 알라뿐 아니라 브라흐마[34]도 달래기 위해 터키모자 외에 이마에 힌두교 종교 표식까지 더했지만, 이 사실은 평평한 문 두 짝에

33 이슬람교도가 입는 기장과 소매가 긴 코트.
34 힌두교 최고의 신.

실물 크기로 그려진 모로코식 울레드 나일[35] 초상화에 비하면 별것 아니었다. 하지만 시간이 흐른 탓에 내부는 여러 면에서 바뀌어 있었다. 피터스 씨의 깔개와 소파와 호박색 조명은 강철 파이프 의자와 테이블로, 소용돌이무늬 카펫으로, 간접 선형 조명으로 바뀌었다. 탱고 밴드 역시 없었다. 밴드를 대신해 앰프와 스피커가 있었고, 프랑스 댄스 음악 레코드를 틀지 않을 때면 멀리서 들리는 모터보트 소리를 연상시키는 풋풋거리는 소리가 희미하게 났다. 실내에는 스무 명 정도 있었는데, 앉을 수 있는 좌석 수용 인원은 그보다 서너 배 더 많았다. 입장료는 30프랑이었다. 래티머는 맥주를 주문하고 나서 혹시 주인을 만날 수 있는지 물었다. 이탈리아인 웨이터는 알아보겠노라 말하고 그곳을 떠났다. 이윽고 스피커에서 풋풋거리는 소리가 그쳤고, 네 쌍이 춤을 추기 위해 일어섰다.

래티머는 피터스 씨가 지금의 〈카스바〉를 보면 뭐라고 할지 궁금했다. 이곳은 〈안락함〉의 반대말 같은 곳이었다. 래티머는 소파와 깔개와 호박색 조명이 있던 이곳의 전성기를, 실내에는 담배 연기가 자욱하고, 남미인들은 탱고 음악을 연주하고, 허리선이 골반까지 내려오는 상의와 무릎길이 치마를 입고 짧은 단발머리에는 클로슈 모자[36]를 쓴 여자들이 그 음악에 맞춰 춤을 추던 모습을 상상해 보았다. 아마도 피터

---

35 어린 시절부터 가무를 훈련한 무희들로 유명한, 알제리의 한 부족.
36 머리에 꼭 맞고 이마를 가리는 종 모양 모자. 1920년대 신여성들의 상징이었다.

스 씨는 대부분의 시간 동안 입구 바로 안의 휴대품 보관소 옆에 서 있거나, 그 건너편의 〈사장실〉이라는 명패가 달린 작은 방 안에 앉아 영국인과 미국인들의 목소리를 들으며 메크네스 샴페인을 더 주문하는 주문서를 쓰고 동업자의 장부를 확인하고 있었을 것이다. 아마도 지로가 디미트리오스를 데려온 10년 전 그날 밤에도 그곳에 있었을 것이다. 아마도……

주인이 다가왔다. 남자는 뚱뚱하고 키가 크고 대머리에 무표정했으며, 남들이 자기를 싫어하는 데 익숙하고 남들이 그러거나 말거나 개의치 않는 그런 사람이었다.

「저를 만나고 싶다고 하셨습니까, 선생님?」

「아, 네. 혹시 지로라는 분을 아시는가 해서요. 10년 전에 이곳 주인이었습니다.」

「아니요, 모릅니다. 저는 여기를 운영한 지 2년밖에 안 됩니다. 왜 그 사람을 알고 싶어 하시나요?」

「특별한 이유는 없습니다. 그냥 그 사람을 다시 한번 보고 싶어서요. 그게 전부입니다.」

「아니요, 저는 그 사람을 모릅니다.」 주인이 다시 말하고는 래티머의 맥주를 재빨리 힐끗 보며 말했다. 「춤을 추고 싶으십니까? 그러면 기다리셔야 합니다. 곧 이곳에 예쁜 여자분들이 아주 많이 올 겁니다. 지금은 좀 이릅니다.」

「아니요, 고맙습니다.」

주인은 어깨를 으쓱하고 나서 떠났다. 래티머는 맥주를 조금 마시고 비를 피해 박물관으로 들어온 사람처럼 주위를 멍하니 응시했다. 자러 갔으면 좋았을 거라는 생각이 들었고, 자는 대신 이곳에 온 게 짜증 났다. 피터스 씨와 헤어지며 그는 이야기가 비현실적이란 느낌에 사로잡혔다. 그 느낌을 없애 보고자 딱할 만큼 천진한 노력의 일환으로 이곳에 왔지만, 결과적으로 그 느낌만 더 강해지고 말았다. 래티머는 웨이터에게 신호를 보내고는 맥줏값을 낸 뒤 택시를 타고 호텔로 돌아왔다.

그는 물론 피곤했다. 그게 문제였다. 설사 24시간 안에 오귀스트 콩트의 여섯 권짜리 『실증 철학 강의』를 읽고 시험 준비를 해야 하는 학생이라 할지라도 래티머만큼 어리둥절하고 무기력한 느낌은 아닐 것 같았다. 익숙해져야 할 새로운 개념들과 이제는 잊어야 할 예전의 개념들이 너무 많았으며, 물어야 할 질문들과 해야 할 답도 너무나 많았다. 그리고 그러한 혼돈 속에서도 곰곰이 생각해 보면, 디미트리오스, 숄렘과 피서르의 살인범, 마약 밀수업자이자 포주이자 도둑이자 스파이, 백인 노예 매매꾼, 깡패, 금융업자인 디미트리오스, 살해당해 마땅한 그런 자가 멀쩡히 살아서 잘 지낸다는 사실이 너무나 부조리해 보였다.

래티머는 호텔 방의 창가에 앉아 검은 강 너머로 강에서 반사되는 빛, 그리고 루브르 박물관 저편 하늘의 희미한 이글거림을 물끄러미 바라보았다. 그의 정신은 과거를 방황했고, 흑인인 드리스의 자백, 이라나 프레베자의 회상, 불리치의 비극, 서쪽을 여행해 파리로 와서 이즈미르의 무화과 포장 인부에게 돈을 안겨 준 백색 각성제 이야기 따위가 그의 마음속을 떠돌았다. 세 명이 끔찍하게 죽었고, 셀 수 없이 많

322

은 사람이 끔찍한 삶을 살았다. 단지 디미트리오스 한 명의 편의를 위해. 만약 악마가 **존재**한다면 이자가 바로……

하지만 선악으로 그를 설명하는 건 소용없었다. 그런 구분은 이제 낡고 추상적인 개념일 뿐이었다. 좋은 사업과 나쁜 사업이 새로운 신학의 요소였다. 디미트리오스는 악이 아니었다. 그자는 논리적이고 일관된 행동을 보였다. 유럽이라는 정글에서, 그는 루이사이트라는 독가스만큼이나, 무방비 도시에 퍼부어진 폭격으로 몸이 산산조각 나 죽은 아이들만큼이나 논리적이고 일관되었다. 미켈란젤로의 「다비드」, 베토벤의 사중주, 아인슈타인의 물리학에 담긴 논리는, 『주식 매매 연감』과 히틀러의 『나의 투쟁』의 논리로 바뀌었다.

하지만 래티머는 생각했다. 비록 루이사이트를 사고파는 걸 막을 수는 없어도, 그리고 학살당한 수많은 아이 때문에 〈애통해하는〉 게 고작일지라도, 편의 원칙 때문에 사회가 너무 큰 해를 입는 것을 막을 방법은 존재했다. 대부분의 국제 범죄자는 법의 테두리 밖에 있었지만, 디미트리오스는 마침 법의 테두리 안에 있었다. 그자는 적어도 두 건의 살인을 저질렀고, 따라서 굶주려 빵 한 덩어리를 훔친 것과 마찬가지로 확실하게 법을 어겼다.

하지만 디미트리오스가 법의 테두리 안에 있다는 건 말이 쉬울 뿐, 법에 그 사실을 어떻게 알리는가 하는 실질적인 어려움이 있었다. 피터스 씨가 신중하게 지적했듯이, 래티머에게는 경찰에 넘길 정보가 없었다. 하지만 모든 것을 합쳐 보면 진상이 드러나지 않을까? 그렇다면 래티머에게는 어느 정

도 **정보**가 있었다. 래티머는 디미트리오스가 살아 있고, 유라
시아 신탁은행의 이사이며, 오슈 거리에서 조금 들어간 곳에
사는 프랑스의 백작 부인과 아는 사이이고, 디미트리오스 또
는 백작 부인이 히스파노스위자 자동차를 가지고 있고, 올겨
울에 겨울 스포츠를 즐기러 둘 다 장크트안톤에 머물렀으며,
디미트리오스가 6월에 그리스 요트를 전세 냈고, 에스토릴
에 저택이 있으며, 지금은 남미 어느 공화국 시민이라는 사
실을 알았다. 그런 특징이 있는 사람을 찾는 건 가능할 터였
다. 설사 유라시아 신탁은행의 이사들 이름을 알아낼 수는
없다 할지라도, 에스토릴에 저택이 있는 부유한 남미인 가운
데 2월에 장크트안톤을 방문한 적 있고 6월에 그리스 요트를
전세 낸 사람 이름을 알아내는 건 가능할 터였다. 만약 그 목
록을 입수할 수 있다면, 그 가운데 누가(만약 그런 이름이 하
나 이상이라면) 위의 세 경우에 가장 겹치는지만 확인하면
됐다.

　하지만 어떻게 그 목록을 손에 넣는단 말인가? 게다가 터
키 경찰을 설득해 피서르를 검시하고 그 모든 정보를 적용한
다 할지라도, 자신이 디미트리오스라고 결론 내린 자가 진짜
로 디미트리오스라는 증거가 어디에 있단 말인가? 그리고 하
키 대령에게 진실을 납득시키는 데 성공한다 할지라도, 힘
있는 유라시아 신탁은행의 이사를 프랑스 경찰이 체포해 넘
기게 할 정도로 충분한 증거가 과연 하키 대령에게 있을까?
드레퓌스의 무죄 판결을 받아 내기까지 12년이 걸린 걸 고려
하면, 디미트리오스의 유죄 판결 역시 최소한 그 정도 걸릴

324

수 있었다.

래티머는 피곤해하며 옷을 벗고 침대에 들어갔다.

피터스의 협박 계획에 가담하는 수밖에 없는 듯했다. 래티 머는 편안한 침대에 누워 눈을 감았고, 앞으로 며칠 안에 자신이, 엄밀히 말해 최악의 범죄자 부류에 속할 것이라는 사실이 그저 기묘하다는 느낌밖에 들지 않음을 깨달았다. 하지만 마음 한구석으론 왠지 불안했다. 그리고 그 까닭을 알자 래티머는 살짝 충격을 받았다. 솔직히 말해, 래티머는 디미 트리오스가 두려웠던 것이다. 디미트리오스는 위험한 인물이었다. 스미르나나 아테네나 소피아에 있을 때보다 훨씬 더 위험했다. 이제는 잃을 게 훨씬 더 많았기 때문이다. 피서르는 디미트리오스를 협박하다가 죽었다. 이번에는 래티머 자신이 그런 자를 협박하려 하고 있다. 디미트리오스는 필요할 경우 전혀 망설이지 않고 사람을 죽여 왔다. 한 명이 그에게 마약 밀매자였다는 과거를 폭로하겠다고 협박하자, 디미트 리오스는 이미 그자를 죽일 필요가 있다고 생각했다. 그런데 두 명이 살인을 저지른 과거를 폭로하겠다고 협박한다면, 그가 과연 망설일까?

하지만 망설이든 망설이지 않든 간에, 절대로 그런 기회를 주지 않는 것이 가장 중요했다. 피터스 씨는 조심성 있는 예방 수단을 취해야 한다고 제안했다.

디미트리오스와의 첫 접촉은 편지로 이루어질 예정이었다. 래티머는 그 편지 초안을 보았고, 그 문체가 자신의 추리소설에 등장하는 협박자가 쓴 편지의 문체와 똑같다는 사실을 발견하고 내심 기뻤다. 그 편지는 먼저 오랜 세월이 지난 지금 C. K. 씨가 글쓴이 및 글쓴이와 함께 지낸 즐겁고 이득이 많았던 시절을 잊지 않았으리라 믿는다는, 기분 나쁠 정도로 정중한 말로 시작했고, C. K. 씨가 큰 성공을 거둔 사실을 알아 굉장히 기뻐하는 바이며, 이번 주 목요일 밤 9시에 모 호텔에서 만나기를 간절히 바란다고 적혀 있었다. 편지는 〈plus sincère amitié(진심 어린 우정을 담아)〉라는 말로 끝맺었으며, 짧은 추신으로, 우리가 서로 아는 친구 피서르와 아주 잘 알고 지내던 사람을 우연히 만났는데, 그 사람이 꼭 C. K. 씨를 만나고 싶어 하며, 만약 C. K. 씨가 목요일 밤 약속 시간에 올 수 없다면 굉장히 안타까울 것이라는 의미심장한 내용이 더해졌다.

디미트리오스는 목요일 아침에 그 편지를 받을 터였다. 목요일 저녁 8시 반에 〈페테르센 씨〉와 〈스미스 씨〉가 이 만남을 위해 호텔에 도착해 〈페테르센 씨〉가 방을 빌린다. 그 방에서 둘은 디미트리오스가 도착하기를 기다린다. 둘은 디미트리오스에게 상황을 설명하고, 백만 프랑의 지불 방법을 이튿날 아침에 알려 주겠다고 말한 뒤 디미트리오스를 돌려보낸다. 〈페테르센 씨〉와 〈스미스 씨〉도 떠난다.

이번에는 둘이 미행을 당해 신원이 밝혀지는 일이 없도록 예방 조치를 취해야 했다. 피터스 씨는 그 조치의 구체적인 내용에 대해서는 아무 말도 하지 않았지만, 문제없을 거라고 보장했다.

그날 밤 두 사람은 두 번째 편지를 보내, 천 프랑 지폐로 백

만 프랑을 가진 심부름꾼을 금요일 밤 11시에 뇌이 묘지 밖
도로의 지정 장소로 보내라는 지시를 디미트리오스에게 전
달한다. 그리고 피터스 씨가 고용한 두 명이 돈을 받기 위해
그곳에서 빌린 차를 타고 기다린다. 둘의 임무는 심부름꾼을
차에 태우고 나쇼날 강변로를 쉬렌 방향으로 달리며 미행당
하지 않는다는 것을 확인한 뒤, 포르트 드 생클루에 가까운
렌가의 어느 지점으로 가는 것이다. 거기서 〈페테르센 씨〉와
〈스미스 씨〉가 기다리다 돈을 받을 것이다. 그 뒤 두 사람은
심부름꾼을 뇌이로 돌려보낸다. 편지에는 심부름꾼이 여자
여야 함을 분명히 밝힌다.

래티머는 편지 마지막 부분이 이해가 안 갔다. 피터스 씨
는 그 점을 설명해 주었다. 만약 디미트리오스 자신이 오면,
머리가 비상한 사람이므로 차 안의 두 사람이 감쪽같이 속아
〈페테르센 씨〉와 〈스미스 씨〉가 등에 총알을 맞고 렌가의 바
닥에 쓰러질 가능성이 있다고 했다. 외모를 설명해 봤자 변
장하고 나타날 수도 있고, 어둠 속에서는 차 안의 두 사람이
심부름꾼이 디미트리오스인지 아닌지 알아낼 확실한 방법도
없다고 했다. 여자라면 그런 잘못을 저지를 여지가 없다는
것이다.

그랬다, 디미트리오스에게서 해를 입으리라는 상상은 터
무니없다고 래티머는 생각했다. 남은 일은 자기가 우연히 그
발자취를 발견한 이 이상한 자와의 만남을 즐거운 마음으로
기다리는 것뿐이었다. 디미트리오스에 대해 여러 가지 이야
기를 들은 지금, 당사자와 직접 만나 무화과 짐을 꾸리고 쇼

렘의 목을 칼로 그은 그 손과 이라나 프레베자와 브와디스와
프 그로데크, 피터스 씨가 그처럼 확실히 기억하는 눈을 실
제로 본다면 묘한 느낌이 들 것이다. 공포의 방에 전시된 왁
스 인형이 살아난 기분이 들 것이다.

래티머는 한동안 커튼들 사이의 좁은 틈을 응시했다. 바깥
이 밝아 오고 있었다. 곧 그는 잠이 들었다.

11시가 되어 갈 무렵, 피터스 씨의 전화에 래티머는 잠을
깼다. 피터스 씨는 디미트리오스에게 편지를 보냈다고 말하
며, 〈내일 일을 상의하기〉 위해 저녁 식사를 같이할 수 있는
지 물었다. 래티머는 내일 어떻게 할지는 이미 상의를 끝냈
다는 생각이 들었지만, 그러마고 했다. 그날 오후, 래티머는
뱅센 동물원에서 홀로 시간을 보냈다. 그날 저녁 식사는 지
루했다. 계획에 대해서는 거의 말이 없었기에, 래티머는 이
렇게 자신을 저녁 식사에 초대한 것은 피터스 씨의 조심성을
보여 주는 또 다른 증거라고 생각했다. 이번 일에 금전적인
이해관계가 없는 협력자가 협력에 관한 생각을 바꾸지 않았
다는 사실을 확인하는 과정이었다. 래티머는 프랭크 크레인
박사의 저작들에 관한 피터스 씨의 견해와, 『서투르지만 사
랑스러운』과 『단지 인간』이 『로버트 엘스미어』 이후 문학사
에서 가장 중요한 기여를 한 작품이라는 피터스 씨의 주장을
두 시간 동안 들었다.

10시가 넘자 래티머는 두통이 있다는 핑계로 그곳을 빠져
나와 잠자리에 들었다. 이튿날 아침잠에서 깨어나자 정말로
두통이 있었고, 어젯밤 저녁 식사에서 피터스 씨가 그토록

열심히 권하던 부르고뉴 와인이 맛에서 짐작했던 것보다 더 싸구려였을 거라는 결론을 내렸다. 점차 머리가 맑아지면서 래티머는 뭔가 불쾌한 일이 일어났다는 느낌이 들었다. 그리고 기억났다. 그랬다! 지금쯤이면 디미트리오스가 첫 번째 편지를 받았을 터였다.

침대 위에 앉아 생각하던 래티머는 잠시 뒤 심오한 결론에 도달했다. 즉 어디서 읽거나 자기가 쓸 때는 협박 행위를 미워하고 경멸하는 일이 아주 쉽지만, 그 행위를 실행하려면 래티머 자신이 품고 있는 것보다 훨씬 더 군건한 도의심과 훨씬 더 확고한 목적의식이 필요하다는 결론에 도달한 것이다. 비록 디미트리오스가 범죄자라 할지라도, 그 결론에는 변함이 없었다. 살인은 어디까지나 살인이듯, 협박은 어디까지나 협박이다. 맥베스는 천사처럼 고결한 덩컨왕을 죽이던 최후의 순간에 망설였지만, 설사 덩컨왕이 악당이라 할지라도 망설였을 것이다. 다행인지 불행인지, 래티머에게는 피터스 씨라는 이름의 맥베스 부인이 있었다. 래티머는 아침 식사를 하러 나가기로 마음먹었다.

그날 하루는 끝없이 계속되는 듯했다. 피터스 씨는 차를 빌리고 그 차를 운전할 사람을 찾아야 했기 때문에, 저녁 식사를 마치고 7시 45분에 래티머와 만나기로 했다. 래티머는 발길 닿는 대로 숲을 거닐며 오전을 보냈고, 오후에는 영화를 보았다.

6시가 다 되어 영화관을 나왔을 때부터 명치 부근이 답답해졌다. 누군가에게 가볍게 한 대 맞은 느낌이었다. 래티머는 피터스 씨가 권해서 마신 그 이상한 부르고뉴 와인이 지연 작전을 펴는 것이라 판단하고, 해장을 위해 샹젤리제의 한 카페에 들어갔다. 하지만 계속 답답한 느낌이 들어 점점 더 신경 쓰였다. 그러다가 네 명의 남녀가 어떤 농담을 하며 정신없이 떠들고 웃는 모습을 보면서, 자신이 왜 그런 느낌이 드는지 깨달았다. 래티머는 피터스 씨를 만나기 싫었다. 협박하는 일에 참여하고 싶지 않았다. 자기를 되도록 빨리, 그리고 되도록 조용히 죽이려는 일만 염두에 둔 사람과 만나고 싶지 않았다. 문제는 래티머의 위장에 있지 않았다. 래티머는 겁을 먹은 것이었다.

그 사실을 깨달은 래티머는 짜증이 났다. 어째서 두려워해야 한단 말인가? 두려워해야 할 이유가 없었다. 디미트리오스라는 자는 머리가 좋고 위험한 범죄자이긴 하지만 초인과는 거리가 멀었다. 만약 피터스 씨 같은 사람이 그자를 다룰수 있다면…… 피터스 씨는 이런 일에 익숙했다. 하지만 래티머는 그렇지 못했다. 디미트리오스가 살아 있다는 사실을 알자마자, 그는 거짓 신고하는 골칫거리 취급을 받을 각오를 하고 경찰에 곧바로 알려야 했다. 아니, 그에 앞서 피터스 씨의 비밀 이야기를 듣고 문제의 방향이 완전히 바뀌었다는 것과, 아마추어 범죄학자(그것도 작가)가 다룰 만한 내용이 아니라는 사실을 좀 더 빨리 깨달아야 했다. 이런 무책임한 방법으로는 진짜 살인범을 상대할 수 없었다. 예를 들어 래티머는 피터스 씨와 거래를 했다. 영국 치안 판사는 그에 대해 뭐라고 말할까? 영국 치안 판사가 하는 말이 귀에 들려오는 것만 같았다.

　이 래티머라는 자의 행동에 대해, 여러분은 도저히 믿기 어려운 설명을 당사자로부터 들었습니다. 우리가 들은 피고의 말에 따르면, 피고는 고등 교육을 받았고, 이 나라의 대학에서 책임 있는 위치에 있었던 적이 있으며, 학문적인 저술도 한 학자입니다. 더구나 피고는 비록 평균적인 지성이 있는 사람이라면 청소년 시절의 마음의 양식 정도로밖에 평가할 수 없긴 하지만 특정 유형 소설의 성공한 작가로서, 기회가 닿는다면 범죄를 예방하고 범죄자를 체포하도록 경찰을 돕는 것이 시비를 가릴 줄 아는 남녀의 의무임을 아는 정도의 덕목은 갖추었습니다. 만약 래티머의 설명을 여러분이 받아들이신다면, 여러분은 피고가 그저 자신의 호기심을 충족하는 것이 목적의 전부인 조사를 위해 법의 목적을 무시하고 협박 사건의 종범이 되어 피터스와 고의적으로 공모했다는 결론을 내릴 수밖에 없을 겁니다. 여러분은 이 일이 지성 있는 성인이 아닌, 정신이 제대로 발달하지 않은 아이나 할 법한 행위 아닌가 하고 자문하실지도 모르겠습니다. 그러나 동시에 래티머는 실제로 이 협박 행위로 인한 이득을 공유했으며, 피고의 설명은 이 사건에서 자기 역할을 최소화하려는 시도에 불과하다는 검찰 측의 의견도 신중히 고려해 주시기 바랍니다.

프랑스 치안 판사라면 더욱 심한 말을 할 게 분명했다.
저녁 식사를 하기에는 여전히 아직 이른 시각이었다. 래티머는 카페를 나와 오페라 극장 쪽으로 걸었다. 어쨌든 뭔가 하기에는 너무 늦었다는 생각이 들었다. 래티머는 피터스 씨를 돕겠노라 약속했다. 하지만 정말로 너무 늦은 걸까? 만약 지금이라도 경찰에게 알리면 분명 무슨 수가 있을 것이다.

래티머는 걸음을 멈췄다. 지금 해야 했다! 래티머는 조금 전 길을 지나다 주위를 어슬렁거리는 경찰을 한 명 보았었다. 래티머는 자신이 걸어온 길을 돌아보았다. 있었다. 경찰 한 명이 벽에 기대어 경찰봉을 휘두르며 문 안에 있는 사람과 이야기하고 있었다. 래티머는 다시 망설였지만, 길을 건너 경찰서로 가는 길을 물었다. 거리 세 개를 지나면 된다는 답이 돌아왔다. 래티머는 다시 걷기 시작했다.

경찰서 출입구는 좁았고, 대화에 몰두하고 있는 경찰 세명이 길을 거의 막고 있었다. 그들은 래티머에게 길을 비켜주면서도 이야기를 멈추지 않았다. 경찰서 안으로 들어가자 〈문의를 하려면 2층으로 가십시오〉라는 글과 함께 화살표가 그려진 에나멜 칠을 한 표지판이 보였다. 화살표는 한쪽은 가느다란 쇠 난간이고, 다른 한쪽은 기름 얼룩이 묻은 긴 벽으로 된 층계를 가리켰다. 실내에서는 강한 장뇌 냄새와 희미한 배설물 냄새가 났다. 현관 옆방에서 속삭이는 목소리와 타자기 짤깍이는 소리가 들려왔다.

한 걸음 내디딜 때마다 결심이 점점 더 흐려졌지만, 래티머는 계단을 올라가 방으로 들어갔다. 방은 높은 목제 카운터를 중심으로 둘로 나뉘어 있었고, 카운터 바깥쪽 가장자리는 셀 수 없이 많은 손바닥이 닿아 매끄럽게 닳고 윤이 났다.

카운터 뒤에서는 제복을 입은 남자가 손거울로 입 안쪽을 들여다보고 있었다.

래티머는 걸음을 멈췄다. 어떻게 말을 꺼내야 할지 아직 결정하지 못한 상태였다. 〈오늘 밤 살인범을 협박할 계획이었지만, 그 대신 경찰에 그자를 넘겨주기로 했습니다〉라고 말한다면, 미치광이나 주정뱅이 취급을 받을 가능성이 컸다. 곧 행동을 취해야 할 긴급한 상황이었지만, 우선 자초지종을 말해야 할 터였다. 「저는 몇 주 전 이스탄불에 있었는데, 그곳에서 1922년에 살인 사건이 있었다는 이야기를 들었습니다. 그리고 우연히, 그 범인이 현재 파리에 있으며 협박당하고 있다는 사실을 알게 되었습니다.」 대충 이런 식으로 말해야 했다. 제복을 입은 남자가 거울로 래티머를 힐끗 보고는 재빨리 몸을 돌렸다.

「어떻게 오셨습니까?」

「서장님을 만나고 싶습니다.」

「무슨 용무십니까?」

「정보를 제공하고 싶습니다.」

경찰은 조급증을 내며 얼굴을 찡그렸다. 「무슨 정보인가요? 정확히 말씀해 주셨으면 합니다.」

「협박에 관한 겁니다.」

「협박을 받고 계십니까?」

「아니요, 제가 아니라 다른 사람이요. 아주 복잡하고 심각한 일입니다.」

「*Carte d'identité*(신분증)를 보여 주십시오.」

「저는 *carte d'identité*(신분증)가 없습니다. 저는 임시 방문객입니다. 나흘 전에 프랑스에 왔습니다.」

「그러면 여권을 보여 주십시오.」

「호텔에 두고 왔습니다.」

경찰의 태도가 뻣뻣해졌다. 미간에 어렸던 조급한 표정이 사라졌다. 오랜 경험을 통해, 이런 일을 어떻게 다뤄야 하는지 잘 안다는 자세였다. 경찰은 여유와 자신감을 담아서 말했다.

「그건 아주 심각한 일입니다, 선생님. 아십니까? 영국인이신가요?」

「네.」

경찰은 숨을 깊이 들이마셨다. 「선생님, 신분 증명 서류는 늘 소지하고 다니셔야 합니다. 그게 법입니다. 가령 선생님이 거리에서 교통사고를 목격해 증언할 경우, 경찰은 선생님이 사고 현장을 떠나도록 허락하기 전에 우선 신분 증명 서류를 보여 달라고 할 겁니다. 만약 신분 증명 서류를 가지고 있지 않을 경우, 경찰은 원한다면 선생님을 체포할 수도 있습니다. 선생님이 *boîte de nuit*(나이트클럽)에 있을 때 경찰이 신분 증명서를 조사하려고 들어왔는데 선생님에게 신분 증명 서류가 없다면, 선생님은 체포될 게 확실합니다. 그게 법입니다. 아시겠습니까? 저는 필요 사항을 기입해야만 합니다. 이름과 머무는 호텔 이름을 알려 주십시오.」

래티머는 대답했다. 경찰은 대답을 받아 적더니 수화기를 들고 〈*Septième*(제7구)〉이라고 교환수에게 말했다. 잠시 정적이 흐른 뒤, 경찰은 래티머의 이름과 호텔 주소를 말하고 사실인지 확인해 달라고 했다. 이번에는 1~2분 정도 정적이 흘렀고, 이윽고 경찰은 고개를 끄덕이며 〈*Bien, bien*(네, 네)〉이라고 말하고는 잠시 귀를 기울이다 〈*Oui, c'est ça*(네, 알겠습니다)〉라고 한 뒤 수화기를 내려놓았다. 그는 래티머를 돌아보았다.

「틀림없군요.」경찰이 말했다. 「하지만 선생님은 24시간 안에 여권을 가지고 제7구 경찰서로 출두하셔야 합니다. 불편 사항에 대한 신고는 그때 하시면 됩니다. 그리고,」경찰은 강조하기 위해 연필로 카운터를 톡톡 치며 말했다. 「여권은 늘 소지하고 다녀야 한다는 걸 잊지 마십시오. 그게 의무입니다. 선생님은 영국인이니 더는 뭐라고 하지 않겠습니다. 하지만 해당 경찰서에 가서 보고하셔야 합니다. 그리고 앞으로는 늘 여권을 가지고 다니십시오. *Au 'voir*(안녕히 가십시오).」경찰은 직무를 충실히 이행해 만족스럽다는 태도로 자비롭게 고개를 끄덕였다.

래티머는 아주 분개하며 밖으로 나왔다. 거만한 자식! 하지만 물론 그 경찰의 말이 옳았다. 경찰서에 여권도 없이 들어간 래티머가 바보였다. 그리고 불편 사항이라니! 어찌 보면 래티머는 불편해질 상황을 아슬아슬하게 모면한 것이다. 어쩌면 그 경찰에게 자초지종을 말해야 했을 거고, 지금쯤 체포되었을 수도 있었다. 그러나 말하지 않았으니, 여전히 잠재적 협박범이었다.

하지만 경찰서에 들른 덕분에 래티머는 양심의 가책이 상당히 덜해졌다. 아까처럼 자신이 아주 무책임하다는 느낌은 들지 않았다. 래티머는 경찰을 개입시키려는 시도를 한 것이다. 비록 그 노력이 아무런 성과도 없었지만, 파리의 반대쪽까지 가서 여권을 챙긴 뒤 다시 처음부터 되풀이하지 않는한(그러나 래티머는 그렇게 하는 것은 불가능하다고 마음 편히 결정했다), 달리 더 할 수 있는 게 없었다. 래티머는 오스만 대로에 있는 카페에서 8시 15분 전에 피터스 씨와 만나기로 되어 있었다. 하지만 아주 가벼운 저녁 식사를 마쳤을 무렵 명치의 기묘한 느낌이 되살아났고, 커피와 함께 브랜디두 잔을 마신 것도 단지 시간을 보내기 위해서만은 아니었다. 약속 장소로 가면서, 래티머는 백만 프랑의 아주 적은 일부나마 받지 못하는 것이 아쉽다고 생각했다. 신경이 곤두서고 양심의 가책을 느끼는 일을 생각하면, 호기심을 만족시키기위해 지불하는 대가가 터무니없을 정도로 비쌌다.

피터스 씨는 10분쯤 늦게, 어려운 수술을 앞둔 외과의사처럼 좀 과하게 사무적인 분위기를 풍기며 싸구려처럼 보이는 커다란 슈트케이스를 들고 나타났다. 피터스 씨가 말했다. 「아하, 래티머 선생님!」 그리고 그는 탁자 앞에 앉으며 라즈베리주를 주문했다.

「모든 게 순조롭습니까?」 래티머는 질문이 약간 부자연스럽다는 느낌이 들었지만, 정말로 그 답을 듣고 싶었다.

「지금까지는 그렇습니다. 당연히, 이쪽 주소를 알리지 않았으니 답장은 없었습니다. 어떻게 될지 두고 보면 알겠죠.」

「그 슈트케이스에는 무엇이 들었나요?」

「낡은 신문입니다. 호텔에 갈 때는 슈트케이스를 가지고 있는 편이 좋습니다. 꼭 해야 하는 경우가 아니라면 숙박 명부를 작성하고 싶지 않습니다. 결국 르드뤼롤랭 지하철역 가까이 있는 호텔로 정했습니다. 아주 편리한 장소죠.」

「왜 택시로 못 가나요?」

「택시로 갈 겁니다. 하지만,」 피터스 씨가 의미심장하게 덧붙였다. 「돌아올 때는 지하철을 탈 겁니다. 그 까닭은 나중에 알게 되실 겁니다.」 피터스 씨가 주문한 술이 나왔다. 그는 단숨에 술을 들이켜고 몸을 떨더니 입술을 핥고 이제 갈 시간이라고 말했다.

피터스 씨가 디미트리오스를 만나기 위해 고른 호텔은 르드뤼 거리에서 얼마 들어가지 않은 골목에 있었다. 작고 더러운 호텔이었다. 셔츠 차림의 남자가 입안 가득 음식을 씹으며 〈사무실〉이라고 쓰인 방에서 나왔다.

「전화로 방을 예약했습니다.」 피터스 씨가 말했다.

「페테르센 씨인가요?」

「그렇습니다.」

남자는 두 사람을 위아래로 훑어보았다. 「큰 방입니다. 한 명은 15프랑이고 두 명은 20프랑입니다. 서비스 요금은 12.5퍼센트고요.」

「이분은 머물지 않을 겁니다.」

남자는 사무실 바로 안쪽 열쇠걸이에서 열쇠를 빼더니, 피터스 씨의 슈트케이스를 들고 계단을 올라 3층 방으로 안내했다. 피터스 씨는 방 안을 들여다보고 고개를 끄덕였다.

「네, 이 방이면 되겠군요. 곧 제 친구가 저를 찾아올 겁니다. 그러면 이 방으로 오라고 전해 주십시오.」

남자가 물러갔다. 피터스 씨는 침대에 걸터앉아 만족스러운 듯이 주위를 둘러보았다. 「꽤 좋군요.」 피터스 씨가 말했다. 「그리고 아주 싸고요.」

「네, 그렇네요.」

낡은 긴 털 카펫이 깔린 방은 길고 좁았으며 철제 침대 하나, 옷장 하나, 굽은 나무로 만든 의자 두 개, 작은 탁자 하나, 칸막이 하나, 에나멜을 칠한 철제 개수대 하나가 있었다. 카펫은 빨간색이었지만, 세면대 옆쪽으로 닳아 올이 드러난 부분은 검고 윤이 났다. 벽지에는 덩굴이 타고 올라가는 격자시렁 하나, 보랏빛 원반 잔뜩, 그리고 형태는 불분명하지만 왠지 냉철해 보이는 분홍빛 물체가 그려져 있었다. 커튼은 파란색이고 두꺼웠으며, 놋쇠 고리들에 매달려 있었다.

피터스 씨가 손목시계를 보았다. 「오려면 25분 남았군요. 편히 쉬는 게 좋겠습니다. 침대 쪽에 있으시겠습니까?」

「아니요, 괜찮습니다. 이야기는 당신이 하시는 걸로 생각하겠습니다.」

「그러는 편이 좋을 듯합니다.」 피터스 씨는 안주머니에서 루거 권총을 꺼내 장전되었는지 확인한 다음, 외투 오른쪽 주머니에 넣었다.

래티머는 이런 준비들을 말없이 지켜보았다. 이제 래티머는 속이 꽤 불편했다. 갑자기 그가 말했다. 「이런 과정이 마음에 안 드는군요.」

「저도 그렇습니다.」피터스 씨가 달래듯 말했다.「하지만 대비를 해야 합니다. 권총이 필요할 일은 없을 것 같지만요. 겁먹을 필요 없습니다.」

래티머는 전에 보았던 미국 갱 영화가 떠올랐다.「그자가 들어와서 우리 둘을 쏘지 않는다는 보장이 있습니까?」

피터스 씨가 너그럽게 웃음을 지었다.「진정하십시오, 진정! 상상력이 너무 좋으시군요, 래티머 선생님. 디미트리오스는 그런 짓을 하지 않을 겁니다. 그렇게 하면 너무 시끄럽고 자신이 위험해지니까요. 잊지 마십시오. 아래층 남자가 디미트리오스의 얼굴을 보게 될 겁니다. 게다가 디미트리오스는 그런 식으로 일을 처리하지 않습니다.」

「그러면 어떤 식으로 합니까?」

「디미트리오스는 아주 조심성 있는 사람입니다. 행동하기 전에 아주 신중하게 생각하지요.」

「신중하게 생각할 시간이 꼬박 하루 있었습니다.」

「그렇지요. 하지만 디미트리오스는 우리가 얼마나 알고 있는지, 또 우리가 아는 일을 다른 사람들이 아는지 모릅니다. 디미트리오스는 그런 일들을 알아내야 할 겁니다. 모든 걸 저에게 맡겨 주십시오, 래티머 선생님. 저는 디미트리오스를 잘 압니다.」

래티머는 피서르 역시 그렇게 생각했을 거라고 지적하려다 마음을 고쳐먹었다. 말해 두어야 할, 좀 더 개인적인 걱정이 있었기 때문이다.

「당신은 디미트리오스가 백만 프랑을 주면 우리와 디미트리오스의 관계가 끝날 거라고 말했습니다. 하지만 디미트리오스가 일을 그런 식으로 끝내는 데 만족하지 않을지도 모른다는 생각을 해본 적은 없습니까? 우리가 더는 돈을 요구하지 않는다는 걸 알면 그자는 우리를 추적할지도 모릅니다.」

「스미스 씨와 페테르센 씨를요? 그 이름으로 우리를 찾기는 어려울 겁니다, 래티머 선생님.」

「하지만 디미트리오스는 당신의 얼굴을 압니다. 제 얼굴도 볼 거고요. 이름이야 어찌 되었든 간에 우리 얼굴을 알아볼 수 있습니다.」

「하지만 그 전에 우리가 있는 곳부터 찾아야 할 겁니다.」

「제 사진은 신문에 한두 번 났습니다. 또 날 수도 있고요. 아니면 출판사가 제 사진을 책 표지에 크게 실을 수도 있습니다. 디미트리오스가 우연히 그 사진을 볼 가능성은 충분합니다. 그보다 더 우연한 사건도 일어나니까요.」

피터스 씨는 입을 꽉 다물었다. 「지나친 걱정이라고 생각합니다만⋯⋯.」 피터스 씨는 어깨를 으쓱했다. 「불안해하시니 얼굴을 가리는 게 낫겠군요. 안경 있나요?」

「독서용이 있습니다.」

「그러면 그걸 쓰십시오. 모자도 쓰고 외투 옷깃도 세우십시오. 너무 밝지 않은 그쪽 구석에 앉으시는 게 좋겠습니다. 칸막이 앞에요. 그러면 얼굴 윤곽이 흐릿해질 겁니다. 저기 말입니다.」

래티머는 그 말대로 했다. 래티머가 외투 깃 단추를 채워 턱을 가리고 눈이 보이지 않게 모자를 눌러쓴 다음 앉으라는 곳에 앉자, 피터스 씨는 문으로 가서 래티머를 살펴보고 고개를 끄덕였다.

「그 정도면 될 겁니다. 저는 그렇게까지 할 필요 없다고 생각하지만, 그 정도면 될 겁니다. 이렇게 모든 준비를 했는데 그자가 나타나지 않는다면 좀 쑥스럽겠군요.」

그러잖아도 래티머는 매우 쑥스러운 기분이 들어 불만스러운 목소리로 말했다. 「오지 않을 가능성이 있습니까?」

「누가 알겠습니까?」 피터스 씨가 다시 침대에 앉았다. 「못오는 데야 온갖 피치 못할 사정이 있을 수 있지요. 무슨 이유에선가 제가 보낸 편지를 받지 못했을 수도 있고요. 어제 파리를 떠났을 수도 있습니다. 하지만 만약 편지를 받았다면 올거라고 봅니다.」 피터스 씨는 손목시계를 다시 보았다. 「8시 45분이군요. **온다면,** 곧 올 겁니다.」

둘은 입을 다물었다. 피터스 씨는 주머니에 넣고 다니는 작은 가위로 손톱을 손질하기 시작했다.

가위 소리와 피터스 씨의 거친 숨소리를 빼면 방 안은 완벽한 정적에 잠겨 있었다. 래티머는 그 정적을 거의 만질 수 있을 것만 같았다. 방 네 구석에서 진회색 액체가 흘러나오는 듯했다. 손목시계의 째깍이는 소리가 래티머의 귀에 들리기 시작했다. 영원의 시간이 흐른 듯한 느낌이 든 뒤, 래티머는 손목시계를 보았다. 9시 10분 전이었다. 또다시 영원의 시간이 흘렀다. 래티머는 시간을 보내기 위해 피터스 씨에게 뭔가 할 말을 생각하려 애썼다. 옷장과 창문 사이 벽지의 완벽한 평행사변형 무늬가 몇 개인지 세어 보려고도 했다. 이

제 래티머는 피터스 씨의 손목시계가 째깍이는 소리가 들리는 것 같다는 생각을 했다. 머리 위쪽의 방에서 누군가가 의자를 움직이고 걸어다니며 내는 흐릿한 소리가 조용함을 한층 더 강조하는 듯했다. 9시 4분 전.

그때 갑자기 권총 소리만큼이나 큰 소리를 내며 문밖의 계단이 삐걱거렸다.

피터스 씨가 손톱 손질을 멈추고 침대에 가위를 떨어뜨리더니 오른손을 외투 주머니에 넣었다.

소리가 멈췄다. 래티머는 심장이 아플 정도로 쿵쾅거리며 뛰는 것을 느끼면서 문을 뚫어져라 바라보았다. 가벼운 노크 소리가 났다.

피터스 씨는 여전히 주머니에 손을 넣은 채 일어나더니 문으로 가서 열었다.

피터스 씨가 어둑어둑한 계단참을 잠깐 보더니 뒤로 물러서는 모습이 래티머의 눈에 보였다.

디미트리오스가 방으로 걸어 들어왔다.

제14장
디미트리오스의 가면

    사람의 외모, 골격, 그리고 골격을 덮고 있는 피부는 생물학적 작용의 산물이다. 하지만 얼굴은 스스로 만들어 내는 것이다. 얼굴은 개인의 습관적인 감정 태도, 즉 자신의 욕망을 채우는 데 필요한 태도, 자신을 탐색하는 눈에 들키지 않으려는 공포심 때문에 스스로를 지키는 데 필요한 태도를 그대로 보여 준다. 인간은 악마의 가면처럼 얼굴을 사용한다. 얼굴은 자기감정을 보충해 주는 감정을 타인의 가슴속에 불러일으키기 위한 도구다. 자신이 공포를 느끼면 타인도 자신에게서 공포를 느끼게 해야 한다. 자신이 욕망을 가지면 타인도 자신에게 욕망을 갖게 해야 한다. 얼굴은 마음의 적나라한 모습을 감추는 가림막이다. 오직 소수만이, 화가만이 얼굴을 통해 마음을 들여다볼 수 있다. 그 밖의 사람들은 판단할 때 눈앞의 가면을 설명하기 위해 말과 행동에서 근거를 구하려 한다. 하지만 사람들은 가면이 그 배후의 인간일 수 없다는 사실을 본능적으로 알면서도, 그 사실이 입증되면 대개 충격을 받는다. 사람들은 자신의 이중성에 대해서는 알아차리지 못하면서도 타인의 이중성에 대해서는 늘 충격을 받는다.

그렇기에, 마침내 방 저쪽에서 자신을 바라보는 디미트리오스의 얼굴에서 응당 있으려니 예상했던 사악함을 찾아내려던 래티머는 충격을 받았다. 손에 모자를 들고, 세련된 검은색 프랑스 옷을 입고, 윤기 흐르는 흰 머리에 호리호리한 몸으로 꼿꼿이 서 있는 디미트리오스는 고결한 인간의 모습이었기 때문이다.

외교계의 대규모 환영회에 참석한, 비교적 덜 중요한 초대객에게서 볼 수 있는 종류의 기품이었다. 디미트리오스는 불가리아 경찰 기록에 있는 182센티미터보다 조금 더 크다는 인상을 주었다. 젊었을 때 누르스름했던 피부는 중년이 되면서 매끄럽고 창백한 빛깔로 바뀐 듯한 느낌이었다. 높은 광대뼈, 가느다란 코, 새부리처럼 뾰족한 윗입술은 동유럽의 공사관 직원이라 해도 좋을 만한 외모였다. 디미트리오스의 외모에서 래티머의 선입관과 맞아떨어지는 것은 눈빛뿐이었다.

디미트리오스의 눈은 짙은 갈색으로, 언뜻 보면 근시이거나 걱정이 있어서 눈을 가늘게 떴다는 느낌을 주었다. 하지만 거기에 뒤따라야 할 이마나 미간의 주름은 보이지 않았고, 불안이나 근시를 연상케 하는 표정은 높은 광대와 머리에서의 눈의 위치 때문이라는 사실을 깨달았다. 실제로 디미트리오스의 얼굴은 무표정하고, 도마뱀처럼 냉정해 보였다.

한순간 갈색 눈이 래티머에게 시선을 던졌다. 피터스 씨가 문을 닫자 디미트리오스는 고개를 돌려 악센트 강한 프랑스어로 말했다. 「자네 친구를 소개해 줘. 저분은 만난 적이 없는 듯하군.」

래티머는 하마터면 펄쩍 뛸 뻔했다. 디미트리오스의 얼굴은 그의 내면을 드러내지 않았지만, 목소리는 확실히 정체를 드러냈다. 목소리는 아주 거칠고 날카로웠으며, 그 안에 담긴 불쾌한 느낌이 그가 말하는 단어들의 우아함을 무의미하게 만들었다. 디미트리오스는 아주 부드럽게 말했지만, 래티머는 디미트리오스가 자기 목소리의 추악함을 잘 알고 그것을 감추려는 거라는 생각이 들었다. 하지만 그 노력은 성공하지 못했다. 그 목소리는 방울뱀이 딸랑이는 소리처럼 치명적인 분위기를 풍겼다.

「이쪽은 스미스 씨.」 피터스 씨가 말했다. 「자네 뒤에 있는 의자에 앉아도 돼.」

디미트리오스는 그 제안을 무시했다. 「스미스 씨라! 영국분이시군요. 선생님은 피서르 씨를 아시는 듯하고요.」

「피서르를 **본** 적이 있습니다.」

「우리가 자네에게 말하고 싶었던 게 바로 그거야, 디미트리오스.」 피터스 씨가 말했다.

「그래?」 디미트리오스가 의자에 앉았다. 「그럼 할 말만 하고 빨리 끝내지. 약속이 있거든. 이런 일로 시간을 낭비할 수 없어.」

피터스 씨가 슬프다는 듯이 고개를 저었다. 「자네는 전혀 달라지지 않았군, 디미트리오스. 늘 성급하고, 늘 불친절해.

오랜만에 만났는데 인사 한마디 없고, 자네 때문에 고생한 내게 사과 한마디조차 하지 않는군. 그런 식으로 경찰에 우리를 넘긴 건 아주 냉혹한 짓이었어. 우리는 자네 친구였다고. 왜 그런 짓을 한 거야?」

「자네는 여전히 말이 너무 많군.」 디미트리오스가 말했다. 「원하는 게 뭐야?」

피터스 씨는 조심스레 침대 가장자리에 앉았다. 「자네가 순전히 사무적인 만남이기를 고집하니 말인데, 우리는 돈을 원해.」

피터스 씨를 향한 갈색 눈동자가 잠시 흔들렸다. 「당연히 그렇겠지. 돈의 대가로 무엇을 줄 거지?」

「우리의 침묵이야, 디미트리오스. 아주 값진 거지.」

「정말? 얼마나 값진데?」

「적어도 백만 프랑의 값어치는 있지.」

디미트리오스는 의자에 깊숙이 기대앉아 다리를 꼬았다. 「그렇다면 그 침묵에 대해 누가 그 돈을 지불하는 거지?」

「자네지, 디미트리오스. 그리고 자네는 그 침묵을 그렇게 싼값에 사서 좋아할 거야.」

이윽고 디미트리오스가 싱긋 웃었다.

그 웃음은 그저 작고 가는 입술을 천천히 꼭 다무는 행동일 뿐이었다. 하지만 그럼에도 말로 표현할 수 없는 야만적인 무엇인가가 담겨 있었다. 그 웃음을 상대해야 하는 사람이 피터스 씨라서 다행이라고 래티머가 생각할 정도의 그 무엇인가. 그 순간 래티머는 디미트리오스가 규모와 상관없이 외교적인 환영 행사보다는 식인 호랑이들 모임에 훨씬 더 어울린다고 느꼈다. 웃음이 사라졌다. 「내 생각엔,」 디미트리오스가 말했다. 「이제 자네 말이 정확히 무슨 뜻인지 설명해 줄 차례인 것 같군.」

래티머라면 이 남자의 목소리에 담긴 위협에 재빨리 응답했을 테지만(래티머는 자신이 그러리라는 사실을 알았다), 피터스 씨는 느긋하게 뜸을 들였다. 래티머는 그런 행동이 매우 무모해 보였으나 피터스 씨는 이 상황을 즐기는 듯했다.

「어디서부터 시작해야 할지 난감하군.」

아무 대답도 없었다. 피터스 씨는 잠깐 기다리더니 어깨를 으쓱하고는 말을 계속했다. 「경찰이 알면 좋아할 일들이 너무 많아서 말이지. 예를 들어 1931년에 서류를 보내 준 게 누군지 경찰에 알려 줄 수 있지. 그리고 유라시아 신탁은행의 존경받는 이사가 사실은 여자들을 알렉산드리아로 보내던 디미트리오스 마크로풀로스라는 사실을 알면 경찰도 아마 깜짝 놀랄 거야.」

래티머는 의자에 앉은 디미트리오스가 살짝 긴장을 푸는 모습을 보았다고 생각했다. 「그리고 자네는 내가 그것 때문에 백만 프랑을 낼 거라고 생각하는 거고? 순진한 페테르센, 자네는 너무 유치해.」

피터스 씨가 웃음을 지었다. 「예상대로군, 디미트리오스. 자네는 우리가 이 생애에서 부딪히는 문제들에 내가 쉽게 접근하는 것을 늘 멸시하는 경향이 있었지. 하지만 그 문제들에 관한 우리의 침묵은 자네에게 아주 큰 값어치가 있어. 안 그런가?」

　디미트리오스는 잠시 피터스 씨를 응시하며 생각에 잠겼다. 이윽고 그가 말했다. 「그냥 단도직입적으로 말하는 게 어때, 페테르센? 아니면 자네의 영국인을 위해 바람을 잡고 있는 건가?」 디미트리오스가 고개를 돌렸다. 「당신은 뭐라고 말씀하시겠습니까, 스미스 씨? 아니면 둘 다 자신 없는 겁니까?」

　「페테르센이 저를 대신해서 말하고 있습니다.」 래티머가 중얼거렸다. 래티머는 피터스 씨가 이 일을 마무리 짓기를 간절히 바랐다.

　「내가 계속 말해도 될까?」 피터스 씨가 물었다.

　「해봐.」

　「유고슬라비아 경찰 역시 자네에게 흥미를 보일 거야. 만약 우리가 탈라트 씨가 어디에 있는지 유고슬라비아 경찰에 알려 준다면…….」

　「이런!」 디미트리오스가 사악한 웃음을 터뜨렸다. 「그러니까 그로데크가 말한 거군. 그걸로는 단 한 푼도 줄 수 없어, 친구. 다른 건 없나?」

　「아테네, 1922년. 뭔가 떠오르는 거 없어, 디미트리오스? 탈라디스라는 이름이었는데, 기억하려나? 강도와 살인 미수 혐의였지. 그건 어때?」

　피터스 씨의 얼굴에서 웃음이 사라지고, 소피아에서 래티머가 한순간 본 적 있는, 아데노이드증으로 성격 변화까지 일으킨 자의 광폭한 표정이 드러났다. 디미트리오스는 눈도

깜박이지 않고 피터스 씨를 응시했다. 한순간 실내는 노골적인 혐오감으로 가득했다. 래티머는 이 상황이 아주 끔찍했다. 래티머는 어렸을 때 중년 남자 둘이 거리에서 싸우는 모습을 보았을 때의 느낌이 다시 들었다. 피터스 씨가 주머니에서 루거 권총을 꺼내 양손으로 그 무게를 가늠하는 모습이 래티머의 눈에 들어왔다.

「그것에 대해 아무 할 말 없어, 디미트리오스? 그러면 내가 계속하지. 그해 좀 이른 시기에 자네는 스미르나에서 대부업자 한 명을 죽였어. 그 사람 이름이 뭐였지요, 스미스 씨?」

「숄렘.」

「숄렘, 그래. 스미스 씨는 그걸 알아낼 정도로 영리해, 디미트리오스. 아주 훌륭하다고 생각하지 않아? 스미스 씨는 터키 경찰과 아주 친분이 있어. 뭐랄까, 거의 신뢰하는 수준이지. 아직도 백만 프랑이 큰돈이라고 생각하나, 디미트리오스?」

디미트리오스는 누구에게도 눈길을 주지 않았다. 「숄렘을 살해한 자는 교수형당했어.」 디미트리오스가 천천히 말했다.

피터스 씨가 눈썹을 치켰다. 「그게 사실인가요, 스미스 씨?」

「드리스 모하메드라는 흑인이 살인죄로 교수형을 당했지만, 마크로풀로스 씨가 관련되었다는 증언을 남겼습니다. 1924년에 마크로풀로스의 체포 영장이 발부되었죠. 살인 혐의였지만, 터키 경찰이 그자를 그토록 잡고 싶어 했던 건 다른 이유에서였습니다. 그자는 아드리아노플에서 있었던 케말 암살 기도와 관련 있었습니다.」

「봤지, 디미트리오스, 우리는 정보를 많이 가지고 있어. 계속할까?」 피터스 씨가 말을 멈췄다. 디미트리오스는 여전히 정면을 응시했다. 얼굴 근육 하나 움직이지 않았다. 피터스 씨는 래티머를 바라보았다. 「디미트리오스가 감명을 받은 것 같군요. 우리가 계속 말하길 원하는 게 분명합니다.」

래티머가 지금 와서 디미트리오스를 생각할 때 떠오르는 장면은 다음과 같다. 끔찍한 벽지가 발린 지저분한 방에서, 피터스 씨가 침대 가장자리에 앉아 축축한 눈을 반쯤 감은 채 손에 권총을 들고 이야기하고 있으며, 그들 사이에 앉은 남자는 마치 밀랍 인형처럼, 마치 시체처럼 꼼짝도 하지 않은 채 하얀 얼굴로 정면을 응시하고 있었다. 피터스 씨의 단조로운 목소리 사이사이로 정적들이 끼어들었다. 잔뜩 긴장한 래티머에게 이 정적들은 날카롭기 그지없게 느껴졌다. 하지만 그 정적들은 짧았고, 정적이 한 번 끝나면 다시 피터스 씨가 단조롭게 이야기를 했다. 마치 고문 기술자가 나사를 한 번 조이고 난 뒤 같은 질문을 반복하는 느낌이었다.

「스미스 씨가 피서르를 본 적이 있다고 이미 자네에게 말했지. 스미스 씨가 피서르를 본 건 이스탄불의 시체 보관소에서였어. 내가 말했듯이, 스미스 씨는 터키 경찰과 아주 친해서 터키 경찰이 스미스 씨에게 그 시체를 보여 줬지. 경찰은 스미스 씨에게 그게 디미트리오스 마크로풀로스라는 범죄자의 시체라고 말했고. 그렇게 쉽사리 속다니, 터키 경찰도 참 바보 같지 않아? 스미스 씨조차 잠시 속아 넘어갔어. 다행히 내가 스미스 씨에게 디미트리오스는 아직 살아 있다

고 말해 줄 수 있었지.」피터스 씨가 말을 멈췄다.「뭔가 하고
싶은 말 없어? 좋아, 그럼. 아마도 자네는, 내가 자네의 행방
과 신원을 어떻게 알아냈는지 궁금하겠지.」또다시 정적.「아
니야? 어쩌면 불쌍하고 가엾은 피서르가 살해되었을 때 자네
가 이스탄불에 있었던 걸 내가 어떻게 알았는지 알고 싶을
거야. 아니면 스미스 씨가 피서르의 사진을 보고 시체 보관
소에서 본 시체와 같은 인물이라는 것을 얼마나 쉽게 알아차
렸는지 듣고 싶겠지.」또다시 정적.「아니야? 어쩌면 자네는
아직 살아 있는 죽은 살인범이라는 흥미로운 사건에 관해 터
키 경찰의 관심을 불러일으키는 것이 우리에게 얼마나 쉬운
일인지 듣고 싶을지도 모르겠군. 그것도 아니라면 스미르나
에서 피란 왔다가 타부리아를 그렇게 갑작스레 떠난 인물에
대해 그리스 경찰의 주의를 환기시키는 게 얼마나 쉬운지 듣
고 싶을 수도 있고. 어쩌면 그토록 오랜 시간이 흘렀는데 우
리가 어떻게 자네가 디미트리오스 마크로풀로스, 탈라디스,
탈라트, 루주몽이라는 인물이라는 걸 **증명**할 수 있을까 의심
을 품을지도 모르겠군. 그런 생각을 하는 거야, 디미트리오
스? 대답하고 싶지 않아? 증명하는 건 아주 쉬워. 나는 자네
가 마크로풀로스라고 신원을 확인할 수 있어. 베르네르나 르
노트르, 갈린도, 대공비도 그렇게 할 수 있지. 그 사람들 가운
데 한 명은 살아 있을 거고, 경찰이 연락할 수 있을 거야. 그
사람들이라면 누구라도 자네를 목매달아 죽이는 데 기꺼이
협조할 거야. 스미스 씨는 이스탄불에 묻힌 자가 피서르라고
맹세할 수 있어. 그리고 자네가 6월에 전세 낸 요트의 선원들

도 있지. 그 선원들은 자네가 피서르와 함께 이스탄불로 간 걸 알아. 바그람 거리의 수위도 있고. 그자는 자네를 루주몽이라고 알고 있지. 자네의 현재 여권은 그토록 많은 가명을 가진 사람을 보호하는 데 그리 효과가 없을 거야, 안 그래? 그리고 설사 프랑스의 그리스 경찰을 적은 돈으로 매수할 수 있다 할지라도, 스미스 씨의 터키 친구들은 그리 호락호락하지 않을 거야. 자네를 교수대에서 구하는 데 백만 프랑이 너무 비싸다고 생각하는 거야, 디미트리오스?」

피터스 씨는 말을 멈췄다. 길고 긴 몇 초 동안 디미트리오스는 계속 벽을 응시했다. 그러다 마침내 몸을 움직이더니 장갑 낀 자신의 작은 손을 바라보았다. 그가 입을 열자, 단어들은 마치 고인 웅덩이에 돌이 하나하나 떨어지는 듯한 느낌을 주었다. 「자네가 왜 그 정도밖에 요구하지 않는지 궁금해. 자네가 원하는 게 백만 프랑이 전부야?」

피터스 씨가 킥킥거렸다. 「백만 프랑을 받은 뒤 경찰에 신고할 거냐는 뜻이야? 오, 아니야, 디미트리오스. 우리는 뒤통수를 치지 않을 거야. 백만 프랑은 선의의 사전 제스처일 뿐이야. 자네에게는 우리에게 호의를 베풀 기회가 앞으로도 더 있을 거야. 그리고 자네가 우리를 탐욕스럽다고 생각할 일은 없을 거야.」

「그 부분은 확실하군. 날 자포자기하게 만들고 싶진 않을 테니까. 내가 피서르를 죽였다는 이 독특한 망상에 사로잡힌 게 여기 두 사람 말고 더 있어?」

「다른 사람은 없어. 나는 1천 프랑 지폐로 백만 프랑을 내일 받고 싶어.」

「그렇게 일찍?」

「내일 아침, 자네는 돈을 어떻게 전달해야 할지 지시 사항
이 담긴 편지를 우편으로 받게 될 거야. 만약 지시 사항을 그
대로 따르지 않으면 두 번째 기회는 없어. 경찰이 곧장 자네
에게 갈 테니까. 내 말 알아듣겠어?」

「잘 알아들었어.」

두 사람이 말하는 단어들은 아주 침착하게 흘러나왔다. 모
르는 사람이 보면 둘이 사업 협상을 매듭짓는다고 여길 정도
였다. 하지만 목소리는 그리 차분하지 않았다. 래티머가 볼
때, 피터스 씨에게 루거 권총만 없었으면 디미트리오스는 피
터스 씨에게 달려들어 그를 죽여 버렸을 것이고, 피터스 씨
도 백만 프랑만 아니었으면 디미트리오스를 총으로 쏴 죽였
을 듯했다. 둘의 목숨은 자기 보존과 탐욕이라는 가느다란
철사에 매달려 있었다.

디미트리오스는 일어나면서 무슨 생각이 떠오른 듯했다.
그는 래티머를 돌아보았다. 「당신은 아주 조용하군요. 당신
의 목숨이 당신 친구인 페테르센의 손에 달려 있다는 사실을
아는지 궁금합니다. 예를 들어 만약 페테르센이 당신의 본명
이 무엇인지, 그리고 어디에서 당신을 찾을 수 있는지 내게
가르쳐 주기로 마음먹는다면, 필경 나는 당신을 죽일 테니
까요.」

피터스 씨가 그의 하얀 의치를 드러냈다. 「그렇게 되면 내
가 스미스 씨의 도움을 받을 수 없는데, 내가 왜 그러겠어?

스미스 씨는 아주 값진 존재야. 스미스 씨는 피서르가 죽은 걸 증명할 수 있어. 이분이 없으면 너는 마음이 놓이겠지.」

디미트리오스는 말이 잘린 걸 상관하지 않았다. 「어떻습니까, 스미스 씨?」

래티머는 초조해하는 갈색 눈을 들여다보며 프레베자 부인의 말이 떠올랐다. 뭔가 해를 입힐 준비가 된 사람의 눈이 확실했지만, 결코 의사의 눈처럼 보이진 않았다. 그 눈에는 살인의 기운이 담겨 있었다.

「보장하겠습니다.」 래티머가 말했다. 「페테르센은 저를 죽일 동기가 전혀 없습니다. 아시겠지만…….」

「봤지?」 피터스 씨가 재빨리 끼어들었다. 「우리는 바보가 아니야, 디미트리오스. 이제 가도 돼.」

「물론이지.」 디미트리오스는 문으로 갔지만, 문턱에서 멈췄다.

「왜 그러지?」 피터스 씨가 말했다.

「스미스 씨에게 두 가지 질문을 하고 싶어.」

「말씀하십시오.」

「당신이 피서르라고 생각하는 사람이 발견되었을 때 어떤 옷을 입고 있었습니까?」

「싸구려 푸른색 서지 천 양복이었습니다. 1년 전 리옹에서 발급된 *carte d'identité*(신분증)가 안감에 꿰매져 있었고요. 양복은 그리스제였고, 셔츠와 속옷은 프랑스제였습니다.」

「그리고 어떤 식으로 살해되었나요?」

「옆구리가 칼에 찔린 채 물에 던져졌습니다.」

피터스 씨가 싱긋 웃었다. 「이제 만족하나, 디미트리오스?」

디미트리오스가 피터스 씨를 노려보았다. 그가 천천히 말했다. 「피서르는 너무 탐욕스러웠어. 너는 지나치게 탐욕을 부리지 않겠지, 안 그래, 페테르센?」

피터스 씨 역시 지지 않고 디미트리오스를 노려보았다. 「나는 아주 조심할 거야.」 그가 말했다. 「더 질문할 것 없지? 좋아, 지시 사항은 내일 아침에 받게 될 거야.」

디미트리오스는 더는 말하지 않고 나갔다. 피터스 씨는 문을 닫고 잠시 기다린 뒤, 이윽고 아주 조용히 문을 열었다. 그는 래티머에게 그 자리에 그대로 있으라는 손짓을 하고 계단참으로 사라졌다. 계단이 삐걱이는 소리가 래티머의 귀에 들렸다. 1분 뒤, 피터스 씨가 돌아왔다.

「갔습니다.」 피터스 씨가 말했다. 「우리도 몇 분 뒤에 나가도록 하지요.」 그는 다시 침대 가장자리에 앉아 궐련에 불을 붙이더니, 방금 노예 신분에서 해방된 것처럼 호사롭게 연기를 내뿜었다. 그리고 태풍이 지나간 뒤 장미가 피어나듯, 그의 얼굴에 달콤한 웃음이 다시 번졌다. 「자,」 그가 말했다. 「방금 전 그 사람이 선생님께서 그토록 들어 오신 디미트리오스입니다. 그자를 만나 보니 어떤 생각이 드시던가요?」

「상황상 차분히 생각해 보진 못했습니다. 아마도 제가 디미트리오스에 관해 그토록 많이 알지 못했다면, 저는 그자를 덜 싫어했을 겁니다. 어떻게 하면 되도록 빨리 나를 죽일까 고민하는 사람에 관해 냉정한 판단을 내리기는 어렵습니다.」 래티머는 망설였다. 「저는 당신이 디미트리오스를 그토록 싫어하는 줄 몰랐습니다.」

피터스 씨는 웃지 않았다. 「장담하건대, 래티머 선생님, 저
도 제 증오심을 깨닫고 깜짝 놀랐답니다. 저는 그자를 좋아
하지 않았습니다. 저는 그자를 신뢰하지 않았습니다. 그자가
우리 모두를 배신한 방식을 볼 때, 그럴 만도 하지요. 하지만
오늘 그자를 보기 전까지, 저는 제가 그자를 죽이고 싶을 만
큼 싫어한다는 사실을 알지 못했습니다. 만약 제가 미신을
믿는 사람이었다면, 불쌍한 피서르의 영혼이 저에게 들어왔
다고 생각했을 겁니다.」 그는 말을 멈추더니 프랑스어로
〈Salop(맙소사)!〉 하고 속삭였다. 그는 잠시 침묵에 잠겼다.
그러더니 이윽고 고개를 들었다. 「래티머 선생님, 고백할 게
있습니다. 설사 선생님이 제 제안을 받아들이셨다 하더라도,
50만 프랑을 받지 못하셨을 겁니다. 저는 선생님에게 50만
프랑을 드릴 생각이 없었습니다.」 그는 마치 주먹이 날아오
리라 예상한다는 듯이 입을 꽉 다물었다.

「그럴 거라고 생각했습니다.」 래티머가 담담하게 말했다.
「당신이 저를 어떻게 속일지 보기 위해 그 제안을 거의 받아
들일 뻔했지만요. 아마도 당신은 실제로 돈 받는 시간을 저
에게 말한 것보다 한 시간쯤 빠르게 잡고, 제가 약속 장소에
도착했을 때는 당신도 돈도 이미 사라져 버린 뒤겠지요. 그
렇지 않습니까?」

피터스 씨가 움찔했다. 「저를 믿지 않은 건 아주 현명한 행
동이었지만, 너무 잔혹한 행동이기도 하군요. 하지만 그걸
비난할 수는 없을 것 같습니다.」 그리고 그는 상처에 소금을

뿌리는 말을 했다. 「위대하신 존재께서는 제가 범죄자에 적합하다고 결정하셨고, 저는 모든 걸 감수하고 제 운명의 길을 따라 걸어야만 합니다. 하지만 선생님을 속이려 했음을 인정하는 것은 저 자신을 욕보이기 위해서가 아니라 저를 변호하기 위해서입니다. 선생님에게 묻고 싶은 게 있습니다.」

「뭡니까?」

「실례되는 질문인 건 알지만, 돈을 반씩 나누자는 제안을 거절한 것은 제가 선생님을 배반하고 디미트리오스에게 넘길 거라고 생각해서였나요?」

「그런 생각을 해본 적은 없습니다.」

「그 말을 들으니 기쁘군요.」 피터스 씨가 엄숙하게 말했다. 「저를 그런 식으로 생각하시는 건 싫거든요. 선생님은 저를 싫어하시겠지만, 저는 냉혈한이라 여겨지는 게 달갑지 않습니다. 그리고 저 역시 그런 생각을 한 적이 없다고 말씀드려야 할 듯합니다. 디미트리오스를 보셨잖습니까! 선생님과 저, 우리는 이 일을 의논했습니다. 우리는 서로를 불신했고 배반을 꾀했습니다. 하지만 그런 생각을 우리 머릿속에 불어넣은 건 바로 디미트리오스입니다. 저는 지금까지 사악하고 폭력적인 사람을 숱하게 만나 왔습니다, 래티머 선생님. 하지만 디미트리오스와 견줄 만한 이는 없었습니다. 제가 선생님을 배반할지도 모른다는 말을 그자가 왜 했겠습니까?」

「둘을 상대로 싸우는 최선의 방법은 그 둘이 싸우게 하는 것이라는 원칙대로 행동하는 것이겠지요.」

피터스 씨는 웃음 지었다. 「아닙니다, 래티머 선생님. 디미

357

트리오스는 그런 빤한 수를 쓰지 않습니다. 그자는 이 일을 진행하면서 **제가** 불필요한 존재이며, 저를 어디서 찾아낼 수 있는지 자기에게 말해 주면 아주 쉽사리 저를 제거할 수 있다고 선생님께 아주 넌지시 말한 겁니다.」

「저를 위해 당신을 죽여 주겠노라고 제안했다는 겁니까?」

「바로 그렇습니다. 그러면 선생님하고만 협상하면 되니까요. 물론 그자는 알지 못하지요.」 피터스 씨가 덧붙였다. 「선생님이 그자의 현재 이름을 모른다는 사실을요.」 피터스 씨는 일어나서 모자를 썼다. 「아닙니다, 래티머 선생님. 저는 디미트리오스를 좋아하지 않습니다. 제발 저를 오해하지 마십시오. 제게는 도덕적인 정직함이 없습니다. 하지만 디미트리오스는 포악한 짐승입니다. 심지어 지금도, 모든 부분에서 주의를 기울였음에도 저는 두렵습니다. 저는 그자에게서 백만 프랑을 받고 사라질 겁니다. 제가 돈을 받은 뒤 선생님이 그자를 경찰에 넘겨도 되는 상황이라면, 저는 선생님이 그러도록 놔둘 겁니다. 그자라면 같은 상황에서 전혀 망설이지 않을 테니까요. 하지만 그건 불가능합니다.」

「왜요?」

피터스 씨는 묘한 눈길로 래티머를 살폈다. 「디미트리오스가 선생님께 이상한 효과를 준 듯하군요. 안 됩니다. 나중에 경찰에 알리는 것은 너무 위험합니다. 디미트리오스는 우리에게 돈을 준 일을 입 다물지 않을 거고, 만약 경찰이 우리에게 백만 프랑에 대해 설명하라고 하면, 꽤 당황스러운 일이 될 겁니다. 안타까운 일이지요. 이제 가실까요? 객실료는 제가 탁자에 두고 가겠습니다. 슈트케이스는 두고 가면 호텔 측에서 *pourboire*(팁)으로 알고 챙기겠지요.」

두 사람은 침묵에 잠긴 채 계단을 내려왔다. 열쇠를 돌려줄 때, 셔츠 차림의 아까 그 남자가 숙박 명부를 들고 나타나 피터스 씨에게 작성하라고 했다. 피터스 씨는 돌아와서 하겠노라고 말하며 손을 흔들어 그를 물리쳤다.

거리에서 피터스 씨는 걸음을 멈추고 래티머를 마주 보았다.

「미행은 없었습니까?」

「제가 알기로는 없었습니다.」

「그렇다면 이제 미행이 붙을 겁니다. 우리의 집을 알아낼 수 있으리라고 디미트리오스가 기대하지는 않겠지만, 그래도 그자는 언제나 철저하거든요.」 피터스 씨는 래티머의 어깨 너머를 힐끗 보았다. 「아, 그렇네요. 우리가 도착했을 때부터 저자가 저기 있었습니다. 돌아보지 마십시오, 래티머 선생님. 회색 레인코트에 진갈색 중절모 차림의 남자입니다. 곧 볼 수 있을 겁니다.」

디미트리오스가 떠났을 때 사라졌던 배 속의 울렁거림이 갑자기 다시 찾아왔다. 「이제 우리는 어찌해야 합니까?」

「지하철을 타고 돌아가야지요, 제가 말씀드렸듯이요.」

「꼭 그래야 할 이유가 있습니까?」

「곧 알게 되실 겁니다.」

르드뤼롤랭 지하철역은 1백 미터 정도 떨어져 있었다. 걷는 동안 래티머는 종아리 근육이 팽팽하게 긴장되어, 뛰고 싶다는 어처구니없는 생각이 들었다. 그는 자신이 남의 눈을 의식하며 뻣뻣하게 걷는다고 느꼈다.

「돌아보지 마십시오.」 피터스 씨가 다시 말했다.

두 사람은 지하철역 계단을 내려갔다. 「이제 저한테 가까이 붙으십시오.」 피터스 씨가 말했다.

피터스 씨는 2등석 표 두 장을 샀고, 둘은 터널을 걸어 지하철 쪽으로 갔다.

터널은 길었다. 둘이 용수철 장치가 된 차단기를 밀어 통과할 때, 래티머는 뒤를 힐끗 보아도 될 것 같다는 느낌이 들었다. 그는 그렇게 했다. 10미터 정도 뒤에서 회색 레인코트를 걸친 초라한 젊은이가 언뜻 보였다. 이제 터널이 둘로 갈라졌다. 한 쪽은 〈포르트 드 샤랑통 방향〉, 다른 한 쪽은 〈발라르 방향〉이라는 표지가 붙어 있었다. 피터스 씨가 걸음을 멈췄다.

「이제,」 피터스 씨가 말했다. 「우리가 여기서 헤어지는 것처럼 보여야 합니다.」 그는 힐끗 곁눈질하며 말했다. 「네, 저자 역시 멈췄네요. 저자는 이제 무슨 일이 일어날지 궁금해하고 있습니다. 아무 말이라도 좋으니까 말을 하십시오, 래티머 선생님. 너무 큰 목소리로는 말고요. 듣고 싶은 게 있거든요.」

「뭘 듣고 싶다는 겁니까?」

「지하철요. 오늘 아침 저는 여기서 지하철 소리를 들으며 30분쯤 보냈습니다.」

「무엇 때문에요? 저는 도무지…….」

피터스 씨가 팔을 잡는 바람에 래티머는 말을 멈췄다. 멀리서 지하철이 오는 소리가 들렸다.

「발라르 방향이군요.」 갑자기 피터스 씨가 중얼거렸다. 「이리 오세요. 제게 바짝 붙고, 너무 빨리 걷진 마세요.」

두 사람은 오른쪽 터널로 내려갔다. 지하철 소리가 점점 커졌다. 둘은 터널의 구부러진 부분을 돌았다. 저 앞에 녹색 자동문이 보였다.

「Vite(빨리)!」 피터스 씨가 외쳤다.

이제 지하철이 역에 거의 와 있었다. 자동문이 천천히 닫히며 플랫폼 입구를 차단하기 시작했다. 래티머는 10센티미터 남짓 공간을 남기고 그 문을 통과했고, 지하철의 날카로운 유압 브레이크 소음을 뚫고 누군가가 달려오는 발소리를 들었다. 래티머는 뒤를 돌아보았다. 비록 배에 압박을 조금 받긴 했지만, 피터스 씨 역시 플랫폼으로 들어와 있었다. 하지만 회색 레인코트의 남자는 마지막 순간에 열심히 뛰었으나 너무 늦은 뒤였다. 그자는 분노로 얼굴이 시뻘게져 자동문 반대편에서 그들에게 두 주먹을 흔들어 댔다.

두 사람은 살짝 숨차 하며 지하철에 올랐다.

「잘하셨습니다!」 피터스 씨가 기뻐하며 헐떡였다. 「이제 제 말이 무슨 뜻이었는지 아시겠습니까, 래티머 선생님?」

「아주 멋진 방법이로군요.」

지하철의 소음 때문에 더는 대화가 불가능했다. 래티머는 멍하니 켈티크 담배 광고를 바라보았다. 이제 더는 미행을 신경 쓸 필요가 없었다. 결국 하키 대령이 옳았다. 디미트리오스의 이야기는 제대로 끝이 나지 않았던 것이다. 디미트리오스는 피터스 씨를 매수할 것이고, 이야기는 거기서 멈추게 되리라. 언젠가, 어디선가, 디미트리오스는 피터스 씨를 우연히 찾아내고, 피터스 씨 역시 피서르처럼 죽을 수도 있었다. 언젠가, 어디선가, 디미트리오스 자신도 죽을 것이다. 아마도 고령으로. 하지만 래티머는 그런 일들을 알지 못할 것이다. 래티머는 시작과 중간과 결말이 있는 추리 소설을 쓰고 있을 것이다. 시체와 약간의 추리와 교수대가 있는 그런 소설을. 래티머는 살인의 진상이 밝혀진다는 것을, 결국 정의가 승리한다는 것을, 그리고 푸른 월계수처럼 오로지 정의만이 번성한다는 것을 보여 주리라.[37] 디미트리오스와 유라시아 신탁은행은 잊힐 것이다. 모두 부질없는 시간 낭비였다.

피터스 씨가 래티머의 팔을 살짝 만졌다. 지하철은 샤틀레에 도착해 있었다. 두 사람은 지하철에서 내려 포르트 도를레앙행으로 바꿔 타고 생플라시드까지 갔다. 렌 거리를 걸으며 피터스 씨는 가볍게 콧노래를 흥얼거렸다. 둘은 카페 앞을 지났다.

피터스 씨가 콧노래를 멈췄다. 「커피를 하시겠습니까, 래티머 선생님?」

「아니, 괜찮습니다. 디미트리오스에게 보낼 편지는 어쩌실 겁니까?」

피터스 씨는 자기 호주머니를 두드렸다. 「이미 써두었습니

---

37 푸른 월계수는 해마다 새로운 가지를 몇 개씩 치며 자라는 것으로 유명하다.

다. 11시에 보는 걸로 했습니다. 장소는 렌가와 장 조레스 대로 교차로입니다. 그곳에 같이 가시겠습니까, 아니면 내일 파리를 떠나십니까?」 피터스 씨는 래티머가 대답할 틈도 주지 않고 계속 말했다. 「선생님과 작별해야 한다니 아쉽습니다. 선생님은 아주 동정심이 많은 분입니다. 우리의 만남은, 대체로 아주 유쾌했습니다. 제게는 유익하기도 했고요.」 피터스 씨가 한숨을 쉬었다. 「살짝 죄책감이 듭니다, 래티머 선생님. 선생님이 그렇게 참아 가며 협력해 주셨는데, 아무런 보상도 없이 돌아가셔야 하니까요. 혹시,」 그리고 그는 살짝 염려스럽다는 듯이 물었다. 「그 돈에서 1천 프랑을 받지 않으시겠습니까? 그러면 쓰신 비용에 도움이 될 겁니다.」

「아니, 괜찮습니다.」

「네, 물론 그러시겠죠. 그렇다면 제가 와인이라도 한잔 사게 허락해 주십시오, 래티머 선생님. 그게 좋겠네요! 축배를 들지요! 가시죠, 래티머 선생님. 하지만 그냥 술을 마시는 건 흥이 안 나지요. 내일 밤 함께 돈을 받도록 하지요. 선생님께서는 그 악랄한 디미트리오스에게서 약간이나마 피를 짜내는 모습에 만족감을 얻으실 겁니다. 그다음에 와인 한잔하며 축하하지요. 어떠십니까?」

두 사람은 피터스 씨의 집이 있는 막다른 골목의 길모퉁이에서 걸음을 멈췄다. 래티머는 피터스 씨의 촉촉한 눈을 바라보았다. 그는 신중히 말했다. 「이 말은 꼭 해야겠습니다. 혹시 당신은 디미트리오스가 당신의 말을 그냥 엄포라고 생각할까 봐 걱정이고, 그래서 당신이 돈을 받아 챙길 때까지 제가 파리에 있는 게 좋겠다고 생각하시는 겁니까?」

피터스 씨가 천천히 두 눈을 감았다. 「래티머 선생님,」 그가 씁쓸하게 말했다. 「그런 생각은 하지 않았습니다…… 선생님께서 제 말을 그렇게 악의적으로 해석하실 줄은 정말이지…….」

「좋습니다, 머무르겠습니다.」 짜증이 난 래티머가 말을 가로막았다. 래티머는 이미 많은 날을 낭비한 상태였다. 하루 더 낭비한다고 달라질 것은 없었다. 「내일 당신과 함께 가겠습니다. 하지만 다음 조건하에서입니다. 와인은 샴페인이어야 합니다. 메크네스가 아닌 프랑스산이어야 하고, 1919년, 1920년, 또는 1921년에 나온 최고급이어야만 합니다. 그리고 한 병에,」 래티머는 복수하듯이 덧붙여 말했다. 「적어도 백 프랑은 하는 거여야 합니다.」

피터스 씨가 두 눈을 떴다. 그는 함박웃음을 지었다. 「기꺼이 그러겠습니다, 래티머 선생님.」 그가 말했다.

제15장
낯선 도시

피터스 씨와 래티머는 렝가와 장 조레스 대로의 모퉁이, 즉 만나기로 한 장소에 도착했다. 10시 반, 빌린 차가 뇌이 묘지 맞은편에서 디미트리오스의 심부름꾼을 태우기로 되어 있는 시각이었다.

추운 밤이었고, 도착하자마자 비가 내려, 그들은 거리에서 생클루 다리 방향으로 몇 미터 떨어진 건물의 포르트 코셰르[38]로 들어가 비를 피했다.

「여기에 오는 데 얼마나 걸릴까요?」 래티머가 물었다.

「11시까지는 오라고 말했습니다. 그러니 뇌이에서 오는 데 30분의 여유가 있지요. 더 빨리 올 수도 있지만, 미행당하지 않는지 확실히 하면서 오라고 일렀습니다. 미행당한다는 생각이 들면 뇌이로 돌아갈 겁니다. 절대로 위험을 감수하면 안 됩니다. 차는 르노의 쿠페드빌입니다. 우리는 인내심을 가져야 합니다.」

38 마차나 자동차가 정차해 승객을 내리는 동안 비나 눈을 피할 수 있게 만들어 놓은 곳.

두 사람은 조용히 기다렸다. 피터스 씨가 빌린 자동차와 같은 차종이 강 쪽에서 다가올 때마다 피터스 씨는 동요했다. 둥근 자갈들이 침하하며 생긴 경사를 타고 빗물이 흘러내려 두 사람 발치에서 웅덩이들을 이루었다. 래티머는 자신의 따뜻한 침대를 떠올리며 이러다 감기에 걸리는 것 아닌가 생각했다. 그는 이튿날 아침에 떠나는 오리엔트 특급 아테네행 슬립코치[39]를 예약한 상태였다. 감기에 걸린 상태에서 사흘 동안 안정을 취하기에 기차는 최적의 장소라고 할 수 없었다. 래티머는 자기 짐 가방에 계피 추출액이 담긴 작은 병이 있는 걸 기억해 내고, 잠자기 전에 복용해야겠다고 마음먹었다.

래티머가 그런 사적인 일에 정신을 팔고 있을 때, 갑자기 피터스 씨가 나지막하게 외쳤다. 「*Attention*(저기 보십시오)!」

「오고 있나요?」

「네.」

래티머는 피터스 씨 어깨 너머를 보았다. 대형 르노 자동차가 왼쪽에서 다가오고 있었다. 보아하니 운전사가 길을 잘 모르는지 차는 속력을 늦추기 시작했다. 전조등 불빛에 비가 반짝였다. 차는 그들을 지나쳐 가더니 몇 미터 앞에서 멈췄다. 어둠 속이어서 운전사의 머리와 어깨 윤곽만 간신히 보였고, 뒤쪽 창문에는 블라인드가 내려져 있었다. 피터스 씨는 외투 주머니에 손을 집어넣었다.

「여기서 기다리십시오.」 그가 래티머에게 말하더니 차를 향해 걸어갔다.

39 열차가 목적지에 떼어 놓고 가는 차량.

「*Ça va*(잘됐어)?」피터스 씨가 운전사에게 묻는 말이 래티머의 귀에 들렸다. 〈*Oui*(네)〉라는 대답이 들렸다. 피터스 씨는 뒷좌석 문을 열고 안으로 몸을 숙였다.

거의 즉시 그는 한 걸음 물러서더니 문을 닫았다. 그의 왼손에 꾸러미가 들려 있었다. 「*Attendez*(기다려).」 그가 말하더니 래티머가 서 있는 곳으로 돌아왔다.

「잘되었나요?」 래티머가 말했다.

「그런 듯합니다. 성냥을 켜주시겠습니까?」

래티머는 그렇게 했다. 꾸러미는 커다란 책 크기였고, 5센티미터 정도 두께로, 파란 종이에 싸여 끈으로 묶여 있었다. 피터스 씨가 한쪽 모서리를 찢자, 단단한 천 프랑짜리 돈다발이 나타났다. 그가 한숨을 쉬었다. 「아름답군요!」

「세어 보지 않아도 되겠습니까?」

「그 기쁨은,」 피터스 씨가 진지하게 말했다. 「집에 돌아가서 누리기로 하겠습니다.」 그는 꾸러미를 자신의 외투 주머니에 쑤셔 넣고 보도로 나가 손을 들었다. 르노 자동차는 덜컹거리며 출발하더니 원을 크게 그리며 돌았고, 물을 튀기면서 왔던 길을 돌아갔다. 피터스 씨는 웃음을 머금고 그 모습을 지켜보았다.

「아주 아름다운 여인이더군요.」 그가 말했다. 「누군지 궁금하네요. 하지만 저는 백만 프랑이 더 좋습니다. 이제, 래티머 선생님, 택시를 잡고 선생님이 가장 좋아하는 샴페인을 마시러 가시죠. 우리는 그럴 자격이 있습니다.」

두 사람은 포르트 드 생클루 근처에서 택시를 잡았다. 피터스 씨는 자신의 성공에 관해 상세한 설명을 늘어놓았다.

「디미트리오스 같은 자를 상대할 때는 단호함과 신중함이 필수입니다. 우리는 그자에게 상황을 확실하게 제시했습니다. 우리의 요구에 따를 수밖에 없다는 사실을 확실히 알렸죠. 백만 프랑이라니, 아주 맘에 듭니다! 2백만 프랑을 요구했으면 좋았으리라는 생각이 들 정도입니다. 하지만 너무 욕심을 내는 것은 현명하지 못하겠지요. 지금 상태에서, 디미트리오스는 우리가 다시 돈을 요구할 거고, 피서르를 처리했을 때처럼 우리를 처리할 시간이 있다고 생각할 겁니다. 하지만 자신이 틀렸다는 사실을 알게 되겠죠. 그 사실이 아주 만족스럽습니다, 래티머 선생님. 제 주머니가 두둑해진 것처럼 제 자존심도 뿌듯하게 차오릅니다. 그리고 가엾은 피서르의 죽음에 어느 정도 복수한 듯한 기분이 듭니다. 이런 순간에 인간은 깨닫게 되는 거죠, 래티머 선생님. 위대하신 존재께서 때때로 그분의 아이들을 잊은 듯하지만, 사실은 그 아이들이 그분을 잊은 것뿐이라는 사실을요. 저는 고생했습니다. 이제 보상을 받은 거죠.」 피터스 씨는 주머니를 툭툭 쳤다. 「자신이 속았다는 사실을 깨달았을 때 디미트리오스의 얼굴을 볼 수 있다면 얼마나 좋을까요? 우리가 그때까지 이곳에 있지 못한다는 사실이 안타깝습니다.」

「곧장 파리를 떠날 겁니까?」

「그러려고 합니다. 남미를 돌아보고 싶습니다. 물론 저를 양자로 삼았던 나라는 아닙니다. 시민권을 주었을 때 조건 가운데 하나가 다시는 그 나라에 돌아가지 않는다는 것이었습니다. 가혹한 조건이었죠. 감상적인 이유로, 저를 입양한 나라를 다시 보고 싶어졌습니다. 하지만 그 조건은 바꿀 수 없습니다. 저는 세계 시민이고, 그렇게 남아 있어야 합니다. 어쩌면 어딘가에 땅을 살지도 모르겠습니다. 나이가 들었을 때 평화로운 나날을 보낼 만한 장소에요. 당신은 젊습니다, 래티머 선생님. 제 나이가 되면 한 해 한 해가 점점 더 짧아지고, 곧 종착지에 닿는다는 느낌이 듭니다. 늦은 밤 낯선 도시로 들어서는 기차에서, 따뜻한 기차에서 내려 알지 못하는 호텔로 가야 하는 상황을 아쉬워하며 여행이 영원히 끝나지 않기를 바라는 것과 마찬가지입니다.」

「당신의 철학이 그런 아쉬움을 달래 주지 않습니까?」

「철학은,」 피터스 씨가 말했다. 「이미 일어난 일을 설명하기 위해 존재합니다. 오직 위대하신 존재만이 미래에 무슨 일이 일어날지 아십니다. 우리는 단지 인간에 불과합니다. 어떻게 우리처럼 미천한 존재가 무한을 이해하길 바라겠습니까? 태양은 지구에서 1억 6천만 킬로미터 떨어져 있습니다. 그걸 생각해 보십시오! 우리는 보잘것없는 먼지입니다. 백만 프랑? 아무것도 아닙니다! 유용하다는 건 의심의 여지가 없지만, 아무것도 아닙니다. 위대한 존재가 그런 하찮은 것들에 왜 마음을 둬야 하는가? 그건 수수께끼입니다. 별을 생각해 보십시오. 우주에는 별이 수억 개 있습니다. 놀라운 일이지요.」

피터스 씨는 택시가 르쿠르브 거리를 가로질러 몽파르나스 대로로 들어가는 동안 계속해서 별에 관해 이야기했다.

「그렇습니다, 우리는 하찮은 존재입니다.」 피터스 씨가 말했다. 「우리는 존재하기 위해 개미처럼 버둥거립니다. 하지만 제가 다시 산다 할지라도, 다르게 살길 원하진 않을 겁니다. 삶에는 힘든 순간들도 있고 위대하신 존재께서는 제가 바람직하지 않은 일을 해야 한다고 결정하셨지만, 저는 약간의 돈을 벌었고 제가 가고 싶은 곳으로 마음대로 갈 수 있습니다.」 그는 고상한 척하며 덧붙였다. 「제 나이 대 사람들 가운데 이렇게 말할 수 있는 사람은 많지 않습니다.」

택시는 좌회전해서 렌 거리로 들어섰다.

「집에 거의 다 왔습니다. 샴페인을 준비해 두었습니다. 원하신 대로, 아주 비싼 걸로요. 저는 약간의 사치에 눈을 흘기는 그런 사람이 아닙니다. 가끔은 그래도 되고, 설사 그러지 말아야 하는 상황에서도 그러한 사치는 우리가 평소 유지하는 간소함을 음미하게 해줍니다. 아하!」 택시가 막다른 골목 끝에서 멈췄다. 「저는 잔돈이 없습니다, 래티머 선생님. 호주머니에 백만 프랑이 들었는데 이런 상황이라니, 이상하지 않습니까? 선생님이 택시비를 내주시겠습니까?」

둘은 막다른 골목을 걸어갔다.

「제 생각에,」 피터스 씨가 말했다. 「남미로 가기 전에 이 집들을 팔아야 할 듯합니다. 이익을 남기지 못하는 재산은 가지고 있을 이유가 없으니까요.」

「팔기는 어렵지 않을까요? 창밖 풍경이 좀 삭막하지 않습니까?」

「사람들이 늘 창밖만 바라보고 살지는 않지요. 조금 손보면 아주 멋진 집들이 될 겁니다.」

두 사람은 한참 동안 계단을 올라갔다. 두 번째 계단참에서 피터스 씨는 숨을 고르기 위해 걸음을 멈추더니, 외투를 벗고 열쇠를 꺼냈다. 둘은 계속 계단을 올라 피터스 씨의 집 문 앞에 도착했다.

피터스 씨가 문을 열고 불을 켜더니 가장 큰 소파로 곧장 걸어가 외투 호주머니에 있던 꾸러미를 꺼내 끈을 풀었다. 피터스 씨는 조심스레 포장지에서 지폐 다발을 꺼내 들었다. 한순간 그의 웃음은 진짜가 되었다.

「보십시오, 래티머 선생님! 백만 프랑입니다! 이렇게 많은 돈을 한꺼번에 본 적 있으십니까? 영국 돈으로 거의 6천 파운드입니다!」 그가 일어섰다. 「이제 간단히 축하해야겠군요. 외투를 벗으십시오. 저는 샴페인을 가져오겠습니다. 맘에 드셨으면 합니다. 얼음은 없지만 물에 담가 두었으니 꽤 시원할 겁니다.」

피터스 씨는 커튼으로 칸막이한 방 쪽으로 걸어갔다.

래티머는 외투를 벗기 위해 몸을 돌렸다. 갑자기, 래티머는 피터스 씨가 여전히 커튼 이쪽에 있으며, 꼼짝 않고 서 있다는 사실을 깨달았다. 그는 뒤를 힐끗 돌아보았다.

한순간, 래티머는 기절하는 줄 알았다. 갑자기 머리에서 피가 모조리 빠져나가는 듯하고, 머리가 텅 비고 가벼워지는 느낌이었다. 강철 띠가 가슴을 조여 오는 듯했다. 그는 비명을 지르고 싶었지만, 그냥 멍하니 앞을 바라보는 것 말고는 달리 아무것도 할 수가 없었다.

피터스 씨가 그에게서 등을 돌리고, 두 손을 머리 위로 든 채 서 있었다. 황금색 커튼들 사이로 피터스 씨를 마주하고 있는 것은 디미트리오스였다. 그는 손에 리볼버를 쥐고 있었다.

디미트리오스는 앞으로 나오더니 옆으로 다시 움직여, 래티머가 일부라도 피터스 씨의 몸에 가려지지 않도록 했다. 래티머는 외투를 떨어뜨리고 두 손을 들었다. 디미트리오스가 눈썹을 치켰다.

「날 보고 그리 놀라다니,」 디미트리오스가 말했다. 「별로 기쁘지 않군, 페테르센. 아니, 카옐라고 불러야 하나?」

피터스 씨는 아무 말도 하지 않았다. 래티머는 그의 얼굴을 볼 수 없었지만, 마치 침을 삼키는 것처럼 그의 목울대가 움직이는 것을 볼 수 있었다.

갈색 눈동자가 래티머를 힐끗 보았다. 「저 영국인도 여기 있어서 기쁘군, 페테르센. 네게 저자의 이름과 주소를 불라고 설득하는 수고를 덜었으니까. 그토록 많은 것을 알고 있고 자기 얼굴을 숨기기 위해 그토록 애쓰던 스미스 선생은 이제 너처럼 다루기 쉬워 보이는군. 너는 늘 너무 약삭빨랐어, 페테르센. 내가 전에 말했잖아. 살로니카에서 관을 들여왔을 때 말이야. 기억나? 약삭빠름은 지성을 절대로 대체하지 못한다고. 정말로 내가 네 속을 꿰뚫어 보지 못할 거라고 생각한 거야?」 그의 입술이 일그러졌다. 「가엾은 디미트리오스! 그 친구는 정말 단순해. 그자는 다른 협박범처럼 내가 또 돈을 요구할 거라고 생각하겠지. 이 영리한 페테르센이 말이야. 그자는 내가 허풍 치고 있다는 걸 짐작하지 못할 거야. 하지만 그런 상황을 더욱 확실히 하기 위해 나는 다른 협박범이 하지 않았던 일을 할 거야. 나는 그자에게 돈을 **더** 요구할 거라고 말할 거야. 가엾은 디미트리오스는 너무나 멍청해서 내 말을 믿을 거야. 가엾은 디미트리오스는 지능이란 게 없으니까. 설사 내가 감옥에서 나오고 한 달도 안 되어, 판매 불가인 집 세 채를 카예라는 사람에게 파는 데 성공한다 할지라도, 디미트리오스는 이 영리한 페테르센이 사실은 카예라는 사실을 꿈에도 알지 못할 거야. 내가 네 이름으로 사기 전까지 이 집들이 10년 동안 비어 있었다는 걸 몰랐어, 페테르센? 너는 그 정도로 멍청이야.」

그는 말을 멈추었다. 긴장한 갈색 눈이 가늘어졌다. 입술이 꾹 다물어졌다. 래티머는 디미트리오스가 피터스 씨를 죽일 것이고, 자신이 그것을 막을 방법이 전혀 없다는 사실을 알았다. 거칠게 뛰는 심장 때문에 래티머는 숨이 막히는 것만 같았다.

「돈을 내려놔, 페테르센.」

돈다발이 카펫에 떨어지더니 부채처럼 펼쳐졌다.

디미트리오스가 리볼버를 들었다.

갑자기, 피터스 씨는 무슨 일이 일어날지 깨달은 듯했다. 그가 외쳤다. 「안 돼! 넌…….」

그리고 디미트리오스가 총을 쐈다. 그는 두 번 총을 쐈고, 래티머는 귀청을 찢는 듯한 폭발음과 함께, 총알 하나가 피터스 씨의 몸에 박히는 소리를 들었다.

피터스 씨는 길게 비명을 지르며 앞으로 쓰러져 두 손과 두 무릎으로 바닥을 짚었고, 목에서 피를 뿜었다.

디미트리오스가 래티머를 응시했다. 「이제 당신 차례야.」 그가 말했다.

그 순간 래티머는 뛰어들었다.

왜 하필이면 바로 그 순간 뛰어들었는지, 그는 전혀 알 수 없었다. 심지어 자신이 왜 뛰어드는지조차 알지 못했다. 아마도 목숨을 구하려는 본능적인 시도였을 것이다. 왜 래티머의 생존 본능이 그로 하여금 막 총을 쏘려는 디미트리오스 쪽을 향해 뛰어들게 했는지는 설명할 수 없었다. 하지만 그는 뛰어들었고, 그로 인해 목숨을 구했다. 왜냐하면 디미트리오스가 방아쇠를 당기기 전 찰나의 상황에서, 래티머가 오른발을 바닥에서 떼는 순간 피터스 씨의 두꺼운 깔개들 가운데 하나에 발이 걸려, 총알이 그의 머리 위를 지나 벽에 박혔기 때문이다.

넋이 반쯤 나가고 권총의 총화에 이마를 덴 상태에서 래티머는 디미트리오스에게 달려들었다. 둘은 서로 상대의 목을 붙잡고 쓰러졌지만, 디미트리오스는 곧바로 무릎으로 래티머의 복부를 차고 몸을 굴러 그에게서 벗어났다.

디미트리오스는 떨어뜨렸던 권총을 집으러 갔다. 래티머는 숨을 헐떡이며 가장 가까이 있는 물건으로 비틀비틀 다가갔다. 하필 가장 가까운 게 모로코식 탁자들 가운데 하나에 놓여 있던 두꺼운 놋쇠 쟁반이어서, 래티머는 그걸 디미트리오스에게 던졌다. 권총으로 손을 뻗치던 디미트리오스는 쟁반 가장자리에 옆머리를 맞고 비틀거렸지만, 곧장 그 충격을 떨쳐 냈다. 래티머는 탁자의 나무로 된 부분을 그에게 던지며 덤벼들었다. 디미트리오스는 탁자에 어깨를 맞고 비틀거렸다. 다음 순간 래티머는 권총을 집어 들고 한 걸음 뒤로 물러서며, 여전히 숨을 고르고 손가락을 방아쇠에 걸었다.

백지장처럼 얼굴이 새하얘진 디미트리오스가 래티머에게 다가왔다. 래티머는 권총을 들어 올렸다.

「다시 움직이면, 쏜다.」

디미트리오스가 멈춰 섰다. 그의 갈색 눈은 래티머의 눈을 응시했다. 그의 백발은 헝클어지고 목도리는 외투에서 빠져나와 있었다. 그는 위험해 보였다. 래티머는 호흡이 안정되기 시작했지만, 무릎에서 힘이 빠지고, 귀가 먹먹하고, 화약 연기 때문에 공기를 들이마실 때마다 숨이 막힐 듯했다. 이제 래티머가 반응을 보일 차례였지만, 그는 두려움에 질려 무기력한 느낌이 들었다.

「움직이면,」 래티머가 다시 말했다. 「쏜다.」

갈색 눈이 마룻바닥의 지폐들을 힐끗 보더니 다시 래티머를 바라보았다. 「어쩔 셈이지?」 갑자기 디미트리오스가 물었다. 「만약 경찰이 온다면 우리 둘 다 해명해야 해. 만약 당신이 나를 쏜다면 당신은 겨우 백만 프랑만 가질 수 있어. 만약 나를 풀어 주면 백만을 더 주지. 그러는 게 더 좋지 않을까 싶은데.」

래티머는 상대의 말을 무시했다. 그는 피터스 씨를 재빨리 힐끗 볼 수 있을 때까지 옆걸음질 쳐 조금씩 벽 쪽으로 다가

갔다.

피터스 씨는 자기 외투가 놓인 소파 쪽으로 기어가 눈을 반쯤 감고 기대어 있었다. 그는 코를 고는 듯한 소리를 내며 입으로 숨을 쉬었다. 총탄 한 발이 목 옆쪽에 큰 구멍을 내 피가 흘러나왔다. 두 번째 총탄이 가슴을 정통으로 맞혀 그 부분의 옷이 탄 게 보였다. 지름 5센티미터 정도의 둥그런 상처 부분은 보랏빛으로 엉망이 되어 있고 피는 거의 나지 않았다. 피터스 씨의 입술이 움직였다.

디미트리오스에게서 시선을 떼지 않으면서 래티머는 피터스 옆으로 돌아갔다.

「괜찮습니까?」래티머가 물었다.

멍청한 질문이라는 것을, 래티머는 질문하는 순간 깨달았다. 래티머는 마음을 가라앉히려고 무척 애썼다. 한 명은 총에 맞았고, 그 자신은 총을 쏜 자를 붙들고 있다. 그가……

「제 권총을,」피터스 씨가 중얼거렸다. 「제 권총을 주십시오, 외투.」피터스 씨는 그 밖에도 뭔가 다른 말을 했지만 래티머는 알아들을 수 없었다.

래티머는 조심스레 외투가 있는 곳으로 빙 둘러가 손으로 더듬어 권총을 찾았다. 디미트리오스는 등골이 오싹해지는 옅은 웃음을 입술에 머금고 그 모습을 지켜보았다. 래티머는 권총을 찾아 피터스 씨에게 건넸다. 그는 두 손으로 권총을 잡더니 안전장치를 풀었다.

「이제,」피터스 씨가 낮고 불명확한 발음으로 말했다. 「가서 경찰을 불러오십시오.」

「누군가 총소리를 들었을 겁니다.」래티머가 달래듯 말했다. 「곧 경찰이 올 겁니다.」

「우리를 찾지 못할 겁니다.」피터스 씨가 속삭였다. 「경찰을 불러오세요.」

래티머는 망설였다. 피터스 씨 말이 맞았다. 이 뒷골목은 휑뎅그렁한 벽으로 둘러싸여 있어 총성이 들렸을 수는 있지만, 총이 발사된 2, 3초 사이 우연히 골목 입구를 지나는 사람이 있는 게 아니라면 그 소리가 어디서 났는지 절대로 알 수 없을 터였다.

「알겠습니다.」래티머가 말했다. 「전화기는 어디에 있습니까?」

「전화기는 없습니다.」

「하지만…….」래티머는 다시 망설였다. 경찰을 찾아서 돌아오기까지 10분은 걸릴 터였다. 심한 부상을 당한 피터스 씨에게 디미트리오스 같은 자를 맡기고 가도 될까? 하지만 다른 수가 없었다. 피터스 씨는 의사가 필요했다. 한시라도 빨리 디미트리오스를 가둬 두는 게 나았다. 디미트리오스가 그의 이런 곤란한 처지를 눈치챘다는 사실을 깨달은 래티머는 그런 상황이 전혀 마음에 들지 않았다. 래티머는 피터스 씨를 힐끗 보았다. 그는 권총을 무릎 위에 놓고 디미트리오스를 겨누고 있었다. 그의 목에서는 여전히 피가 흐르고 있었다. 곧 치료를 받지 않으면 출혈이 심해 죽을 터였다.

「알겠습니다.」래티머가 말했다. 「되도록 빨리 돌아오겠습니다.」

래티머가 문으로 향했다.

「잠깐만, 선생.」 다급하게 들리는 거친 목소리에 래티머는 걸음을 멈췄다.

「뭡니까?」

「만약 선생이 가면 저자는 날 쏠 거야. 그걸 모르겠어? 왜 내 제안을 받아들이지 않는 거지?」

래티머는 문을 열었다. 「만약 당신이 약은 수를 쓰려 한다면 확실히 총에 맞을 겁니다.」 래티머는 권총 뒤로 몸을 구부린 부상자를 다시 한번 보았다. 「경찰을 데리고 돌아오겠습니다. 부득이한 경우가 아니면 쏘지 마십시오.」

그리고 래티머가 나가려 하자, 디미트리오스가 소리 내어 웃었다. 래티머는 자기도 모르게 몸을 돌렸다. 「그 웃음은 사형 집행인을 만날 때까지 보류해 두시지.」 래티머가 쏘아붙였다. 「그때 필요할 거야.」

「생각하고 있었어.」 디미트리오스가 말했다. 「사람은 늘 최후엔 우둔함에 지는 법이라고. 자기 자신의 우둔함이 아니면 다른 사람의 우둔함에……」 그의 표정이 변했다. 「5백만을 드리지, 선생.」 그가 화난 듯이 외쳤다. 「그래도 부족한가, 아니면 저 반 죽은 시체가 나를 죽이기를 원하는 건가?」

래티머는 한순간 상대를 응시했다. 디미트리오스는 설득력이 강했다. 이윽고 그는 디미트리오스에게 설득됐던 다른 사람들을 떠올렸다. 래티머는 더는 기다리지 않았다. 그는 디미트리오스가 뒤에서 뭐라고 외치는 소리를 들으며 문을 닫았다.

래티머가 계단을 반쯤 내려갔을 때, 총성이 들렸다. 모두 네 발이었다. 세 발은 연속으로 들렸고, 잠시 간격을 두고 마지막 한 발의 총성이 들렸다. 그는 심장이 터질 듯이 놀라, 돌아서 다시 방으로 돌아갔다. 계단을 뛰어 올라가는 그의 머릿속엔 피터스 씨에 대한 걱정뿐이었다. 훨씬 나중에야 그는 이 사실에 대해 희한하게 느꼈다.

디미트리오스는 끔찍한 몰골이었다. 피터스 씨가 쏜 총알 중 빗나간 것은 한 발뿐이었다. 두 발은 몸에 명중했다. 디미트리오스가 바닥에 쓰러진 뒤 발사된 것이 분명한 네 번째 총알은 두 눈 사이에 명중해 머리 윗부분을 거의 다 날려 버렸다. 그의 몸은 여전히 꿈틀거리고 있었다.

권총을 손에서 떨어뜨린 피터스 씨는 소파에 몸과 머리를 기댄 채 육지에 올라온 물고기처럼 입을 뻐끔거리고 있었다. 래티머가 옆에 서자 피터스 씨는 갑자기 목이 막히고, 입에서 피가 떨어졌다.

래티머는 자신이 뭘 하는지 깨닫지 못한 채 우왕좌왕하며 커튼을 통과해 옆 공간으로 갔다. 디미트리오스는 죽었다. 피터스 씨는 죽어 가고 있었다. 래티머의 머릿속에는, 정신을 잃거나 토해서는 안 된다는 생각뿐이었다. 그는 마음을 가라앉히려 애썼다. 뭔가 해야만 했다. 피터스 씨에게 물을 먹여야 했다. 부상자는 늘 물을 원했다. 세면대 옆에 유리잔이 몇 개 보였다. 그는 잔에 물을 담아 방으로 돌아왔다.

피터스 씨는 움직이지 않았다. 피터스 씨는 눈을 뜬 채 입을 벌리고 있었다. 래티머는 그의 옆에 무릎을 꿇고 앉아 입에 물을 약간 흘려 넣었다. 물이 도로 흘러나왔다. 컵을 내려놓고 맥을 짚어 보았다. 맥박이 느껴지지 않았다.

래티머는 재빨리 일어서서 자기 손을 보았다. 피가 묻어 있었다. 그는 세면대로 가서 손을 씻고 수건걸이에 걸린 작고 더러운 수건에 닦았다.

래티머는 바로 경찰에 연락해야 한다는 사실을 알았다. 두 명이 서로를 죽였다. 당연히 경찰이 알아야 할 일이었다. 하지만…… 경찰에 뭐라고 설명한단 말인가? 이 유혈 현장에 자신이 있었던 일을 어떻게 설명한단 말인가? 골목을 지나다 총소리를 들었다고 말할 수 있을까? 하지만 그가 피터스 씨와 함께 있던 것을 누군가 기억할지도 몰랐다. 두 사람을 이리로 태워 온 택시 기사도 있었다. 그리고 경찰이 디미트리오스가 오늘 은행에서 백만 프랑을 인출한 사실을 안다면……. 신문이 끝없이 계속될 것이다. 그리고 래티머를 의심할 것이다.

래티머는 갑자기 정신이 맑아지는 듯했다. 즉시 이곳을 나가야 했다. 이곳에 있던 흔적을 하나라도 남겨서는 안 되었다. 래티머는 재빨리 생각했다. 주머니에 든 권총은 디미트리오스의 것이었다. 그 권총에 래티머의 지문이 묻어 있었다. 그는 주머니에서 권총을 꺼내 장갑을 끼고 손수건으로 꼼꼼하게 닦았다. 그리고 이를 악물고 방으로 들어가 디미트리오스 옆에 무릎을 꿇고 앉아, 시체의 오른손을 잡아 손가락들을 총머리와 방아쇠에 대고 눌렀다. 그는 손가락을 떼어 내고 총구를 잡아 시체 옆 바닥에 놓았다.

깔개 위에 휴짓조각처럼 흩어진 천 프랑짜리 지폐들을 보면서 래티머는 생각했다. 이 돈은 누구의 것인가? 디미트리오스의 것인가, 아니면 피터스 씨의 것인가? 그 속에는 숄렘의 돈도, 1922년 아테네에서 훔친 돈도 들어 있었다. 스탐볼리스키 암살 계획을 돕고 받은 보수와 프레베자가 사취당한 돈도 들어 있었다. 불리치가 훔친 해도로 번 돈과 백인 노예와 마약 매매로 얻은 이익도 들어 있었다. 이 돈은 누구의 것인가? 그건 경찰이 알아서 할 일이었다. 돈은 그냥 놓아두는 것이 나았다. 경찰이 고민할 거리가 될 것이다.

하지만 물잔도 있었다. 물을 비우고 물기를 없앤 뒤 다른 잔과 같이 두어야 했다. 래티머는 주위를 둘러보았다. 다른 게 또 없나? 없었다. 정말로 없나? 아니, 하나. 쟁반과 탁자에 지문이 묻어 있었다. 그는 그곳들에서 지문을 닦아 냈다. 더 없나? 있었다. 문손잡이에도 지문이 묻었다. 그는 손잡이의 지문을 닦아 냈다. 이제 더 없나? 없었다. 그는 잔을 가지고 세면대로 갔다. 잔의 물을 비우고 말려서 다른 잔들과 같이 놓고 방을 나서기 위해 몸을 돌렸다. 그때 축배를 들기 위해 피터스 씨가 사둔 샴페인이 물그릇 속에 서 있는 게 보였다. 1921년 베르지산 작은 병이었다.

*

래티머가 골목에서 나가는 모습을 본 사람은 아무도 없었다. 그는 렌 거리의 카페로 가서 코냑을 주문했다.

래티머는 머리끝부터 발끝까지 떨리기 시작했다. 그는 바보였다. 경찰에 신고했어야 했다. 아직 늦지 않았다. 시체들이 발견되지 않는 경우를 생각해 보자. 파란 벽과 황금색 별무늬들과 깔개들이 있는 그 소름 끼치는 방에 둘의 시체가 몇 주 동안 있으면서 피가 엉기고 바짝 말라붙고, 먼지가 쌓이고 살이 썩기 시작하리라. 생각만 해도 끔찍했다. 어떻게든 경찰에 알릴 방법이 있으면 좋으련만. 익명의 편지는 너무 위험했다. 경찰은 그 사건에 제3자가 개입되었다는 사실을 곧바로 알아차릴 것이고, 둘이 서로를 죽였다는 간단한 설명으로는 만족하지 않을 것이다. 그때 한 가지 방법이 떠올랐다. 요점은 경찰을 그곳에 보내는 것이다. 그곳에 왜 가는지는 중요하지 않았다.

받침대에 석간이 한 부 놓여 있었다. 래티머는 그 신문을 테이블로 가지고 와서 꼼꼼하게 훑어보았다. 목적에 맞는 기사가 두 개 있었다. 하나는 레퓌블리크 거리의 창고에서 비싼 모피를 도난당했다는 기사였고, 또 하나는 클리시 거리의 보석상 창문을 깨고 들어간 두 명이 반지들이 담긴 진열 상자를 가지고 도망쳤다는 기사였다.

래티머는 첫 번째 기사가 자기 목적에 잘 맞는다고 결론 내리고 웨이터를 불러 코냑을 한 잔 더 주문하면서 필기구를 가져다 달라고 부탁했다. 그는 단숨에 브랜디를 마시고 장갑을 꼈다. 그리고 편지지를 한 장 떼어 내 유심히 살폈다. 싸구려 카페에서 흔히 볼 수 있는 편지지였다. 알아볼 만한 표시가 하나도 없다는 사실에 만족한 래티머는 종이 한가운데 큼

지막하게 또박또박 썼다. 〈카예의 집을 조사하라, 8천사 골목 3번지.〉 그리고 신문의 모피 도난 사건 기사를 찢어 편지와 함께 접어서 봉투 속에 넣고 겉에 〈제7구 경찰 서장 앞〉이라고 적었다. 카페를 나온 래티머는 담배 가게에서 우표를 사서 붙인 뒤 편지를 보냈다.

래티머는 새벽 4시까지 두 시간쯤 눈을 뜬 채 침대에 누워 있었지만, 위 신경이 더는 긴장을 견디지 못해 구토를 일으켰다.

이틀 뒤, 파리의 조간 세 곳에 한 문단짜리 기사가 났다. 프레데리크 피터스라는 이름의 남미인이 현재 신원 미상이지만 역시 남미인으로 보이는 남자와 함께 렌 거리에서 약간 떨어진 아파트에서 시체로 발견되었다는 내용이었다. 기사는 계속해서, 아파트에서 상당히 큰 금액이 발견되었으며, 둘이 이 돈을 두고 말다툼을 벌이다 권총으로 서로를 쏴 죽인 듯하다고 했다. 그 사건에 대한 언급은 그게 전부였으며, 사람들의 관심은 새로 일어난 국제 위기와 교외에서 일어난 도끼 살인 사건으로 양분되었다.

래티머는 며칠 지난 뒤에야 그 기사를 읽었다.

래티머가 보낸 편지를 경찰이 받은 날, 아침 9시가 지나고 얼마 되지 않았을 때, 래티머는 호텔을 나와 오리엔트 익스프레스를 타기 위해 파리 동역으로 갔다. 그날 첫 배달 편으로 편지가 와 있었다. 불가리아 우표와 소피아의 소인이 찍힌 것으로 보아 마루카키스가 보낸 게 분명했다. 래티머는 편지를 읽지 않고 주머니에 넣었다. 그날 늦게 특급 열차가 벨포르 서쪽 구릉 지대를 달리고 있을 때 편지가 기억났다. 그는 봉투를 뜯고 편지를 읽기 시작했다.

친애하는 벗에게,

편지 잘 받았습니다. 선생님이 보낸 편지를 받아 무척 기뻤습니다. 살짝 놀라기도 했고요. 왜냐하면(용서를 구합니다) 선생님이 시작한 그 힘든 일이 성공하리라고는 생각하지 않았기 때문입니다. 세월은 우리의 수많은 지혜를 묻어 버렸으며, 그와 동시에 필연적으로 우리 대부분의 어리석음도 묻어 버립니다. 베오그라드에 묻혔던 어리석음이 어떻게 제네바에서 다시 발굴되었는지 언젠가는 선생님에게 들을 수 있기를 희망합니다.

저는 유라시아 신탁은행에 관한 부분이 흥미로웠습니다. 여기에 선생님이 흥미를 느낄 만한 이야기가 있습니다.

아시다시피, 최근 이 나라와 유고슬라비아는 매우 긴장된 관계에 있습니다. 사실 세르비아인에게는 긴장할 이유가 있지요. 만일 독일과 그 지배 아래 있는 헝가리가 북에서 공격하고, 이탈리아가 남으로부터 알바니아를 통한 육로와 서쪽 바다로 쳐들어오고, 불가리아가 동에서 침공해 올 경우, 유고슬라비아는 금방 끝장날 겁니다. 유고슬라비아가 살아남을 수 있는 유일한 기회는 러시아가 루마니아를 통해 부코비나 철도 연변으로 독일과 헝가리를 측면 공격하는 경우뿐입니다. 하지만 불가리아가 유고슬라비아를 두려워할 이유가 있을까요? 유고슬라비아가 불가리아에 위험한 존재일까요? 터무니없는 생각이지요. 하지만 서너 달 전부터 유고슬라비아가 불가리아를 공격할 준비를 갖추고 있다는 의미의 선전이 이 나라에서 한창 퍼지고 있었습니다. 〈국경 너머의 위협〉이라는 흔한 구절이지요.

만약 그러한 일들이 그리 위험하지 않다면 그냥 웃어넘기고 말 일이지요. 하지만 그런 선전 수법은 노리는 바가 있습니다. 그런 선전은 언제나 말로 시작되었다가 얼마 안 가 행동으로 진행되지요. 거짓을 지지해 줄 만한 사실이 없는 경우에는, 그 사실을 만들어 내야만 합니다.

2주 전, 불가피한 국경 분쟁이 있었습니다. 불가리아 농민 몇 명이 유고슬라비아인들(군인이었다더군요)의 총에 맞았고, 농민 한 명이 죽었습니다. 이 사건으로 국민들은 격분했고, 악귀 같은 세르비아인을 저주하는 아우성이 일었습니다. 신문사들은 아주 바빴지요. 1주일 뒤, 정부는 서부 지역의 방비를 강화하기 위해 방공포 신규 구입을 발표했습니다. 구입처는 벨기에의 회사로, 유라시아 신탁은행이 그쪽과 결정한 차관으로 사들이는 겁니다.

어제 묘한 뉴스가 우리 사무실에 들어왔습니다.

유고슬라비아 정부가 은밀히 조사한 결과, 농민에게 총을 쏜 네 명은 유고슬라비아 군인은커녕, 유고슬라비아인도 아니랍니다. 그 사람들은 모두 국적이 다르며, 그 가운데 두 명은 전에 테러 행위로 폴란드의 감옥에 간 적이 있답니다. 네 명은 파리에서 왔다는 것 말고는 아무것도 모르는 어떤 남자로부터 돈을 받고 소동을 일으켰다고 합니다.

하지만 이야기는 거기서 끝이 아닙니다. 그 뉴스가 파리에 전달된 지 한 시간도 안 되어 저는 본사로부터 그 뉴스의 배급을 중지하고, 우리 프랑스 뉴스를 이용하는 모든 신문사에 취소 통지를 내리라는 지시를 받았습니다. 재미있지 않습니까? 유라시아 신탁은행같이 돈 많은 대기업이 그렇게 민감하게 굴 거라고 누가 생각이나 했겠습니까?

선생님의 디미트리오스에 관해서는 뭐라고 해야 할까요?

전에 어떤 희곡 작가가, 무대에서는 도저히 쓸 수 없는 상황이 몇 가지 있다는 말을 한 적 있습니다. 관객이 찬성도 반대도 안 하고, 동정도 반감도 느끼지 않는 상황이나, 아무리 궁리해도 관객에게 굴욕이나 고뇌를 주게 되는 상황, 아무리 고뇌에 가득 차 있다 할지라도 거기서 아무런 진실도 추출할 수 없는 상황 들이 그렇다고 합니다. 선생님은 어쩌면 그 작가가 현실 생활의 어리석은 천박함과 상상 속의 이상적인 존재 사이의 간극 때문에 혼동을 일으킨 불행한 인물이라고 할지도 모르겠습니다. 그럴지도 모르죠. 하지만 한번은 제가 그 사람의 마음을 이해할 것 같다고 생각한 적이 있습니다. 사람들은 디미트리오스 같은 존재를 설명할 수 있을까요? 아니면 불쾌감과 패배감을 맛보면서 얼굴을 돌려야 할까요? 저는 그자가 그자의 생활 방식과 마찬가지로 끔찍하고 야비한 죽음을 맞이한 건, 사실 세상에 상식과 정의가 존재하기 때문이라고 그 이유를 찾고 싶습니다. 하지만 그건 아주 교활한 도피 방법이지요. 그렇게 되면 디미트리오스는 설명되지 못하며, 그자를 변명하는 것이나 마찬가지일 겁니다. 그자가 대표하는 특수한 범죄자들이 생겨나는 데는 뭔가 특별한 조건이 있을 게 분명합니다. 저는 그런 조건들이 무엇일지 정의해 보려 노력했지만, 성공하지 못했습니다. 제가 아는 것은 힘이 바로 정의인 한, 혼돈과 혼란이 질서와 문명으로 가장하는 한, 그런 조건들은 계속 존재할 거란 사실뿐입니다.

그걸 바로잡을 방법은 뭘까요? 하지만 선생님이 하품을 하는 것이 보이며, 선생님을 지루하게 하면 다시는 편지를 보내지 않을 것이고, 그러면 저는 선생님이 파리를 즐기고 있는지, 새로운 불리치나 프레베자들을 찾아냈는지, 또는 가까운 시일 안에 소피아에서 만날 수 있는지 알 수 없겠죠. 제가 얻은 최근 정보에 따르면, 봄까지는 전쟁이 일어나지 않는답니다. 그러니 당분간 스키를 즐길 수 있습니다. 여기는 1월 말이 꽤 좋습니다. 오는 길이 험하지만, 일단 오시면 스키 슬로프들은 아주 좋습니다. 언제 올지 알려 주시길 고대합니다.

건강을 빌며,
N. 마루카키스

래티머는 편지를 접어 주머니에 넣었다. 마루카키스는 참 좋은 친구다! 시간이 나면 답장을 써야 했다. 하지만 지금은 더 중요한 문제를 생각해야 했다.

래티머에게는 동기와 교묘한 살인 수단, 흥미로운 용의자들이 절실했다. 그렇다, 용의자들은 흥미로워야만 했다. 래티머의 마지막 작품은 살짝 무거웠다. 이번 작품에는 유머를 조금 넣어야 했다. 동기에 대해서는, 물론 언제나처럼 돈이 가장 확실했다. 유언장이나 생명 보험이 시대에 뒤처진 건 무척 아쉬웠다. 어떤 남자가 아내에게 재산이 돌아가도록 노파를 죽이면? 생각해 볼 가치가 있을 듯했다. 무대는? 영국의 시골 마을이라면 언제나 재미있는 일들로 가득하다. 시간은? 여름. 마을의 잔디밭에서는 크리켓 시합, 목사관에서는 가든 파티, 7월 저녁 찻잔이 딸그락거리고 풀이 달콤한 냄새를 풍긴다. 그런 게 사람들이 듣고 싶어 하는 이야기였다. 래티머 자신도 듣고 싶어 하는 종류의 이야기였다.

창밖을 내다보았다. 해가 져 언덕들이 밤하늘 속으로 천천히 멀어져 가고 있었다. 곧 벨포르 역에 가까워지면 기차가 속도를 늦추리라. 이틀 남았다! 래티머는 그사이 뭔가 줄거리를 떠올려야만 했다.

기차가 터널로 들어갔다.

인간의 악함에 대한 소고

디미트리오스의 가면

　제1차 세계 대전 앞뒤로 유럽의 복잡하고 혼란스러운 정세는 소설 못지않게 흥미로웠다. 그리고 이러한 시대를 배경으로 영국에서는 스파이 소설이 우후죽순으로 출간되었다. 하지만 제1차 세계 대전에서 독일이 패하면서 영국의 스파이 소설들은 등장시킬 적국을 잃었고, 1930년대 후반에는 그저 그런 삼류 소설 장르가 되어 갔다. 에릭 앰블러도 자서전인 『여기에 잠들다Here Lies』(1985)에서, 당시 스파이 스릴러 소설 중에는 재독할 가치가 있는 작품이 없었다고 회상했다. 하지만 작가를 꿈꾸던 앰블러는 이러한 상황을 오히려 기회로 보았고, 1936년에 『어두운 변경Dark Frontier』을 시작으로 스파이 스릴러 소설 작가로 발을 내디딘다. 그리고 1939년에 다섯 번째 소설로 발표한 『디미트리오스의 가면 The Mask of Dimitrios』은 이러한 앰블러의 초기 걸작이자 대표작으로, 스릴러 소설 장르에서 큰 획을 그으며 새 시대를 열었다.

앰블러는 기차로 프랑스를 여행하던 도중 이 책에 관한 아이디어를 얻었고, 1938년부터 집필에 들어가 제2차 세계 대전의 전운이 짙어 가던 1939년 초반에 작업을 마친 뒤, 같은 해에 출간했다. 그리고 〈영국, 독일, 프랑스가 전쟁을 선포하던 그 주에 『데일리 메일』이 뽑는 이달의 책에 선정〉되었고, 〈살아 있는 최고의 스릴러 작가〉(『런던 뉴스 크로니클』)라는 칭송을 들었다.

『디미트리오스의 가면』이 걸작으로 꼽히는 데는 여러 이유가 있다. 우선 등장인물들의 입체적인 설정을 들 수 있다. 이 소설에서는 잠깐 나오는 조연들까지도 모두 탄탄한 설정을 갖추고 있다. 예를 들어 차베스 부인을 보자. 부인은 래티머와 하키 대령의 만남을 위해 등장하는 소도구에 지나지 않고, 대사도 단 한 줄뿐이다. 하지만 소설에서는 반 페이지에 걸쳐 차베스 부인에 대해 소개하고, 그 덕분에 독자는 래티머가 하키 대령을 만나는 과정을 자연스럽게 받아들인다. 또한 잘 쓴 소설들이 늘 그러하듯, 등장인물들의 성격과 심리를 자세하고 날카롭고 정확하게 묘사해, 마치 실존 인물의 이야기를 듣는 것처럼 설득력을 갖추고 있다. 이렇게 인상적인 세부 묘사는 앰블러의 작품 전반에 걸친 특징이기도 하다. 더불어 이 책에서는 등장인물들뿐 아니라 당시 사회상과 전쟁의 참화 또한 생생히 그려지는데, 특히 제3장 도입부에서는 터키와 그리스 간의 반목과 살육 과정을 묘사하며, 단지 인간 한 명이 아니라 인간 집단, 군중 그 자체가 어디까지 악해질 수 있는가를 자세히 드러내고 있다. 그리고 작가는 당시 시대상과 전쟁의 면면을 그리며 그 내용을 이 책의 주인공인 디미트리오스에 경탄스러울 정도로 자연스럽게 녹여 넣었다.

또한 이 작품은 발표 당시 파격적인 서술 방식을 쓴 것으로도 유명하다. 『디미트리오스의 가면』에서 사용된, 경찰 문서와 서신, 조사서, 인터뷰, 대화, 신문 기사 들이 어우러진 다양하고 정교한 서술 방식은 현재는 당연하게 받아들여지지만, 당시 스릴러 장르에서는 아주 대담하고 독창적이며 참신한 방식이었다. 앰블러 자신도 『여기에 잠들다』에서 『디미트리오스의 가면』을 쓰던 때를 〈나는 이 소설로 새로운 지평을 열고 있으며, 그러기 위해서는 최선을 다해야만 한다는 사실을 알았다〉라고 언급하며 이 작품에 들인 정성을 자랑스러워했다.

하지만 『디미트리오스의 가면』이 걸작으로 평가받는 가장 큰 이유는 다른 데 있다. 앞서 발표한 소설 네 권의 스타일을 종합해 만든 새로운 형식의 이 책에서, 작가는 쫓고 쫓기는 서스펜스와 제2차 세계 대전 직전 유럽의 불안한 정세 속에서 오로지 자신의 이익만을 위해 행동하는 디미트리오스라는 악당, 그러한 악당에 빌붙어 보려는 또 다른 악당들, 그리고 주위의 급박한 상황은 아랑곳하지 않고 결국 자신의 문제로 돌아가고 마는 고지식하고 나약한 지식인이라는 과거 이야기를 통해, 인간이 얼마나 악해지고 무책임해질 수 있는가라는 상존하는 문제를 적나라하게 보여 주었고, 동시에 오늘날 읽어도 전혀 뒤처지지 않는 오락성과 문학적 리얼리티를

성취했기 때문이다.

앰블러는 이 소설에 여러 부류의 사람들을 집어넣었다. 그 중에서 특히 관심 있게 지켜볼 인물은 소설 속에서 모험을 겪는 당사자이자 작가의 분신이라고 할 수 있는 래티머(래티머는 1969년 발표한 『인터컴 음모*The Intercom Conspiracy*』에서 다시 등장한다), 끝없는 야욕을 품은 악당 디미트리오스, 그리고 주요 조연이라 할 수 있는 피터스와 마루카키스를 들 수 있다. 소설을 이끌어 가는 주인공인 래티머는 학자이자 추리 소설가로, 협박을 통해 받아 낼 돈을 거부한다든가 사건을 경찰에 신고하려고 시도하는 행동에서 볼 수 있듯 나름 정의로운 인물이라고 할 수 있다. 하지만 강직하고 특별한 재능이 있는 영웅이 아닌, 우리 주위에서 흔히 볼 수 있는, 약간은 속물적이고 근시안적인 인물이다. 예를 들어 래티머는 하키 대령이 구상한 소설의 플롯을 듣고 유치하다고 생각하며 속으로 비웃기도 하고, 피터스에 대해 도덕적 우월감을 느끼기도 한다. 그리고 디미트리오스에 대해 신고하려고 경찰서에 들어갔다가 신분증을 소지하지 않아 고생하는 부분은 래티머의 근시안적인 사고방식을 잘 보여 준다. 래티머는 당시의 나약한 지식인층을 대표하는 인물이라고도 할 수 있다. 소설 말미에 1930년대 말 유럽의 심각한 정치 상황에 관한 마루카키스의 편지를 읽은 래티머가 〈지금은 더 중요한 문제를 생각해야〉 한다며 상상 속 시골 목사관 가든파티의 살인 사건이란 소설 구상으로 돌아가는 것은, 당시 파시스트의 위협을 목전에 두고도 멍하니 있던 영국 지식인층의 순진함과 멍청함에 보내는 앰블러의 조롱이라고 볼 수 있다. 그리고 소설의 마지막 문장 〈기차가 터널로 들어갔다〉는 1930년대 말 암울한 상황으로 치닫는 유럽의 상황을 암시한다.

또 다른 주인공 디미트리오스는 강도이자 살인범으로 시작해 매춘 알선범, 테러범, 돈이면 어느 나라를 위해서든 일하는 국제 스파이, 노예 매매인을 거쳐 마약 밀매단의 우두머리, 그리고 이제는 성공한 사업가 행세를 하는, (나쁜 의미로) 발전하는 악의 화신이다. 또한 그의 악행은 한 곳이 아니라, 제1차 세계 대전의 충격을 아직 떨치지 못한 유럽 전역에서 벌어지는 것으로 묘사된다. 이러한 디미트리오스의 설정은 그가 유럽의 악, 더 나아가 인간의 악 그 자체를 대표하는 인물이라는 것을 드러낸다. 그리고 작가는 래티머의 입을 빌려 디미트리오스가 〈고립된 존재나 하나의 현상으로서가 아니라 붕괴 과정에 있는 사회 조직의 한 구성원〉(본문 104쪽)이라고 언급한다. 디미트리오스는 변신을 거듭해 은행의 이사까지 되지만, 그 은행이 당시 유럽의 이런저런 테러에 돈을 대던 곳이라는 설정을 통해 위기 상황에 처한 당시 사회가 은연중에 묘사된다.

주인공에 버금가는 조연이자 디미트리오스의 옛 동료인 피터스는 여러모로 아주 흥미로운 인물이다. 피터스는 더없이 상냥하고, 위대한 존재/신을 믿으며 그 뜻에 맞춰 살려고 애쓰고 세상을 달관한 듯한 인물로 보이지만, 동시에 에로 소설을 읽고, 인신매매와 마약 밀수를 하고 협박을 일삼는다.

게다가 비록 자신이 악행을 저지르긴 하지만 그 또한 신의 뜻이라는 황당한 논리를 펼친다. 자신은 악행을 저지르기 싫지만, 자신이 그 악행을 하지 않았으면 결국 다른 누군가가 했을 터이니 차라리 자신이 해서 돈을 버는 게 낫다는 억지까지 부린다. 가령 피터스는 자신의 마약 밀수를 정당화하며 이렇게 주장한다.

제가 마약에 이토록 강력히 반대하면서 마약에 관계해 돈을 벌었다는 사실이 이상하시겠지요. 하지만 생각하기에 달린 겁니다. 만약 〈제가〉 그 돈을 벌지 않았더라도 다른 누군가가 벌었을 겁니다. 제가 그 일을 하지 않았다고 해서 그 불쌍한 중독자들 중 누가 구제되는 것도 아니고, 그냥 저만 돈을 벌지 못했을 겁니다. (본문281쪽)

이런 이중적이고 극단적인 자기합리화는 단지 이 특정한 한 사람만의 문제가 아니다. 인간은 모두가 어느 정도 이중성을 내면에 품고 있고, 이중성이 극한에 달하는 상황에 놓이면 누구라도 피터스가 될 수 있는 것이다. 작가는 인간의 그러한 잠재적 모습을 책 속의 극단적 시대와 환경 아래서 너무나 솔직하고 불편하게 보여 주고 있다.

마지막으로 마루카키스는 래티머가 만난 여러 정보 제공원 가운데 한 명이지만, 또한 래티머가 계속해서 소식을 주고받는 유일한 인물이다. 마루카키스는 공산주의자로 묘사되며, 그가 공산주의자이니 조심하라는 친구의 말에 래티머는 〈저는 그게 흠이라고 생각하지 않습니다. 제가 만난 모든 공산주의자는 아주 지성적이었습니다〉(본문 84쪽)라고 대답한다. 이 대답에는 당시 공산주의자, 특히 소련을 보는 앰블러의 시선이 잘 드러난다. 앰블러는 독일이 유럽에서 전쟁을 일으킬 경우 소련이 독일 반대편에 설 것이라고 믿었다. 하지만 주지하다시피, 1939년 8월 소련은 독일과 상호 불가침 조약을 맺었고, 앰블러는 이에 크게 실망했다. 그러나 앰블러가 정세를 잘못 읽고 헛된 기대를 한 것이라고 할 수는 없다. 당시 히틀러는 집권하면서 곧바로 독일 공산당을 불법화하고 강제 해산시켰으며, 소련 역시 나치 독일을 큰 위협으로 생각했기 때문에 앰블러의 기대는 당연했던 것이다. 앰블러의 합리적 기대를 저버린 독소 불가침 조약은 역시 무너져 가던 당시 사회상의 발현이라 할 수 있겠다. 그리고 앞서 말했듯이, 마루카키스는 소설 말미에 유럽의 임박한 위협을 알리는 역할을 한다.

출간 당시, 앰블러는 이 책의 제목을 〈디미트리오스의 관*A Coffin for Dimitrios*〉으로 하고 싶어 했다. 관은 디미트리오스의 동료가 처음 마약을 밀수할 때 썼던 도구이자, 두 번에 걸친 그의 죽음을 이중으로 암시하기 때문이었다. 하지만 이 책을 출간한 영국의 출판사는 〈디미트리오스의 가면*The Mask of Dimitrios*〉을 제목으로 원했고, 앰블러는 그 제안을 받아들였다. 이후 미국에서 출간할 때 〈디미트리오스의 관〉이라는 제목을 쓸 수 있었지만, 미국판에서는 여기저기 삭제된 부분이 많았다. 이런 삭제로 인해 소설의 속도감은 높아졌지만, 동시에 소설의 디테일이 상당 부분 사라졌고 깊이도 얕아지는 약점이 생겼다. 이후 미국에서도 무삭제본이 출간되었고, 이 소설의 한국어판 번역에 쓴 빈티지사의 2001년판 역시 무삭제본이다.

이 소설은 출간된 지 80년이 넘었고, 그사이 소설을 쓰는 기법이 엄청나게 발전했다. 하지만 그러한 현재 기준으로도 이 소설은 전혀 낡은 느낌이 들지 않으며, 읽는 재미 역시 조금도 뒤떨어지지 않는다는 것이 놀라울 정도다. 이는 이 책에 등장하는 여러 등장인물의 크고 작은 이야기 하나하나가 재미있고, 그 이야기들이 쌓여 디미트리오스라는 인물의 정체가 점차 드러나는 과정이 독자의 흥미와 호기심을 계속해서 불러일으킨다는, 스릴러 소설의 교본이라고 할 수 있는 소설적 장치 때문이다. 더불어, 앰블러가 본 인간의 악함이 전혀 틀리지 않고 정곡을 찔렀기 때문이기도 하다. 우리는 두 번째 이유에 부끄러워해야 할 것이다.

에릭 앰블러, 스파이 소설을 쓴 적 없는 스파이 소설의 대가

에릭 앰블러는 1909년 런던 남동부 찰턴에서 태어났다. 재능 있는 음악가인 아버지 앨프리드와 가수인 어머니 에이미는 〈렉과 에이미 앰브로즈Reg and Amy Ambrose〉라는 이름으로 활동하며 여러 형태의 공연을 했고, 어느 정도 유명해지긴 했지만 원하던 만큼 큰 성공을 거두지는 못했다. 결국 1921년 무대에서의 성공을 포기하고 더는 시도하지 않았다. 하지만 에릭 앰블러가 태어나고 자란 어린 시절에는 부모가 무대 공연에 전념하던 시기여서 그러한 부모의 영향을 크게 받았다. 실제로 에릭 앰블러는 젊은 시절 직접 무대에 서기도 했으며, 소설 집필과 더불어 평생 영화 각본을 쓰고 제작에 관여했는데, 이 역시 부모의 영향이라 할 수 있다.

앰블러는 공부를 잘해, 1917년에는 집 근처 루이셤에 있는 콜페스 중등학교에 장학금을 받고 입학한다. 그 후 우수한 성적으로 노샘프턴 플리테크닉 인스티튜트(현재의 런던 시티 대학)에 장학금을 받고 입학해 공학을 공부한다. 대학 시절, 앰블러는 부모와 마찬가지로 무대를 동경하며, 극작가인 헨릭 입센과 루이지 피란델로에게 큰 흥미를 보였으며, 극작가가 되기로 결심한다. 하지만 1926년, 영국에서 총파업이 일어나 경제적 불안을 느낀 앰블러는 대학에서 공부를 계속하는 것보다 일찍 회사에 들어가 기술을 배우는 것이 낫겠다고 결론 내린다. 같은 해, 에디슨 스완 전기 회사Edison Swan Electric Company에 취직해 여러 가지 전기 기구의 제조에 관한 다양한 훈련을 받는다. 이때의 경험은 이후 그의 소설 집필에 큰 도움이 되며, 몇몇 작품에서는 주인공의 직업이 엔지니어로 나오기도 한다. 에릭 앰블러의 작품들은 설정이 꼼꼼하며 실수가 거의 없는 것으로 유명한데, 이러한 특징은 아마도 이러한 기술 훈련 과정에서 습득했을 가능성이 크다. 1928년, 에디슨 스완 전기 회사가 어소시에이티드 일렉트리컬 인더스트리Associated Electrical Industries, AEI에 합병되고, 이 과정에서 앰블러는 홍보부에서 일하게 된다. 이후 1930년대 대부분의 기간을 광고 분야에서 일한다

(처음에는 AEI에서 일했고, 그다음엔 독립해 광고 회사를 운영했다). 이 시기 동안 앰블러는 다양한 독서를 하며 무대에 계속 관심을 보였으며, 비록 완성하지는 못했지만 아버지에 관한 소설 집필도 시작한다. 광고 분야에서 일하는 동안 앰블러는 꽤 풍족한 생활을 누렸으며, 유럽 여러 나라를 여행하며 유럽의 긴장 상황을 직접 목격한다. 이 당시의 경험은 이후 소설의 자양분이 된다.

앰블러는 「바클리와 앰브로즈Barclay and Ambrose」라는 코미디 연극에서 피아니스트 역으로 출연하기도 했지만, 주 관심사는 극본 집필이었다. 일부 극본은 1930년대 런던의 길드홀 음악 연극 학교의 후원 아래 무대에 오르기도 했다. 그곳 교수로 있던 릴리안 기넷Lillian Ginnett 덕분이었다. 앰블러는 또한 기넷이 1935년 편집한 시선집 『가볍고 우스꽝스러운 시Light and Humorous Verse』에 「팁 교수와 양Professor Tip and the Sheep」, 「스내펄리 양Miss Snapperly」을 발표함으로써 최초로 자신의 작품을 출판했다.

이 시기에 앰블러는 좌익 정치 풍자 만화가인 윌 다이슨의 딸이자 무대 의상 디자이너인 베티 다이슨을 만난다. 베티 다이슨은 앰블러에게 당시 유행하던, 역사를 주제로 한 극본을 쓰라고 권했지만, 앰블러는 그쪽 방면에서 잘할 자신이 없었으며, 과연 극본 집필이 자신의 능력을 제대로 발휘할 수 있는 분야인지 회의를 품는다. 그리고 1935년, 지금까지 써온 글들과 완전히 다른 스타일의 글을 쓰기 시작한다.

1914년부터 1939년까지, 영국에서는 수천 편의 스파이 소설이 출간되었다. 스파이 소설 출간이 가장 왕성한 시기였다. 하지만 그 숫자와 무관하게, 당시 스파이 소설의 질은 그야말로 처참했다. 앰블러는 자서전인 『여기에 잠들다』에서 〈내가 대중 소설에서 강한 흥미를 느낀 분야는 오직 전후(戰後) 스릴러 소설이었다. 그러나 재독할 가치가 있는 작품을 더는 찾아볼 수 없었다. (……) 그 분야는 이제 더 떨어질 바닥이 없었기에 발전할 수밖에 없었다〉라고 회고했다. 앰블러는 스릴러 소설에서 그 가능성을 본 것이다. 그렇게, 지금까지 나온 스릴러 소설과 완전히 다른 소설을 쓰겠다는 각오, 그렇게 할 수 있다는 자신감으로 완성한 『어두운 변경』은 곧바로 출판사의 관심을 끌어 1936년에 출간된다(에릭 앰블러는 이 책을 베티에게 헌정했다).[1] 그리고 1940년까지 이후 5년간, 앰블러는 여섯 권의 스릴러 소설을 출간해 엄청난 상업적 성공을 거두고, 이전까지 수준 이하라는 평가를 받던 스릴러 장르의 수준을 몇 단계 높인 것은 물론 아예 재정의하는 수준으로까지 끌어올리며, 이후 존 르 카레John le Carré나 렌 데이턴Len Deighton 같은 스릴러 작가들이 성공할 발판을 마련한다.

1938년, 에릭 앰블러는 광고 회사를 그만두고 전업 작가로 나선다. 비교적 생활비가 싼 프랑스로 이주했는데, 그곳에서의 경험은 이후 소설의 재료가 되기도 한다(예를 들어 니스 지방에서 만난 터키인들에게서 『디미트리오스의 가면』의 아

---

1 『어두운 변경』은 핵폭탄의 발명과 그 결과를 예견한 최초의 소설 중 하나다.

이디어를 얻었다). 에릭 앰블러는 겨우 두 권밖에 출간하지 않은 상태에서 전업 작가로 들어섰지만, 여러 해외 출판사가 번역 판권을 원했고, 신문사들도 그의 연재소설을 원할 정도로 스릴러 분야의 가장 주목받는 작가가 되었다. 또한 영화사들도 그의 작품에 관심을 보였으며, 영국뿐 아니라 할리우드에서도 그의 작품을 영화로 만들기 시작해, 제2차 세계 대전 중에는 앰블러의 초기작 여섯 권 가운데 네 권이 미국 영화사에서 영화로 제작되었다(네 번째 작품인 『경계의 이유 *Cause for Alarm*』는 영화 제작 계획이 있었으나 무산되었고, 『어두운 변경』은 전후에 제작, 개봉되었다). 그리고 1943년에 『공포로의 여행 *Journey into Fear*』, 『디미트리오스의 가면』, 『경계(警戒)의 이유』, 『보기 드문 위험 *Uncommon Danger*』을 한 권으로 묶어 〈계략 *intrigue*〉이라는 제목으로 발표했을 무렵, 앰블러는 할리우드에서 히치콕과 동등한 위상이었다(실제로 히치콕이 그 책의 서문을 썼다).

앰블러는 1939년에 미국을 처음으로 방문하고, 파리로 돌아오는 중에 미국의 패션 분야 기자 루이스 크롬비 Louise Crombie를 만난다. 같은 해 10월, 두 사람은 런던에서 결혼한다. 제2차 세계 대전이 일어나고 한 달 뒤다. 제2차 세계 대전은 당시 전 세계 거의 모든 사람에게 영향을 끼쳤고, 앰블러 역시 그 영향에서 벗어날 수 없었다. 전쟁 발발 전까지 앰블러는 『어두운 변경』을 시작으로 소설을 1년에 한 권 이상 발표했지만, 1939년 발발한 제2차 세계 대전은 이후 11년간 그의 소설 창작 활동을 가로막는다. 1940년에 입대한 앰블러는, 이후 제2차 세계 대전이 끝날 때까지 소설을 쓰는 대신 군사 훈련 교본, 선전물, 군 홍보 영화/다큐멘터리 제작 및 각본 집필을 한다. 그리고 1945년에는 전시 영화 제작을 통해 영국과 미국 군대 간의 든든한 상호 관계를 장려했다는 공로로 미국으로부터 동성 훈장을 받는다. 앰블러는 1946년에 제대하지만, 1951년에『델체프에 대한 판결Judgement on Deltchev』을 발표하기 전까지 소설 대신 영화 각본 집필에 힘을 쏟았으며, 제작자로도 활약했다. 1940년부터 1951년까지 10년 넘는 시간 동안 자신이 소설을 쓰지 못한 것은, 군 복무 시절 동료들과 함께 영화 각본을 빠르게 쓰는 버릇이 들었고, 그로 인해 제대한 뒤에도 〈혼자서 조용히 집중해서 쓰는 버릇〉을 되찾기가 무척 어려웠기 때문이라고 고백했다. 하지만『델체프에 대한 판결』을 쓰는 과정에서 다시 집중해서 소설을 쓰는 능력을 되찾은 앰블러는 이후 1951년부터 1977년까지 2~3년마다 한 권씩 꾸준히 소설을 출간했다. 소설 발표와 더불어 영화 각본 집필도 꾸준히 했고, 1953년에는「잔인한 바다The Cruel Sea」로 아카데미 영화제 각본상 후보에 오르기도 했다.

1957년, 앰블러의 결혼 생활이 흔들린다. 그해 할리우드를 처음 방문해 히치콕 TV 시리즈「의혹Suspicion」의 제작자이자 작가인 조앤 해리슨Joan Harrison을 만난다. 앰블러는「의혹」시리즈를 위해 TV판 오리지널 각본인「진실의 눈 The Eye of Truth」을 쓰고, 조앤 해리슨은 그 제작을 맡는다. 앰블러는 1958년 5월 루이스 크롬비와 이혼하고, 같은 해

10월 조앤 해리슨과 결혼한다. 할리우드로 이주한 앰블러는 샌프란시스코가 배경이고 사립 탐정을 주인공으로 하는 TV 시리즈 「체크메이트Checkmate」의 아이디어를 내고 첫 회 대본을 쓴다. 「체크메이트」가 대성공을 거두어 앰블러는 미국에서 아주 유명해진다. 하지만 자신이 미국에서 소설가, 심지어 영화 각본가도 아닌 「체크메이트」의 크리에이터로 더 유명해진 것을 무척 아쉬워하고, 이 드라마 시리즈가 사람들의 기억에서 어서 잊히길 원한다.

1959년, 앰블러는 『무기의 통로Passage of Arms』를 발표하고, 이 소설로 영국 추리 작가 협회Crime Writer's Association, CWA가 수여하는 골드대거상을 수상하며 영화 각본가뿐 아니라 소설가로서도 훌륭하다는 점을 대중에게 깊이 각인시킨다. 1961년은 앰블러에게 고통스러운 해였다. 화재로 인해 집필 중이던 『한낮의 빛The Light of Day』 원고가 완전히 소실되었기 때문이다. 이 화재로 앰블러의 서재와 온갖 서신들 역시 불에 타 사라졌다. 하지만 앰블러는 이에 굴하지 않고 『한낮의 빛』을 처음부터 다시 써 1962년에 발표하고, 이 책으로 1964년에 미국 추리 작가 협회Mystery Writers of America, MWA로부터 에드거상을 받는다. 1960년대까지 할리우드에서 영화 각본가로 활발하게 활동하던 앰블러는 점차 그곳의 생리에 질려, 1969년에는 할리우드를 떠나 스위스에 정착한다.

스위스에서 앰블러는 소설에 집중한다. 그리고 1972년에 발표한 『레반트인The Levanter』으로 CWA로부터 골드대거상을 수상하고, 1975년에는 MWA로부터 그랜드마스터상을, 스웨덴 범죄 소설 아카데미Swedish Academy of Detection로부터 그랜드마스터상을 받으며, 1974년 발표한 『닥터 프리고Doctor Frigo』로 프랑스 추리 소설 그랑프리Grand Prix de Littérature Policière를 차지한다. 그리고 1981년에는 영국 문화를 세계에 알린 공로로 4등급 대영 제국 훈장을 받는다.

1985년, 앰블러는 자서전 『여기에 잠들다』를 출간한다(이 책은 제목 뒤에 작가 이름을 바로 표기해 〈에릭 앰블러, 여기에 잠들다Here Lies Eric Embler〉라는 묘비로 읽히는 효과를 주었고, 그 때문에 〈에릭 앰블러, 여기에 잠들다〉라는 제목으로도 통용된다). 그리고 이듬해, 앰블러는 CWA가 최초로 수여하는 평생 공로상인 다이아몬드대거상을 받는다. 『여기에 잠들다』는 작가로서 앰블러의 활동 전반부까지만 담고 있으며, 모두 그다음 편이 나오기를 기다렸지만, 결국 후반부를 담은 부분은 출간되지 못했다. 비록 모두가 기대하던 자서전 후반부를 쓰지는 않았지만, 앰블러는 TV 미니시리즈와 영화, 소설 쪽에서 집필 활동을 계속했다. 그리고 1993년, 마지막 작품인 『지금까지의 이야기: 기억 그리고 다른 소설들The Story So Far: Memories and Other Fictions』을 출간한다. 앰블러의 아내 조앤 해리슨이 1994년 오랜 투병 생활 끝에 사망하고, 앰블러는 4년 후인 1998년에 89세의 나이로 사망한다.

에릭 앰블러는 데뷔 이후 스파이 소설 작가로 분류되었고, 현재까지도 그렇게 분류되어 있다. 이는 초기 발표작 여섯 권 모두에 첩보 요원이 등장하기 때문이다(심지어 한 권의 제목은 〈어느 스파이의 묘비명Epitaph for a Spy〉이기까지 하다). 하지만 이는 살짝 엇나간 분류라 할 수 있다. 초기 발표작 여섯 권 모두 스파이는 조연일 뿐이며, 르 카레나 데이턴의 소설들과 달리, 앰블러의 소설에서는 스파이가 아주 희미하게만 등장한다. 자신이 첩보 기관과 관계있었고, 그 관계에서 얻은 경험을 소설에 녹여 냈던 존 르 카레나 이언 플레밍과는 달리, 앰블러는 그러한 관계도 없었고, 따라서 그런 경험을 소설에 녹여 쓰려는 시도도 하지 않았다. 앰블러는 1964년, 자신이 편집한 단편선집『스파이 잡기To Catch A Spy』의 서문에서 스파이 소설의 정의를 〈대충, 그러나 아주 어설프지는 않을 정도로〉 내려 보자면, 〈소설 속에서 비밀 요원이 중심인물로 어떤 식으로든 등장하는 이야기〉라고 하며, 만약 이런 정의가 받아들여진다면 자신은 〈한 번도 스파이 소설을 쓴 적이 없다〉고 말했다. 어떤 소설이 스파이 소설인지 아닌지의 판단은 그 작품의 작가뿐 아니라 평론가와 독자들의 몫이기도 하며 앰블러 자신도 〈(이런 정의에도 불구하고) 평론가들이 알아서 생각하게 두는 것이 더 현명할지도 모르겠다〉라고 밝혔지만, 앰블러 소설에 대한 그 자신의 평가는 시사하는 바가 크다. 실제로 앰블러는 이런저런 스파이 소설 평론집의 큰 부분을 차지하기 때문이다.

하지만 뛰어난 작가들이 모두 그러하듯, 앰블러를 어느 한 장르로 한정해서 정의하기란 불가능하다. 앰블러는 훌륭한 〈스파이〉 소설이 아닌, 스파이가 등장하는 훌륭한 〈소설〉들을 썼기 때문이다. 그러니 첩보 소설, 스파이 소설의 대가로 인정받지만, 동시에 그냥 〈소설가〉로 통하는 존 르 카레와 마찬가지로, 우리는 앰블러를 그냥 〈소설가〉로 정의하는 것이 나을 것이다. 작가 자신이 정의하고 원했듯이 말이다.

앞에도 밝혔듯이 번역의 대본은 Eric Ambler, *A Coffin for Dimitrios*(New York: Vintage Books, 2001)이다. 종래의 미국판에서 임의로 삭제되었던 부분을 모두 복원하여, 제목 외에는 영국판과 동일한 판본이다. 전후 이 작품이 각국에서 번역될 때 대부분의 나라가 영국 원제(『디미트리오스의 가면』)를 따랐는데, 예외는 일본이다. 일본에서는 이 작품이 두 번 번역될 때(1953, 1974) 모두 미국식으로 『디미트리오스의 관』이라고 했다. 한국의 1979년 동서문화사판(임영 옮김)과 1986년 해문출판사판(이가형 옮김) 모두 이 영향을 받았던 것으로 보인다. 이번 새로운 번역에서는 원제를 따랐다.

2020년 3월
최용준

에릭 앰블러 연보

1909년 출생 6월 28일 런던 남동부 찰턴에서 음악가인 아버지 앨프리드와 가수인 어머니 에이미 사이에서 태어남.

1912년 3세 남동생 모리스 태어남.

1917년 8세 집 근처 루이셤의 콜페스 중등학교에 장학금을 받고 입학.

1923년 14세 여동생 조이스 태어남. 1926년 노샘프턴 폴리테크닉 인스티튜트(현재의 런던 시티 대학)에 장학금을 받고 입학해 공학을 공부함. 하지만 극작가인 헨리크 입센과 루이지 피란델로에 큰 흥미를 보이며 극작가가 되기로 결심함.

1926년 17세 영국 총파업의 영향으로, 공부보다 일찍 취직하는 것이 낫겠다고 결론 내리고 학업을 중단함. 에디슨 스완 전기 회사에 취직해 여러 전기 기구 제작에 관한 훈련을 받음. 이때의 경험과 지식이 훗날 여러 소설에 유용하게 쓰이며, 몇몇 주인공의 직업이 엔지니어로 나옴.

1928년 19세 에디슨 스완 전기 회사가 어소시에이티드 일렉트리컬 인더스트리에 합병되면서 홍보부에서 일함. 전업 작가가 되기 전까지 홍보 분야에서 일하며 꽤 풍족한 생활을 누림. 유럽 여러 나라를 여행하며 유럽의 긴장 상황을 직접 목격함. 이 당시 경험이 이후 소설 집필에 크게 기여함.

1935년 26세   릴리안 기녯 교수가 편집한 시선집 『가볍고 우스꽝스러운 시*Light and Humorous Verse*』에 시 「팁 교수와 양*Professor Tip and the Sheep*」, 「스내펄리 양*Miss Snapperly*」 게재. 스릴러 소설 작가가 되기로 결심함.

1936년 27세   데뷔 소설 『어두운 변경*Dark Frontier*』 출간.

1937년 28세   소설 『보기 드문 위험*Uncommon Danger*』(미국판 제목 〈위험의 배경*Background to Danger*〉) 출간.

1938년 29세   광고 회사를 그만두고 전업 작가가 됨. 소설 『어느 스파이의 묘비명*Epitaph for a Spy*』, 『경계의 이유*Cause for Alarm*』 출간.

1939년 30세   5월, 미국을 처음으로 방문. 패션 분야 기자인 루이스 크롬비를 만남. 9월, 제2차 세계 대전 발발. 10월, 런던에서 루이스 크롬비와 결혼. 소설 『디미트리오스의 가면*The Mask of Dimitrios*』(미국판 제목 〈디미트리오스의 관*A Coffin for Dimitrios*〉) 출간. 소설 『공포로의 여행*Journey into Fear*』 탈고.

1940년 31세   『공포로의 여행』 출간. 군 입대. 전쟁 기간 동안 작품 활동을 멈추고 군 복무를 함. 소설 창작 활동 대신 군사 훈련 교본, 선전물, 군 홍보 영화/다큐멘터리 들의 제작 및 각본을 집필함.

1942년 33세   「공포로의 여행」 영화 개봉.

1943년 34세   「위험의 배경」 영화 개봉. 영화 「새로 뽑은 놈들*The New Lot*」 각본을 씀.

1944년 35세   「디미트리오스의 관」 영화 개봉. 『어느 스파이의 묘비명』을 원작으로 한 영화 「리저브 호텔*Hotel Reserve*」 개봉. 영화 「앞에 놓인 길*The Way Ahead*」 각본을 씀.

1945년 36세   영국과 미국군의 상호 이해를 증진한 공로로 미국 동성 훈장을 받음.

1946년 37세   군 제대.

1947년 38세　영화「10월의 남자The October Man」각본을 씀.

1949년 40세　영화「열정적인 친구들The Passionate Friends」각본을 씀.

1950년 41세　『어둠의 변경』을 원작으로 한 영화「너무나도 위험한 Highly Dangerous」개봉.

1951년 42세　영화「마법의 상자The Magic Box」, 「앙코르Encore」 각본을 씀. 소설『델체프에 대한 판결*Judgment on Deltchev*』출간.

1952년 43세　영화「프로모터The Promoter」각본을 씀.

1953년 44세　영화「잔인한 바다The Cruel Sea」각본을 씀. 아카데미 영화제 각본상 후보에 오름. 소설『슈라이머의 유산*The Schirmer Inheritance*』출간.『어느 스파이의 묘비명』이 드라마로 제작됨. 영화「먼저 쏘다Shoot First」각본을 씀.

1954년 45세　영화「보랏빛 평원The Purple Plain」, 「수명 연장Lease of Life」각본을 씀.

1956년 47세　소설『밤손님들*The Night-Comers*』출간.

1957년 48세　「슈라이머의 유산」미니시리즈 각본을 씀. 영화「끔찍한 전쟁Battle Hell」각본을 씀. 결혼 생활이 흔들림. 할리우드를 처음으로 방문, 히치콕 TV 시리즈「의혹Suspicion」제작자이자 작가인 조앤 해리슨을 만남.「의혹」시리즈의 각본「진실의 눈The Eye of Truth」을 씀. 조앤 해리슨이 제작.

1958년 49세　영화「기억해야 할 밤A Night to Remember」각본을 씀. 루이스 크롬비와 이혼. 조앤 해리슨과 결혼.

1959년 50세　TV 시리즈「체크메이트Checkmate」를 구상, 제작하기 시작하여 1962년까지 계속함. 이 시리즈로 미국에서 유명세를 타지만, 앰블러 자신은 소설가로 더 알려지길 원하며 이 드라마가 사람들의 기억에서 한시바삐 잊히기를 바람. 영화「메리 디어호의 난파The Wreck

of the Mary Deare」각본을 씀. 소설『무기의 통로*Passage of Arms*』
출간. 영국 추리 작가 협회가 수여하는 골드대거상 수상.

1961년 52세 화재로 소설『한낮의 빛*The Light of Day*』의 원고가 소
실됨.

1962년 53세 『한낮의 빛』을 처음부터 다시 써서 출간.

1964년 55세 『한낮의 빛』으로 미국 추리 작가 협회가 수여하는 에
드거상 수상. 「어느 스파이의 묘비명」미니시리즈 각본을 씀. 『분노의
종류*A Kind of Anger*』출간. 『한낮의 빛』을 원작으로 한 영화 「톱카피
Topkapi」개봉.

1965년 56세 소설『비열한 이야기*Dirty Story*』출간. 영국 추리 작가
협회가 수여하는 실버대거상 수상.

1969년 60세 소설『인터컴 음모*The Intercom Conspiracy*』출간. 할
리우드를 떠나 스위스에 정착.

1971년 62세 영화 「사랑 혐오 사랑Love Hate Love」각본을 씀.

1972년 63세 소설『레반트인*The Levanter*』출간. 영국 추리 작가 협
회가 수여하는 골드대거상 수상.

1974년 65세 소설『닥터 프리고*Doctor Frigo*』출간.

1975년 66세 『레반트인』으로 미국 추리 작가 협회로부터 그랜드마
스터상 수상. 스웨덴 범죄 소설 아카데미로부터 그랜드마스터상 수상.

1976년 67세 『닥터 프리고』로 프랑스 추리 소설 그랑프리 수상.

1977년 68세 소설『더는 장미를 보내지 마세요*Send No More Roses*』
출간.

1980년 71세 『인터컴 음모』를 원작으로 한 미니시리즈 「국제적 협박
Ricatto internazionale」방영.

1981년 72세 소설 『시간의 보살핌*The Care of Time*』 출간. 영국 문화를 세계에 알린 공로로 4등급 대영 제국 훈장을 받음.

1984년 75세 『분노의 종류』를 원작으로 한 TV 영화 「분노의 종류」 방영.

1985년 76세 자서전 『여기에 잠들다*Here Lies*』 출간. 미국 추리 작가 협회가 수여하는 에드거상 수상.

1986년 77세 영국 추리 작가 협회가 최초로 수여하는 평생 공로상인 다이아몬드대거상 수상.

1989년 80세 『인터컴 음모』를 원작으로 한 미니시리즈 「조용한 음모 The Quiet Conspiracy」 각본을 씀.

1990년 81세 『시간의 보살핌』을 원작으로 한 TV 영화 「시간의 보살 핌」 개봉.

1991년 82세 에릭 앰블러 단편 총수록집 『명령을 기다리며*Waiting for Orders*』 출간.

1993년 84세 단편집 『지금까지의 이야기: 기억 그리고 다른 소설들 *The Story So Far: Memories & Other Fictions*』 출간.

1994년 85세 8월 14일 아내 조앤 해리슨이 오랜 투병 생활 끝에 사망.

1998년 89세 10월 12일 런던에서 사망.

열린책들 세계문학 **248** 디미트리오스의 가면

옮긴이 최용준 대전에서 태어나 서울대학교 천문학과를 졸업했으며, 미국 미시간 대학에서 이온 추진 엔진에 대한 연구로 항공 우주 공학 박사 학위를 받았다. 현재는 플라스마를 연구한다. 옮긴 책으로 세라 워터스의 『핑거스미스』, 마이클 프레인의 『곤두박질』, 마이크 레스닉의 『키리냐가』, 루이스 캐럴의 『이상한 나라의 앨리스』, 제임스 매튜 배리의 『피터 팬』 등이 있다. 헨리 페트로스키의 『이 세상을 다시 만들자』로 제17회 과학 기술 도서상 번역 부문을 수상했다. 시공사의 〈그리폰 북스〉, 열린책들의 〈경계 소설선〉, 샘터사의 〈외국 소설선〉을 기획했다.

지은이 에릭 앰블러 **옮긴이** 최용준 **발행인** 홍지웅·홍예빈
발행처 주식회사 열린책들 **주소** 경기도 파주시 문발로 253 파주출판도시
전화 031-955-4000 **팩스** 031-955-4004 **홈페이지** www.openbooks.co.kr
Copyright (C) 주식회사 열린책들, 2020, *Printed in Korea*.
ISBN 978-89-329-1248-6 04840 **ISBN** 978-89-329-1499-2 (세트)
발행일 2020년 3월 30일 세계문학판 1쇄

이 도서의 국립중앙도서관 출판예정도서목록(CIP)은 서지정보유통지원시스템 홈페이지(http://seoji.nl.go.kr)와 국가자료공동목록시스템(http://www.nl.go.kr/kolisnet)에서 이용하실 수 있습니다.(CIP제어번호:CIP2020009948)

열린책들 세계문학
Open Books World Literature

각 권 8,800~15,800원